LE COMBAT DES OMBRES

La Dame sans terre ****

Née en 1957, toxicologue de formation, Andrea H. Japp se lance dans l'écriture de romans policiers en 1990 avec *La Bostonienne*, qui remporte le prix du festival de Cognac en 1991. Aujourd'hui auteur d'une vingtaine de romans, elle est considérée comme l'une des « reines du crime » françaises. Elle est également auteur de nombreux recueils de nouvelles, dont *Un jour, je vous ai croisés*, chez Calmann-Lévy, de scénarios pour la télévision et de bandes dessinées.

Paru dans Le Livre de Poche :

AUTOPSIE D'UN PETIT SINGE

CONTES D'AMOUR ET DE RAGE

LA DAME SANS TERRE

1. Les Chemins de la bête

2. Le Souffle de la rose

3. Le Sang de grâce

DANS L'ŒIL DE L'ANGE

DE L'AUTRE, LE CHASSEUR

ENTRETIENS AVEC UNE TUEUSE

LA FEMELLE DE L'ESPÈCE

MONESTARIUM

LA PARABOLE DU TUEUR

LA RAISON DES FEMMES

LE SACRIFICE DU PAPILLON

SANG PREMIER

LE SILENCE DES SURVIVANTS

UN VIOLENT DÉSIR DE PAIX

ANDREA H. JAPP

Le Combat des ombres

La Dame sans terre ****

ROMAN

CALMANN-LÉVY

ISBN : 978-2-253-12692-8 – 1re publication LGF

NOTA

Les noms et mots suivis d'un astérisque sont expliqués dans le glossaire et l'annexe historique en fin de volume.

Résumé du tome I

Les Chemins de la bête

Hiver 1294, comté du Perche. Agnès de Souarcy, veuve depuis peu, recueille Clément, le nouveau-né de sa suivante Sybille qui meurt en couches.

1304, Chypre. Francesco de Leone, chevalier hospitalier, est envoyé en France. Sa mission officielle est de permettre à l'ordre de l'Hôpital d'anticiper la politique de Philippe le Bel, roi de France. Mais une quête personnelle guide Leone.

1304, Paris. Philippe le Bel veut s'affranchir de la tutelle de l'Église. Le pape Benoît XI meurt empoisonné, les ordres du Temple et de l'Hôpital, meute de garde du pape, sont menacés. Philippe le Bel – aidé de Guillaume de Nogaret, son plus influent conseiller – avance ses pions. Il lui faut un pape docile.

1304, domaine de Souarcy-en-Perche. Clément est devenu un jeune garçon à la vive intelligence. Il découvre dans l'abbaye des Clairets une bibliothèque secrète. Il y dévore tous ces textes anciens que l'Église prohibe ou ignore et tombe sur un carnet appartenant à un chevalier hospitalier, Eustache de Rioux. Y est fait référence à un mystérieux traité de Vallombrosa, à deux thèmes astraux et à d'incompréhensibles runes… Y a-t-il un lien entre ces découvertes et la quête étrange du chevalier hospitalier Francesco de Leone ?

Dans la forêt de Souarcy, un cadavre. Un homme qui semble carbonisé, sans qu'aucune trace de feu ne l'entoure. Un émissaire du pape venu porter une missive secrète à l'abbesse Éleusie de Beaufort. Il y était fait mention du sang divin qui lave tous les péchés. Puis d'autres cadavres. Et autant d'indices qui pointent en direction du manoir de Souarcy. Agnès ?

Sur ses terres, Agnès doit aussi affronter le désir incestueux qui ronge son demi-frère, Eudes de Larnay, qui rêve de la soumettre et n'hésite pas à la jeter dans les griffes de l'Inquisition et du sanguinaire Nicolas Florin. Seul Artus, comte d'Authon, tombé sous le charme d'Agnès, pourrait lui venir en aide…

Résumé du tome II

Le Souffle de la rose

Septembre 1304. Accusée de complicité avec les hérétiques par son demi-frère Eudes de Larnay, Agnès de Souarcy se retrouve aux mains de l'infâme Nicolas Florin, le grand inquisiteur d'Alençon. Ce dernier jubile : cette femme ravissante – dont une mystérieuse silhouette a exigé la mort – l'affole et il prend un plaisir pervers à la torturer, à la voir souffrir. Pourtant, la pire des douleurs pour Agnès va venir de Mathilde, sa propre fille, qui n'hésite pas, pour quelques pierreries, à la trahir en l'accusant de commerce démoniaque…

Octobre 1304, commanderie templière d'Arville. Le chevalier hospitalier Francesco de Leone poursuit sa quête mystérieuse. Il recherche un rouleau de papyrus, l'un des textes les plus sacrés de l'humanité dont le secret lui a été transmis par Eustache de Rioux, son parrain. Le manuscrit fut caché par un chevalier templier en l'une des commanderies de son ordre.

Novembre 1304, palais du Vatican. Honorius Benedetti veut à tout prix récupérer un texte qui doit impérativement rester secret. Ce texte, c'est le fameux traité de Vallombrosa découvert par Clément à l'abbaye des Clairets ; ce même traité qui évoque le thème astral d'Agnès de Souarcy…

1304, abbaye de femmes des Clairets. Les moniales meurent empoisonnées, les unes après les autres. La coupable est parmi elles… Pour Éleusie de Beaufort, mère abbesse et tante du chevalier Francesco de Leone, une seule certitude : c'est aux manuscrits de la bibliothèque secrète de l'abbaye que l'on veut parvenir…

De quelle prodigieuse machination Agnès est-elle donc l'enjeu majeur? Pourquoi se retrouve-t-elle au centre de la mystérieuse quête de Francesco de Leone, chevalier hospitalier, qui, pour la libérer de ses geôles, n'hésite pas à assassiner Nicolas Florin ? Comment Clément, son petit protégé, et le comte Arthus d'Authon, désormais sous son charme, vont-ils pouvoir la protéger d'une menace qui la dépasse? Et comment expliquer que les précieux manuscrits des Clairets fassent allusion à la date de naissance et au signe astral de la dame de Souarcy ?

RÉSUMÉ DU TOME III

Le Sang de grâce

Décembre 1304, palais du Vatican. Honorius Benedetti est furieux, après la mort de Nicolas Florin. Agnès de Souarcy a pu s'échapper des griffes de l'Inquisition. Mais il veut sa mort, et celle du petit Clément. Il charge Aude de Neyrat de cette mission.

Décembre 1304, abbaye des Clairets. Les précieux manuscrits conservés dans la bibliothèque secrète ont été dérobés et l'enherbeuse poursuit ses forfaits. L'abbesse Éleusie de Beaufort est assassinée. Annelette Beaupré, sœur apothicaire, se retrouve seule pour lutter. Mais Esquive d'Estouville, une mystérieuse jeune femme, a rejoint l'abbaye pour la soutenir et l'aider à retrouver les manuscrits avant que la voleuse ne les fasse définitivement disparaître des Clairets.

Francesco de Leone apprend, par une lettre posthume de sa tante Éleusie de Beaufort, qu'il est le cousin d'Agnès de Souarcy, fille de Philippine. Agnès, ignorant cette parenté, lui révèle quant à elle que Clément est son fils naturel. Elle continue toutefois à dissimuler le sexe véritable de l'enfant, le protégeant, intuitivement.

Janvier 1305, abbaye des Clairets. Jeanne d'Amblin, l'enherbeuse, a été assassinée à son tour par Aude de Neyrat, venue aux Clairets pour remplacer l'abbesse, et surtout pour récupérer les manuscrits que Jeanne a réussi à dérober. Mais madame de Neyrat supprime sa complice avant de retrouver les textes, mis en lieu sûr par Annelette et Esquive. Blanche de Blinot, doyenne de l'abbaye, s'avère la complice de Jeanne.

Aidé de Clément et d'Annelette, Francisco de Leone découvre dans la bibliothèque le mystérieux rouleau de papyrus. Clémence comprend qu'elle est la femme désignée par le manuscrit : celle qui perpétuera le *sang différent*. Elle découvre l'identité véritable de sa mère. Afin de se protéger, ainsi que sa mère, Agnès, elle disparaît, laissant cette dernière seule au manoir de Souarcy. Mais plus pour longtemps… Le comte d'Authon l'épouse, et elle donne naissance à un fils. Agnès n'a plus qu'un désir : retrouver sa chère Clémence.

Les personnages

Agnès, bâtarde reconnue du baron de Larnay, veuve, dame de Souarcy.

Clément, prétendu « fils » posthume de Sybille, la suivante qu'Agnès a accueillie sans se douter de son hérésie.

Mathilde, fille unique d'Agnès, légère et coquette, que les duretés de sa vie à Souarcy exaspèrent.

Eudes de Larnay, demi-frère et suzerain direct d'Agnès.

Francesco de Leone, chevalier hospitalier replié à Chypre,

Artus, comte d'Authon, suzerain direct d'Eudes de Larnay, et arrière-suzerain d'Agnès.

Annelette Beaupré, sœur apothicaire de l'abbaye.

Honorius Benedetti, camerlingue du pape.

Aude de Neyrat, délicieuse et redoutable femme de main de Benedetti.

Nicolas Florin, dominicain, seigneur inquisiteur pour le territoire d'Alençon.

Esquive d'Estouville, très jeune femme qui croise la route de Leone sans qu'il se doute qu'elle le protège.

Agnan, jeune clerc de la maison de l'Inquisition d'Alençon, ancien secrétaire de Nicolas Florin. Il s'est rallié à la cause d'Agnès.

Auberge de la Carpe-Vieille, Authon-du-Perche, Perche, juillet 1306

Raimonde soupira de contentement en étirant ses jambes percluses de rhumatismes. Ah, vrai ! Un gorgeon offert, et en plaisante compagnie, rien de tel pour requinquer sa commère[1]. Elle poussa du pied le cabas lourd de victuailles négociées au marché. Les gueux ! Certes, les récoltes avaient été mauvaises depuis deux ans, mais ces vauriens de marchands augmentaient leurs prix et vous serraient à la gorge comme des malandrins. Raimonde ne s'en laissait pas conter et hurlait au vol telle une poissarde de halle. C'est ainsi qu'elle avait rencontré Muguette, qui lui collait à l'épaule devant un éventaire. Après une éructation outrée de Raimonde, la jeune femme s'était tournée vers elle, opinant du bonnet :

– Ah ça, ma bonne, vous avez belle raison ! Les gredins qui s'engraissent sur la misère du monde ! Pensez : la livre* de lard était à un quart de denier tournois* à la Noël dernière. La voilà passée à près du double aujourd'hui. Et on voudrait nous faire accroire que

1. À l'époque, le terme n'a pas la connotation péjorative qu'il a aujourd'hui. « Commère » et « compère », après avoir signifié « qui a tenu un enfant sur les fonts baptismaux », s'emploient pour désigner des gens du voisinage, de fréquentation plaisante.

les cochons ont souffert des intempéries ! De qui se gausse-t-on ?

Justifiée par ce renfort inattendu, Raimonde y était allée d'une autre bordée de commentaires acerbes. Le marchand, faussement penaud mais véritablement cupide, avait baissé la tête, attendant avec patience que l'orage s'éloigne. Ce n'étaient pas les clients qui faisaient défaut en ces temps de presque disette. Que cette vieille et vilaine haridelle[1] en finisse et s'éloigne. Cela n'empêcherait pas que lorsqu'il crierait « Haro[2] ! », son étal serait vidé de ses denrées et ses poches remplies à satisfaction. Et quoi ? Si les pauvres n'avaient pas les moyens d'acheter… qu'ils crèvent. Il y en avait bien assez pour que quelques-uns de moins se remarquent à peine.

Raimonde et Muguette avaient aussitôt sympathisé et décidé de sceller leur amitié nouvelle devant un pichet bien mérité à la taverne voisine de la Carpe-Vieille. Muguette, une fermière cossue si l'on en jugeait par son bonnet de lin ajouré de dentelle et la croix d'améthyste retenue autour de son cou par un mince ruban noir, sans oublier sa bague de mariage, une turquoise de la taille d'un ongle du petit doigt, avait lancé dans un élan de générosité, rare en ces temps :

– C'est moi qui régale !

Raimonde ne s'était pas fait prier. Elle était lasse, trop vieille pour s'acquitter seule des allées et venues à la halle aux victuailles, mais Ronan, le serviteur et confident du comte d'Authon, ne l'entendait pas de

1. Mauvais cheval efflanqué.

2. Exclamation destinée à faire savoir que la vente est terminée. Elle fut ensuite utilisée pour exciter les chiens de chasse avant de finir dans la locution « crier haro sur le baudet ».

cette oreille. La charrette des cuisines et son trait de hersage[1] étaient réservés aux gros achats, bœuf entier, cerf abattu en forêt par le maître, tonneaux de vin ou minots* de blé ou d'avoine. Le reste se chargeait et se rapportait à bras ou à birouette[2].

Muguette héla le tavernier :

– Maître Carpe[3], servez-nous un vin de bonne tenue. Nous l'avons bien gagné.

Puis, elle attaqua, outrée :

– Cochons de profiteurs ! Ils vous saigneraient à blanc. Mon époux, qui est homme sage, affirme que les temps à venir seront bien sombres et, voyez-vous, je crois qu'il voit juste. Certes, nous ne sommes pas à plaindre, toutefois, il serait peu chrétien de se réjouir quand tant d'autres souffrent, voilà ce que je pense.

– Et c'est une belle preuve de charité de votre part, acquiesça Raimonde en vidant d'un trait son gobelet et en saluant sa longue gorgée d'un claquement de langue.

Muguette la resservit aussitôt, l'encourageant à boire d'un petit signe de tête.

– Or donc, vous servez notre bon comte Artus ? demanda-t-elle d'un ton de respect. Quel homme que ce seigneur ! Ça, il ne rechigne pas à la tâche. Nous l'avons vu faucher l'orge comme n'importe lequel de nos manœuvriers[4]. Et beau spécimen de la gent forte, de surcroît, s'extasia la jeune femme.

1. Lourd cheval réservé au labour ou aux tâches pénibles.

2. Brouette. Elles étaient alors équipées de deux petites roues, les rouettes, d'où le nom.

3. Il était de coutume de nommer les aubergistes d'après leur enseigne.

4. Paysans sans terre qui louaient leurs bras.

– Pour sûr, renchérit la vieille femme. De même qu'il est juste et charitable.

– Quand j'affirme qu'au fond, nous ne sommes pas tant à plaindre que cela. Certes, on pourrait espérer mieux du temps qui nous gâche les saisons. Que voulez-vous…

Elles discutèrent paisiblement de choses et d'autres, échangeant des secrets de sauces, des préparations destinées à apaiser les brûlures de gorge, la recette afin de faire dégorger au mieux les limaçons[1] de sorte qu'ils perdent leur amertume, bref, elles se réjouirent l'une l'autre. Désolée, Raimonde songea qu'il lui fallait rentrer au château si elle voulait s'épargner une nouvelle remontrance de Ronan. Il voyait tout, savait tout, au point qu'on aurait pu croire qu'il avait des yeux plantés derrière le crâne.

Les deux femmes se quittèrent à la sortie de la taverne, avec promesse de se revoir un jour prochain de halle. Raimonde s'esclaffa :

– Mes moyens sont bien modestes. Toutefois, c'est moi qui régalerai.

– À vous revoir ma bonne, avec grand bonheur, la salua Muguette avant de disparaître au coin de la ruelle.

Raimonde cheminait, poussant sa birouette en soufflant. Dieu que la route était longue ! La sente de caillasse rendait sa progression difficile. Elle s'arrêtait parfois, reprenant son souffle. Elle allait exiger de Ronan qu'il lui octroie un homme le temps du mar-

1. Escargots. Ils conviennent aux jours gras et maigres et on les trouve sur toutes les tables.

ché. L'écho d'une cavalcade légère dans son dos la fit se retourner. Muguette courait dans sa direction. Raimonde l'attendit, un sourire jouant sur ses lèvres. La jeune femme, hors d'haleine, pila à un mètre d'elle et s'exclama, main sur le cœur :

– Dieu du ciel, quelle bécasse je fais ! Mon époux n'aura pas réglé ses affaires avant le soir échu, et je puis donc bien vous aider à pousser votre faix[1].

Elle interrompit d'un geste la molle protestation que s'apprêtait à formuler la vieille femme et insista :

– Non, non, vous dis-je. C'est bien là le moindre bienfait que peut offrir une femme de mon âge à une femme du vôtre… en espérant qu'un jour, on lui rendra la pareille. Allons, reposez-vous un peu. Je pousse à mon tour.

Elles devisèrent durant une dizaine de minutes et Muguette s'arrêta. Raimonde reprit les brancards, remerciant la providence d'avoir placé cette serviable jeune femme sur son chemin.

Muguette se mit à boitiller et annonça en riant :

– Ah, il fallait s'y attendre : un gravier s'est faufilé dans mon soulier. Poursuivez, Raimonde, je vous rattrape et vous décharge.

La vieille femme se sentait soulagée. Ses reins la tiraillaient moins grâce à la gentille Muguette. L'écho d'un pas vif. Elle tourna à peine la tête. Muguette devait s'être débarrassée du gravillon.

D'abord, durant un infime instant, Raimonde demeura l'esprit vidé de toute pensée. Ensuite, aussitôt, une effroyable douleur explosa dans son sternum et la coucha vers l'avant. Elle se demanda quelle bête féroce

1. Fardeau. Donnera « portefaix » : homme de peine qui porte de lourdes charges.

déchirait ainsi ses chairs. Elle hoqueta et tenta de se redresser, cherchant son souffle bouche grande ouverte. Un flot de sang s'échappa de sa gorge, maculant son chainse[1]. Elle voulut crier, appeler à l'aide, mais sa force avait déjà fui. Et Raimonde s'écroula, renversant la birouette dans sa chute, sans avoir compris que la charmante Muguette venait de lui trancher le cœur de sa daguette.

Celle-ci essuya sa lame sur la robe de la vieille femme qui reposait ventre contre terre. Une moue de déplaisir crispant ses lèvres, elle rabaissa les manches de sa robe, qu'elle avait pris soin de rouler haut afin de les préserver d'une éclaboussure de sang. Elle détestait cette tache de vin de la taille d'un denier* qui enlaidissait le pli de son coude droit. Elle murmura :

– Je suis désolée, Raimonde. Dieu accueille ton âme, ma bonne. Je n'avais pas d'autre choix. Tu es un ange maintenant, et je ne doute pas que tu me pardonnes.

Muguette allait s'écarter bien vite de sa victime lorsqu'une pensée la retint. Fichtre, toutes ces denrées. Nul doute que celui qui découvrirait le cadavre ne les abandonnerait pas aux hommes du bailli. C'était pécher que de négliger la nourriture. Après tout, celle-ci ne servirait plus à Raimonde. D'autant que Muguette devrait rendre sa robe, son bonnet, ses jolis bijoux à son commanditaire pour retrouver ses hardes de pauvresse.

Elle inventoria du regard le contenu répandu de la birouette. Une baudroie[2] emmaillotée dans un cocon d'herbes afin de la protéger de la chaleur. Dieu du ciel :

---

1. Sorte de longue chemise de corps que l'on portait contre la peau, sous la robe ou le vêtement.

2. Lotte. À l'époque, les poissons de mer étaient une denrée rare à l'intérieur des terres.

elle n'en avait jamais mangé. Il s'agissait d'un mets de prince. D'autant qu'elle serait perdue au demain. Et puis, une belle longueur de saucisse de sang[1], une merveille dont elle ferait son régal. Elle embarqua la nourriture sans un autre regard pour la femme qui achevait de se vider de son sang.

1. Boudin.

Rome, palais du Vatican, juillet 1306

Debout devant la haute fenêtre de son bureau, mains croisées dans le dos, le camerlingue[1] Honorius Benedetti regardait sans les voir vraiment les maisons épiscopales[2] qui constituaient le cœur du palais papal, édifié durant le court règne de Nicolas III[3]. Il s'en voulait de l'impatience qu'il ne parvenait plus à juguler. Tant de choses dépendaient des réponses qu'il attendait depuis des mois.

L'archevêque Benedetti était de taille modeste, presque fluet, impression encore renforcée par l'imposant bureau marqueté d'ivoire, de nacre et de losanges de turquoise derrière lequel il s'installa. Fils unique d'un gros bourgeois de Vérone, bien peu le prédisposaient à la robe, et certainement pas son goût marqué pour la douce gent et les manifestations plaisantes de la vie. Toutefois, son ascension dans la hiérarchie religieuse avait été fulgurante, aidée par une intelligence que tous qualifiaient de subtile. Ses nombreux mais

1. Chef de la Chambre apostolique et de toute l'administration financière, en plus d'un rôle de conseiller-confident auprès du souverain pontife.

2. À cette époque, elles s'élevaient à la place de l'actuelle basilique Saint-Pierre dont la construction, commencée en 1452, se poursuivra durant plus d'un siècle.

3. Pape de 1277-1280.

prudents détracteurs ajoutaient en confidence que son éblouissant talent pour la ruse et le calcul n'avait pas gâché cette élévation. En politique avisé, l'archevêque jouait de la crainte qu'il inspirait à beaucoup. La peur est une magnifique arme de dissuasion pour qui sait la manier.

À l'habitude, Honorius Benedetti ruisselait de sueur. Il repêcha l'éventail de nacre dans l'un des tiroirs de son bureau. Fort peu connaissaient le doux secret de ce bel objet. Il lui avait été offert, un petit matin, par une dame conquise de Jumièges. Il ne devait jamais la revoir, pourtant son éventail avait depuis accompagné tous les jours du prélat. Un joli souvenir en vérité, vieux de plus de vingt ans. Étrange... Il lui semblait maintenant que son esprit abritait deux mémoires. Celle, lointaine mais vivace, des petits moments sans autre importance que le bonheur qu'ils ramenaient avec eux. Ses parties de pêche avec son frère aîné ou leurs grandes aventures imaginées lorsqu'ils conspiraient au fond du parc de la vaste demeure familiale. Les rires de sa mère, cascades de gorge qui lui évoquaient un oiseau rare. La douceur de peau de quelques dames ou moins dames. Cette mémoire-là s'était scellée, devenant imperméable à l'autre, au moment même où la grâce avait assailli Benedetti. Une sorte d'amour immense et douloureux, auquel il ne s'attendait pas, qu'il ne réclamait pas, qu'au fond il aurait volontiers repoussé si le choix avait été sien, l'avait assommé. Dieu s'était imposé à lui, estompant le reste. Benedetti n'avait plus eu qu'une fin : Le servir de toutes ses forces et de toute son intelligence. Depuis, lorsqu'il cherchait, au creux des nuits d'accablement, un seul joli souvenir abandonné par ces vingt ans de foi dévorante, aucun ne lui venait. S'ouvrait la deuxième mémoire, celle des complots, des fourberies, du mensonge. Du meurtre aussi. Tant de meurtres, d'êtres dont il avait ordonné le trépas. Pourtant, une seule de ces odieuses cicatrices le rongerait jusqu'à son ultime souffle. Il s'accommoderait des autres. Il s'en était déjà accommodé. Ne persistait qu'un visage, un seul nom. Benoît XI*, sa plaie purulente. Benoît l'angélique qu'il avait aimé comme un frère, pour qui il aurait œuvré sans répit mais dont il avait commandé l'enherbement. Benoît avait trépassé entre les bras de son assassin, murmurant dans son délire d'agonie des paroles de fraternité. Les larmes montèrent aux yeux de Benedetti lorsqu'il ferma les paupières afin de se contraindre à revoir, pour la millième fois, la large tache de vomissures sanglantes qui maculait la robe du pape défunt.

Benoît, agneau tant aimé de Dieu. Vois-tu mon frère, je crois du plus profond de mon âme que le pire péché que je pourrais commettre, moi qui les ai tous commis en pleine conscience, serait de chercher l'absolution pour ta mort. Je souhaite que tu demeures à jamais mon pire cauchemar, ma malédiction, la folie qui rampe parfois vers moi et contre laquelle je lutte jour après jour. Je désire que ton agonie me tourmente jusqu'à l'issue de la mienne.

Un huissier courbé d'obséquiosité passa la tête par l'entrebâillement de la haute porte et précisa d'une voix plaintive :

– J'ai frappé à deux reprises, Éminence.

– Est-il arrivé ?

– Il patiente dans l'antichambre, monseigneur.

– Introduisez-le à l'instant.

Un vide déplaisant se forma dans la poitrine d'Honorius Benedetti. Et si les nouvelles étaient fâcheuses, et si la mission avait été un échec, et si… Assez ! Il s'éventa d'un mouvement nerveux, faisant gémir les fragiles lamelles de nacre

Le prélat tendit la main au-dessus de son bureau et accueillit le jeune dominicain d'un :

– Frère Bartolomeo, j'avoue mon impatience… et mon appréhension à vous revoir.

– Éminence…

– Asseyez-vous, retenez encore quelques instants vos nouvelles. Voyez-vous, il est d'exceptionnels moments dans la vie que l'on néglige à tort. Notre stupide hâte à vouloir conclure en est la cause. Or, ces moments-là sont les verrous de nos existences. Une fois poussées derrière nous, les portes sont définitivement closes, sans espoir de retour. Il convient donc de restituer à ces instants toute leur extrême importance.

Bartolomeo opina d'un hochement de tête, incertain de la signification exacte de la remarque du camerlingue. Ces derniers mois se résumaient à un tel bouleversement qu'il en avait parfois le tournis.

Obscur petit inquisiteur à Carcassonne, il avait requis avec obstination audience du camerlingue afin de dénoncer un frère maléfique, jouissant des épouvantables tortures qu'il dispensait à des innocents. Le pernicieux Nicolas Florin savourait toutes les facettes de son talent destructeur. Troubler, séduire, enivrer, conquérir et saccager des âmes trop candides faisait son délice en le confortant dans la certitude de son pouvoir délétère. Bartolomeo avait été de ces âmes-là. Nicolas l'avait charmé avec patience, le laissant sans volonté de résister à un attachement qui n'avait plus rien de fraternel. Oh certes, péché de chair et de sodomie avait été évité. Pourtant, Bartolomeo était assez lucide pour reconnaître qu'il aurait failli si la lassitude n'avait pas gagné son tortionnaire. Nicolas s'était soudain agacé de ses propres jeux de séduction à son égard. Chaque nuit, Bartolomeo avait silencieusement remercié le camerlingue dont l'intervention l'avait débarrassé de sa pire, de sa plus délicieuse tentation, en nommant Florin seigneur inquisiteur pour le territoire d'Alençon. Il avait prié pour cet homme d'équité qui avait écarté le bourreau de tant de petites gens. Et puis Nicolas était tombé sous les coups de dague d'un ivrogne de passage, du moins était-ce ce qu'on avait conté à Bartolomeo. L'ombre malfaisante de Florin ne s'était pas dissoute pour autant. Elle s'était accrochée des semaines durant au moindre geste du jeune dominicain, le suivant comme un reproche insensé. Lui était alors parvenue une courte missive en la maison de l'Inquisition* de Carcassonne. Une missive si étonnante qu'il avait d'abord cru se méprendre sur son sens. Le camerlingue Honorius Benedetti le mandait auprès de lui, à Rome, où il exercerait dorénavant son service. Nulle griserie n'avait envahi Bartolomeo, plutôt la terreur de n'être pas à la hauteur de ce qu'attendait de lui le prélat. Servir la grandeur qu'il avait perçue chez l'archevêque lors de leur brève discussion lui était apparu hors de ses dons. Il s'était rendu à la convocation du prélat, insistant sur sa probable incompétence. La douceur obstinée dont Bartolomeo avait fait preuve avait convaincu Benedetti que le jeune dominicain était celui qu'il cherchait. Il avait balayé les incertitudes du jeune homme :

– Mon frère… j'ai connu tant d'hommes qui n'étaient pas ce qu'ils prétendaient ou croyaient être. Les surprises qu'ils m'ont causées furent parfois exécrables, parfois réjouissantes. Laissez-moi donc juger de votre aptitude.

Avec une aménité sous laquelle Bartolomeo avait perçu un infini désespoir, Benedetti avait alors expliqué au jeune dominicain le sens et l'inflexibilité de sa mission sacrée : l'ordre de l'Église devait prévaloir, à n'importe quel prix, afin de museler les pires inclinations de l'homme.

Les recherches que le camerlingue avait confiées à Bartolomeo l'avaient ensuite accaparé. Il ne s'était pas interrogé sur la justesse de la conviction de l'archevêque. Après tout, Dieu avait décidé de la place de monseigneur Benedetti au Vatican. S'Il l'avait installé où il se trouvait, c'était, à n'en point douter, que son aide Lui était nécessaire. Au contraire, peu à peu, le jeune homme avait entrevu l'ampleur du projet d'Honorius Benedetti. Il avait senti que son rôle auprès de lui, aussi obscur fût-il, pouvait concourir à décourager l'homme de sa bestialité, à le haler vers la lumière. L'allégresse avait remplacé les appréhensions de Bartolomeo. Enfin il servait les créatures humaines, tous ces frères et sœurs auxquels il avait offert sa vie par amour du Christ. Et l'ombre de Nicolas Florin s'était effilochée pour disparaître tout à fait.

La voix étonnamment grave du prélat le tira du bonheur que lui procurait cette conclusion :

– Le moment est passé, Bartolomeo. Je l'ai savouré. Vos nouvelles ? Sont-elles bonnes ?

– Je ne sais, Éminence. Les enjeux sont trop complexes pour que je les perce tout à fait. Vous jugerez. Cela étant, je les crois fastes.

– Contez-les-moi par le menu.

– J'ai, sur votre ordre, approché le supérieur du monastère de Vallombrosa*, le père Eligius, un homme de bienveillance et de fermeté. Il vous est acquis et n'a fait nulle difficulté pour me narrer tout de l'histoire. Ce vieux moine mathématicien, frère Liudger, le concepteur de cette théorie astronomique blasphématoire, apparaît comme un frondeur invétéré, réprouva Bartolomeo. En dépit de mises en garde fraternelles, il n'a eu de cesse de prouver qu'il avait raison et que l'œuvre majeure de Ptolémée[1] n'était qu'un ramassis d'erreurs grossières. Quelle outrecuidance !

Le visage sévère, Honorius Benedetti approuva cette exclamation d'un hochement de tête. Gentil petit moine. Bien sûr que la Terre tournait autour du soleil et non l'inverse. Inutile de le détromper. Le jeune dominicain, comme les autres, devait continuer de croire qu'il était le projet abouti de Dieu, son succès définitif. Même les planètes, le soleil, devaient rendre hommage à la Terre de l'homme en tournant autour. L'arrogance humaine ne connaissait aucune limite.

– Toujours est-il que ce récalcitrant frère Liudger a glissé, sans doute à cause de socques[2] trempées…

Il a glissé parce que je l'ai fait pousser et que le tueur que j'avais recruté a écrasé son crâne contre un pilier, rectifia mentalement Honorius. Nous avons récupéré le manuscrit dans lequel il avait rapporté ses remarquables avancées astronomiques. La Terre n'est pas immobile au milieu du firmament mais tourne autour du soleil à l'instar des autres planètes. De surcroît, les calculs

1. IIe siècle avant J.-C. Auteur d'une théorie totalement figée et erronée selon laquelle l'univers était plat et fini, ayant la Terre immobile en son milieu. Bénéficiant des faveurs de l'Église, cette théorie persistera durant dix-sept siècles.

2. Chaussures à semelles de bois.

de Liudger ont démontré l'existence de trois autres astres[1]. Cette véritable révolution dans la connaissance implique que tous les thèmes astraux, voire notre médecine astrologique, ont été déduits de données fautives. Nous avancions dans les calculs qui nous auraient permis d'élucider le deuxième thème astral de la prophétie : *« La lignée vient par les femmes. C'est de l'une d'elle que renaîtra le sang différent*. Ses filles le perpétueront. »*

Agnès de Souarcy était l'une de ces femmes, le premier thème, celui qu'ils étaient parvenus à décrypter. Tout portait à croire que la nouvelle Mère naîtrait d'elle, un jour. Peu importait le nombre de générations. À n'en point douter, le second thème concernait l'une de ses filles, celle qui devait perpétuer le sang unique. Et il avait fallu que ce maudit voleur, ce Gachelin Humeau, dérobe le traité de Vallombrosa, l'un des manuscrits les plus précieux de l'humanité, ainsi que d'autres ouvrages, dans la bibliothèque privée de Boniface VIII*, afin de le vendre au plus offrant.

– … Le carnet dans lequel il consignait ses balivernes s'est volatilisé…

– Je sais tout cela, s'irrita Benedetti. N'avez-vous recueilli aucune nouvelle information durant votre court séjour à Vallombrosa ?

– Si fait, Éminence. J'y viens. L'abbé Eligius, que cette affaire ne cesse de désoler bien qu'elle remonte à plus de cinq ans, poursuit son enquête sans faillir.

– Brave âme, commenta Honorius en songeant qu'il allait lui falloir trouver sous peu un évêché de récompense pour marquer sa gratitude et se garantir le silence

1. Uranus, Neptune et Pluton furent, en effet, découvertes plus tard.

et la persistante reconnaissance dudit Eligius. Celui-ci protesterait pour la forme, jurant que son seul soin était la défense de l'Église. Une éternelle comédie dont nul n'était dupe. Une récompense, en vérité. Si toutefois ce bon abbé lui offrait ce qu'il recherchait depuis des années : un moyen de remonter jusqu'aux découvertes de ce moine mathématicien.

– … Frère Liudger avait les doigts déformés par une maladie de vieillerie. Il pouvait à peine lacer ses sandales et encore moins tenir la plume. En d'autres termes, il ne peut pas avoir été le rédacteur des billevesées dont les pages du manuscrit étaient semées.

– Quelqu'un d'autre les aurait transcrites pour lui? demanda Honorius d'une voix tendue.

– Oui-da. Or, à ce que m'a narré le père Eligius, notre vilain moine était fort défiant, surtout après les remontrances et les mises en demeure qu'il avait reçues d'abandonner à l'instant ses sornettes. Il ne pouvait s'en remettre qu'à un être de loyauté, assez habile dans l'art mathématique pour éviter les bévues de copie.

– Savons-nous qui était ce confident?

– Indirectement, Éminence. Un jeune bénédictin a disparu du monastère quelques jours après l'accident de frère Liudger. Il venait d'être ordonné et son maître de noviciat n'était autre que notre délirant astronome. Si je puis me permettre cette suggestion, je ne serais pas surpris qu'il ait dérobé le manuscrit dans l'espoir de le monnayer.

Charmant Bartolomeo, songea Honorius, tu te trompes. C'est nous qui avons récupéré la théorie après l'assassinat de son auteur. Quant au moinillon, il a dû prendre peur, preuve qu'il était sage en plus d'être érudit.

– Le nom de ce jeune bénédictin?

– Sulpice de Brabeuf. Il a disparu de la surface de la Terre, comme happé.

– Eh bien, nous allons le retrouver. Il le faut. Au plus vite.

– Pensez-vous, Éminence, qu'il ait conservé un souvenir sans faille de la multitude d'équations qu'il a tracées sous la dictée, même s'il était familier de l'art mathématique ?

– Certes pas. En revanche le papier est fort dispendieux et les monastères économes. Il est de coutume que les copistes s'exercent sur les bandes vierges récupérées de fins de lettres ou de tout autre écrit afin de réduire le nombre de fautes qui pourraient endommager une belle page. De plus, vous n'ignorez pas que le grattage d'une lettre ou d'une phrase, aussi délicat soit-il, peut compromettre plusieurs heures de copie. Ajoutez à cela qu'il est sensé de penser que nos deux complices se livraient à leur occupation en clandestinité et n'avaient que peu de temps à y consacrer. En d'autres termes, je ne serais pas étonné qu'une sorte de brouillon de l'ouvrage existe. Et si j'avais été à la place de ce Sulpice de Brabeuf, j'aurais pris grand soin de l'emporter avec moi dans ma fuite.

– Comment dois-je procéder afin de le retrouver ?

– Vous serez secondé. Nous devons faire vite. Très vite. Sondez les monastères voisins en mon nom. Un jeune prêtre ou un novice y fut-il reçu peu après la disparition de ce Sulpice ? Cela étant, je doute qu'il se soit terré dans un couvent. Peut-être a-t-il rejoint le siècle[1] sous un nom d'emprunt. Je ne sais, Bartolomeo, lança le camerlingue d'un ton que l'agacement gagnait. Ce Brabeuf doit avoir une famille, d'anciennes relations

1. Dans le sens de société laïque.

puisqu'il était encore fort jeune au moment des faits. Peut-être a-t-il sollicité leur aide.

– Je le chercherai jour et nuit, monseigneur.

– N'hésitez pas à brandir au nez des récalcitrants le spectre de notre mécontentement. En revanche, promettez avec suavité nos prières et le pardon de leurs fautes passées à ceux qui nous aideront. La docilité revient souvent aux êtres qui redoutent pour le confort de l'au-delà qu'ils se ménagent.

Forêt de Trahant, Perche, juillet 1306

Aude de Neyrat porta à son nez un fin carré de linomple[1] imbibé d'essence de rose. La puanteur qui régnait dans cette masure lui tournait le cœur. Une fumée noirâtre s'élevait de l'âtre central, creusé à même le sol de terre battue, vers un orifice du toit fait de branchages et de chaume. La poule noire, égorgée, pendue par les pattes au-dessus des flammes, avait cessé de se débattre. Des gouttes de sang s'écrasaient encore en grésillant sur les brandons. La malfaise[2] s'activait autour du feu, jetant parfois une pincée de poudre qui s'enflammait dans un éclat verdâtre, marmonnant sans presque reprendre son souffle.

L'impatience gagnait Aude, qui luttait contre l'impérieuse envie de sortir du taudis afin de respirer au-dehors un peu d'air frais. Le visage tendu de concentration, la diseuse récupéra dans un chaudron une pleine poignée de répugnants viscères qu'elle jeta sur les tisons. Aude de Neyrat salua d'un haut-le-cœur le regain de pestilence qui se répandit entre les murs de planches noirâtres.

Madame de Neyrat, l'amie d'âme du camerlingue Benedetti, sa débitrice reconnaissante, sa complice

1. Actuellement « linon », fin tissu de lin (ou de coton).
2. Mauvaise.

donc, s'étonnait de l'insistance avec laquelle Honorius lui avait conseillé cette malfaise. Ajoutait-il véritablement foi aux pouvoirs de l'obscur, lui qui n'avait jusque-là eu recours qu'à des enherbeurs, dont Aude de Neyrat ?

Un léger soupir s'échappa d'un des coins obscurs du galetas[1]. Aude tourna la tête, plissant des yeux pour distinguer la silhouette de la petite fille assise en tailleur à même le sol. La ravissante enfante l'avait accueillie d'une charmante révérence à son entrée. Puis elle avait filé bien vite vers le recoin d'ombre, s'efforçant de disparaître aux regards. Le saisissant contraste entre la malfaise, sa silhouette décharnée, ses ongles longs et noirs, épais et recourbés tels des herpes[2], ses cheveux raides et si emmêlés qu'on eût cru une vilaine crinière grasse de suint et de crasse, et ce petit ange blond aux yeux d'eau limpide avait intrigué madame de Neyrat. À la vérité, cette fillette aurait pu passer pour sa fille de ventre, et certainement pas pour une rejetone de la diseuse. S'agissait-il d'un de ces enfants abandonnés à mourir par des parents impécunieux, voire d'un de ces mignons angelots volés au berceau afin d'être dressés à apitoyer le chaland les jours de marché ou la commère aux abords du caquetoire[3] ? Aude de Neyrat

1. C'est à peu près à cette époque que ce terme, qui désignait un appartement dans une maison templière, fut utilisé pour évoquer les combles d'une maison bourgeoise puis un taudis. Peut-être faut-il y voir une autre preuve du mépris grandissant du peuple pour les représentants du Temple.

2. Griffes de chien.

3. Porche principal d'une église où les fidèles s'arrêtaient pour discuter voire cancaner.

avait ensuite reporté toute son attention sur la femme brune, qui aurait tout aussi bien pu avoir trente ans que cent, et oublié la gamine.

Un nouveau soupir presque inaudible. Aude adressa un petit geste de main à l'obscurité. Aussitôt, un frémissement. L'enfante s'approcha d'elle, intimidée. Elle lança un regard inquiet vers le dos de la femme qui psalmodiait à l'intention du feu mourant, puis risqua une petite grimace de dégoût. Aude jugea délicieux le froncement de nez et sourit, encourageant d'un signe de tête la petite fille à la rejoindre. Elle lui tendit son fin mouchoir parfumé. La fillette y enfouit son adorable minois et ferma les yeux de plaisir. L'admiration qu'Aude lut dans son regard lorsqu'elle lui rendit le fin carré d'étoffe dédommagea un peu madame de Neyrat qui en oublia presque, durant quelques secondes, l'infection ambiante. Elle tapota le sol juste à côté de l'escame[1] branlante sur laquelle elle s'était assise. La fillette s'empressa de s'installer.

– Avançons-nous ? demanda soudain madame de Neyrat, une trace d'agacement dans la voix.

– Oui-da. C'est presque achevé, répondit la malfaise d'un ton guilleret.

– Êtes-vous bien certaine de la puissance de votre… art, que je paye fort cher ?

L'autre se tourna d'un bloc et se figea lorsqu'elle découvrit la gamine lovée aux pieds de la magnifique créature qui avait pénétré une heure plus tôt dans son antre malodorant. Une chevelure blonde et mousseuse entourait un visage angélique à l'ovale parfait. Deux immenses lacs d'émeraude étirés en amande vers les tempes la fixaient, sans l'ombre d'une crainte.

1. Sorte de tabouret bas, étroit, souvent de forme triangulaire.

Au contraire, une sorte de mépris hautain s'y lisait. L'humeur de la malfaise vacilla. Que croyait-elle, cette belle donzelle[1] ? Que le monde entier s'inclinait devant elle ? Si tel était le cas, cela prouvait qu'elle ignorait l'étendue des pouvoirs de celle qu'on lui avait recommandée. Celle que tous redoutaient. La femme siffla :

– Rejoins ton coin, Angélique. À moins que tu ne préfères que je te chauffe les reins.

Avant de détaler, l'enfante lança un regard de terreur à madame de Neyrat, que l'exécration pour cette sorcière gagnait. Cette dernière s'adoucit aussitôt et s'efforça à l'affabilité pour sa riche visiteuse. La bourse que la femme lui avait remise pour son office était renflée à souhait. Bien plus que ne payaient les manants des alentours pour se débarrasser d'une vilaine verrue ou la provoquer sur la face d'un rival, pour concevoir un mâle, ou encore se débarrasser sans risque d'un gêneur. La malfaise expliqua :

– Je ne suis pas de ces piètres jeteurs de sort qui vendent leurs philtres de comédie aux crédules, ni même un de ces caillebotiers[2] qui prétendent s'en prendre au ventre des femmes et des bêtes.

– Voilà qui me rassure, minauda madame de Neyrat. Ah, j'oubliais… avez-vous obtenu ce que je… convoitais ?

– Si fait.

La femme plongea une main griffue dans son informe cotte[3] malpropre et trop large et en tira un petit paquet de grosse toile. Aude condescendit à se lever pour le

1. À l'époque, fille ou femme de distinction.

2. Envoûteurs prétendument capables de faire avorter ou de stériliser.

3. Équivalent de la robe.

récupérer puis se réinstalla avec grâce avant de déballer l'objet, un mince jonc brisé d'un blanc gris irisé. Elle le retourna entre ses doigts, une moue dubitative plissant sa jolie bouche. L'autre se justifia :

– Vos ordres ont été respectés à la lettre ! Ça n'a pas été chose aisée que de se le procurer.

Fixant madame de Neyrat de ses yeux de jais, elle ajouta dans un murmure :

– En dépit de vos magnifiques atours, de votre maintien, et de ce visage d'ange derrière lequel je perçois un gouffre, je sais que je peux vous conter la vérité. Les autres ne peuvent pas la comprendre, ni même la supporter… Or nous la partageons, n'est-ce pas ? Il faut toujours payer pour ce que l'on désire plus que tout. Certains prix paraissent inacceptables aux yeux des couards. Pas aux nôtres. Ai-je raison ?

Madame de Neyrat se contenta de hocher la tête en signe d'acquiescement. L'autre poursuivit du même ton paisible, presque détaché :

– Je voulais les dépasser tous. Il me fallait, afin d'y parvenir, conclure une… union, avec de puissants alliés. Puissants mais féroces et sans nulle pitié…

Elle pointa les serres qui terminaient ses doigts vers le sol de terre battue.

– … L'argent ne les intéresse pas, la gloire et la reconnaissance non plus. Seules les âmes les séduisent terriblement. J'ai offert la mienne en marché. En toute connaissance de cause. Je ne le regrette pas. J'ai vu, j'ai appris, j'ai senti tant de choses étranges et fabuleuses. J'ai percé bien des mystères qui nous environnent. Je lis l'âme des autres à livre ouvert. (La diseuse ferma les yeux et une tristesse sans hargne se peignit sur son visage, le rendant moins rébarbatif pour un fugace instant.) Eh bien, madame, sachez-le. L'âme de ceux qui pénètrent ici ou que je croise au hasard des chemins pue fort. Nul étonnement donc, à ce que mes… puissants alliés aient préféré la mienne. Elle était pure. Je gage que la vôtre aussi. Avant. C'était avant.

Des souvenirs, tant de souvenirs. Ils affluèrent en marée vindicative dans l'esprit d'Aude de Neyrat. Elle avait été ballottée par une existence d'abord sans compassion. Seul un prodige expliquait qu'elle n'en conservât aucun stigmate. L'existence est à l'image des hommes. Elle renifle les créatures les plus faibles à la manière d'un prédateur et s'acharne à les défaire un peu plus. Orpheline très jeune, Aude avait été confiée à la garde d'un vieil oncle répugnant qui avait, avec obstination, confondu charité familiale et cuissage. Le scélérat n'avait pas profité très longtemps des charmes enivrants de sa très jeune nièce. D'effroyables douleurs de ventre l'avaient bien vite cloué au lit pour une pénible agonie que sa protégée avait veillée avec dévotion. À douze ans, elle découvrait que ses talents pour les poisons et la fourberie n'avaient d'égal que sa beauté et son intelligence. Une tante, des cousins héritiers qui l'avaient toisée avec la morgue de ceux qui n'ont jamais lutté pour leur survie, puis un mari acariâtre et grabataire devaient succéder à l'oncle libidineux et rejoindre un monde qu'Aude leur souhaitait meilleur.

La tête de madame de Neyrat tourna. Elle avait trahi, trompé, ourdi, tué. Dieu. Dieu dans Son infinie sagesse reconnaîtrait-Il que seules les circonstances imposées l'avaient poussée à ces méfaits ? Sans doute pas. Elle se contraignit au calme, fixant le regard sur les peaux de loup mal tannées qui pendaient du toit bas. Il lui vint l'idée incongrue qu'il s'agissait sans doute du butin d'un récent braconnage qui aurait pu valoir la mort à la femme. Était-elle donc si crainte que même son seigneur direct se refusait à sévir ? La défiance d'Aude de Neyrat vis-à-vis des pouvoirs de la femme s'atténua.

Cette dernière la considérait depuis un moment, le visage grave, espérant peut-être une réponse qui prouverait qu'elles étaient – malgré leurs dissemblances – de la même sorte. Aude de Neyrat demeura coite et roide sur son siège. La malfaise s'enquit :

– Faut-il que l'enfant meure avec la mère ?

Madame de Neyrat ironisa :

– Fichtre non, pauvre chérubin. Nous ne sommes pas des monstres. D'autant qu'un hoir[1] ne nous encombre pas. Comment… comment se déroulera la suite ?

– Au mieux et j'oublierai tout de votre existence, à l'habitude.

– Quelques précisions me distrairaient, insista madame de Neyrat.

– Une maladie de langueur dont les premiers symptômes surviendront peu après que le sachet que je vais préparer sera placé à proximité de l'ensorcelée, dans sa chambre, sous son lit par exemple. C'est en général l'effet produit. Elle en perdra le manger et s'étiolera jusqu'au trépas. (La sorcière hésita quelques instants et insinua :) D'autant qu'une telle détérioration de santé ne devrait pas surprendre l'entourage, qui y verra une malédiction des dames d'Authon. D'abord la première

1. Héritier mâle.

comtesse, puis madame Agnès de Souarcy, la nouvelle épouse. Une bien tragique succession.

La curiosité de madame de Neyrat en fut piquée. Elle s'enquit :

– Fûtes-vous pour quelque chose dans le décès de la première comtesse d'Authon et de son fils ?

L'autre lui jeta un regard de biais et rusa :

– Il s'agit là de secrets que je ne partage jamais.

– Femme avisée. Souffrira-t-elle, madame Agnès, veux-je dire ?

– Si ce n'est de voir la vie sourdre d'elle, non pas. Le regrettez-vous ?

Aude de Neyrat pouffa :

– Que croyez-vous ? Je souhaite me débarrasser d'une… fâcheuse, rien de plus. Je n'ai nul appétit pour la souffrance, pas même celle des autres. À la vérité, elle m'indiffère. Il faudrait m'avoir gravement blessée pour que je me régale d'un supplice.

Elle ne l'avait fait subir qu'une fois, avec jubilation, retardant le dernier souffle de cet oncle qui l'écrasait sous lui selon son bon plaisir, qui lui tirait les cheveux pour la contraindre à ouvrir la bouche, qui la giflait d'un revers de main lorsqu'elle protestait ou pleurait. Elle aurait pu hâter son agonie. Elle avait, au contraire, choisi de la prolonger. Tout le temps qu'elle avait baigné les mains du vieillard d'eau fraîche, tamponné son front d'un mouchoir, ses lèvres d'un linge humide imprégné de poison, elle avait assisté à la parade de la mort avec délectation.

– Ce sachet, que contient-il ?

– Des ingrédients efficaces, dont la liste est mon secret. Plus il restera à proximité de la dame, plus le sort agira vite.

– Avez-vous réfléchi au moyen de l'approcher d'elle ?

– Ne vous inquiétez. Le moyen est tout trouvé, c'est aussi pour cela que vous me payez.

– Quand rejoindra-t-elle son Créateur ? demanda alors madame de Neyrat d'un ton léger de dame en visite.

– Trois à cinq mois, selon sa constitution. C'est le prix à payer pour qu'un enherbement[1] ne soit pas soupçonné.

– Une deuxième grossesse nous gênerait fort. À ce que raconte la ventrière du château d'Authon à qui l'abreuve dans les tavernes avoisinantes, madame de Souarcy est taillée pour l'enfantement. Si elle était déjà avec enfant…

La diseuse lâcha d'un ton d'hésitation :

– Ah… Je pouvais me contenter de lui encombrer le ventre ? Voilà qui est aisé. C'est de cela qu'il s'agit, n'est-ce pas ? Elle ne doit plus donner le jour ? La mort est une affaire trop sérieuse pour qu'on la distribue à la légère.

– Perspicace en plus d'être tempérée, plaisanta Aude de Neyrat. Le temps nous presse. Celui des demi-mesures est donc dépassé. Elle doit mourir. Vite.

– Il en sera fait à votre envie. Vous payez.

– Avons-nous bientôt terminé ?

– Pour aujourd'hui et pour ici, en effet, répondit la femme en récupérant sous son chainse crasseux un sachet de toile noire.

---

1. Empoisonnement.

Elle l'entrouvrit, un sourire flottant sur ses lèvres, et arracha six plumes de la poule égorgée avant de les fourrer à l'intérieur.

– Le sort est jeté, commenta-t-elle. Une fois cette petite enveloppe en place, le reste suivra sans même que nous y participions.

– Quelle réjouissante perspective ! s'exclama Aude de Neyrat, guillerette… J'exècre ce coin de terre. Ces incessantes brumes qui se lèvent au matin et ne disparaissent qu'à la mi-journée. On a le sentiment que le soleil ne s'impose qu'au prix d'une lutte. J'ai hâte de retrouver mon fief du sud du royaume. La peste soit de la pluie qui vous glace les os et vous fait sentir prématurément vieille.

Aude de Neyrat se leva avec grâce, ordonna le tombé de sa robe de velours carmin à manches agrafées[1] et s'enquit d'un ton de bavardage :

– Combien pour Angélique ?

– Elle n'est pas à vendre, rétorqua l'autre, soudain venimeuse.

– Pourquoi cela ? Tout est à vendre, il suffit d'y mettre bon prix. Vous le savez aussi bien que moi. Cent livres[2] pour la fillette. C'est une belle offre pour une orpheline comme il en existe vingt, cent ou mille dans le coin. D'autant qu'elle vous quittera dès qu'elle le pourra. Ce serait sottise de procéder autrement.

– Elle n'est pas à vendre, martela la femme.

– Vous l'avez pourtant volée, n'est-ce pas ?

– Et alors ? Si je l'ai volée, elle est à moi.

---

1. Des agrafes orfévrées retenaient les manches aux épaules et permettaient ainsi aux dames de varier leur toilette sans avoir à changer de robe.

2. Une véritable fortune à l'époque.

– Cent cinquante livres. Songez... vous pourriez acheter une moitié du bourg voisin de Ceton. La réjouissante revanche.

– Sortez. Je vous ai donné ce que vous recherchiez. Sortez maintenant.

– Deux cents livres, la femme. C'est mon dernier prix.

– Et ma dernière réponse est non.

– Vous avez grand tort, minauda Aude. J'obtiens toujours ce que je veux, d'une façon ou d'une autre.

– Prenez garde, je connais d'effrayants secrets.

Aude ferma les yeux. Un chavirant sourire illumina son visage. Elle chuchota :

– Pas contre moi. Tant m'ont voulue morte ou affligée d'effroyables tourments[1]. Je jurerais que d'aucuns ont grassement payé des gens de votre sorte afin d'y parvenir. Et me voyez : bien vive et en fringante santé. J'en viens à croire que je ne dois jamais mourir ou connaître les affres de la vieillerie. Vous ne me faites pas peur...

Les paupières pâles d'Aude se levèrent à regret. Un regard d'un vert de lac profond fixa la femme brune. Une voix grave, inflexible poursuivit :

– En revanche, j'aurai Angélique. C'est un caprice et une promesse. Je cède volontiers à mes caprices et tiens toujours mes promesses.

Elle se rembrunit. Elle avait failli à sa promesse pour la première fois de sa vie, deux ans plus tôt. Elle avait promis au camerlingue Honorius Benedetti la vie de madame Agnès de Souarcy, aujourd'hui comtesse d'Authon, ainsi que trois manuscrits cachés en l'abbaye des Clairets*. Pour échouer lamentablement. À sa

1. À l'époque le terme a son sens étymologique et signifie « violente douleur physique ».

décharge le pathétique nervi, une moniale de l'abbaye qu'avait recrutée le prélat. Seule satisfaction dans ce ratage? Elle avait proprement occis cette Jeanne d'Amblin, sœur tourière[1]. Ceux que la malfaise avait désignés plus tôt du bout des griffes devaient avoir fait un festin de cette vile âme qui comptait tant à son débit et si peu à son crédit.

Et elle, de quoi pouvait-elle se prévaloir? De quel crédit jouissait-elle? Son honneur. Il demeurait la seule chose qui fut intacte chez elle. Un étrange honneur, un honneur qui s'accommodait de menteries et de meurtres. Un honneur dont elle seule avait composé les règles. Un bien faible poids sur le plateau de la bilance[2], insuffisant à rééquilibrer l'autre, celui des débits. Angélique. Angélique n'était pas une fantaisie de femme choyée. Depuis une heure, Aude s'était convaincue que la charmante enfante au prénom prédestiné était le poids qui lui manquait afin d'alléger sa dette. Elle aurait Angélique. Elle l'élèverait comme sa fille, lui offrirait ce que le monde ne lui avait concédé que de haute lutte. Après tout : si elle restituait à Dieu l'un de ses anges, sans doute serait-Il plus enclin à la miséricorde.

Comment arracher la fillette à la sorcière dont elle pouvait encore avoir besoin pour en terminer avec cette bâtarde noble? Attendre, prévoir. La patience est une des armes les plus infaillibles des femmes. Elles excellent à son maniement. D'autant que, en femme prudente, madame de Neyrat avait une confiance limitée dans les pouvoirs des sorciers, aussi redoutés soient-

1. Sœur qui récolte les dons des miséricordieux ou des aumôneurs contraints à la générosité par un tribunal.

2. De *bilancia*, de « *bi* » : « deux », et de « *lanx* » : « plateau ». Le mot deviendra « balance » mais nous en garderons « bilan ».

ils. Les machinations et les poisons lui paraissaient plus fiables, plus réels en quelque sorte. Bah, qui pouvait le plus pouvait le moins !

Elle s'installa dans le fardier couvert qui patientait à une dizaine de toises* de la masure. Son plan prenait belle tournure. Elle avait reçu hier du camerlingue Honorius Benedetti le renseignement qu'elle attendait depuis des semaines. Le nom d'une autre abbaye de femmes, une abbaye de Champagne. Pour une fois, les nervis d'Honorius avaient bien travaillé. Certes, la route serait longue et ennuyeuse, mais Aude de Neyrat se délectait déjà de sa très prochaine réussite.

Palais du Louvre, alentours de Paris,
appartements de Guillaume de Nogaret août 1306*

Giorgio Zuccari, capitaine général des Lombards[1] de France, transpirait d'embarras dans sa housse[2] de riche brocart. Son chaperon[3] lui semblait peser vingt livres.

En dépit d'une corpulence qui gênait sa marche, il avait dédaigné les bateliers qui assuraient le passage des personnes et des ballots de marchandises entre la tour de Nesle et le Louvre. Il avait préféré jouer des coudes dans l'infernale cohue des rues, se faire bousculer par des badauds, des marchands, des mendiants et des fillettes[4], harceler par des grappes de mouches dérangées des monceaux de détritus qui s'amassaient le long du caniveau central des rues. Il avait haleté en remontant le lacis d'étroites ruelles, traversé à petits pas l'île de la Cité afin de rejoindre le Grand-Pont qui débouchait sur la rue Saint-Denis. Il avait tourné, revenant parfois sur ses pas, se donnant le temps de réfléchir à nouveau avant d'atteindre la grosse tour du Louvre.

---

1. Le terme de « Lombard » désignait tous les banquiers, qu'ils fussent italiens ou juifs.

2. Long manteau fendu sur les côtés.

3. Coiffe masculine terminée d'une longue pointe que l'on enroulait autour du cou en écharpe.

4. Prostituées.

Les travaux de construction du palais de l'île de la Cité, décidés par Saint Louis, n'avaient pas encore commencé. Tous les pouvoirs de l'État restaient donc abrités par la rébarbative citadelle plantée derrière la frontière de la capitale, non loin de la porte Saint-Honoré. On s'y tassait dans ce qui n'était toujours que l'austère donjon qu'avait fait bâtir Philippe II Auguste[1] afin d'y centraliser la Chancellerie, les Comptes et le Trésor.

Giorgio Zuccari avait sollicité audience du proche conseiller du roi la semaine précédente, sans toutefois s'étendre sur les motifs de sa visite. Nogaret avait aussitôt accédé à sa requête. Outre que Zuccari était le plus gros banquier du royaume de France, et que l'on ne se fâche avec son banquier que lorsqu'on ne peut plus le rembourser, le capitaine des Lombards avait belle réputation. Une réputation de probité sans faille qui seyait au rigide Guillaume de Nogaret. Le Lombard n'hésitait pas à prolonger l'usance[2] à vingt-quatre mois, ce que peu des autres prêteurs concédaient.

Un huissier poussa la porte et monsieur de Nogaret pénétra dans son antichambre. Zuccari se leva du fauteuil sur lequel il s'était laissé tomber d'épuisement quelques minutes auparavant.

– Mon vieil ami, le salua Guillaume de Nogaret en s'avançant vers lui, mains tendues, une marque de cordialité rare chez lui.

---

1. 1165-1223, fils unique de Louis VII et d'Adèle de Champagne. Grand-père de Saint Louis.

2. Délai de paiement accordé pour un prêt à moyen terme.

– Messire, merci de me recevoir si promptement.

– C'est que votre visite me fait toujours plaisir.

L'ombre d'un sourire éclaira le visage émacié du conseiller. Zuccari se fit la même réflexion pour la millième fois. Nogaret devait avoir une trentaine d'années, pourtant, il paraissait millénaire. De petite stature, chétif en apparence, ses étranges paupières de statue, dépourvues de cils, accentuaient la déplaisante minéralité de ses traits. Fidèle à la longue robe des légistes, sa seule concession au luxe vestimentaire que lui permettait sa charge consistait en un bonnet de feutre qui couvrait le crâne et dénudait les oreilles.

– Le plaisir est mien, et s'y ajoute l'honneur, affirma Zuccari en inclinant la tête.

– Asseyons-nous, mon bon ami. On devrait nous porter sous peu un rafraîchissant jus de raisin et quelques pâtes de prune.

Il s'agissait là d'une marque d'estime peu commune, Nogaret n'ayant pas la réputation de s'embarrasser de civilités avec ses innombrables visiteurs. D'estime mais également de finesse politique puisque, outre son rôle de prêteur aux grands de ce monde, Zuccari avait eu l'oreille de tous les papes depuis l'arrogant Boniface VIII, Clément V[1], l'actuel souverain pontife, ne dérogeant pas à la règle. Les hommes passent, même les papes, les secrets de Rome persistent et ne s'éteignent jamais.

– Vous êtes demeuré très discret sur l'objet de votre visite, mon bon Zuccari…

Le Lombard crispa les lèvres de déplaisir et biaisa à nouveau :

---

1. Voir Got (Bernard de).

– C'est qu'il m'est d'un pesant encombre, monseigneur. Très pesant.

Le regard impavide de Nogaret détailla son vis-à-vis durant quelques secondes, les petites mains grasses qu'il serrait de nervosité l'une contre l'autre, la sueur qui trempait le dessus de sa lèvre supérieure.

– Fichtre, s'étonna-t-il. Voilà bien la première fois que je vous vois embarrassé… (Il ajouta après une brève pause :) Je vous ai assez admiré feignant le trouble afin de désarçonner pour reconnaître chez vous les signes d'une véritable hésitation.

Giorgio Zuccari accueillit ce douteux compliment d'un petit mouvement de tête et se décida :

– Le mieux est encore que je m'en ouvre auprès de vous, messire. Je rentre de Rome…

L'entrée discrète d'un serviteur portant un plateau chargé de hauts verres de cristal taillé et d'une petite palette[1] de bois à cuilleron chargée de pâtes de prune l'interrompit. Nogaret, sans même lui destiner un regard, congédia l'homme d'un geste de la main.

– Reprenez, mon ami, de grâce…

– Je… Eh bien tout d'abord, je souhaitais à nouveau vous exprimer la gratitude qui est mienne au sujet de votre… discrète intervention, intervention qui m'a permis de conserver ma charge de capitaine. Cette vilaine verrue de Giotto Capella[2] œuvrait depuis des années pour me pousser dehors, tout en me flattant l'échine et en ne me nommant que son « bon oncle ».

Guillaume de Nogaret balaya ce rappel d'une mine élégante qui eût pu laisser croire que l'aide qu'il avait

1. Spatule constituée d'un manche et terminée d'un petit plateau circulaire ou d'une cuiller qui servait à brûler des parfums, à faire des fumigations ou à offrir des douceurs.

2. *La Dame sans terre*, t. I, *Les Chemins de la bête*.

apportée au Lombard n'était que roupie[1] de sansonnet. Zuccari ne se laissa pas berner. Rien de ce que décidait ou ourdissait Nogaret n'était désintéressé, hormis le service au roi et au royaume de France.

– Laissons ces vieux souvenirs, répondit le conseiller. Capella me déplaisait alors que vous favoriser me sied. Ce goutteux atrabilaire empestait la charogne. S'il en faut afin de leur confier les basses besognes, leur présence finit par écœurer. D'autant qu'il m'avait vivement recommandé un sien neveu qui m'a fait faux bond de bien désagréable manière. Un Francesco Capella, pourtant affable et serviable en apparence. Bah, le passé file. Ignorons-le au profit du présent et de l'avenir.

Nogaret avala une longue gorgée de jus de raisin d'un noir violet et reprit :

– Or donc, l'objet de votre visite ?

Un lourd soupir gêné lui répondit.

– Diantre[2] ! À ce point ? Il ne s'agit donc pas d'une créance du royaume que vous venez réclamer. Elles ne vous pèsent en général que peu. Allons, mon ami, nous sommes en bonne entente et je me doute que vous n'auriez pas requis audience dans le seul but de me narrer votre récent voyage à Rome... À moins que vous n'y ayez rencontré quelqu'un d'importance pour nous deux. Or, il ne peut s'agir de notre bien-aimé pape, puisqu'il ne s'y trouve pas.

Qu'il fût si transparent pour monsieur de Nogaret inquiéta Zuccari tout en le rassurant. La vaste intelligence, la glaçante subtilité du conseiller du roi n'étaient mystère pour personne et lui facilitaient un peu la tâche. Pourtant, il s'embourba.

---

1. Morve.
2. Altération admise de « diable ! », jugé blasphématoire.

– Monsieur d'Authon… Notre bien-aimé et très vénéré Clément V…

– Le lien ? Le rapport entre monsieur le comte Artus et notre très saint-père, que Dieu le protège ? l'interrompit Nogaret.

Adoptant un ton de soudaine fermeté alors qu'il avait envie de disparaître dans un trou de souris, le banquier toussota et lança d'un trait :

– Le lien ? Le meurtre d'un seigneur inquisiteur à Alençon. Un certain Nicolas Florin sur lequel, certes, couraient d'exécrables rumeurs, mais qui n'en demeurait pas moins un des bras armés de l'Église.

Nogaret n'ignorait rien de l'affaire. Un inquisiteur, qui s'était déjà fait remarquer à Carcassonne pour sa férocité, était à l'origine de l'incarcération d'une jeune veuve, bâtarde noble, au motif de complicité d'hérésie aggravée de culte de latrie[1]. Ledit Florin était tombé sous les coups d'un ivrogne ramassé dans quelque bouge, peu après le début de la Question. Le jugement de Dieu avait été invoqué, innocentant la suspecte. Une émotion avait bouleversé Nogaret, homme d'une foi exigeante et totale. Dieu avait rendu justice, personnellement. Il n'avait donc pas douté une seconde que la femme fût pure comme l'agneau qui vient de naître. Cette Agnès, dame de Souarcy, avait ensuite épousé le comte Artus d'Authon, ami d'enfance du roi. Certes, les attaches entre les deux hommes s'étaient distendues au fil des ans. Il n'en demeurait pas moins qu'Artus avait appris la chasse et l'art des armes à Philippe le Bel*, sans oublier la façon de mener les dames à la

1. Culte que l'on rend à Dieu seul. Dans ce sens : culte que l'on rend au diable en le considérant comme Dieu. Un crime impardonnable à l'époque.

nuit afin qu'elles soupirent de bien-être le lendemain au creux de leurs draps froissés. Ce sont liens d'hommes et ils persistent par-delà les années.

– Ne me dites pas, Zuccari, que monseigneur d'Authon aurait quelque chose à voir dans le meurtre de ce fâcheux bourreau dont l'inacceptable réputation est montée à nos oreilles.

– Si fait et j'en suis désolé. Deux témoignages pointent dans sa direction. En plus d'une preuve irréfutable dont on ne m'a pas divulgué la nature. Autant le jugement de Dieu pouvait être légitimement invoqué si un étranger, un vagabond, que sais-je, était à l'origine de son trépas…

– Autant il devient peu convaincant si monseigneur d'Authon, l'actuel époux de la dame, a occis le tourmenteur, compléta le conseiller.

Le banquier le fixa longuement et déclara d'une voix désespérée :

– Voilà résumé mon encombre, messire.

– Ces témoignages… sont-ils fiables ?

– Autant que le peuvent des témoignages. Le plus accablant provient d'un polisson[1], un petit coureur des rues qui rend de menus services contre piécettes. Monseigneur d'Authon l'a rémunéré afin qu'il suive le seigneur inquisiteur Florin et lui communique son adresse personnelle. Ce premier récit est corroboré par celui de maître Rouge, tavernier de la Jument-Rouge à Alençon, qui a vu et entendu le comte d'Authon s'entretenir avec le galopin.

– À ce que j'en sais, les valeurs du seigneur inquisiteur ont été dévalisées.

1. A l'origine, petit vagabond mal tenu et mal élevé. Aucune connotation grivoise dans le terme.

– C'est ce que le meurtrier a tenté de nous faire accroire. Il n'en est rien. Les enquêteurs de notre très saint-père n'ont pas chômé. Ils ont… inventorié le contenu fort nauséabond du putel[1] de la demeure… réquisitionnée par Nicolas Florin. Il l'avait saisie[2] d'un gros bourgeois accusé de commerce avec le démon.

Nogaret imagina des hommes de robe, s'enfonçant dans la boue malodorante, la retournant de leurs mains. Il eut peine à réprimer un haut-le-cœur.

– Or donc, ces enquêteurs, reprit le banquier, ont nagé dans les excréments, deux jours durant, jusqu'à retrouver les bijoux de doigt qui avaient été dérobés à Nicolas Florin. Quel ivrogne détrousseur abandonnerait son butin en le jetant dans un merderon[3] sitôt son forfait accompli ? En revanche, c'est la signature d'un gentilhomme qui protège la femme aimée mais ne s'abaissera jamais au vol.

Nogaret perdait pied, une situation que cet homme de contrôle, pour ne pas dire de complot, exécrait. Il en vint à la question qui le harcelait depuis le début de cette étrange conversation. Étrange et déplacée puisqu'elle lui était amenée par un banquier lombard bien plus au fait des affaires de politique et d'argent que des interventions divines ou réputées telles. Il se donna le temps de déguster une pâte de prune et feignit l'incompréhension :

1. Ancêtre de nos fosses septiques et de nos puisards. Fosses ouvertes où parvenaient les déjections et les détritus organiques. Encore baptisées « merderons ». En ville, on les faisait vider une fois l'an.

2. La plupart des inquisiteurs se rémunéraient sur la fortune de leurs condamnés.

3. Terme désignant une fosse à déjections.

– Mon bon ami… Vous me brouillez l'esprit… Que venez-vous faire dans cette histoire de petite nobliaude qui n'a d'autre importance aux yeux de tous que d'être devenue l'épouse d'Artus d'Authon ?

Le banquier avala le fond de son verre d'un geste sec et bafouilla :

– Ah, messire, messire, que cette mission me pèse !

Nogaret le considéra, indéchiffrable, et murmura :

– *Mission*, mon bon Giorgio ?

– Certes, et du donneur d'ordre le plus prestigieux.

– Le pape ?

– Lui-même, par l'intermédiaire de son camerlingue, le redouté Honorius Benedetti que j'ai donc rencontré à Rome, à sa convocation. J'avoue mon incertitude. En quoi l'issue d'un procès inquisitoire de bâtarde noble, madame de Souarcy à l'époque, préoccupe tant notre souverain pontife ? D'autant que, pour ce que j'en ai compris, ledit procès était entaché de vices.

L'impatience gagna monsieur de Nogaret, qui déclara sans plus de feinte :

– Que veut notre bienveillant Clément, cinquième du nom, et pourquoi ?

– Il exige une enquête et n'en démordra pas. Si la dame de Souarcy a bénéficié abusivement d'un jugement de Dieu favorable à sa cause, il souhaite le savoir. Il ne dit pas qu'il exigera un nouveau procès inquisitoire… La chose serait malhabile d'un point de vue politique. Vous savez comme le peuple affectionne ces sortes d'ordalies[1] indirectes. D'autant que messire

---

1. Épreuve physique (fer rouge, immersion dans l'eau glacée, duel judiciaire, etc.), destinée à démontrer l'innocence ou la culpabilité. Il s'agit d'un jugement de Dieu qui sortira d'usage au XIe siècle et sera condamné par le concile de Latran IV en 1215.

Florin était exécré par la population d'Alençon. Il n'en demeure pas moins que le Saint-Siège veut une réponse et que seul monseigneur d'Authon peut la lui fournir. J'insiste sur ce point, messire conseiller : à ce que j'ai compris, il ne s'agit pas de revenir sur l'issue du procès de madame de Souarcy. Il s'agit simplement d'en avoir le cœur net. Après tout, si la dame a bénéficié d'un miracle, la chose est assez exceptionnelle pour vivement intéresser le pape et son entourage.

– Monsieur d'Authon est un ami du roi. (Nogaret esquissa un sourire.) À tout le moins, il est quelqu'un que le roi garde cher en son cœur. Le comte a eu le bon sens de ne jamais se mêler des affaires du royaume et de ne pas requérir de faveur de Philippe. Il est une ombre cordiale du souvenir de mon maître. En d'autres termes, le livrer à la justice serait… comment dire… fort mal venu et fort mal accepté.

Giorgio Zuccari baissa le regard vers ses mains potelées et débita dans un murmure :

– Allons… À faveur peut suivre récompense.

– Vraiment ? Qu'entendez-vous par là ?

– C'est que… Je m'en voudrais de prêter des intentions au camerlingue, mais il m'a semblé que son Éminence comprenait le dilemme auquel le roi serait confronté. Un détail d'importance : la conversation se déroulait en latin. Il… comment dire… Vous connaissez les prélats, messire… leur art consommé de la rhétorique et des phrases à double entente, plus aisées pour qui manie à la perfection cette langue. Il convient avec eux de s'orienter au travers de ce qui fut véritablement dit, sans mésestimer la puissance de ce qui fut insinué ou tu. Aussi, je m'entoure d'un luxe de précautions afin de ne pas dévoyer ou extrapoler les paroles du camerlingue et vous induire en erreur. Bref, il fut nettement formulé que la reconnaissance qu'éprouverait sa Sainteté – dans l'éventualité où monseigneur d'Authon s'expliquerait au sujet des deux témoignages – pourrait sans conteste relancer les discussions au sujet de la réunion des deux grands ordres soldats.

L'une des grandes ambitions de Philippe le Bel. En dépit de la résistance héroïque des chevaliers du Temple*, de ceux de l'Hôpital*, sans oublier ceux des ordres de Saint-Lazare et de Saint-Thomas, Saint-Jean-d'Acre était tombé aux mains des Mameluks du sultan Al-Ashraf Khalîl en 1291.

Les templiers avaient, pour la plupart, rejoint l'Occident. Quant aux hospitaliers, leur retraite précipitée à Chypre s'était faite en dépit des réticences d'Henri II de Lusignan, roi de l'île, qui avait fini par condescendre, à contrecœur, à leur céder temporairement la ville de Limassol, située sur la côte méridionale de l'île.

Les années qui avaient suivi la débâcle d'Acre avaient été préjudiciables au Temple, épargnant l'ordre de l'Hôpital dont les membres s'étaient toujours appliqués à la charité et à la compassion. Le petit peuple reprochait au Temple son arrogance, ses privilèges, voire sa paresse et son manque de générosité. Des rumeurs couraient, affirmant que l'argent collecté par l'ordre soldat fructifiait à son seul profit et qu'il détenait un véritable trésor. Les railleries n'avaient pas tardé et se ressassaient. On « allait au Temple » lorsque l'on se rendait au bordel. On était « voleur ou menteur comme un templier ». Les ordres soldats, notamment celui du Temple avant tout guerrier, gênaient le roi dans sa volonté de mettre un terme aux ingérences papales dans la politique du royaume de France. Guillaume de Nogaret, secondé par Guillaume de Plaisians, son ancien élève, avait tourné la difficulté en tous sens. Exiger la disparition pure et simple des ordres soldats se révélait un mauvais calcul. Les jeunesses de la noblesse et de la bourgeoisie étaient attachées au modèle de dévotion, d'obéissance et d'héroïsme porté par les chevaliers du Christ. En revanche, l'ancien projet de réunion de tous ces ordres, initié quatorze ans auparavant par Nicolas IV[1], offrait une solution de nature à ménager la chèvre et le chou. Il suffisait que la réunion se fasse au profit de l'Hôpital, qui en prendrait alors la direction, et que l'un des deux fils puînés de Philippe le Bel soit élu à la tête de l'ordre nouvellement constitué. De cette façon, le souverain français ne heurtait ni le pape, ni l'opinion publique. En revanche, il muselait la meute papale entière. Seule ombre au tableau, mais ombre bien embêtante : Jacques de Molay, nouveau grand maître du Temple. Ce conservateur, excellent soldat et homme de foi, ne se verrait pas déchu de sa fonction sans protester. Molay était alourdi par une candeur politique que n'arrangeait pas sa morgue. Il ruerait dans les brancards sans comprendre que les dés avaient été jetés sans lui.

– Jacques de Molay objectera vivement, argua Nogaret.

Le Lombard fixa un point situé dans le dos du conseiller et rétorqua :

– Je n'ai pas eu le sentiment qu'une éventuelle opposition de monsieur de Molay effarouchait le camerlingue.

1. Dans son encyclique *Dura nimis*.

Guillaume de Nogaret suçota une pâte de prune, se donnant quelques secondes de réflexion. Il ne pouvait pas laisser passer cette opportunité d'avancer d'un grand pas dans la réunion des ordres soldats si chère au cœur du roi Philippe. D'un autre côté, brader un gentilhomme français de belle réputation et pour lequel le souverain gardait quelque affection lui déplaisait.

– Vous comprendrez, mon bon Zuccari, que je ne puisse prendre cette décision seul. Il s'agit d'un domaine d'amitié qui concerne le roi. Or donc, et pour être certain de n'avoir pas mal interprété vos paroles, permettez-moi de résumer… l'insistance du Saint-Siège. Monsieur d'Authon est prié de s'expliquer devant un tribunal séculier au sujet de deux témoignages dans le cadre du meurtre d'un seigneur inquisiteur.

– Devant un tribunal inquisitoire, rectifia le banquier en déglutissant.

– Votre pardon ? Il s'agit d'un meurtre, pas d'une accusation d'hérésie.

Giorgio Zuccari crispa les lèvres. Il chuinta :

– Non… Il s'agit, messire, du jugement de Dieu. Quelqu'un a-t-il, en toute connaissance de cause, commis l'impardonnable blasphème de se substituer à Lui ? Vous admettrez que seule l'Église est à même d'apprécier l'ampleur de ce crime.

Le Lombard parti, soudain rajeuni et rasséréné d'être débarrassé de sa pénible mission, Nogaret termina son jus de raisin. Que tramaient Clément V et son camerlingue ? Qu'avaient-ils besoin de contester un jugement de Dieu qui, de toute évidence, arrangeait tout le monde ? Pourquoi défendaient-ils si âprement la mémoire d'un inquisiteur sur la pureté duquel pesaient de sérieux soupçons ? La papauté n'avait-elle pas eu assez du scandale provoqué par les exactions de Robert le Bougre* ? En quoi le meurtre de cette autre brebis galeuse les affectait-il ? Nogaret flairait le piège sans parvenir à en distinguer les contours.

Abbaye de femmes d'Argensolles,
Champagne, août 1306

L'abbaye des cisterciennes, fondée[1] à Molin[2] par Blanche de Navarre et son fils Thibaut IV de Champagne, avait d'abord accueilli des moniales venues de Liège. La puissance du monastère était devenue telle que des villages voisins songeaient à négocier leur intégration au fief indépendant de Molin afin de jouir de sa protection. Ainsi Morangis[3] avait-il offert sa forêt en échange de cette réunion.

Tierce* venait de s'achever lorsque madame de Neyrat fut introduite dans l'ouvroir[4]. La jeune portière[5] laïque, peu habituée au monde et à ses manières, annonça après une malhabile révérence :

– M'en va quérir not'bonne mère, madame. Ou p'têt sa grand'prieure. J'peux point prévenir vot'nièce comme ça tout d'droit.

Aude faillit rétorquer d'un ton sec qu'elle se contremoquait de l'identité de la moniale qui examinerait sa

1. En 1224.

2. Aujourd'hui Moslins. De nombreux moulins s'élevaient dans cette région, expliquant vraisemblablement le nom moyenâgeux.

3. Le village sera en effet intégré au fief de Molin deux ans plus tard.

4. Pièce donnant sur l'extérieur.

5. Les portes étaient le plus souvent surveillées par des serviteurs laïcs.

requête pourvu que l'on fasse prestement afin de la contenter. Elle parvint à juguler cet éclat d'aigreur qui risquait de compromettre l'issue de sa visite.

Le voyage avait été épuisant. Arrivée la veille à la nuit tombée, elle n'avait trouvé qu'une auberge crasseuse où se loger, la ville de Reims étant trop éloignée pour songer à s'y rendre. Le dos la démangeait, preuve que, en plus de la crasse, elle avait ramassé des puces sur la paillasse dégoûtante qui avait accueilli son mauvais sommeil.

Étrange comme la vie emprunte parfois des sentiers si détournés qu'on y perd le sens. Honorius, cher Honorius. Pourquoi n'avait-il pas davantage manigancé pour atteindre le Saint-Siège ? Il en avait eu le pouvoir et les moyens, qu'ils fussent d'or ou d'esprit. Justement, l'implacable intelligence du camerlingue Benedetti était la seule qu'Aude reconnût capable de se frotter à la sienne. Si donc il avait dédaigné la lumière, c'est sans doute que l'obscurité lui seyait davantage. Un sourire étira la jolie bouche en cœur. Cher Honorius, le seul souvenir véritablement distrayant de sa vie.

Sur dénonciation d'un neveu par alliance qu'elle avait épargné parce que son gentil minois lui plaisait, Aude avait été arrêtée par les hommes du grand bailli d'Auxerre. Ils s'étaient intéressés de près à la mauvaise fortune tenace qui frappait ses familiers. Honorius Benedetti, alors simple évêque, se trouvait en ville au moment du procès. La stupéfiante beauté qui lui faisait face lui avait rappelé d'enivrants souvenirs de folle jeunesse. L'élégant nuage blond, tout de velours émeraude vêtu, avait répondu à ses questions en le semant dans un dédale de contrevérités, de petites mines faussement contrites qu'il avait admirées en expert. Il s'était décidé : tant d'intelligence, de talent ne terminerait pas décollé par la hache du bourreau, et encore moins brûlé sur un bûcher de sorcière. Aude avait été lavée de tout soupçon et le petit-neveu avait imploré son pardon. Honorius Benedetti l'avait rejointe une semaine plus tard en l'hôtel particulier hérité du mari qu'elle avait poussé dans la tombe. Les espoirs d'Honorius Benedetti n'avaient pas été déçus et cette incontinence de chair, la seule depuis son retrait du siècle, ne lui avait pas laissé le goût amer d'une erreur. Elle s'était offerte avec la fougue joyeuse d'une amante, pas d'une débitrice qui solde sa dette. Au petit matin de cette nuit folle et charmante, elle avait déclaré d'un ton navré :

– La vie est trop courte pour tolérer que des empêcheurs la gâchent. Si les gens étaient plus sages… je n'aurais pas à les empoisonner. Jurez-moi que vous êtes un homme sage, Honorius. Je détesterais que vous disparaissiez…

L'exquise menace avait scellé leur pacte. Car il s'agissait bien d'un pacte. Certes, Honorius avait sauvé la vie d'Aude qui ne tenait plus qu'à un fil. Pourtant, ce qui les liait était infiniment plus tenace qu'une reconnaissance. Ils étaient de la même race. Une race rare, sans doute dangereuse, mais une race capable de tout risquer pour parvenir à ses fins. Une race que ni la peur, ni l'intérêt, ni même l'amour ne pouvait contraindre.

Le froissement d'une lourde étoffe la tira de ses souvenirs. Une petite femme chétive, ridée comme une pomme d'hiver, la contemplait, l'air grave. Aude se leva, se plia en révérence et se présenta. L'autre répondit d'une voix sans chaleur.

– Bérengère d'Etreval. Je suis la mère abbesse de ce couvent. On me dit que vous souhaiteriez rencontrer mademoiselle votre nièce ?

– En effet, madame ma mère. Je me rends à Reims. Je passais si près de Molin que l'envie de revoir ma nièce a été la plus forte.

– C'est bien naturel de la part d'une tante.

Quelque chose dans le ton de la femme, à la fois plat et méfiant, alerta Aude de Neyrat. Elle s'enquit :

– Est-elle en belle santé ?

– Fort belle.

– Acceptez-vous de me la laisser rencontrer… oh, peu de temps. Je n'ignore pas l'austérité de la règle de Saint-Benoît, une magnifique austérité.

– C'est, malheureusement, ce dont nous ne sommes pas parvenues à convaincre Mathilde. Peut-être pourrez-vous faire pénétrer un peu de bon sens et d'ardeur dans cette jeune tête rétive.

– Je m'y emploierai, ma mère, avec ferveur.

– Il vous en faudra. Je ne vous cacherai pas que n'eût été le désespoir visible et l'instance de son cher oncle qui redoutait pour la vertu et l'âme de sa nièce de sang dont il a la tutelle, nous nous serions volontiers passées d'une telle recrue. Elle ne cesse de récriminer, de se plaindre, de mentir en déhontée depuis son arrivée en nos murs. Nous attendons comme une bénédiction le jour où son parent décidera de la marier.

Madame de Neyrat parvint à conserver un visage impassible. Ainsi, comme elle l'avait soupçonné, le petit baron[1] Eudes de Larnay s'était débarrassé de l'encombrante Mathilde en la cloîtrant dans un monastère. Mathilde de Souarcy, fille unique d'Agnès, après avoir

1. Par opposition aux grands barons de l'État.

rédigé un mensonger témoignage accusant sa mère de complicité d'hérésie, s'était rendue à la convocation du tribunal inquisitoire chargée de juger sa mère, ou plus exactement de l'envoyer à la mort. Malheureusement, en dépit des efforts de Nicolas Florin qui menait cette supercherie de jugement de main de maître, la bêtise de Mathilde avait fait échouer le plan mûri par Honorius Benedetti. Rongée par sa jalousie vis-à-vis de sa mère, par son désir de l'envoyer au bûcher, la jeune sotte s'était empêtrée dans ses déclarations au point que son témoignage avait été récusé. Puis Florin avait été assassiné. Aude de Neyrat réprima un sourire en imaginant la fureur qui avait dû achever de noyer le peu d'esprit d'Eudes de Larnay, le demi-frère d'Agnès, lorsqu'il avait appris que la dame de Souarcy venait d'échapper aux griffes de l'Inquisition. Il avait donc choisi une abbaye de femmes assez éloignée du Perche pour qu'Agnès ne puisse retrouver sa fille. De quoi s'agissait-il au juste ? D'une ultime vengeance contre sa demi-sœur après la débâcle du procès inquisitoire ? Larnay la fouine. Pour ce qu'en avait appris madame de Neyrat, ce dernier aurait volontiers frotté son ventre à celui de sa parente. Il l'avait poursuivie de ses assiduités incestueuses durant des années, jusqu'au jour où il n'avait plus pu se leurrer : elle ne céderait jamais et il la répugnait. À la réflexion, Aude se sentait presque une communauté d'esprit avec la dame de Souarcy, à ceci près que, à sa place, elle aurait prestement occis le petit baron.

Aude de Neyrat adopta une mine navrée et répondit dans un soupir :

– Je me doute de votre chagrin et de votre dépit, madame ma mère. Tant d'efforts en vain quand votre charge à toutes en ces murs est déjà si pesante. Mathilde… comment le formuler… Je comprends la décision de mon bon cousin de Larnay de vous la venir confier, ses espoirs également. Cela étant, Mathilde a toujours été une fillette fort vive pour qui l'apaisement de la prière et de la méditation était… insuffisant. Eudes aurait dû se douter que le siècle l'attirait trop pour qu'une vie de pureté et d'abnégation puisse la séduire tout à fait. Si je puis contribuer, bien modestement, à son assagissement, à l'exhorter à la patience jusqu'à ses futures épousailles, je m'y emploierai durant ma courte visite.

– Soyez-en remerciée, madame ma fille. On vous mènera au parloir où vous pourrez vous installer toutes deux plus à votre confort.

Un délicieux pincement d'appréhension serra la gorge de madame de Neyrat lorsqu'une moniale introduisit Mathilde de Souarcy dans le parloir. Serait-elle sotte au point de s'exclamer : « Qui êtes-vous, madame ? », ou assez rouée pour feindre la joie à revoir sa chère tante ? Ainsi qu'elle l'espérait, la madrerie l'emporta sur la surprise chez la très jeune fille. Vêtue de la vilaine robe grise des oblates[1], le crâne dissimulé sous un voile d'épais lin blanc cassé, elle s'avança, mains tendues vers la femme assise, un sourire radieux aux lèvres.

– Ma bien chère tante… Quel bonheur de vous voir céans. La tête m'en tourne.

– Ma douce Mathilde… la joie est mienne. J'ai tant songé à vous depuis votre retraite en ces lieux propices

1. De *oblatus* : « offert ». Toute personne (souvent des enfants) offerte ou qui s'offrait à Dieu et à un monastère, ainsi que ses biens.

à l'élévation de l'âme. De grâce, asseyez-vous à mon côté. J'ai tant de choses à vous conter. Dans sa grande bienveillance, votre mère, madame d'Etreval, nous a accordé quelques heures.

Aude surprit le regard incisif qui détaillait sa parure, jaugeait son aisance à ses bijoux. Tout cela augurait du meilleur. Lorsque la jeune moniale accompagnatrice eut refermé la porte derrière elle, le sourire de Mathilde mourut. Elle se pencha vers sa prétendue tante, la bouche pincée, et murmura en discrétion :

– Qui êtes-vous, madame ?

Aude lui destina un sourire enjôleur et chuchota à son tour :

– Le croirez-vous si je vous l'affirme ? Votre meilleure amie. Nous ne jouissons que de peu de temps. Je l'ai arraché à une mère abbesse pour le moins désappointée par vos piètres efforts contre une promesse que je ferais entrer de force un peu de modestie et d'obéissance dans votre jolie tête. (Elle interrompit la repartie de Mathilde d'un élégant geste de la main.) À la vérité, peu m'en chaut. Cela étant, il vous faudra manifester une échine plus complaisante si nous voulons aboutir. Ne vous inquiétez… ce sera l'affaire de quelques jours.

– Je n'entends rien à votre discours, madame, rétorqua Mathilde d'une voix que l'impatience et la méfiance gagnaient.

– Vous comprendrez, ma mie[1], que je ne puisse vous tirer de cet endroit sinistre, du moins de façon habituelle. Il me faudrait alors fournir une lettre de notaire attestant de nos liens de parentèle.

1. Il s'agissait de l'abréviation de « mon amie ». Le terme impliquait tout aussi bien l'amitié ou la tendresse que le sentiment amoureux.

Les yeux de Mathilde s'étrécirent. Elle était tout ouïe.

– Toutefois, poursuivit la séduisante créature, j'ai recruté, pour vous servir, trois rudes gaillards qui vous aideront à sortir de l'enceinte. Après tout, il ne s'agit pas d'une geôle. Quoique… on pourrait s'y tromper, plaisanta Aude d'un ton léger.

– Pourquoi ce soin de moi que vous ne connaissez pas ? Qui vous envoie ? Mon oncle, le fieffé coquin qui me laisse croupir ici depuis près d'un an ? Ma mère, cette rusée qui s'est servie de moi afin de tirer son épingle du jeu ? Jolie Nitouche[1] en vérité !

– Ni l'un ni l'autre.

– Allons ! Qui se préoccupe encore de moi qui crève entre ces murs odieux, à gratter la terre pour en arracher quelques légumes, à récurer pots et marmites à la cendre et au sable, à ravauder des linges de corps si élimés et rêches que ce serait affront que de les offrir en aumône.

Elle tendit les mains vers la femme radieuse, sifflant d'un ton venimeux :

– Voyez, madame. Voyez mes mains. Elles sont si flétries que j'en pleurerais de rage si je n'avais déjà épuisé toutes mes larmes.

– Pauvre chère douce, murmura Aude en abondant dans son sens. Quelle horreur, en effet ! Des mains de manante[2], de vieille femme. Vous si jolie, si racée. C'est trop injuste !

– N'est-ce pas ? approuva Mathilde, les larmes aux yeux. Or donc, qui êtes-vous, madame, pour vous

1. « Sainte-nitouche » n'est venu que plus tard.

2. À l'origine « habitant du manoir ». Le terme n'a rien de péjoratif au Moyen Âge.

inquiéter d'une triste recluse que la jalousie des autres à conduite en ces lieux d'affliction ?

– Vous expliquer les véritables raisons de ma venue serait prématuré et le temps nous fait défaut. Sachez cependant que je suis votre alliée, la seule qui vous demeure. Vous êtes trop fine pour que je tente de vous faire accroire que mon aide est désintéressée. Nous y reviendrons. Toutefois, soyez assurée que le sort qui vous a été imposé m'émeut. Son iniquité n'a d'égale que sa cruauté. Quant au... remboursement que j'attends, il n'aura rien de disproportionné ou de nature à vous offenser, je vous en donne parole. Le petit baron de Larnay vous a ignoblement utilisée dans la vile guerre qui l'opposait à votre mère. Que convoitait-il véritablement ? Elle ou la mine de fer de la Haute-Gravière qui fait partie de son douaire[1] ? Je l'ignore. Les deux peut-être. Il n'en reste pas moins que vous avez été flouée, malmenée, abusée. Quant à votre mère, ainsi que vous l'avez dit, elle a admirablement avancé ses pions. À jouer les pauvres victimes, elle a récupéré par mariage un comté fort riche, en plus d'un homme plus que plaisant. D'ailleurs, la mine de la Haute-Gravière aurait dû vous revenir dès après son union.

– Flouée, le terme est adéquat. Ils m'ont spoliée de ce qui me revenait de droit et de sang. Je me vengerai, siffla Mathilde, mâchoires serrées.

– Et vous aurez juste raison, approuva madame de Neyrat avec emphase.

Il avait suffi à Aude de ce bref échange pour évaluer le début de femme qui lui faisait face. Elle était sotte,

1. Usufruit attribué par coutume à la veuve sur les biens de son mari. De moitié des biens possédés par le mari avant le mariage dans la région de Paris, du tiers sous la coutume normande.

déjà aigre, arrogante, calculatrice, égoïste, en revanche sa voracité pour la vie et l'argent en faisait un atout dans le plan conçu par madame de Neyrat.

– Nous sommes, Mathilde, de cette gent rare qui sait ce que souffrir signifie et qui pourtant ne cède jamais face à l'adversité. Nous redressons toujours la tête sans nous avouer vaincues. N'est-il pas vrai ?

– Si fait, acquiesça Mathilde.

Ce flatteur portrait de sa supposée ténacité la séduisait assez. De surcroît, des points de ressemblance avec cette femme magnifique, si richement parée, environnée d'effluves grisants d'iris et de musc, la satisfaisaient. Revenant à ce qui la préoccupait, elle demanda :

– Or donc, vous proposez de me faire sortir de cette antichambre de maison de charité[1]...

Un élégant mouvement de tête lui répondit.

– Vous avez l'honneur de me prévenir que cette aide n'ira pas sans compensation de ma part...

Un nouveau mouvement de tête.

– Je ne sais toujours pas qui vous êtes au juste...

– Aude de Neyrat, votre alliée.

– C'est bien peu d'informations mais je m'en contenterai pour l'instant. Une seule chose compte à mes yeux : m'évader d'ici au plus vite ! Je l'ai bien tenté, à plusieurs reprises. Toutefois, outre que les huis sont mieux surveillés que la prison du Louvre, où aurais-je pu aller ensuite ? Ma famille m'a ignoblement abandonnée, trompée. Je n'ai pas le sou, ni même de vêtement décent.

– Il sera pourvu à tout cela ma chère. L'hôtel particulier que j'occupe à Chartres désespère de vous

1. Hospice où l'on entassait aussi bien les malades impécunieux que les malades mentaux.

accueillir. Enfin… le temps file en votre compagnie. Il me faut pourtant vous exposer mon plan avant qu'une sœur ne nous interrompe. Votre fière résistance a provoqué la suspicion des moniales, je l'ai compris aux allusions à peine voilées de la mère abbesse. Il faut que leur surveillance se relâche un peu afin que mes hommes puissent intervenir. Offrons-leur une comédie de notre façon, voulez-vous ? Vous allez ressortir de notre conversation… éclairée, animée d'un désir d'obéissance. Vous demanderez humble pardon à madame d'Etreval, accuserez votre jeune âge de vos excès passés. Vous apporterez du cœur et de la bonne humeur aux innommables corvées dont on vous charge telle une mule.

Mathilde se renfrognait au fur et à mesure de cette navrante liste. Aude la réconforta :

– Peu de temps, ma chère mie. Une petite semaine, le temps de les berner afin de vous libérer. La candeur des moniales n'a d'égale que leur envie de croire qu'elles sont parvenues à rectifier une âme. Vous prierez avec dévotion, application. Vous vous montrerez charmante et serviable envers les unes et les autres…

Un doute effleura madame de Neyrat. La donzelle manquait d'esprit. Elle l'avait amplement prouvé lors du procès inquisitoire de sa mère, contribuant de la sorte à innocenter celle qu'elle poussait avec entrain vers la table de Question. Elle risquait de forcer le trait au point d'aviver la défiance au lieu de l'atténuer. Aude de Neyrat précisa d'une voix suave :

– Je sais votre finesse. Vous procéderez avec doigté, par touches légères afin de ne pas alarmer par une… conversion trop outrée.

Mathilde opina d'un clignement de paupières.

– Nous nous connaissons de bien peu, ma très chère. Pourtant, Mathilde, sachez que, comme vous, j'ai bagarré contre le sort qui m'était échu. Il était injuste, dégradant. J'ai quelques années de plus que vous, des années de lutte… Et me voici aujourd'hui : riche, belle, aimée et crainte. Nul ne me fait peur. Je suis mon maître. C'est aussi ce que je vous propose en échange de votre aide : vous rompre au maniement des armes que je me suis forgées. Elles sont redoutables et vous avez l'épaisseur requise pour en développer la pratique.

Abasourdie, éblouie par cet alléchant futur, Mathilde se sentit une infinie reconnaissance pour cette grisante créature qui la sauvait du pire, du couvent, de cette fin de vie qu'elle avait crue définitive. Sa petite cervelle étriquée n'alla pas chercher plus loin. Elle obéirait à cette femme en tout, elle l'imiterait, deviendrait aussi belle, aussi conquérante qu'elle. Le monde tomberait à ses pieds, enfin. Eudes de Larnay allait mordre la poussière. Quant à sa mère, par la faute de qui tout était arrivé, elle lui ferait rendre gorge. Elle récupérerait ce qui lui revenait de droit et de sang, et bien davantage encore.

Un bruit léger. Aude tourna la tête vers la porte et adopta aussitôt un ton doux et grave :

– Oh ma mie, comme je suis soulagée de vous voir dans ces dispositions. Non pas que je m'en étonne. Votre excellent naturel…

Madame de Neyrat feignit la surprise en découvrant madame d'Etreval, l'abbesse. Elle se leva, aussitôt imitée par Mathilde.

– Sexte* est proche, madame. Je vais vous devoir prier de quitter nos murs.

Aude porta la main à la bouche en signe d'excuse. La venue de l'abbesse, quand une moniale aurait dû ramener Mathilde au cloître, prouvait assez l'espoir que celle-ci avait formé de voir la jeune fille s'amender.

– Madame ma mère, votre pardon. La longue et fructueuse conversation que je viens d'avoir avec ma nièce m'a fait perdre le compte du temps. (Se tournant vers la jeune fille, Aude, en tante attentionnée, recommanda :) Allons ma douce mie, faites selon votre cœur qui est pur.

Baissant la tête, joignant les mains, Mathilde s'avança vers la petite femme et murmura :

– Ma mère bien-aimée, je ne sais comment vous supplier de me pardonner. J'ai été sottement rebelle. Vos continuels efforts pour m'aider, m'accueillir auraient dû me déciller. À ma décharge ma jeunesse, le sentiment, également, que j'avais été abandonnée par ma famille. Quel déchirement.

Au visage ancien qui s'éclairait de contentement, au soupir soulagé de la petite femme qui menait cet univers de prière plus puissant qu'une grosse seigneurie, Aude se réjouit. La partie n'était pas gagnée mais elle était bien engagée.

Mine de la Haute-Gravière, Perche, août 1306

Un crachin tenace tombait lorsque Agnès, comtesse d'Authon, dame de Souarcy, démonta, peu après none*. Le gens d'armes que son doux époux Artus avait exigé qu'elle emmenât partout dans ses déplacements l'imita, demeurant à deux toises d'elle.

Agnès flatta l'encolure de la belle haquenée[1] baie, regrettant son Églantine, la valeureuse jument de Perche[2] à la robe d'un gris presque noir qu'elle avait montée jusqu'à son mariage. Le garrot d'Églantine dépassait la taille d'un homme. Toutefois, faites pour le labeur d'endurance, ces puissantes bêtes capables de soutenir un semi-trot s'épuisaient vite au galop.

Elle contempla les dix arpents* de terre rouge, jadis si déprimante, que lui avait concédés son douaire. Il n'y poussait alors qu'une foison de belliqueuses orties. Elle avait exécré ce lieu battu par les vents et les pluies incessantes, le maudissant d'être incapable de contri-

1. Hongre ou jument docile, dressé à marcher à l'amble afin de ne pas déséquilibrer les dames désavantagées par les selles de l'époque.

2. Les comtes du Perche auraient rapporté des chevaux arabes vers le VIIe siècle afin de les croiser aux chevaux percherons, cela dans le but d'améliorer les caractéristiques de la race. Cette explication remontant au XIXe siècle, certains la contestent. Au contraire, il semble admis que certaines juments percheronnes furent très vite croisées avec des étalons boulonnais ou belges afin d'obtenir des traits plus lourds et encore plus puissants.

buer à la survie de Souarcy. Jusqu'au soir où Clémence avait fait usage de cette pierre d'attirance[1] confiée par messire Joseph de Bologne, le médecin juif du comte d'Authon, un savant prodigieux qui n'ignorait rien de l'art des sciences, sans pour autant bouder l'astronomie, la philosophie ou même les méandres de la loi. Agnès avait alors compris : Eudes de Larnay, le scélérat qui tentait depuis des années de la contraindre vers sa couche en dépit de leurs liens de sang, convoitait aussi, et peut-être même surtout, la Haute-Gravière, dont lui n'ignorait pas la richesse en fer. La faire condamner pour complicité d'hérésie ou commerce charnel avec un homme de Dieu, ainsi qu'il s'y était employé, revenait à obtenir la déchéance de tous ses droits, dont son douaire. Il récupérait ainsi sa fille Mathilde et la Haute-Gravière. À la haine qu'elle ressentait pour lui, s'était mêlé un mépris sans fin.

Agnès soupira, surprise comme à chacune de ses visites par la métamorphose de ce lieu ingrat. Les orties avaient été fauchées. Les rares arbres maigrelets qui étaient parvenus à résister à leur conquérante anarchie, abattus. De larges et profonds sillons dans lesquels disparaissaient les hommes éventraient le sol[2]. Des monticules de terre attendaient d'être chargés sur les fardiers qui se relayaient tout le jour afin d'acheminer le minerai jusqu'aux moulins qui animaient les soufflets de forges. Là, un mesureur[3] évaluait la charge de minerai

---

1. Aimant.

2. Il existe surtout à l'époque des mines en plein ciel, les moyens techniques manquant pour creuser des galeries souterraines et surtout les étayer.

3. Leur intervention était obligatoire afin de veiller à la régularité des transactions. Ils avaient interdiction de faire commerce des denrées dont ils étaient chargés d'évaluer le poids ou le volume.

livré, le coût en charbon de bois et en temps de forge nécessaire à sa transformation. En contrepartie, il renseignait Agnès sur le poids de métal qu'elle pouvait espérer récupérer.

Elle se félicitait d'avoir suivi le conseil de messire Joseph. Pour une fois, la loi normande, pourtant peu propice aux femmes, l'avait avantagée. De puissantes ligues de ferrons[1] s'étaient créées dans la province et regroupées en pays d'Ouche voisin. Afin de s'affranchir des seigneurs et des moines, elles exploitaient le minerai contre louage et pourcentage. Agnès avait fait appel à ces fèvres, plutôt que de vendre le minerai extrait à un seigneur ou à un monastère possédant des forges, ainsi qu'il se pratiquait communément.

Le contremaître surgit d'une des tranchées et l'aperçut. Il rampa à genoux afin de se hisser en haut de l'éminence et courut vers elle, son chapeau à la main. L'homme massif, sanglé dans une tunique de cuir sans manches, la salua bas et lança d'un ton fier :

– Madame, je ne le répéterai jamais assez : cette mine est la plus riche de la région. C'est plaisir que de pelleter quand on reçoit pour sa peine.

– Dieu grand merci, mon bon Éloi. Et pourtant, j'ai tant détesté cette terre aride qu'elle est bien charitable de me pardonner et de se montrer si généreuse envers moi.

– La terre n'a pas de méchanterie ni de vengeance. (L'homme souffla, semblant hésiter :) Je ne sais…

1. Appelés « fèvres » ou « ferrons de Normandie », ils organisaient la production, la commercialisation du fer et déterminaient les conditions de travail voire le recours à des intermédiaires.

Enfin, nous sommes à bail… Toutefois, à bon payeur bon vendeur. Y en a qui viennent fureter dans le coin depuis quelque temps, sous prétexte de cueillette.

Une vague appréhension tempéra aussitôt l'humeur paisible d'Agnès.

– Fureter ?

– D'abord, Robert, mon apprenti, et moi on a cru à de petits larrons. Sauf qu'en général, ceux-là, ils viennent à la nuit. Un bon gros sac de minerai, ça se vend toujours. Non, ceux dont je vous cause prétendent passer aux environs. Ils s'approchent, pris d'une soudaine envie de bavardage. Ils sentent le manoir. Trop benoîts pour être honnêtes si vous voulez mon sentiment.

S'agissait-il des gens d'Eudes ? Et pourquoi son demi-frère ferait-il surveiller la mine ? Que pouvait-il en espérer ? Ou bien lui fallait-il se ronger encore davantage au spectacle de ce qu'il n'avait pas obtenu ? Un frisson de déplaisir la tendit. Que tramait Eudes ? Serait-il assez fol pour comploter contre son suzerain, le comte d'Authon ?

Artus d'Authon n'avait laissé nulle échappatoire à Eudes de Larnay. Ce dernier avait compris qu'il n'était ni de taille, ni de lame à affronter son presque demi-beau-frère. Poltron mais avisé, il avait accordé sa bénédiction à sa demi-sœur et s'était publiquement félicité de sa prestigieuse union. Agnès n'en avait eu aucune nouvelle depuis. Des rumeurs de plus en plus insistantes avaient couru sur la fermeture de la dernière mine de fer des Larnay, épuisée comme les autres.

– Ouvrez l'œil, mon bon Éloi. Il peut s'agir de gens de mon demi-frère… Le connaissant, et quoi qu'il ait en tête, c'est nécessairement une vilenie.

– Oh, vous inquiétez pas, noble dame ! J'ai vu tant de maraudeurs et de grabugiaux de tout plumage que je les renifle avant même de voir leur sale museau. Et s'ils tentent un coup pas franc de leur façon, on est quinze gaillards ici qu'avons plus froid aux yeux depuis belle l'heurette[1]. Ils pourraient bien tâter de nos gétoires[2], de nos esquiparts[3] et de nos picois[4].

Il aida Agnès à remonter en selle et elle le salua d'un petit geste amical avant de s'éloigner.

Elle tourna et retourna l'information que venait de lui fournir le maître fèvre. Devait-elle la rapporter à son époux, l'encombrer d'un autre tracas ? Allons, elle se montait la tête. Après tout : que pouvait tenter Eudes ? Un mince sourire détendit les traits de son visage. Il avait dû s'étouffer de rage lorsqu'il avait appris que, de pauvre vassale soumise, elle devenait sa suzeraine par union. Jolie revanche.

Suivie de son gens d'armes, elle longea l'orée de la forêt de la Louvière. Deux ans plus tôt, elle y avait tué deux hommes, deux assassins, afin de sauver sa fille Clémence de leurs griffes. Une éternité. Étrange, elle ne se souvenait même pas du visage de ces brutes.

Clémence, ma douce, ma tendre chérie. Tu me manques tant. Où te terres-tu ? Aucune des recherches que nous avons lancées afin de te retrouver ne m'a donné le moindre espoir de te revoir. Je t'imagine belle et sauve. Je chasse avec obstination la moindre rêverie funeste. Il est si aisé d'inventer le pire lorsque l'absence de l'autre vous ronge jour et nuit. Je ne veux

1. D'« heure ». Origine de l'expression « belle lurette ».
2. Pelles.
3. Pioches.
4. Outils de mineur, à long manche, au fer épais à la tête qui est recourbée et pointue.

que le mieux pour toi qui fus et demeure mon meilleur. J'ai si peur qu'ils te retrouvent avant moi. Comment pourrais-tu alors te défendre ? Les sbires d'Honorius Benedetti veulent te détruire après avoir récupéré les manuscrits que tu protèges. Et lui, ce chevalier hospitalier, ce Francesco de Leone qui m'a sauvé la vie, qui offre la sienne pour que se réalise la prophétie, il n'a pas encore compris que tu étais sans doute l'être de lumière, la femme unique qu'il cherchait avec toute sa dévotion et son immense courage. Je me méfie de lui aussi. Je me méfie de son amour et de sa pureté. Peut-être encore davantage que des maudits à la solde du camerlingue.

– Nous passerons la nuit au manoir de Souarcy, lança-t-elle au gens d'armes. Je donnerai ordre que l'on vous prépare une paillasse dans les communs et que l'on vous serve un généreux souper.

Revoir cette grosse ferme aux tours carrées dont la maçonnerie venait d'être réparée sur ordre de son époux. N'était-il pas déroutant que lui vienne de plus en plus souvent l'envie de retrouver ces murs épais et rébarbatifs, ces pièces immenses et glaciales qu'elle avait jadis jugées sinistres. Les souvenirs de vie passée se parent souvent de douceurs inventées. Pourtant, Agnès avait tant redouté pour elle, ses filles et sa mesnie, tant craint qu'une mauvaise saison, une épidémie, une mauvaise fortune quelconque ne mette en péril leur survie à tous. Elle avait trimé comme une manante, arrachant à la terre de quoi les nourrir à peine. Et ne voilà-t-il pas que lui venait une sorte d'apaisement dès qu'elle pénétrait dans la vaste cour. Tous ses souvenirs de Clémence reposaient en ces lieux. Elle les revisitait un à un lorsqu'elle inspectait les communs, le pigeonnier, interrogeait ses gens restés au manoir. Ils dévalaient dans sa mémoire, tels de précieux fantômes, lorsqu'elle descendait vers le village de Souarcy, empruntant au hasard des venelles bordées de maisons tassées les unes contre les autres. Un lacis de ruelles serpentait sans logique apparente, au point qu'il n'était pas rare qu'une charrette de foin écorne le toit d'une bâtisse dans sa progression. Souarcy, à l'instar des autres manoirs, n'avait pas droit d'armement. Jadis, alors que l'Anglais n'avait pas encore été décrété ami, et cela bien qu'on se méfiât de lui sans relâche, le seul recours contre une attaque avait été la discrétion et une solide inertie. Cette riposte passive mais tenace expliquait la situation surélevée de la bourgade et son enfoncement dans la forêt avoisinante. Les hautes murailles d'enceinte, derrière lesquelles s'étaient réfugiés paysans, serfs et petits artisans, avaient résisté avec effronterie à bien des convoitises et tout autant d'assauts.

Mathilde, il fallait s'y attendre, fit une incursion dans l'esprit de la jeune femme qui chassa le souvenir d'un sourire enjôleur, d'une bouderie de caprice, d'une colère d'envie, d'une peur de nuit. Autant, malgré son incessante inquiétude, Agnès convoquait-elle les images de Clémence, parce qu'elle y puisait sa force, sa résistance, autant elle louvoyait depuis deux ans, repoussant les regrets et les incompréhensions qu'avait semés Mathilde, son aînée. Au plus fort de sa rage, de sa terreur, lorsqu'elle avait admis que Mathilde les poussait, Clémence et elle, dans les mâchoires implacables de l'Inquisition, mentant sans honte ni remords, Agnès avait souhaité la détester. Peut-être y était-elle parvenue, transitoirement. Toutefois, la certitude qu'elle était également fautive de ce qu'était devenue la jeune fille la harcelait. C'est une injustice blessante lorsqu'une mère admet qu'elle a, de tout temps, préféré l'un de ses enfants. Tel était pourtant le cas et Agnès était trop honnête pour tenter de se le dissimuler. Ses rires, ses discussions avec Clémence – lorsque l'enfante savait devoir s'appeler Clément, lorsqu'elle ignorait encore qu'elle n'était pas le fruit bâtard d'une suivante hérétique mais la deuxième fille d'Agnès. Leurs promenades, leur connivence joyeuse, et même la peur du demain que chacune sentait chez l'autre. Autant l'admettre : elle avait aimé Mathilde comme un enfant, elle l'avait élevée, espérant le meilleur pour elle, s'appliquant à lui rendre la vie moins rude. En revanche, elle s'était délectée de découvrir chaque jour Clémence. Se moquant un peu d'elle, elle avait traqué la moindre expression, le plus léger froncement de sourcil, cherchant chez sa cadette des traces d'elle-même, sa mère de ventre.

Elle pressa la jument du genou. Elle avait hâte d'arriver à Souarcy. La tête lui tournait un peu. La fatigue du voyage, sans doute.

Palais du Louvre, alentours de Paris,
appartements de Guillaume de Nogaret, août 1306

Philippe le Bel écoutait, le visage fermé, son regard d'épervier, d'un bleu minéral, rivé sur monsieur de Nogaret. Tendu, il s'était redressé dans sa chaire[1] à haut dossier sculpté.

– Venant de vous, je me doute qu'une telle suggestion ne relève pas de la piètre galéjade, Nogaret, lâcha le souverain d'un ton glacial.

– Certes pas sire, répondit le conseiller, qui s'était tassé sur lui-même au fur et à mesure de la narration de l'entrevue qu'il avait eue avec Giorgio Zuccari, le capitaine des Lombards.

Percevant l'humeur dangereuse de son maître, Delmée, la chienne de lièvre[2] favorite de Philippe, avait dressé sa tête bringée et fixait Guillaume de Nogaret d'un air peu amène. L'odeur de cet homme lui déplaisait et l'irritation qu'elle percevait chez son maître qu'elle ne quittait guère, de jour comme de nuit, l'alarmait. Un grognement sourd roulait par instant dans sa gorge.

1. Ou chairière, à l'époque chaise ou fauteuil le plus souvent richement sculpté, à haut dossier. Elles pouvaient être en bois ou en métal.

2. Lévrier.

– Paix, Delmée, ma belle ! intima Philippe. Auriez-vous oublié, Nogaret, qu'Artus d'Authon est un mien ami ?

– Si tel avait été le cas, sire, mon encombre serait bien léger.

– Or donc, Clément V, par l'intermédiaire de son camerlingue… Quoi ? Requiert, sollicite, conseille, exige qu'Authon paraisse devant un tribunal inquisitoire afin de s'expliquer de deux témoignages émanant, l'un d'un chenapan des rues, l'autre d'un gargotier. C'est bien cela ?

– En effet.

– Ce serait à s'esclaffer si ce n'était si grotesque ! La réputation sans ternissure de monsieur d'Authon, que tous, même ses ennemis, reconnaissent, n'est donc pas suffisante pour le décharger de soupçons cocasses ? Un meurtre, et de seigneur inquisiteur, désarmé de surcroît ! Notre saint-père aurait-il perdu le sens ? Nos routes se sont éloignées au fil des ans, toutefois, il me demeure une certitude au sujet d'Authon : jamais il n'aurait condescendu à cette indignité. Cette très fine lame aurait souffleté Nicolas Florin, l'aurait insulté devant témoins de sorte à pouvoir réclamer un duel juridique[1].

– Contre un homme de robe ? De surcroît, sire, et si je puis me permettre cette contradiction, en admettant que le meurtrier du dominicain ait souhaité innocenter madame de Souarcy et s'arranger pour que soit invoqué le jugement de Dieu, il fallait que le trépas de l'inquisi-

1. Il s'apparente au jugement de Dieu et permet de départager deux camps. Bien qu'il ne soit plus considéré à l'époque par l'Église comme une preuve irréfutable de l'innocence du vainqueur, cette notion restera encore longtemps dans les esprits de tous.

teur paraisse accidentel… miraculeux en quelque sorte. Or, ne l'oublions pas, qui avait le plus d'intérêt, que dis-je, d'urgence, à tirer la dame des griffes de la Question ?

– Balivernes que tout cela ! s'emporta Philippe. (Sa bouche mince se crispa, formant une ligne mauvaise.) Votre sentiment, Nogaret ?

– Mon sentiment, sire ? répéta le conseiller en osant pour la première fois de cette entrevue orageuse rencontrer le regard du souverain.

– Oui-da. Que nous chante-t-on ? Que si nous accédons à la demande du Saint-Siège, on nous en aura reconnaissance ? Enfin, on entendra d'une oreille plus complaisante notre exigence d'une réunion des ordres soldats… Et pourquoi pas d'un procès posthume contre Boniface VIII, qu'il rôtisse en enfer à jamais !

– Il n'a pas été question du procès posthume, ainsi que je vous l'ai narré. Seule la réunion fut évoquée. C'est ce que m'a rapporté Zuccari, seigneur, et avec un luxe de précautions oratoires, ajouterai-je.

– L'homme sage ! Tout cela me donne le sentiment que le pape et son camerlingue baillent le lièvre par l'oreille[1]. Je renifle la crapulerie ou, à tout le moins, l'escobarderie[2] dans ce discours. Nous en avons une longue pratique, Nogaret. Si nous accédons à cette requête, il suffira d'une pirouette au Saint-Siège pour prétendre, la mine pleine d'innocence, que nous avons mal entendu leur souhait, qu'il n'a jamais été question d'une… forme de rétribution.

– Nous pouvons exiger des assurances plus… limpides.

1. Faire de fausses promesses.
2. Discours destiné à tromper.

Nogaret était soulagé. Philippe redoutait surtout de se faire duper. En d'autres termes, il avait d'ores et déjà accepté l'idée de contraindre monsieur d'Authon à se présenter devant un tribunal ecclésiastique. Homme de parole et d'honneur dans les affaires privées, Philippe menait celles du royaume en souverain : nulle promesse, nulle amitié n'existait plus et tous les moyens étaient bons pour parvenir à ses fins.

Philippe caressa la tête de la chienne d'un geste machinal. Delmée ne quittait pas Nogaret des yeux. Les longues et redoutables mâchoires pouvaient casser les reins d'un lièvre d'un seul claquement. Selon le conseiller, les animaux n'étaient que des créatures mises à disposition de l'Homme par Dieu afin qu'il en use selon son vouloir, bien que sans cruauté. Il se demanda pour la centième fois ce que son maître – pour qui il éprouvait une vénération jamais mêlée de tendresse – trouvait de plaisir ou de réconfort à la compagnie de ses chiens, et notamment de Delmée, qui ne quittait que rarement son côté.

– Cette histoire ne me dit rien qui vaille, poursuivit le roi. Et quoi ? Pourquoi, diantre, l'Église s'offusque-t-elle d'un petit miracle qui atteste aux yeux de tous la réalité du jugement de Dieu ? Elle devrait s'en réjouir et craindre, au contraire, qu'il soit entaché de suspicion. Qu'a à faire Clément V d'Artus d'Authon qui ne s'est jamais mêlé de politique, hormis l'administration de son comté, et dont il devait méconnaître l'existence il y a trois mois encore ?

– J'en suis parvenu à la même danse de questions, sire.

Philippe pencha la tête vers la chienne et l'informa d'un ton presque amusé :

– Vois-tu, mon intrépide, ton maître flaire la chauchetrepe[1]. Son embarras est qu'il ignore où elle se dissimule au juste et quel gibier elle attend.

La chienne blanche à tête bringée remua la queue sans toutefois lâcher du regard l'homme qui attendait debout la décision de son souverain.

Il s'écoula quelques secondes de silence. Philippe reprit d'une voix si détachée que Nogaret comprit que ce qui allait suivre lui pesait au cœur :

– Des assurances plus limpides, avez-vous dit ? Il nous en faut avant d'avancer d'un autre pas. Notre vieille connaissance Zuccari se fera douce violence et jouera pour nous les entremetteurs.

– Et si nous les recevions, sire ?

– Monsieur d'Authon devrait aller s'expliquer devant un tribunal ecclésiastique. Laissez-moi, mon bon Nogaret. J'ai à penser.

1. De « chaucher » : « fouler », origine de chausse-trape.

Manoir de Souarcy-en-Perche, août 1306

Agnès regarda autour d'elle. La grande cour était déserte à l'exception des deux molosses de Beauce qui foncèrent vers eux, babines retroussées, pour piler dès qu'ils reconnurent leur dame. Elle héla au service. Un rugissement explosa dans les communs. La lourde porte d'une écurie fut repoussée comme s'il s'était agi d'une simple peau huilée. Gilbert le Simple déboula, crinière en folie, et se rua vers sa maîtresse en hurlant :

– Not'bonne fée qu'est d'retour, enfin ! Oh, doux p'tit Jésus, c'te merveille ! bafouilla de bonheur le titan dont l'esprit était resté celui d'un enfançon.

La jument baie ne fit montre d'aucune nervosité lorsque la masse de muscles fondit sur elle. Elle ne renâcla pas lorsque Gilbert la saisit aux rênes. Agnès s'était toujours émerveillée de ce lien muet qui semblait unir Gilbert aux animaux. Même le jarse[1] vindicatif, qui fonçait en sifflant vers ses proies humaines sans attendre de provocation de leur part, le suivait en cordialité. Quant à Mariolle, l'étalon de Perche qui terrorisait tous les valets de ferme tant il était habile à vous pousser au fond de sa stalle pour vous y décocher une ruade ou vous écraser contre le mur de sa croupe,

1. Ou « gard », les deux termes évoquant une lancette, en référence au bec. Jars.

il patientait, l'air étonné, lorsque Gilbert changeait le foin de l'écurie.

– Mon doux Gilbert, aide-moi à démonter, je suis lasse, ordonna Agnès d'un ton doux en caressant la tignasse emmêlée. Notre course était longue. Je nuiterai au manoir.

Il la souleva telle une plume de sa selle de dame et la déposa au sol avec une étonnante délicatesse.

– Charge-toi de nos montures et demande que l'on prépare une paillasse et un souper chaud pour mon gens d'armes, veux-tu ?

– Voui, voui, ma fée. T'en sera d'vos ordres. Viens, toi. Qu'est-que tu restes vissé à ta selle ? À va pas s'déboucler avec ton cul d'ssus, pour sûr ! lança-t-il au cerbère qui veillait sur les courses de la comtesse.

L'homme, habitué aux manières plus civiles des gens du comte d'Authon, s'exécuta un peu étonné. Agnès réprima un sourire.

Adeline déboula des cuisines, s'essuyant les mains dans un tablier raide de graisse et de crasse. Agnès songea qu'elle allait devoir remettre un peu d'ordre avec doigté. L'adolescente lourdaude se plia en une révérence maladroite qui faillit la déséquilibrer.

– Oh... Doux Jésus, et moi qu'ai rin d'prévu ! Oh ! lala... L'Gilbert a pas cueilli des truites d'Huisne vu qu'on vous attendions point. Et c'te maigre[1], en plus, se désespéra-t-elle. J'pouvions point égorger une volaille.

– Ne t'inquiète, Adeline, une soupe et un bout de pain nous conviendront. Je ne tarderai pas à me retirer dans ma chambre. Je suis fatiguée.

1. Les mercredi, vendredi, samedi et veilles de fête, ainsi que les pénitences du Carême et de l'Avent.

– Ah crénom[1]… J'vas mieux faire, s'obstina la servante qu'Agnès avait nommée maîtresse des cuisines et des vivres, un titre ronflant pour une grosse ferme seigneuriale telle que Souarcy, mais de nature à satisfaire la pauvre fille envers qui le sort ne s'était pas montré tendre.

Celle-ci désigna le gens d'armes d'un mouvement de menton et, baissant le ton, se justifia :

– Après, qu'y dise à l'château de not'maît' que j'savions point m'dépêtrer d'l'arrivée de not'dame. Ah, ben q'nenni, pas de c'te honte-là ! J'préférions encore une bonne colique ! M'en va prévenir la souillon[2] qu'a lance une grosse flambée dans la salle commune, et vos appartements, not'dame. C'te humide.

L'air buté, elle se plia à nouveau en révérence et fonça vers ses cuisines.

Relevant d'une main le devant de sa robe, Agnès se dirigea d'un pas lent, presque hésitant, vers les marches plates qui menaient à la salle commune. Elle frissonna. En dépit des torches de résineux[3] que la souillon venait d'allumer, la vaste pièce était plongée dans une semi-pénombre. Entre ces murs austères, suintant de l'humidité de l'abandon, tant de Souarcy avaient vécu. Sa vie, pourtant courte encore, défila dans son souvenir. Hugues son époux, éventré par les andouillers d'un cerf blessé, avait été allongé sur la lourde table après que son interminable agonie lui ait enfin concédé le privilège de l'ultime soulagement. Dans cette salle, elle

1. Contraction de « nom sacré », ce qui évitait de nommer Dieu.

2. À qui étaient réservées les tâches les plus ingrates.

3. On les réservait aux très grandes pièces en raison de leur forte odeur et parce qu'elles noircissaient les murs.

avait regardé grandir ses deux filles, dont l'une ignorait leur véritable lien de sang. Un monstre innommable et enjôleur, un seigneur inquisiteur, était venu la quérir devant cette cheminée pour la traîner vers la souffrance, la mort. Et puis, un homme sombre, lourd et bouleversant s'était embourbé dans son amour, dans ses mots. Agnès avait découvert l'éclat de la vie, la conquérante envie de s'offrir sans réserve.

Bientôt deux ans d'une existence qui la surprenait chaque jour au point qu'elle redoutait parfois de s'éveiller d'un rêve magique. Deux ans d'une passion si complète, si parfaite, d'un amour si total que le souffle lui faisait défaut lorsqu'elle distinguait au loin la silhouette de son époux, lorsqu'il plissait les paupières au soir échu, inclinait la tête, quêtant son désir de lui du regard. À la vérité, Agnès s'était satisfaite de sa vie d'épouse avec Hugues de Souarcy. Courtois, respectueux, cet homme de foi et de guerre l'avait toujours traitée avec prévenance et tendresse. Toutefois, elle avait ignoré jusqu'à son mariage avec Artus d'Authon la folie des corps qui se cherchent et se donnent, le manque insistant, presque douloureux de l'autre lorsqu'il s'éloigne quelques heures, le soulagement de le revoir, de le voir enfin, de mêler ses doigts aux siens. Elle réprima un rire en haussant les épaules. Dieu du ciel, quelle bécasse elle faisait ! Son humeur s'assombrit aussitôt. Il ne manquait qu'une chose cruciale à son complet bonheur : retrouver Clémence, la serrer entre ses bras à l'étouffer, couvrir ses cheveux de baisers. Elle allait la retrouver, elle ne s'apaiserait que lorsque son enfante serait contre son flanc, en sûreté. Étrangement, Agnès la sage, la belle dame réfléchie, avait découvert une part d'elle-même, si occulte qu'elle ne l'avait jamais pressentie jusque-là. À peine avait-elle entrevu ce gouffre d'ombre lors de son procès inquisitoire, quand son aînée Mathilde avait tenté d'envoyer Clémence au bûcher. La fureur avait envahi Agnès alors même que son épuisement de privations l'encourageait à se soumettre. Une fureur sans limites, pas même celle de la pitié. Elle s'était su capable de tout afin de protéger Clémence. Agnès la raisonnable, que charmaient les délicates poésies de madame Marie de France*, que ravissaient les roucoulements d'une pigeonne, qu'enchantait une pluie d'été, avait découvert une fauve en elle, dont elle n'avait jamais soupçonné l'existence. Elle l'avait ensuite muselée, domptée dans l'espoir qu'elle disparaisse tant cet autre elle-même l'inquiétait. Elle avait cru y parvenir, jusqu'à la disparition de son enfante chérie.

Trois jours après la saisissante découverte de Francesco de Leone, de Clémence et d'Annelette Beaupré, sœur apothicaire d'alors et maintenant mère abbesse des Clairets, dans la bibliothèque secrète de l'abbaye, Agnès s'était inquiétée au soir de l'absence de l'enfante. Elle l'avait trouvée presque distante, encore plus silencieuse qu'à son habitude depuis son retour d'aventure. Elle avait grimpé avec prudence les barreaux de la frêle échelle qui conduisait vers les combles, la tanière de Clémence. Dès qu'elle s'était rétablie sur le plancher, elle avait senti qu'une effroyable épreuve l'attendait. Les vêtements de garçon de ferme de sa fille avaient disparu. Agnès avait ramassé la courte missive déposée à son intention sur la paillasse.

L'émotion lui fit monter les larmes aux yeux. Les mots, chaque phrase qu'elle avait lue cent fois se traça dans sa mémoire :

Madame, ma chère mère adorée,

Il me faut peser chaque mot puisque j'ai décidé que cette lettre serait brève tant j'étais poussée à noircir les pages d'un épais volume de l'expression de mon amour pour vous et de sa persistance, à jamais. J'ai compris il y a quatre jours, devant ce papyrus, la force du vôtre, et cette certitude est la seule chose que je souhaite emporter.

Peut-on lutter contre son destin ? Je l'ignore, mais j'entends le tenter, grâce à la bravoure qui me vient en héritage de vous.

Ah madame… si vous saviez. Mon rêve ne dura que quelques ridicules secondes, là-bas, lorsque je compris que j'étais votre fille, et à quel point vous m'aimiez. Je n'ai alors vu qu'une chose. Je nous ai vues nous promenant au soleil couchant, dans le magnifique parc du château d'Authon. Vous passâtes votre bras autour de mon cou, et j'enserrai votre taille du mien. Nous rîmes tant lorsque vous vous trompâtes systématiquement dans le nom des fleurs que nous contemplâmes. Ah madame… quelle plénitude ! Si brève, mais la plénitude peut-elle s'attarder ? Quelques fugaces instants, juste avant de décider que j'échapperai au chevalier de Leone et aux siens, à leur absolue foi et à leur pur amour. Juste avant que je décide de me défendre seule contre mes ennemis. Le rêve a volé en éclats. Il me faut partir.

Sachez, madame, que partout où je me trouverai, vous serez avec moi. Dieu veille sur vous.

Je supplie le ciel de ne vous occasionner aucune peine. Madame, votre chagrin de moi me serait mortel.

Vivez comme la magnifique que vous êtes.

Clémence, votre fille tant aimante.

Les sanglots avaient suffoqué Agnès. La feuille lui avait échappé d'entre les doigts et elle était tombée à genoux. Elle avait hurlé comme un animal durant ce qui lui avait semblé une éternité. Jamais elle n'avait cru abriter en elle ce cri de bête, gigantesque, presque sans fin. D'où lui venait-il ? D'un amour infini et implacable sur lequel n'avaient jusque-là pesé que des menaces contre lesquelles elle se savait capable de lutter : Eudes, le véritable sexe de Clémence, Mathilde, la précarité de leurs vies. Pourtant, aujourd'hui, des créatures d'une puissance inouïe, d'une inexorable volonté, les sbires du camerlingue Honorius Benedetti, se rapprochaient de sa fille.

Plus tard, bien ensuite, l'épuisement l'avait couchée sur le plancher. Elle s'y était tassée, tendue par une seule conviction : elle allait la retrouver, même si elle devait sillonner en tous sens le royaume, en fouiller chaque masure, le moindre recoin. Elle allait la retrouver. Personne ne la séparerait de Clémence.

Elle se rapprocha du pingre feu qui prenait à regret dans l'immense cheminée, n'en attendant pas grand réconfort. Elle lui tourna le dos dans l'espoir très vain de chasser la raideur de reins qui ne la quittait pas depuis plusieurs jours. Il avait toujours semblé que même les plus extrêmes canicules fussent incapables de réchauffer les pièces du manoir. Agnès y avait toujours eu froid. Pourtant, aujourd'hui, elle frissonnait du froid intérieur qui lui glissait sous la peau. Avouerait-elle un jour à Artus d'Authon les raisons de son impatience, de son insistance à retrouver cette petite Clémence qu'elle avait prétendument recueillie après le décès en couches de sa mère, une suivante ? Devant la surprise de son époux à la voir si obsédée par la disparition soudaine de l'adolescent qu'il prenait toujours pour un jeune garçon, elle avait concédé un demi-mensonge. Après tout, elle avait déjà tant menti afin de survivre. Celui-ci, parce qu'il était destiné à l'homme aimé, lui avait toutefois pesé. Elle avait avoué que Clément était en réalité une fille, qu'elle avait grimée en garçon afin de lui épargner les envies prédatrices d'Eudes de Larnay et de lui éviter le couvent qui ne réservait bien souvent que des tâches de servantes laïques aux orphelines de bas[1]. D'autant, avait argumenté Agnès, qu'elle avait toujours redouté que l'on vînt à se rendre compte que la jeune fille était née d'une hérétique vaudoise*. Son sort eût alors été terrible. Artus avait semblé se contenter de cette explication. Son désir de plaire en tout à son aimée avait fait le reste. Il avait lancé son grand bailli, Monge de Brineux, sur la piste de Clémence. Sans résultat à ce jour, hormis quelques faux espoirs qui avaient blessé encore davantage Agnès.

Elle s'admonesta. Allons, trêve de ces enfantillages, de ces désespoirs qui ne lui ôteraient pas son courage. Avec l'aide de Dieu et la force paisible mais inflexible d'Artus, elle allait retrouver sa cadette. Nul ne lui barrerait la route.

---

1. Abréviation de « de bas lignage ».

Agnès gravit avec lenteur les marches de l'escalier de pierre qui menait à son antichambre, surprise de son manque de vigueur. Un triste sourire lui vint lorsqu'elle déboucha dans la pièce exiguë, chichement meublée d'un guéridon et de deux fauteuils à la tapisserie passée. Dieu qu'elles avaient été démunies ! Il semblait à Agnès qu'elle ne s'habituerait jamais au luxe qui environnait la comtesse d'Authon, aux jardins du château, éclatants de couleurs, de senteurs, dans lesquels elle aimait tant à se promener, s'y sentant pourtant en visite, à l'immense bibliothèque du comte. Elle y avait découvert des poèmes bouleversants qu'elle avait chuchotés en ravissement ou des textes savamment cinglants comme ce *Lai d'Aristote* composé par Henri d'Andeli[1]. Aristote, mentor du jeune Alexandre rentré d'Inde en compagnie d'une belle qui le fascine, s'inquiète que le roi ne délaisse les affaires de l'État au profit de celles du cœur et de la chair. Agacée par les conseils du vieux maître, la subtile Indienne le séduit un jour, au point qu'il accepte qu'elle grimpe sur son dos comme il se traîne à quatre pattes à la manière d'un grand chien. Alexandre surprend la scène et s'en amuse. Mais l'homme sage ne se laisse pas démonter par son ridicule, bien au contraire : « Sire, n'avais-je pas raison de craindre l'amour pour vous qui êtes dans toute la vigueur de la jeunesse ? Voyez à quoi il a pu me réduire malgré ma vieillesse. »

Lorsqu'elle pénétra dans sa chambre, la morne tristesse qui s'y était tapie depuis son départ de Souarcy la prit à la gorge. Une idée décourageante tenta de se frayer un chemin dans son esprit ; était-elle devenue étrangère en tous lieux ? Ici et là-bas ? Une conclusion s'imposa

1. Probablement écrit entre 1230 et 1250.

dans son arrogante platitude : au fond, Agnès, qu'elle fût dame de Souarcy ou comtesse d'Authon, n'avait jamais été de nulle part. Elle s'était accrochée de toutes ses forces à des êtres d'amour, pas à des murs ou à des tours. Madame Clémence de Larnay, qui l'avait élevée, son doux ange, ses filles, Artus. Elle n'existait, ne se tenait debout que grâce à eux, à cause d'eux et, finalement, cette constatation ne l'attristait pas.

Citadelle de Limassol, Chypre, août 1306

L'aube filtrant par la mince meurtrière de sa cellule avait tiré Francesco de Leone, chevalier de justice et de grâce[1], d'un sommeil confus, fiévreux, que la touffeur de la nuit ne justifiait pas à elle seule.

Il sortit de l'aile qui abritait les cellules et le dortoir et traversa la vaste cour pavée en direction du bâtiment trapu réservé aux soins, planté en son centre. On y accueillait les malades, qu'ils fussent gueux ou nobles, valets, marchands ou soldats. Au fur et à mesure qu'il se rapprochait de l'hôpital, l'odeur de décrépitude humaine, de sanie et de déjections le prit à la gorge. Elle ne l'étonna pas. Il frayait avec la souffrance et la mort depuis une éternité. La chaleur ambiante attisait les plaies de ceux qui suppliaient qu'on les soigne. On parvenait à peine à nettoyer les chairs martyrisées dans l'espoir qu'une immonde vermine ne s'y développerait pas. Faute de place, de moyens, de chevaliers médecins, on ne se préoccupait plus de limiter la propagation des infections en cloîtrant les pulmonaires, les scrofuleux[2],

1. Un chevalier de justice devait pouvoir se prévaloir d'au moins huit quartiers de noblesse en France et en Italie et de seize en Allemagne. Le titre de chevalier de grâce, en revanche, était acquis par le seul mérite.

2. On regroupait à l'époque sous ce terme les malades présentant des symptômes dermatologiques que la maladie soit ou non infectieuse, comme la lèpre.

ou les diarrhéiques. Une sorte de tri que nul n'aurait eu le cœur d'admettre s'opérait maintenant. À l'étage ceux qui avaient une chance de survivre. Au rez-de-chaussée, ceux qui allaient mourir et seraient sous peu descendus vers la petite cave creusée sous l'hôpital. Elle faisait office de morgue en raison de sa fraîcheur qui limitait la pestilence exhalée par les cadavres.

Une rancœur difficile à contenir envahit le chevalier de Leone. Henri II de Lusignan, roi de Chypre, avait assorti sa peu enthousiaste autorisation d'installation sur la côte méridionale d'inflexibles conditions. Le nombre des chevaliers hospitaliers dont il tolérait la présence sur l'île ne devrait jamais dépasser soixante-dix, en plus des serviteurs laïcs qui les accompagnaient. Les chevaliers du Christ avaient dû obtempérer en dépit de l'afflux des malades bientôt cinq fois plus nombreux qu'eux. Certes, Leone le savait : Chypre n'était qu'une étape. Le regard de Guillaume de Villaret, successeur[1] de son frère comme grand maître de l'ordre, se tournait vers Rhodes, vers le futur. Toutefois, une tristesse diffuse lui venait lorsqu'il songeait à ces enfants, à ces vieillards, à tous ces êtres qui allaient mourir parce que Lusignan appréhendait l'expansion et surtout le pouvoir de l'ordre soldat.

– Je vous vois bien songeur et sombre, mon ami.

Francesco de Leone se tourna vers la voix douce.

Arnaud de Viancourt, prieur et grand commandeur, le fixait d'un air paisible. Le petit homme fluet et gris, qui semblait sans âge en dépit des rides fines qui sillonnaient ses joues et son front, insista :

– Pourquoi si sombre ?

1. En 1296.

Francesco baissa la tête et croisa les bras sur sa robe de bure noire.

– Tant vont mourir. Combien parviendrons-nous à sauver ?

– Peu, très peu. Notre mission n'est pas de réussir si tel n'est pas le souhait de Dieu. Elle est de nous acharner à toujours recommencer afin d'alléger les peines de Ses créatures.

– Que savons-nous des souhaits de Dieu ?

– Ah… l'intenable question que je me suis posée des milliers de fois. Il n'y a que les privés d'esprit qui croient les entrevoir. Nous tâtonnons, mon frère. Nous nous efforçons de Le servir sans jamais faillir, en priant que la voie que nous empruntons soit pure et aussi peu erronée que possible. Venez, proposa-t-il d'une voix plus claire, devisons quelques instants en amitié. L'air du tôt matin me ferait presque oublier que je suis maintenant un vieillard. N'avez-vous pas remarqué cette particularité des nuits chypriotes ? La fournaise du jour se poursuit dans la nuit pour s'y atténuer progressivement. L'aube apporte pour quelques heures une fraîcheur bienvenue mais fugace. Profitons-en.

Arnaud de Viancourt devança Leone. Il s'écarta des murailles, avançant d'un pas lent en se gardant de se rapprocher des bâtiments. Leone ne fut pas dupe. L'apaisement apporté par l'aube n'avait que peu à voir dans le désir de promenade du prieur. Celui-ci souhaitait l'entretenir d'une affaire d'importance. Il craignait les espions que Lusignan avait placés partout, et sans doute au sein de leur Ordre, aussi ne s'engageait-il dans une conversation d'importance qu'hors les murs de son bureau ou de sa bibliothèque.

Ils se rapprochèrent en silence d'une haute volière dans laquelle se charmaient en roucoulant des colombes et des tourterelles. L'exquis vacarme couvrirait leur échange, et Francesco se demanda si l'insistance avec lequel le prieur avait souhaité l'installation des tendres oiseaux à l'ouest de la cour tenait véritablement, ainsi qu'il l'avait affirmé, au plaisir qu'il éprouvait à les contempler.

– Je vieillis, mon ami, répéta le petit homme. J'en viens à déplorer que toutes les créatures de Dieu n'aient pas la grâce inutile de ces oiseaux.

– Si toutes la possédaient, la distinguerions-nous encore afin de nous en réjouir ?

Un pouffement d'hilarité lui répondit :

– Vous marquez un point, Francesco. L'Homme est ainsi fait qu'il lui faut le pire pour reconnaître le meilleur. Triste constat. Changerons-nous jamais ?

Son regard balaya la cour avec lenteur et une feinte indifférence. Il hésita. Francesco de Leone songea qu'il cherchait l'un des préambules dont il était coutumier. L'esprit d'Arnaud de Viancourt lui faisait l'effet d'un complexe échiquier, dont les pièces obéissaient à des règles mouvantes. Il les semait selon un ordre déroutant. Pourtant, soudain, elles s'organisaient pour former une ouverture à l'implacable rigueur. Le chevalier se trompait. Arnaud de Viancourt soupesait les informations qu'il lâcherait. Leone ne devait pas encore soupçonner que le prieur organisait leur Quête depuis des décennies, qu'il manœuvrait dans l'ombre pour contrer les agissements de leur ennemi juré : Honorius Benedetti.

Deux ans plus tôt, Viancourt avait remporté une bataille décisive, grâce à l'aide de Clair Gresson, l'un de ses plus talentueux espions placé auprès de Guillaume de Plaisians, la deuxième tête plantée sur les épaules de monsieur de Nogaret, ainsi qu'il se murmurait dans les couloirs du Louvre. Clair Gresson s'était rapproché d'Honorius dont il avait affirmé partager les thèses : l'homme était incapable de rejoindre la pureté et la lumière du Christ si on ne l'y contraignait pas. Gresson était parvenu à convaincre le camerlingue de sa foi absolue : le chaos guettait l'humanité si on lâchait la laisse qui la retenait. Seuls la peur, l'ordre établi, l'Église préserveraient les hommes du pire, c'est-à-dire d'eux-mêmes. Gresson avait menti avec finesse, renseignant faussement Benedetti sur l'identité du prélat pressenti par le roi de France pour s'installer sur le Saint Trône. Philippe le Bel avait besoin d'un pape docile, quitte à soudoyer d'autres cardinaux afin de s'assurer son élection. De confidentielles approches avaient permis au souverain d'arrêter son choix sur monsieur de Got*, archevêque de Bordeaux, puisque les voix des Gascons lui étaient acquises. De surcroît, monsieur de Got était réputé pour son intelligence, son sens de la diplomatie, mais certes pas pour sa forte tête. Nogaret s'était donc convaincu qu'il serait aisé à mener et qu'il concéderait au roi ce que celui-ci désirait en reconnaissance de son aide : un procès posthume contre la mémoire de Boniface VIII et la réunion des ordres soldats sous la bannière de son fils Philippe de Poitiers. Il fallait donc à tout prix protéger la candidature de monsieur de Got afin d'empêcher l'élection d'Honorius Benedetti, favori de quelques prélats italiens, ennemi redouté de la plupart des autres. Clair Gresson s'y était employé. Prétendant espionner pour le compte du camerlingue, il lui avait jeté un autre nom en pâture : Renaud de Cherlieu, cardinal de Troyes, précisant que ce dernier s'était montré complaisant au sujet du procès posthume contre Boniface qui hantait le roi. L'offensive n'avait pas tardé. Honorius avait puisé avec libéralité dans son trésor de guerre, dispensé les promesses, distillé les menaces. Homme de derrière la tenture, il briguait la tiare papale, non qu'elle le séduisît. Seul l'immense pouvoir qu'elle conférait à celui qui la ceignait l'intéressait, le pouvoir de sauver l'homme de lui-même pour l'amour de Dieu.

Des rumeurs s'étaient propagées à la vitesse de l'éclair, semées et attisées par les hommes du camerlingue. Faute de temps, Honorius avait opté pour une accusation presque impossible à contrer : la tolérance coupable de monseigneur de Troyes pour les hérésies et les déviances religieuses. L'incrédulité avait d'abord gagné Renaud de Cherlieu, homme débonnaire. Il avait demandé conseil et protection à monsieur de Nogaret. Cependant, le conseiller du roi avait fort à faire et, bien qu'ignorant son origine, se satisfaisait assez de l'anathème[1] qui menaçait de frapper monseigneur de Troyes. Ce dernier risquait un procès inquisitoire. Cette diversion bienvenue arrangeait le roi de France et permettait à Nogaret, ainsi qu'à Plaisians, de pousser leur pion : monseigneur de Got. Le doute avait cédé place à la peur en Renaud de Cherlieu. Sans comprendre l'injuste acharnement dont il était victime, il avait requis audience du camerlingue Benedetti. Si Honorius avait dissimulé avec aise la surprise que lui occasionnait sa visite, il avait dû fournir un gigantesque effort pour ne pas laisser exploser sa rage lorsqu'il avait compris que Clair Gresson, ce jeune homme à la fougue, à la piété tellement séduisante, l'avait dupé comme personne ne s'y était risqué auparavant. Honorius Benedetti avait alors tenté de rectifier sa stratégie. Trop tard. Les mois

1. À l'origine, personne exposée publiquement à la malédiction par l'autorité ecclésiastique. Excommunication majeure prononcée contre les ennemis de la foi catholique et les hérétiques.

durant lesquels il s'était tout entier consacré à l'anéantissement de Renaud de Cherlieu avaient été décisifs. Monseigneur de Got serait élu. Il n'y pouvait plus rien.

Viancourt soupira, passant deux doigts entre les mailles de la volière pour caresser la gorge d'une tourterelle qui inclina le col vers lui. Le vieil homme détailla à nouveau son jeune frère. Francesco de Leone devait avoir vingt-sept ans. Encore jeune et pourtant millénaire de tous les combats auxquels il avait prêté sa lame ou son intelligence. Comme lui, comme tant d'entre eux, Leone avait traversé des champs de bataille transformés en boucherie, en charnier par la folie des hommes. Comme lui, il avait achevé d'un coup d'épée des compagnons agonisants afin de leur épargner la fureur vengeresse de l'ennemi. Comme lui, il s'était émerveillé d'un petit matin solitaire et frais, de l'odeur des amandiers, d'un chant de cigale, songeant que Dieu était là, enfin. Le prieur remarqua les premières rides fines du haut front pâle derrière lequel se dissimulaient tant de choses que Leone croyait secrètes. Le chevalier était assez grand. Ses traits fins, bien dessinés, ses cheveux blonds moyens et ses yeux d'un bleu de mer profonde trahissaient ses origines d'Italien du Nord. Le nez droit, les lèvres charnues, le sourire qui parfois lui montait vers les tempes avaient dû charmer tant de femmes, sur tant de continents. Pourtant la continence charnelle de Leone, son absolue obéissance à la discipline qu'il avait épousée, sa foi brûlante ne faisaient aucun doute dans l'esprit du prieur. Son intelligence aiguë et la pureté de ses buts non plus.

– Francesco, mon valeureux guerrier. N'est-il pas bien attristant que je ne me sente d'absolue confiance qu'en vous ?

Leone lutta contre l'embarras qui le gagnait. Il mentait au prieur depuis des années, menant une Quête secrète dont le flambeau avait été transmis par un templier dans les souterrains d'Acre, juste avant la chute de la citadelle. Le prieur perçut sa gêne bien plus clairement que le chevalier ne le soupçonnait. Il biaisa par affection :

– Nous sommes tant d'êtres à la fois, mon ami, qu'il serait bien fol que je prétende vous connaître tout à fait…

Inquiet, Leone le fixa. Que signifiait au juste cette constatation ? Qu'avait deviné Viancourt ?

– Au demeurant, nous sommes tous dans l'incertitude des autres. Ainsi, notre grand maître, que je considère comme un ami, me surprend-il parfois. Voyez-vous, Francesco… l'âge ne rend pas nécessairement plus sage. Cependant, il rend plus urgent. Il me vient des raccourcis que je n'eus pas tolérés dix ans plus tôt. L'important n'est pas de savoir ce que sont au juste les êtres, mais d'être certain de ce qu'ils ne deviendront jamais, sous nulle contrainte, pour aucun gain. Je sais ce que vous ne serez jamais et c'est un beau soulagement. L'existence, aussi rude et ingrate soit-elle, n'abîme que ceux qui le lui permettent. Je ne les condamne pas. Il est parfois si ardu de s'accrocher aux plus belles choses de soi-même. Or, elles sont notre ultime force.

Un mince sourire étira les lèvres de l'homme fluet. Il soupira :

– Ne voilà-t-il pas que je vous pousse vers un gouffre de spéculations ? Votre mutisme en est la preuve. Votre pardon, mon frère. Bah, c'est le privilège des vieillards de divaguer un peu sans que nul n'ose les interrompre.

– Divaguer ? Je sens, au contraire, que tout cela nous conduit vers un point précis que je ne perçois pas encore, rectifia Leone, sur ses gardes.

– Et vous avez grand raison : votre départ de Chypre pour le royaume de France, dès le demain. Votre billet de congé[1], signé de ma main, est prêt. C'est également la raison pour laquelle je me suis épanché plus tôt auprès de vous. J'ignore, Francesco, si nous nous reverrons en ce monde.

– Que…

Viancourt l'interrompit d'un geste :

– Je ne redoute pas la mort. Elle fut, elle demeure notre plus tenace compagne, à vous, à moi, à nous tous en ces lieux. Rassurez-vous : je ne la sens pas encore ramper vers moi. J'espère qu'elle aura la courtoisie de me prévenir de son avancée. Elle me le doit bien après avoir investi mes jours et mes nuits, ma vie durant. Quoi qu'il en soit, il ne s'agit pas tant du sable qui me demeure que de la durée de votre absence.

Le soulagement le disputait à la surprise en Francesco de Leone. Rejoindre la France, Agnès d'Authon, sa cousine qui ignorait leurs liens de sang. Veiller sur elle afin que nul n'attente à la vie qu'elle devait à nouveau porter. Pourfendre les sbires de Benedetti, s'ils en venaient à cela. Toutefois, quelle puissante raison motivait son départ, puisque le prieur ignorait tout de sa Quête et d'Agnès, du sang différent* qui devait renaître d'elle ?

– J'accepte cette mission. Quelle est-elle ?

---

1. Les frères ne pouvaient se déplacer sans lui. Tout commandeur rencontrant un hospitalier incapable de le produire avait obligation de le faire arrêter aussitôt et juger par l'Ordre.

– Vous m'en voyez soulagé. Grandement. Honorius a déployé ses tentacules et vous n'ignorez rien de leur redoutable puissance.

– Que complote-t-il ?

Le prieur hésita une dernière fois. La vérité l'aurait soulagé. Son heure n'était pas encore venue.

– Nous l'ignorons au juste, mentit Arnaud de Viancourt. En revanche, il est évident que la réussite de notre adversaire serait notre échec. Veut-il se débarrasser de Clément V dont il n'a pu éviter l'élection ? Après tout, nous sommes convaincus qu'il est le donneur d'ordre de l'enherbement de Benoît XI. Nous avançons dans un épais brouillard, mon valeureux frère. Honorius cherche quelqu'un qu'il nous faut atteindre avant lui, que cette personne se révèle un allié ou un ennemi. Le fait que cet enfant revête tant d'importance aux yeux du camerlingue nous le rend terriblement précieux.

– Un enfant ? s'étonna Leone.

– C'est ce qui ressort des informations que nous sommes parvenus à glaner.

En réalité, Clair Gresson et ses espions sillonnaient le royaume depuis bientôt deux ans, à la recherche de ce jeune Clément de l'entourage de madame de Souarcy. En vain. L'idée était progressivement venue à Arnaud de Viancourt que, puisque Leone connaissait bien l'enfant, il lui serait plus aisé de le retrouver et de le protéger. Gresson lui prêterait main-forte, en toute discrétion.

– Un petit Clément, un valet de ferme croyons-nous, de la maison d'une dame, la nouvelle comtesse d'Authon.

Leone lutta contre la panique qui lui obstruait la gorge. Clément ! Pourquoi Benedetti le pourchassait-il ? Pour récupérer les manuscrits que le chevalier avait confiés à l'adolescent avant de rejoindre Chypre ? Le traité de Vallombrosa sans lequel le camerlingue ne pouvait interpréter le deuxième thème de la prophétie, et le grand cahier de notes sur lequel lui et Eustache de Rioux, son parrain d'Ordre, avaient recopié le carnet tendu par le chevalier templier dans les souterrains d'Acre, peu avant de trépasser ? Les deux volumes ne devaient jamais tomber entre les mains du camerlingue. À aucun prix. Viancourt prétendit ne pas remarquer le trouble qui avait fait blêmir son frère jusqu'aux lèvres et poursuivit :

– Il vous faut retrouver ce Clément. Je n'ai que fort peu d'indications à vous fournir. Ami, je m'en remets à vous. Il vous faut comprendre son importance pour Benedetti. De là, nous parviendrons à déduire le plan ourdi par le camerlingue.

Il fallait surtout que Leone protège l'enfant afin que leur Quête se poursuive. Sans que Viancourt comprenne au juste pourquoi, le jeune garçon était devenu un enjeu crucial.

– Il en sera fait selon vos ordres, s'inclina Leone. Et mon frère… nous nous reverrons.

– À Dieu plaise.

Abbaye de femmes des Clairets, Perche, août 1306

Massif royaume dédié à la prière et au travail, l'abbaye des Clairets, nichée dans un val dont les coteaux étaient recouverts de vignes qui produisaient un claret[1] de bonne tenue, surgissait brusquement à l'orée de la forêt.

Les centaines d'arpents offerts aux bernardines de l'ordre de Cîteaux commençaient sur le territoire de la paroisse de Masle[2]. La construction du monastère – décidée par charte de juillet 1204 à l'initiative de Geoffroy III, comte du Perche, et de son épouse Mathilde de Brunswick, sœur de l'empereur Othon IV – s'était achevée en 1212.

Généreusement dotée et exemptée de charges et d'impôts, l'abbaye des Clairets avait droit de haute, de moyenne et de basse justice. Les abbesses successives y avaient prérogative de seigneur en la matière, laquelle incluait les condamnations à la flagellation, à l'amputation, voire à mort. Les fourches patibulaires[3] servant à l'application des peines avaient été dressées au champ de potence qui s'étendait entre l'abbaye et Souarcy.

1. Le claret, vin produit dans la région, a probablement donné son nom à l'abbaye des Clairets.

2. Aujourd'hui : Mâle.

3. Gibet constitué de deux fourches fichées en terre, soutenant une traverse à laquelle étaient pendus les suppliciés

L'abbesse jugeait également les loups capturés dans la forêt avoisinante pour crime contre le bétail. Les bêtes condamnées étaient aussitôt pendues, à quelques centaines de toises de l'enceinte, au lieu-dit du Gibet[1].

De précieux avantages avaient été accordés à ce couvent de femmes, l'un des plus importants du royaume ; des terres à Masle et au Theil, ainsi qu'une copieuse rente annuelle, encore grossie par l'afflux des dons de bourgeois ou de seigneurs, de paysans aisés, voire des aumôneurs condamnés à la largesse en rachat de leurs fautes.

On y comptait à cette époque près de deux cents moniales, une cinquantaine de novices et plus de soixante serviteurs laïcs.

La plupart des bâtiments, dont l'abbatiale Notre-Dame au nord avec son chœur tourné vers le tombeau du Christ, avaient été édifiés en grison, un conglomérat naturel noirâtre composé de silex, de quartz, d'argile et de minerai de fer. Un haut et interminable mur d'enceinte protégeait le monastère, seulement troué par trois porteries, dont l'une, Majeure, qui ouvrait au nord. Juste derrière se trouvaient les édifices où l'on tolérait les étrangers de passage : l'hostellerie, le parloir et les écuries. À droite s'élevaient le logement de la grande prieure[2] et de la sous-prieure, puis le palais abbatial, un édifice trapu d'un étage, guère plus luxueux que les dortoirs des moniales. L'abbesse et sa secrétaire y travaillaient et y logeaient. Un peu plus au sud-est commençait le cloître Saint-Joseph. Derrière s'étendaient l'infirmerie et ses jardins ainsi que le novi-

1. Qui a conservé son nom jusqu'à nos jours.

2. Seconde de l'abbesse, notamment en l'absence de coadjutrice.

ciat. La babillerie y faisait suite, avec ses deux salles de classe où se relayaient les sœurs écolâtres. On y accueillait les enfants abandonnés à la nuit devant la porterie Majeure ou à l'orée des bois environnants, voire les damoiselles de la société que des parents ulcérés par leurs écarts de sens menaient bien vite en l'abbaye afin qu'elles y accouchent de leur fruit inconvenant et qu'elles s'y terrent ensuite leur vie durant pour ne pas jeter l'opprobre sur le reste de la famille.

Annelette Beaupré soupira d'agacement. Dieu du ciel ! Elle regrettait tant le calme ordonné de son herbarium. Toutefois, les derniers mois avaient eu un saisissant effet sur l'apothicaire que ni les ans, ni les dangers, ni les remontrances n'avaient pu mater. Une forme de sagesse, une patience aussi, l'avait investie si prestement qu'elle avait été stupéfaite de les constater soudain. Annelette y avait vu un legs posthume d'Éleusie de Beaufort, sa chère mère décédée d'enherbement entre ses bras. La grande femme anguleuse en venait donc à chérir ses nouveaux traits de caractère qui l'eussent bien empêtrée autrement. À la vérité : à quoi sert la patience quand il suffit de tancer un peu pour obtenir ce qui tarde à venir ? La patience est divine, répétait sa chère Éleusie, sans tout à fait convaincre sa fille apothicaire. Qu'aurait Dieu à faire de la patience puisqu'il possède l'éternité ?

Annelette repoussa le registre sur lequel elle détaillait leur vie de la veille avec application à défaut d'enthousiasme. On avait vendu deux feuillettes* de vin jeune à un tavernier de Nogent-le-Rotrou, huit livres de miel à un apothicaire d'Alençon. Les bûcherons avaient travaillé la semaine durant à l'abattage d'arbres et au rangement des billes dans la réserve des fours, sous la surveillance maniaque de Sylvine Taulier, la fournière. Elle devait les compter jour et nuit afin de vérifier qu'une « sang de rave », ainsi qu'elle nommait les sœurs de santé et de résistance moins arrogantes que les siennes, n'avait pas dérobé une bûche pour alimenter le chauffoir et s'y réchauffer les articulations. Un cerf avait été abattu. Un quart, ainsi que le voulait la tradition de charité de l'abbaye, rare en ces temps de presque disette, avait été distribué aux paysans du coin, devant la porterie Majeure. Le reste avait été accommodé avec passion par une Elisaba Ferron, sœur organisatrice des repas et des cuisines, qui braillait à qui voulait l'entendre : « Mon prénom signifie "Joie". Liesse dans la maison du Seigneur notre Père. Joie que ce gibier qui rompra agréablement notre maigre habituel, sur permission de l'abbesse, qu'elle soit bénie. Tout est joie. J.O.I.E. » Cette veuve entre deux âges d'un gros commerçant nogentais avait distribué les paires de claques aux commis paresseux avec autant d'allégresse qu'elle glissait la pièce en cachette de son époux aux petits jeunets travailleurs énamourés d'une jouvencelle[1] qui, elle, soupirait surtout après les rubans de cheveux admirés au marché. Elisaba était de taille et d'ardeur à assommer un âne. Son caractère trempé, sa voix de stentor et ses manières de patronne d'éventaire dissimulaient un cœur aussi large que son opulente poitrine.

Incapable de se concentrer sur cette quotidienne répétition d'écritures qu'elle jugeait inepte, Annelette ressassa les événements des derniers mois.

1. Gracieuse adolescente.

Les délibérations du chapitre[1] avaient été interminables, les tergiversations d'Annelette Beaupré n'arrangeant pas les choses. Réunies afin d'élire leur nouvelle abbesse, les sœurs discrètes[2] avaient voté en faveur de leur apothicaire. À l'unanimité moins une voix. Celle de Berthe de Marchiennes, la cellérière[3], qui jugeait que cette charge lui revenait de droit et d'ancienneté. Elle s'en était longuement expliquée, avec sa coutumière suffisance, devant un chapitre qui avait feint la plus entière attention. Berthe de Marchiennes était au fond si sotte qu'elle seule l'ignorait encore. Cependant, Annelette Beaupré, que cette marque d'estime collective encombrait, avait commencé par décliner un honneur qui lui apparaissait trop contraignant. Elle était souveraine en son herbarium et s'amusait assez avec les onguents et les potions qu'elle préparait pour n'avoir nulle envie de se retrouver derrière la lourde et austère table de travail qui avait accueilli les heures de madame de Beaufort et d'autres abbesses avant elle. Certes, elle l'admettait bien volontiers, le suffrage de ses sœurs l'avait flattée. Le souvenir de son père, de son frère lui avait fugacement traversé la mémoire. Le vieux mire se prenait pour un

1. Assemblée des moines ou des moniales chargée de régler la vie interne du monastère. D'abord élus par les chapitres régionaux ou généraux, les abbés et abbesses furent ensuite nommés par le pape.

2. Du latin *discretus*, « capable de discerner » Il s'agissait des sages de l'abbaye : la cellérière, la boursière, la dépositaire, la portière ainsi que deux autres moniales choisies parmi les officières.

3. Sœur chargée de la gestion de l'abbaye. Elle avait soin de l'approvisionnement et de la nourriture du couvent, surveillait les granges, les moulins, les brasseries, les magasins et les viviers. Elle supervisait la fourniture de meubles, d'objets divers, ainsi que les visites d'extérieurs.

aesculapius[1]. Il était vrai que ses innombrables et grossières erreurs médicales gisaient six pieds sous terre et ne pouvaient guère le contredire. Grégoire, son fils et digne successeur, marchait avec ardeur dans ses traces. Comme ils l'avaient toisée, humiliée, raillée lorsqu'elle avait eu la crédulité, la stupidité de croire qu'ils pourraient accepter la démonstration des capacités scientifiques d'une femelle. Ils s'étaient gaussés à peu de frais, à peu d'honneur. Elle s'en souvenait comme si la scène s'était déroulée la veille. Elle se tenait devant eux. Son père avait lâché d'un ton goguenard :

– Allons, Grégoire… si vous n'y prenez garde, cette donzelle[2] vous apprendra bientôt comment se pratique une saignée !

Annelette avait perçu leur jubilation mauvaise. Qu'ils étaient donc satisfaits de la rabaisser ! L'énormité de la vérité s'était imposée à elle : son intelligence, sa faculté d'apprendre et d'utiliser la connaissance les avait terrorisés. Sans même s'y essayer, elle les avait conduits à percevoir leurs propres limites. Ils ne le lui avaient jamais pardonné.

Étrange : le souvenir de leurs deux visages hargneux s'était aussitôt évanoui. La rancœur qu'elle avait éprouvée à leur égard durant ces presque trente années l'avait abandonnée comme par enchantement. Peut-être une conséquence des mois d'épouvante qui s'étaient succédé aux Clairets.

Les discrètes avaient ensuite plaidé leur cause auprès de leur sœur apothicaire, la suppliant de devenir leur mère. Annelette s'était peu à peu laissé fléchir par leur tendre insistance. Elles avaient eu si peur alors que

1. Habile médecin.
2. À l'origine, fille ou femme de distinction.

rodait entre leurs murs une sournoise, ou plutôt deux sournoises enherbeuses, qui n'étaient autres que Jeanne d'Amblin, leur aimable sœur tourière[1], et Blanche de Blinot, qui faisait office de grande prieure, jouant de sa prétendue sénilité pour mieux les mystifier toutes. Si Annelette ne s'était pas dressée contre ces deux assassines, le pire aurait pu échoir. Et puis, qu'adviendrait-il des Clairets si Berthe de Marchiennes en prenait la tête ? Cette perspective semblait les assombrir toutes. Thibaude de Gartempe, sœur hôtelière[2], dont la constante nervosité avait toujours irrité Annelette, devait résumer la situation avec une étonnante clarté :

– Enfin… je me déteste de manquer de charité mais, en dépit de son érudition et de sa foi, Berthe est butée comme seuls savent l'être les imbéciles ! D'autant qu'elle n'a jamais fait montre de la compassion que l'on peut souhaiter d'une abbesse.

Annelette avait assisté, abasourdie, au portrait qu'elles esquissaient peu à peu d'elle. L'apothicaire, dont toutes avaient redouté la mine revêche et les reparties acerbes, devenait leur sauveur et un ange de douceur et de mansuétude.

Ce ne fut pourtant que lorsqu'elle découvrit dans l'herbarium ce court billet étalé avec soin sur sa table de préparation et de pesée, un coin pincé sous une petite buire[3] de terre cuite, que sa décision fut prise. Une belle

1. Sœur chargée des relations de son abbaye avec l'extérieur.

2. Religieuse chargée des relations avec les hôtes de passage et des soins dont ils peuvent avoir besoin. Elle surveille la propreté, le feu, la cuisine, les chandelles, leur conduite dans l'abbaye.

3. Sorte d'amphore, avec ou sans pied, munie d'une anse. Il en existe de toutes tailles.

écriture haute avait tracé quelques mots. « Songez aux livres. Protégez-les. » Étrangement, Annelette n'avait eu aucun doute sur l'identité de leur auteur. Cette très jeune femme armée d'une dague qui s'était fait passer pour une novice afin de lui prêter main-forte contre Jeanne d'Amblin. Esquive d'Estouville. Un charmant visage triangulaire éclairé de deux yeux d'ambre. Une lourde chevelure frisée et brune. Annelette avait épié chaque recoin de l'herbarium, cherchant une autre trace de son passage, en vain. Comment Esquive avait-elle pénétré puis était-elle ressortie ? Ce tôt matin, l'apothicaire avait trouvé la porte fermée à clef. Cette jeune femme était un bienveillant mystère qui allait et venait avec la discrétion d'une ombre. L'idée que mademoiselle d'Estouville rodait encore dans les parages avait réconforté Annelette, allégeant la solitude qui lui tenait compagnie avec une belle obstination depuis le décès de sa bien-aimée mère.

La bibliothèque secrète qu'abritaient les Clairets. Nul n'en connaissait plus l'existence hormis Annelette, Francesco de Leone, le neveu, ou plutôt le fils adoptif de feu madame de Beaufort, ce gentil garnement de Clément, le protégé d'Agnès de Souarcy, maintenant comtesse d'Authon, et Esquive. Peut-être aussi Clément V, leur nouveau pape, mais l'apothicaire n'en aurait pas juré. Toutefois, il suffirait que l'envie prenne Berthe de soulever ou de descendre le dorsal[1] pour découvrir la porte basse qui conduisait à la salle. Que ferait-elle alors des ouvrages? Cette godiche était capable de les remettre au camerlingue Honorius Benedetti, l'ennemi juré de leur Quête. Et puis, autant

1. Grande tapisserie, le plus souvent installée derrière un bureau.

l'admettre, Annelette n'avait pas cessé de penser aux connaissances accumulées dans ce lieu clandestin qui avaient coûté la vie à tant de ses sœurs. Quels prodigieux secrets recelaient ces volumes ? Tant de savoir couché sur ces pages ou dans ces parchemins, ignoré ou prohibé par l'Église. Un savoir qui se trouvait à portée de main. Un chagrin diffus lui était venu lorsqu'elle avait songé à la crainte qu'inspirait cette science à Éleusie de Beaufort et à tant d'autres. La connaissance est le pouvoir. Le pouvoir, en lui-même, n'est ni bon ni mauvais, pas plus que la science. C'est ce qu'en font les hommes qui hurle et qui saigne. Comment Éleusie n'avait-elle pas compris que maintenir les hommes dans l'esclavage de leur bestialité ne les rendrait pas meilleurs ? Juste plus vulnérables. Quoi qu'il en fût, Annelette Beaupré avait fini par accepter la supplique des discrètes, et pris la succession de madame de Beaufort, tout en insistant pour conserver sa fonction d'apothicaire. Après tout, un glorieux précédent l'y autorisait : la très érudite Hildegarde de Bingen* qui avait ajouté à sa sagesse d'abbesse d'étonnants talents d'apothicaire, sans oublier un don magnifique pour la musique et la poésie. Certes, Hildegarde était créditée de miracles qu'Annelette doutait de jamais reproduire.

La grande femme soupira, repêchant la plume taillée qui avait glissé de sa main. Jusqu'à aujourd'hui, elle n'avait eu que fort peu le temps de fureter parmi les étagères lourdes de la connaissance des siècles passés. Les drames qui s'étaient succédé en l'abbaye avaient abandonné de profondes cicatrices. La méfiance, la peur et la méfaisance avaient déferlé entre ces murs austères dédiés à la prière, au travail et à la compassion. Dès après son élection au rang d'abbesse, Annelette Beaupré s'était appliquée à cautériser les plaies, à raviver la flamme sororale des unes et des autres, songeant que la benoîte fermeté dont elle faisait preuve surprendrait madame de Beaufort. Elle avait dû faire élire à la hâte des officières en remplacement des sœurs occises par les deux acolytes maléfiques et en avait profité pour évincer des vieilles barbes incapables auxquelles la bonté d'Éleusie de Beaufort avait permis de s'accrocher à des offices qu'elles ne remplissaient guère. Gervaise de Puisan avait été élue dépositaire[1], ce que légitimaient son bon sens et son application en tout, Marguerite Masurier – elle aussi une tête bien faite et vigilante – était devenue boursière[2], Alice Valette avait accepté la charge de sacristaine[3], quant à la délicieuse mais tenace Léonine de Brioure, la charge de tourière lui allait comme un gant. Elle saurait convaincre les plus réticents à la générosité lors de ses visites. D'autres moniales avaient été nommées. Berthe de Marchiennes demeurait cellérière, Annelette n'ayant pas trouvé le moyen de l'écarter et de s'épargner ainsi la vue de ce gros visage pincé, qui semblait un reproche permanent. Eh quoi ? Était-ce la faute d'Annelette si seule Berthe de Marchiennes avait voté pour elle-même ? Emma de Pathus, la renfrognée maîtresse des enfants[4], avait été judicieusement déplacée, devenant chantre[5], ce qu'elle considérait comme la juste reconnaissance d'une tessiture dont elle n'était pas peu fière. Ainsi ses gifles d'humeur ne s'abattraient-elles plus sur d'innocentes joues. Du coup, on ne la croisait plus dans les longs cou-

1. Sœur chargée de tenir les comptes.
2. Sœur chargée d'effectuer les achats et les paiements.
3. Sœur chargée du mobilier liturgique et des reliques.
4. Sœur chargée de l'enseignement aux enfants et aux novices, et la seule autorisée à les frapper ou à les punir.
5. Sœur qui entonne les chants et les dirige.

loirs que fredonnant les quadruples[1] de Pérotin[2], composés alors qu'il était maître de chapelle à Notre-Dame de Paris. Emma s'appliquait à produire toutes les voix, de la plus grave à la plus aiguë, saoulant de fausses notes les victimes qui lui prêtaient oreille attentive.

Un autre soupir d'agacement souleva la poitrine d'Annelette. Allons, autant en finir au plus preste avec ces interminables écritures. Or donc, on avait vendu deux hongres de hersage à Vivien Chesnel, maître carreleur[3] à Colonard.

Un coup discret porté contre la lourde porte de son bureau lui fit relever la tête. Enfin, quelqu'une venait lui offrir un prétexte pour interrompre un moment sa tâche ingrate sans en éprouver de remords. La frêle Alice Valette, sœur sacristaine, passa son plaisant petit museau par l'entrebâillement de la porte.

– Ma bonne mère, oserais-je accaparer votre attention ? Je puis revenir plus tard...

– Non pas. Pénétrez, je vous prie. Asseyez-vous, ma fille.

Alice traversa la vaste pièce de sa curieuse démarche sautillante. Cette jeune moniale ne marchait pas. Elle progressait à petits bonds légers. Un sourire joyeux frémissait en permanence sur ses lèvres. Avec son visage

1. Chant composé pour quatre voix.

2. Compositeur très célèbre du début du XIIe siècle. Il est l'auteur d'œuvres religieuses chantées à quatre voix, très audacieuses musicalement en cette époque où les chants étaient composés le plus généralement pour deux voix.

3. Les carreaux de faïence apparaissent en France à la fin du XIIIe siècle et connaissent très vite une vogue importante puisqu'ils sont jugés moins froids que les dalles de pierre.

en pointe, elle évoquait un mignon mulot à Annelette, impression renforcée par la vivacité de son regard sombre. Pas un de ces odieux rats qui dévastent vivres et tapisseries. L'une de ces petites bêtes des champs qui se font parfois surprendre et vous considèrent avec effarement, assises sur leur derrière, moustaches frissonnantes.

– L'objet de votre visite ? demanda Annelette avec affabilité, une habitude depuis qu'elle était parvenue à dompter son débit péremptoire de jadis.

– Une catastrophe, commença l'autre dans un murmure pénible. Nous sommes attaquées.

– Votre pardon ? Attaquées par qui ?

– Enfin, pas nous directement, plutôt le tibia de saint Germain, évêque d'Auxerre qui combattit les Pictes et les Saxons en Angleterre.

– Le reliquaire offert par feu madame de Beaufort à l'abbaye ! s'exclama l'abbesse.

– Tout juste, acquiesça la jeune moniale, un air d'effroi sur le visage.

– Comment cela se peut-il ?

– Je l'ignore, ma mère. Vous savez les soins constants que je lui prodigue. Tout a commencé il y a un mois. J'ai remarqué quelques grains d'une fine poudre blanc-gris sur le saint tibia. J'ai d'abord cru à un peu de poussière infiltrée dans le reliquaire, malgré ses fermoirs. J'ai bien sûr nettoyé avec application. L'incident s'est reproduit une semaine plus tard. Depuis, je surveille la sainte relique tous les jours… Je change les sachets de bois de cade[1] et de myrte qui la protègent des insectes.

1. Sorte de genévrier. Outre ses vertus insecticides, l'essence de cade fut utilisée pour ses propriétés contre certaines affections dermatologiques et pour traiter la gale des animaux domestiques.

Eh bien, ma mère, je ne sais comment vous l'avouer, mais… la poussière provient de l'os qui se désagrège.

– Douce miséricorde ! gémit l'abbesse en plaquant la main contre sa bouche. Qu'allons-nous faire ?

– Je ne sais. Je me demandais si l'une de vos préparations d'apothicaire ne pouvait…

– À ma connaissance, il n'en existe aucune pour lutter contre cette… fonte des os saints. Venez ma fille, il me faut constater cette abomination par moi-même.

Rue Saint-Amour, Chartres, septembre 1306

Les cheveux tressés de rubans bleu pâle, torsadés avec élégance sur les tempes, Mathilde de Souarcy – rebaptisée d'Ongeval par madame de Neyrat afin d'éviter des indiscrétions –, toujours en robe d'intérieur d'épaisse soie violine, considérait avec ébahissement la coupelle remplie de petits grains jaune orangé et parsemés de raisins secs de Corinthe.

– Qu'est ceci, madame ? s'enquit-elle auprès d'Aude de Neyrat qui la détaillait, un sourire espiègle aux lèvres.

– Du riz[1], ma chère mie. Longuement cuit dans du lait safrané adouci de miel.

– Du riz ?

– Goûtez, c'est fort plaisant, bien meilleur que l'épeautre si vous voulez mon sentiment. Une fantaisie dispendieuse, mais nous méritons le meilleur, n'est-il pas vrai ?

Un soupir satisfait lui répondit. La jeune fille plongea sa cuiller d'argent dans la coupelle, sous l'œil d'épervier de madame de Neyrat qui lui avait déjà enseigné que les manières de table trahissent une origine plus sûre-

1. Contrairement à ce qui est cru généralement, on produit du riz en France, notamment en Roussillon, depuis le XIIIe siècle. Il restera cependant longtemps une curiosité gastronomique.

ment que des clabaudages. Aude adoucissait chaque légère réprimande d'une leçon de vie. Elle devait cependant admettre qu'Agnès de Souarcy avait accompli de la belle ouvrage en élevant cette adolescente rétive et capricieuse. La donzelle se tenait droite, n'ignorait rien des codes de salut et de révérence, savait baisser les yeux, et s'exprimait avec aisance à défaut d'esprit.

Mathilde porta un doigt à ses dents afin d'en chasser un grain de riz coincé. Aude intervint aussitôt :

– Allons, mademoiselle. Qu'est ce geste de soudard ?

– J'ai vu fort souvent mon oncle de Larnay s'y résoudre.

Aude arqua ses jolis sourcils blonds et rétorqua, ironique :

– Que vous disais-je ?

Mathilde pouffa derrière sa main,

– N'oubliez jamais l'œuvre méritoire de monsieur de Saint-Victor[1] qui a clairement préconisé que l'on ne mange pas avec les doigts mais à l'aide de sa cuiller s'il est possible, que l'on ne s'essuie jamais les mains à ses vêtements mais sur la nappe dont la fonction première est de nous permettre de nettoyer la graisse de nos doigts, et qu'on ne rejette pas au plat les morceaux à demi mangés et encore moins les débris curés des dents. Ma chère mie, je vous l'ai dit, toutefois le répéter n'est pas superflu : il existe trois sortes de femmes. Les dames bien nées et richement dotées qui ignoreront toujours les affres de la vie. Les pauvresses soumises à leur sort, quelles que soient leurs qualités d'âme et d'esprit. Elles termineront au pire puterelle[2] dans une maison

1. Hugues de Saint-Victor, 1096 ?-1141.
2. Prostituée.

lupanarde[1], au mieux moniale cloîtrée. Les renardes[2], une autre sorte de pauvres, insoumises celles-là.

– Sommes-nous de la race des renardes, madame ?

– Quelle femme en son plein sens souhaiterait terminer catin commune ou grenouille de baptistère ? Toutefois, l'état de renarde requiert des efforts et une vigilance constante. Il convient de développer des qualités précieuses.

– Lesquelles ?

– L'art de la menterie, de la tromperie, de la fourberie. Le goût du secret, car même acculée, vous ne devez jamais révéler les vôtres, surtout lorsque vous monnayez fort cher ceux des autres. Doit s'y ajouter une tenace lucidité. D'aucuns la nommeraient « cynisme[3] », cette indépendance morale, ce mépris des règles imposées par les autres. Ceux-là n'auraient pas tort. Bref, tout ce qui, au bout du compte, vous rend libre, maître de vous. Cependant, prudence… la lucidité doit demeurer notre plus grand secret et notre force majeure. Nul ne doit nous démasquer. Au contraire, nous devons nous appliquer à faire accroire que nous suivons aveuglément la conduite admise, que nous ne tolérerons aucun écart aux belles mœurs et encore moins aux enseignements de l'Église. Comprenez-vous ?

– Si fait, et j'en suis toute retournée. Il s'agit donc de devenir une mystificatrice.

---

1. Bordel.

2. Contrairement au loup, jugé glouton et sot, en dépit de la terreur qu'il inspirait, le renard était admiré pour son intelligence, sa ruse et son courage

3. École d'Antisthène et de Diogène qui professaient un retour à la nature et une attitude d'indépendance morale méprisant les conventions sociales, la morale commune et l'opinion publique.

– Voilà qui est admirablement résumé. Que vous êtes fine, ma chère Mathilde.

– Je pense… non, je sais en avoir l'étoffe.

Cependant, je doute que tu en aies jamais la subtilité, songea Aude en roucoulant :

– J'en suis certaine. Je vous aiderai à la broder de belle manière…

Aude parut hésiter quand elle piaffait d'impatience depuis des jours d'aborder ce qui lui tenait vraiment à cœur.

– Ma mie… avez-vous bien été satisfaite de mes gaillards, ceux de Champagne ?

– Ah, madame, je rends grâce à Dieu tous les jours de vous avoir placée sur ma route. Ainsi que je vous l'ai conté, cet… enlèvement fut si aisé qu'il y aurait de quoi s'esclaffer, si je n'avais pas tant craint qu'il échoue. L'un m'a soulevée, moi et mon maigre balluchon, telle une plume, vers le haut de la muraille d'enceinte. L'autre qui se tenait à califourchon sur le faîte du mur m'a hissée aux bras puis m'a ceinturé la taille d'une large sangle de cuir à l'anneau de laquelle était nouée une corde. Il m'a doucement redescendue vers le troisième qui m'a libérée de ce harnachement. Une carriole légère m'attendait. J'ai rejoint Chartres sous bonne garde en quelques jours. Une délivrance que je vous dois tout entière.

– Comme je suis apaisée d'avoir mis terme à vos tourments. Certes, la chose était périlleuse. Cependant, ma détermination n'avait d'égale que ma compassion pour vous.

Mathilde avala une gorgée de vin tiède de pêche et de miel. Aude jugula son impatience. La bécasse n'avait toujours pas compris où elle souhaitait la conduire. Il allait lui falloir rompre en visière[1], sans plus d'atermoiements.

– Vous souvient-il de notre première rencontre, dans ce sinistre parloir de l'abbaye de femmes d'Argensolles, en août dernier ?

– Madame, chacun de vos mots, le moindre de vos regards est gravé dans ma mémoire à jamais, affirma Mathilde avec une petite moue attristée. Comment pourriez-vous en douter, vous l'ange de mon salut ?

– Comme c'est aimable. Je me déteste de vous remettre votre promesse en mémoire. Toutefois, l'honneur des renardes, bien que peu conventionnel, est l'un des plus exigeants qui soit.

La compréhension s'alluma enfin dans le languide regard noisette qui la dévisageait.

– La… rétribution, souffla la jeune fille.

– Disons… l'échange. Le mot est moins… choquant de notre part.

– Vous m'avez assuré qu'il ne serait pas disproportionné et qu'il ne m'offenserait pas.

– Tel est le cas. Je ne me dédis jamais d'une parole, aussi en usé-je avec parcimonie. L'échange, pour le résumer avec une brusquerie dont je vous conjure de me bien vouloir pardonner, est le suivant : votre futur contre celui de votre mère, madame Agnès.

L'étonnement se peignit d'abord sur le visage de Mathilde. Depuis qu'elle s'était installée au premier étage du magnifique hôtel particulier de la rue Saint-Amour, elle s'était attendue à bien des exigences, mais certes pas à celle-ci. La surprise céda peu à peu place à l'amusement. Elle baissa les yeux, pas assez vivement

1. Attaquer de face.

toutefois pour qu'Aude n'y lise une jubilation mauvaise.

– Le futur de ma mère ? Que puis-je contre lui ? murmura-t-elle, paupières abaissées.

– Tant, ma chère. Nous y reviendrons. Or donc, voilà que se complète enfin pour vous la proposition que je vous fis en l'abbaye d'Argensolles. Je construis, j'arme, je dote votre futur. Vous m'aidez à abattre celui de votre mère. Fichtre, alors que je vous ai retrouvée sans difficulté dans cette… geôle champenoise où votre odieux oncle vous avait fait enfermer, votre mère de sang en fut incapable ? Allons ! Elle ne vous a simplement pas cherchée, trop contente de vous savoir éloignée d'elle et de ses plans. Rappelez-vous sa fourberie, sa jalousie vis-à-vis de vous, le peu de cas qu'elle faisait de son unique enfante au point de la contraindre à une vie de porcherie, à des hardes de pauvresse, à l'insupportable promiscuité avec la valetaille. Dans ce manoir sinistre… que dis-je, cette ferme décrépite. Enfin, tudieu, vous êtes une Souarcy de sang et si ce n'est pas la plus riche des noblesses, loin s'en faut, elle est de belle réputation dans le comté du Perche et jusqu'à celui de Chartres ! Ma chère, la réputation d'une famille est un bien inestimable…

Mathilde ne l'écoutait plus. Un futur à sa mesure. Elle avait admis, deux ans plus tôt, lors de son séjour au château de Larnay, qu'elle détestait sa mère. Son exécration n'avait fait que croître durant ce qu'elle nommait son « emprisonnement » à Argensolles. En dépit d'une intelligence modeste, et contrairement aux insinuations de madame de Neyrat, Mathilde savait fort bien qu'elle n'avait rien à reprocher à Agnès, hormis ces années à Souarcy qu'elle avait subies comme une interminable et injuste pénitence. Elle l'avait haïe de refuser le confort que lui offrait son demi-frère, Eudes de Larnay, lorsqu'il avait insisté afin qu'elles rejoignent son château, peu après le décès d'Hugues de Souarcy. Certes, Mathilde avait compris, juste avant le procès inquisitoire de sa mère, qu'Eudes en attendait une complète récompense. Agnès comme maîtresse. La belle affaire ! Il se serait lassé d'elle aussi vite que des autres. Qu'étaient quelques nuits en regard de l'insupportable pénurie dans laquelle elles vivaient ? Elle-même, s'il avait fallu en passer par là… non pas que son oncle l'ait jamais charmée. En revanche, ce qu'elle croyait savoir de sa fortune l'avait appâtée. Mathilde s'était depuis longtemps vouée à elle-même, à la satisfaction de ses besoins, de ses envies. Le reste, tout le reste, était insignifiant. Seule récente exception à cette indifférence pour tout ce qui ne la concernait pas : l'espèce d'amicale reconnaissance qu'elle avait conçue pour madame de Neyrat puisque la magnifique créature incarnait le futur que Mathilde entendait bien s'approprier. À la vérité, ce qui l'avait plongée dans une fureur qui ne la quittait plus n'était autre que cette nouvelle qu'elle avait reçue avec six mois de retard. Celle du remariage de sa mère au comte d'Authon. Quoi ? Cette bâtarde reconnue sur le tard devenait comtesse d'Authon, épousait l'un des hommes les plus riches et les plus séduisants de la province ? D'autant qu'il était beaucoup plus âgé qu'Agnès et qu'elle pouvait espérer devenir une veuve[1] fortunée sous peu ! Quelle épouvantable injustice. Mais que lui trouvaient-ils à la

1. Le statut de veuve, surtout avec enfant, était apprécié des dames aisées de l'époque, au point que bourgeoises et nobles, devenues enfin maîtresses d'elles-mêmes sans avoir de comptes à rendre à quiconque pour peu que leurs mœurs ne soient pas scandaleuses, hésitaient très souvent à se remarier.

fin ! Son père, Hugues de Souarcy, ce chancre de Clément le Gueux, cet abruti de Gilbert le Simple, Eudes son oncle, les moniales des Clairets qui s'étaient fait un honneur de la secourir, le comte d'Authon, et jusqu'à cette gourde épaisse d'Adeline qui la vénérait comme si elle était une émanation de la Sainte Vierge. Quoi ? Qu'avait-elle de plus ? Mathilde l'abhorrait. Elle en terminerait avec contentement.

– Mathilde ?

– Votre pardon, madame. Vos paroles ravivent tant de désastreux souvenirs.

– Je m'en doute, ma pauvre chère.

– Je suis votre obligée. Nous sommes alliées, vous l'avez dit. Toutefois, avant d'aller plus avant et si vous le permettez, je souhaiterais me retirer un moment dans mes appartements.

– J'allais vous en donner conseil. Un moment de réflexion en intimité s'impose.

Aude n'était pas dupe. Elle avait suivi la moindre expression du visage de Mathilde. Cette dernière se délectait à la pensée d'une vengeance proche contre sa mère, son ennemie jurée. Qu'allait-elle faire au prétexte de se retirer ? Sans doute admirer ce qu'elle avait ici, dans cet hôtel qu'Aude jugeait ornementé à la vulgarité. Quoi de plus incitant pour Mathilde que l'étalage d'une richesse qu'elle croyait bientôt sienne, surtout comparée à l'impécuniosité qu'elle avait laissée derrière elle avec la ferme intention de ne jamais la subir à nouveau ? Quant à franchir l'ultime pas qui la séparait de la flétrissure et de l'indignité, c'était chose faite depuis le mensonger témoignage grâce auquel elle avait tenté d'envoyer sa mère au bûcher.

Un mépris presque étourdissant envahit madame de Neyrat. Elle se leva avec lenteur et songea qu'un long bain, suivi d'un massage à l'huile d'amandes d'Italie, en l'étuve de dames de la rue du Bienfait, l'apaiserait. Une plaisante certitude lui vint. En dépit de tous ses péchés, de toutes les menteries qu'elle avait commises, en dépit même des meurtres qu'elle avait perpétrés, elle n'était pas de l'essence de cette jeune fille. Elle s'était défendue. Tous ceux dont elle avait organisé le trépas étaient fautifs, cupides ou féroces, violeurs ou incestueux. Sauf Agnès de Souarcy, force lui était de le reconnaître. Elle étouffa un petit rire : piètre quittance mais il lui faudrait s'en contenter. Étrangement, le souvenir de la fillette blonde de la masure la dérida tout à fait. Angélique… la tirer de son taudis, la rendre à la pureté.

Mathilde pirouettait, se complimentant d'une moue mutine, s'admirant devant l'un des innombrables miroirs biseautés de ses appartements. Elle leva le regard et apprécia pour la centième fois les fines moulures des solives et des poutres, une délicatesse réservée aux plus riches seigneurs. Le grand lit sculpté dans lequel elle aimait à paresser était protégé d'un clotêt[1], surmonté d'un ciel suspendu au plafond et entouré de lourdes courtines sur les trois côtés. Durant le jour, on remontait celle qui occultait le pied de lit. Des tapisseries aux teintes délicates et lumineuses, fendues devant les portes, tendaient les murs. Une haute almaire[2], décorée de ferrures et de sculptures, avait été poussée entre les deux fenêtres qui, comble du luxe, étaient vitrées et garnies de volets intérieurs. Sur une petite table de

1. Sorte de paravent fixe et généralement de faible hauteur.
2. Armoire.

parure, surmontée d'un miroir inclinable, s'alignaient des brosses et des peignes, des agrafes de cheveux et des rubans. En vérité, une chambre de princesse qui faisait suite à une antichambre tout aussi gracieuse. Toutefois, ce qui la ravissait le plus n'était autre que ce petit cabinet d'ablutions attenant à sa chambre. Quel raffinement que cette haute table à plateau de marbre sur lequel était posée chaque matin et chaque soir une cuvette d'eau parfumée d'essence de rose. Elle s'approcha de l'almaire et en tira l'un des vantaux lourdement sculpté. Dieu du ciel, quel enchantement ! Madame de Neyrat l'avait comblée de présents dès son arrivée à Chartres, une multitude de robes à large drapé et à manches agrafées à la mode italienne sans oublier leurs tourets[1] à barbette[2] assortis et leurs mantels[3] bordés de fourrure. Gloussant, elle tira la plus jolie chose du monde : un surcot à manches fendues à partir du coude tout de vair[4] doublé. Elle enfouit son visage dans la fourrure soyeuse que sa bienfaitrice avait eu le goût exquis de faire parfumer. Elle songea aux vêtements de sa tante Apolline de Larnay, mis à taille par Eudes peu après le décès de son épouse afin d'en vêtir sa nièce de sang. Et avare, en plus du reste ! L'aigreur faillit tempérer sa belle humeur mais une idée réjouissante la chassa.

N'était-ce pas l'occasion rêvée de monnayer davantage l'aide qu'elle se réjouissait d'apporter à madame de Neyrat ? Lui demander la tête d'Eudes le rat. Certes, il lui faudrait se montrer encore plus charmante et

1. Coiffe ronde retenue sous le menton par une large bande.
2. Voile qui, passé sous le menton, maintient la coiffe.
3. Longue cape.
4. Fourrure de petit-gris.

reconnaissante qu'à l'accoutumée, cependant, il s'agissait là d'un de ses plus beaux talents. En dépit de son peu d'esprit, Mathilde avait senti que sa protectrice n'était pas de la sorte que l'on contraint d'une manière ou d'une autre.

Château d'Authon-du-Perche,
Perche, septembre 1306

Artus d'Authon relut pour la troisième fois le court rouleau porteur du sceau royal. Lorsque Ronan le lui avait tendu quelques instants plus tôt, il avait d'abord ressenti une agréable surprise. Ronan attendait sa réaction, le visage éclairé de plaisir. Un plaisir fugace qui s'évanouit lorsque son maître releva le regard.

– C'est à n'y rien comprendre, lâcha le comte en se levant brutalement de l'un des petits fauteuils qui parsemaient la circonférence de sa salle de travail en rotonde.

Ronan patienta, soudain inquiet. Artus serra les mâchoires et murmura :

– Fol que je fais ! J'ai cru… que sais-je, à la venue prochaine du roi sur mes terres, ou à tout autre événement de cordialité !

Le vieux serviteur se retint de questions, en dépit de l'attachement qu'il éprouvait pour Artus, sur lequel il veillait depuis son enfance. Le comte expliqua, prouvant par là en quelle tendresse, lui aussi, tenait Ronan.

– Le roi me… somme de me présenter devant le tribunal réuni en la maison de l'Inquisition d'Alençon afin d'éclairer des… incertitudes concernant l'issue du procès de la comtesse, incertitudes qu'auraient fait apparaître des témoignages.

À la mention du tribunal inquisitoire, Ronan avait blêmi.

– Votre pardon, monseigneur ?

– Tu as bien ouï.

– Comment… Que…, murmura le vieil homme, butant sur ses mots.

– Je n'en sais guère plus que ce que je viens de te conter. Il s'agit d'un commandement de suzerain, pas d'une missive de l'ami à qui j'ai enseigné la fauconnerie.

Ronan eut la conviction que le ton de l'ordre blessait davantage son maître que la teneur du billet royal. Quant à lui, depuis quelques instants, la peur l'avait envahi. On savait lorsqu'on pénétrait en une maison de l'Inquisition, jamais lorsqu'on en ressortait.

– Se peut-il que le jugement miraculeux qui a sauvé madame la comtesse…

– Soit remis en doute ? articula Artus d'un ton glacial. Je l'ignore, mais ce qui est certain, c'est que j'irai jusqu'au pape si tel était le cas.

– N'existe-t-il aucun moyen d'obtenir du roi des explications... après votre jeunesse commune, il a dû vous conserver son amitié ou, à tout le moins, son souvenir.

– Si Philippe avait souhaité me donner des éclaircissements, ils seraient couchés dans ses lignes, rétorqua Artus d'Authon. Quant à l'amitié, Ronan, elle est un des vices des princes. Et je pense que notre roi est dépourvu de celui-ci.

– Vous allez donc obtempérer ?

– Je n'ai nulle autre alternative que de me soumettre à la volonté du roi. D'autant que j'étais et demeure son plus loyal sujet.

Artus détailla l'homme qui avait veillé sur ses jours et ses nuits durant tant d'années. Au décès du fils unique du comte, le petit Gauzelin, Ronan avait été le seul à oser braver la fureur meurtrière de son maître. Il y avait chez ce presque vieillard toute la force et la détermination du dévouement librement offert. Les lèvres pincées, le front baissé, il fixait les lattes du plancher. Il hésitait, retenant encore ses paroles. Monseigneur d'Authon ne lui laissa pas le loisir de les formuler :

– Je sais ce que tu penses. On ne doit de loyauté et de gratitude qu'à ceux qui se comportent avec égards envers vous. Cependant, il s'agit du roi, Ronan. Aussi garde ce commentaire pour toi. Je t'en voudrais de ce jugement.

– J'obéis, monseigneur. Et avec madame la comtesse ? Comment convient-il de se comporter ?

– Je ne compte pas l'informer, du moins pour le moment. Je souhaite qu'elle ignore tout de cette nouvelle, aussi longtemps que possible. Inutile d'ajouter à son inquiétude de retrouver la jeune Clémence. Cette incessante quête l'épuise. N'as-tu pas trouvé qu'elle avait maigri et qu'elle était plus pâle qu'à l'habitude ?

– J'ai, en effet, eu le sentiment que madame la comtesse cachait derrière son affabilite coutumière une grande fatigue.

– Je veillerai à ce qu'elle consente à prendre un peu de repos, mais la dame a caractère bien trempé, commenta le comte. En revanche, fait quérir mon grand bailli, Monge de Brineux, aussitôt.

– Il en sera fait à vos ordres, monseigneur, balbutia Ronan en s'inclinant avant de sortir du bureau de son maître.

Une fois la porte fermée derrière lui, le vieil homme dut s'arrêter afin de reprendre son souffle. L'appréhension lui obscurcissait l'esprit. Il tenta de se défendre contre une sorte de prémonition funeste. Que pouvait-il faire, tenter ? Certes, il était un homme libre mais de si peu d'importance. Messire Joseph de Bologne, le vieux médecin du comte. Lui, avec tout son savoir, pourrait peut-être inventer une parade, ou tenter une riposte. Certes, monseigneur Artus avait ordonné le silence. Toutefois, il n'avait évoqué que son épouse. Aussi Ronan se sentit-il fondé à avertir le savant et à requérir son aide, d'autant que messire Joseph était un des rares êtres en qui il eût confiance et dont la reconnaissance pour son maître ne connût aucun accommodement.

Joseph de Bologne s'appuya des deux coudes à son haut lutrin lorsque Ronan eut terminé de lui narrer l'effarante nouvelle d'une voix altérée. Il demeura silencieux quelques instants, fixant le vieux serviteur qui luttait contre les larmes.

– Est-ce bien tout ? s'enquit Joseph, incrédule.

– Rien d'autre, messire médecin.

– Qu'est cette extravagance ? s'exclama le savant.

– Je n'y comprends rien. Aussi suis-je venu vous consulter, chercher une explication auprès de vous.

– Venez, mon bon Ronan. Allons nous asseoir un moment afin de mettre en commun nos intelligences et de tenter de cerner ce qui se cache là-dessous. Car une chose est sûre : la papauté ne fait jamais rien sans excellentes raisons, même si ces raisons sont si lointaines et mystérieuses qu'on se perd à essayer de les percer.

Ronan suivit l'*aesculapius.* S'il y avait un moyen de venir en aide à son maître ou simplement une explication, cet homme les découvrirait.

Joseph de Bologne marmonna un moment, récapitulant les événements qui s'étaient déroulés depuis l'incarcération en *murus strictus*[1] d'Agnès de Souarcy, un cachot obscur et sombre dans lequel on enchaînait les accusés. Ronan patientait, sans trop savoir où se perdaient ses pensées. Sentir que la puissante machine qu'était l'intelligence de cet homme fouillait chaque recoin de l'histoire lui rendait un peu de son calme.

– Allons ! cria soudain le médecin. C'est un piège, à l'évidence, mais de quelle nature et à quelle fin ? L'Église a proscrit les ordalies il y a plus d'un siècle. Savez-vous pourquoi ?

Ronan hocha la tête en signe de dénégation.

– Parce que fort peu de gens, innocents ou coupables, résistent à l'épreuve du fer rouge et que, dans un duel judiciaire, c'est toujours la plus fine lame qui l'emporte, à moins, véritablement, d'une intervention divine, d'un miracle, et il en existe à ma connaissance bien moins que d'innocents qui se sont fait pourfendre lors de ces duels. À qui profitent véritablement les miracles ? Au miraculé, c'est évident, mais également à l'Église qui détient, en quelque sorte, le pouvoir de les faire survenir, que ce soit lors d'un procès ou d'un pèlerinage. Pourquoi donc remettre en cause celui qui vit le meurtre d'un petit seigneur inquisiteur fort remplaçable et dont la réputation était si sulfureuse qu'il aurait un jour terminé dans les geôles papales à l'instar de son odieux modèle, Robert le Bougre ? Pourquoi priver la population d'Alençon et des alentours du bonheur que Dieu soit intervenu pour défaire le monstre et sauver la colombe ? Il s'agit là d'un calcul si inepte que je n'y reconnais guère le Saint-Siège.

1. « Mur étroit ».

Le savant se rembrunit et laissa échapper un soupir de consternation. L'inquiétude submergea à nouveau Ronan qui murmura :

– Que retenez-vous, messire médecin ? De grâce, la vérité.

– C'est que, voyez-vous… il convient pour une fois de ne voir là-dedans que ce qui se montre. C'est bien à monsieur d'Authon que l'on s'en prend.

– Je ne le peux croire, argumenta Ronan. Mon maître, en homme avisé, ne s'est jamais mêlé de la politique du royaume et encore moins de celle de Rome.

– Qu'en savez-vous ? Qu'en sait-il ?

– Je ne comprends rien à votre discours, messire médecin.

– Il me faut réfléchir en solitude, Ronan, consulter divers ouvrages dont le *Consultationes ad inquisitores haereticae pravitatis*[1], qui devrait m'éclairer sur des points de procédure. Ayez confiance. Dieu ne nous abandonnera pas, c'est une certitude. Quant à ma tête, dans Son infinie générosité, Il l'a créée fort agile.

Messire Joseph demeura assis longtemps après le départ du vieux serviteur, assemblant, désassemblant les bribes de cette alarmante énigme. Perplexe, il rejoignit enfin sa grande salle de travail et tira un mince volume de peau violine, patiné par d'innombrables lectures. Il se plongea, avec une admiration toujours renouvelée, dans *Pensées pour moi-même* de l'empereur

1. *Consultations à l'usage des inquisiteurs*, rédigé par Gui Foulques, conseiller de Saint Louis, puis pape sous le nom de Clément IV.

Marcus Aurelius Antoninus[1]. Elles ne l'avaient jamais déçu, répondant chaque fois à ses questions. Il feuilleta l'ouvrage qu'il connaissait par cœur et lu :

> Prends l'habitude, à chaque action d'autrui, de te faire cette question : « Quel est le but véritable que poursuit cette personne ? »

Et :

> Les choses qui succèdent à d'autres ont toujours, avec celles qui les ont précédées, un rapport de famille.

Le but véritable. Le but était le comte Artus, pas quelque torve machination dont il n'aurait été qu'un pion interchangeable. Joseph connaissait assez l'Inquisition et ses pratiques pour redouter le pire de la confrontation prochaine de monseigneur d'Authon avec ses juges. L'honneur s'accompagne fort souvent d'un manque de subtilité. La seule stratégie efficace contre un seigneur inquisiteur consistait à ruser et à mentir habilement, même lorsque l'on était aussi pur que l'agneau naissant. Artus d'Authon ne s'y abaisserait jamais, certain que sa bonne foi devait prévaloir.

Quant au rapport de famille, nul n'était besoin d'être grand clerc pour le deviner : Agnès, comtesse d'Authon. Que cherchait la papauté, ou l'un de ses tentacules ? Écarter, voire abattre Artus d'Authon afin d'affaiblir son épouse ? C'était la solution qui s'imposait. Mais pourquoi s'acharner sur cette créature de vertu et d'intelligence que Joseph le Sage, dont la cir-

1. Marc Aurèle, 121-180.

conspection ne s'assoupissait que rarement, n'avait jamais prise en défaut ?

Un élément crucial lui manquait pour avancer en compréhension dans cette redoutable charade. Il décida d'en avoir le cœur net et récupéra le haut bâton de marche à bout ferré qui patientait dans un coin de la salle d'études. Il jeta sur son épaule sa large besace à herbes.

Guillette, une brosse à cheveux en argent ciselé à la main, suspendit son geste et se rapprocha de l'une des fenêtres des appartements de sa maîtresse. Elle déclara d'un ton joyeux :

– Ah, je crois bien que monsieur votre médecin part en promenade.

– Il apprécie ces flâneries dans les bois, répondit Agnès d'Authon d'une voix un peu hésitante. Il en ramène une foison d'herbes médicinales dont la plupart me sont inconnues.

Le lent brossage reprit.

– Quelle magnifique chevelure, madame. Ne dirait-on pas un miel fin ? Et si soyeuse avec ça. Une caresse au toucher. Ne vous seriez-vous pas assez délassée cette nuit, madame ? Vous semblez fatiguée.

– Si fait, j'ai même dormi comme une brute et ne me suis éveillée qu'après prime*. Ce n'est rien… les derniers mois ont été épuisants.

– Oh certes… C'est que monsieur Philippe est déjà un fier gaillard et qu'il est bien vivace, l'angelot ! Selon Ronan, c'est tout le portrait de son père. Et puis, ce Clément… je le dis toujours : je ne connais pas beaucoup de maîtres qui se mettraient martel en tête afin de retrouver un petit valet de ferme !

Agnès aimait bien cette fille que Barbe, qui menait le petit peuple des serviteurs du château avec fermeté mais sans inutile rudesse, avait engagée quelques semaines auparavant. Guillette était enjouée sans jamais devenir fatigante ou trop bavarde. Elle faisait preuve d'une vivacité d'esprit qui avait séduit Agnès au point qu'elle l'avait vite attachée à son service.

– J'ai presque élevé Clément au décès en couches de sa mère, ma suivante. Je m'inquiète donc de lui, précisa Agnès en tentant de conserver un débit aussi plat que possible.

– C'est preuve de belle charité, madame. Et puis il y a aussi la mine et Souarcy… Ça, ce n'est pas l'occupation et les tracas qui vous font défaut.

Elle tressa la lourde masse blond-roux et l'enroula sur le bas de la nuque avant de poser la résille et les agrafes de cheveux qui la maintiendraient en place.

Changeant de sujet, elle s'enquit ensuite :

– Monseigneur Artus requiert le bonheur de votre compagnie pour le déjeuner, après sexte.

Un sourire éclaira le visage d'Agnès qui rectifia :

– Le bonheur sera mien, à l'habitude. Espérons que j'aurai retrouvé tout mon appétit d'ici là. Le cuisinier de mon époux ne cesse de nous surprendre de ses merveilles auxquelles j'ai fait piètre accueil les jours derniers.

L'anxiété se peignit sur le visage avenant de Guillette :

– Il vous faut manger, madame. J'ai remarqué que le tombé de vos robes était plus lâche. Or si gracieuse silhouette n'a guère besoin d'amincissement.

– Pose mon touret, veux-tu ? Ensuite tu me laisseras, gentille Guillette. J'ai envie de lire un peu avant l'heure de rejoindre mon époux.

– Bien, madame. Quel livre souhaitez-vous que je vous porte ? Je ne lis pas, mais si vous m'indiquez sa place dans la bibliothèque et la couleur de sa reliure, je le trouverai.

– Inutile, il ne quitte jamais mon chevet, déclara Agnès en désignant le coffre banc qui jouxtait le pied de son lit.

Dès après le départ de la servante, elle récupéra le volume, une merveille de délicatesse, un des innombrables présents d'Artus à la naissance du petit Philippe. Les *Lais** de madame Marie de France, qu'il avait fait copier à Paris et enrichir d'adorables dessins. Le bel oiseau à longue queue de « Yonec » qui se transformait en amant y paradait. On y découvrait la fée de « Lanval », vêtue d'une cotte d'un bleu profond. La gueule menaçante, rouge sang, du loup-garou de « Bisclavret » s'entrouvrait sur une autre page. La couverture de ce joyau était un autre prodige. S'y répandait une brassée de fleurs minuscules faites de minces lamelles de nacre, de turquoise, d'émeraude, de rubis, d'améthyste et de jais. Sur la page de garde, la haute écriture nerveuse de son mari avait tracé :

> J'ai choisi des fleurs immortelles afin qu'elles vous disent la permanence et la profondeur de mon amour pour vous, ma dame. À jamais.

Elle entama le lai narrant l'histoire de cette pauvre femme qui découvre que son époux est un loup-garou. Il lui sembla que les lignes tremblaient un peu et elle dut s'y reprendre à deux fois avant de parvenir à déchiffrer la première. La fatigue lui fit fermer les paupières. Que se passait-il, à la fin ? Elle n'était pas avec enfant. Elle consulterait messire Joseph dès qu'il rentrerait de sa promenade sylvestre. L'admiration sans bornes que lui vouait Clémence, et ce qu'Agnès avait découvert du vieil homme depuis, le lui rendait cher. D'autant que messire Joseph connaissait la vie et les êtres aussi bien que l'un des précieux et obscurs ouvrages qu'il passait sa vie à parcourir. Il comprendrait qu'il ne devait pas alarmer le comte pour une stupide fatigue passagère et des vertiges.

En dépit de son malaise, Agnès parvint à maintenir figure enjouée durant tout le repas. Elle se contraignit à manger plus que d'appétit, animant la conversation du récit de ses récentes lectures, de ses négociations parfois ardues avec les forgerons, de ses promenades dans le parc. À l'habitude, le cuisinier s'était surpassé. Après une coupelle de fruits frais au vin doux, une fricassée de champignons aux épices et aux oignons, servie sur un fin tranchoir[1] rassis, composait le deuxième service. Un lièvre rôti en broche et agrémenté d'une sauce au vin, au vinaigre, à la marjolaine et à la cannelle le suivait. Toute à son désir de distraire son amour en lui dissimulant le désagréable tournis qui la déséquilibrait parfois, Agnès ne remarqua les efforts d'enjouement qu'il produisait de son côté que lorsqu'une servante déposa devant elle une part de taillis aux fruits secs[2].

– Je parle tant que je vous dois saouler de mots. N'est-ce pas mine grave que je vous vois ?

Il nia d'un petit mouvement de tête et lui sourit :

1. Tranche de pain qui servait d'assiette et que pouvaient partager plusieurs convives.

2. Le taillis est un flan épais composé de mie de pain émiettée dans de la crème, à laquelle on ajoutait fruits secs et safran.

– Non pas. Bah… de sempiternelles histoires de fermiers que je dois régler au contentement des uns et des autres, ce qui n'est pas affaire aisée. Leur ennui n'a d'égale que leur permanence.

– Quelles histoires ?

– L'un empiète sur la terre de l'autre, c'est du moins ce que l'autre prétend. Rien de nouveau, vous le voyez.

– Quant à les satisfaire tous deux… c'est un jongleur qu'il leur faut, pas un seigneur, plaisanta Agnès.

Elle toucha à peine au pâté de poires crues qui constituait la desserte et remarqua que l'appétit semblait également avoir fui son époux. Ils boudèrent les gaufres au miel de l'issue[1] et se contentèrent du boute-hors, un mélange de graines de cardamome et d'anis.

Artus enlaça la taille de son aimée pour l'escorter jusqu'à ses appartements. Puis il prit congé au prétexte de régler son affaire de fermiers mécontents.

– Le pouls, l'œil et le souffle sont plus que satisfaisants, madame, déclara messire Joseph qui dévisageait Agnès depuis son examen.

– Voilà qui me rassure tout à fait. En vérité, je vous l'ai dit, rien de grave. Une inexplicable fatigue et quelques étourdissements sans conséquence.

– Et votre peu d'appétit.

– C'est cela.

– Des nausées, peut-être ?

– Des écœurements, eux aussi passagers, admit-elle.

1. Cinquième service, dessert servi avant le boute-hors.

– Puisque vous n'êtes pas avec enfant, et dotée par ailleurs d'une belle constitution, il faut y voir, je crois, le résultat des sinistres événements que vous supportâtes vaillamment, auxquels s'ajoute sans doute un temporaire embarras de digestion. On assiste très souvent à ces sortes de rebonds tardifs. Des êtres d'exception supportent sans fléchir des situations de calamité, puis, à la faveur d'une accalmie ou de la sérénité retrouvée, manifestent les symptômes d'une maladie de mélancolie[1] sans même en avoir conscience. J'ai confiance en votre admirable nature : vous vous remettrez bien vite. Nous allons vous y aider par quelques préparations de mon secret.

– Grand merci, messire médecin. Mon inquiétude s'est évanouie grâce à vous et je me sens déjà plus ingambe, mentit Agnès.

Joseph de Bologne ne fut pas dupe.

– Avec votre permission, madame, j'aimerais vous revoir à deux jours afin de constater les effets des remèdes que je vous ferai porter au tantôt.

– Est-ce bien nécessaire ?

– Il en est des vieux médecins comme des poules pondeuses, prétend votre époux : elles s'affairent, s'énervent, tournent en tous sens jusqu'à avoir leurs poussins réunis et en belle forme à leur côté.

– Eh bien, j'interpréterai avec application le rôle de votre poussin, messire Joseph.

Il regarda disparaître la jolie silhouette élancée. Un doute lui était venu durant son examen. Un doute épouvantable.

1. Dépression nerveuse.

Rome, palais du Vatican, septembre 1306

Aude de Neyrat dégusta une gorgée de malvoisie[1] et croqua une bouchée de croûte dorée[2], une des gourmandises préférées d'Honorius Benedetti. Elle s'étonna du plaisir qu'elle éprouvait de le revoir.

– Comment se peut-il, ma chère amie, que vous soyez le seul être en présence duquel je m'apaise ? avoua le camerlingue en se tamponnant le front d'un fin mouchoir.

– Peut-être les bonnes nouvelles que je vous apporte sont-elles un baume puissant ?

– À l'évidence. Toutefois l'explication est trop… passagère pour être suffisante. S'y ajoute une confiance si totale qu'elle m'étonne.

– Puisqu'elle est réciproque, pourquoi serait-elle étonnante ?

– Parce que nous sommes des êtres de méfiance, donc de solitude. (L'aigreur rattrapa le prélat qui confessa :) Quelle cuisante déception que ce Clair Gresson. Je lutte contre la rancœur et la détestation qu'il m'inspire. Au fond, je ne m'en veux pas tant de sa trahison que de ma naïveté à son égard.

---

1. Vin cuit de muscat.
2. Encore appelée « soupe dorée », la recette ressemble fortement à celle du pain perdu.

Aude de Neyrat sembla réfléchir, le regard perdu vers le grand dorsal tendu sur le mur situé derrière le fastueux bureau du prélat. Une Vierge timide et diaphane, environnée d'anges au sourire grave, inclinait la tête, le regard baissé. Aude n'ignorait pas que la tapisserie dissimulait un passage bas ménagé entre les épais murs. La chambre de réunion du souverain pontife se trouvait à l'autre extrémité.

Elle commença d'une voix lente :

– N'est-ce pas une ironie cinglante que le sort réserve à des êtres tels que nous, Honorius ?

– Que voulez-vous dire ?

– À force de manigances et de tromperies, nous sommes dans l'incapacité d'éprouver d'autre sentiment que la défiance pour tous ceux qui nous approchent. Lorsque, par exception, nous accordons notre estime ou notre tendresse, nous attendons comme un dû qu'elle soit appréciée à la manière d'un rare privilège. Pourquoi le serait-elle plus qu'une autre ? Au fond, la fourberie nous rend parfois candide.

– C'est habilement résumé, admit le camerlingue que l'intelligence du ravissant nuage blond installé en face de lui surprenait toujours. En effet, quelle justification à mon amertume puis-je m'octroyer ? Gresson a bafoué l'amitié que je me sentais pour lui, mais j'ai abusé de tant d'amitiés offertes au cours de ma longue existence…

– Notre conversation ne devient-elle pas sinistre, cher Honorius ? Allons… je vous porte d'excellentes nouvelles, je vous vois en belle santé. La chance est de notre côté. Réjouissons-nous, donc.

Le visage mince du prélat se détendit.

– Chère Aude, la providence fut bien généreuse lorsqu'elle permit que nous nous rencontrions. Tout de vous m'enchante, même au creux des heures les plus sombres.

– Elle le fut indiscutablement vis-à-vis de moi, en me sauvant, grâce à vous, d'un bûcher certain ou de la corde du bourreau, déclara-t-elle d'un ton amusé.

En dépit de l'aveu de l'archevêque et de la feinte alacrité qu'elle affichait dans le seul but de dérider son vieil ami, madame de Neyrat percevait un trouble chez lui. Un trouble qu'elle connaissait bien. Un aspect d'elle demeurait un mystère pour le prélat, lui que le remords rongeait depuis des lustres. Honorius s'interrogeait sur son besoin, son envie de contrition. N'éprouvait-elle véritablement aucun regret d'avoir souillé son âme ? Elle aurait pu l'éclairer, mais se taire était une autre preuve de son amitié. Bien sûr que si. Le désir de résipiscence l'assaillait parfois. Elle s'appliquait à l'écarter bien vite. Se morfondre sur ses viles actions n'aurait servi de rien. Elle avait refusé le marché de dupes que lui proposait le destin. Se repentir revenait à admettre qu'elle avait eu tort de lutter contre une vie imposée, contre les blessures, les humiliations qu'elle lui réservait. C'était excuser ce répugnant vieillard qui s'écrasait sur elle lorsque l'envie l'en prenait. Quant à Honorius, jamais elle ne lui avouerait que parfois, au détour d'une nuit que fuyait le sommeil, le dégoût d'elle-même lui venait. Il fallait que le camerlingue continue à croire que le remords pouvait épargner certaines créatures, ainsi le sien lui paraîtrait-il, peut-être, moins légitime. Il lui avait jadis sauvé la vie. Elle s'appliquait à adoucir ses rêves.

– Puisqu'il est dit que vous ensoleillerez mes jours les plus moroses, contez-moi de nouveau nos progrès.

– Cette… femme que l'on vous avait recommandée, celle qui gîte non loin de Ceton, a fait son office, si j'en crois les renseignements que l'on m'a portés d'Authon-du-Perche. Madame de Souarcy pâlit et se creuse. Des langueurs la poussent à s'aliter à l'après-midi. Je confesse que je n'accordais que peu de foi aux pouvoirs de cette malfaise. Aussi m'étais-je… associée mademoiselle Mathilde, la fille de madame Agnès. Je me trompais, voilà tout. Il va me falloir me débarrasser de l'ennuyante donzelle. Une jolie dot et quelques scintillantes babioles devraient m'en décharger, sans compter la promesse que je lui ai faite de l'aider à se venger de son oncle. L'étiolement de sa mère et son proche trépas contribueront à apaiser tout à fait le vilain fiel accumulé par la jolie peste. Je ne serai pas fâchée de ne plus poser mon regard sur elle. Quoi d'autre ? Bien sûr, où avais-je la tête ? Un seigneur inquisiteur d'Évreux vient d'être nommé afin d'entendre prochainement le comte d'Authon en la maison de l'Inquisition d'Alençon. Une aubaine pour nous. (Une moue charmante plissa le nez d'Aude de Neyrat.) Aubaine n'est sans doute pas le terme adéquat, puisque je vois votre habile main dans cette nomination.

– Votre finesse me réjouit, admit le camerlingue.

– Serait-ce abusivement indiscret de ma part de m'informer du moyen grâce auquel vous êtes parvenu à convaincre Clément V d'exiger du roi de France la comparution d'un ancien ami ?

– Rien de vous n'est abusif, ma bien chère. Clément V est un homme d'une rare perspicacité. Il nous ressemble un peu. Toutefois, il serait outré de cette comparaison. Il est très difficile de le duper puisqu'il a lui-même berné pas mal de gens. Cela étant, son caractère peu marqué est un atout pour nous. Son élection fut organisée par Philippe le Bel. Jusqu'où Clément participa-t-il aux tractations qui devaient l'asseoir sur le trône papal, je l'ignore. Néanmoins, il redoute plus que tout que l'histoire de ce marchandage vienne à se répandre dans l'Occident chrétien. La destitution serait alors plus qu'envisageable. Aussi, que représente monsieur d'Authon face à cette perspective ?

– Un pion dans une complexe partie d'échecs. (Aude de Neyrat fronça ses jolis sourcils blonds et insista :) Toutefois, la stratégie de ladite partie m'échappe, je vous l'avoue. Qu'avez-vous à faire d'Artus d'Authon puisque nous encerclons la belle Agnès ? Il devient inutile de nous défaire de son époux.

Honorius Benedetti n'hésita que quelques instants. Il aurait menti sans vergogne à tout autre. Pas à elle.

– Vous l'avez décrite : la partie engagée est d'une rare complexité. Je me suis leurré gravement dans le passé en me convainquant qu'Agnès de Souarcy était la pièce maîtresse de l'échiquier. À la réflexion, à l'interminable réflexion, j'en suis maintenant à la certitude qu'elle n'est pas la seule.

– Artus d'Authon serait-il une seconde reine ?

– Je méconnais ce qu'il est au juste. Cependant, même s'il n'est qu'une tour protectrice, il peut nous barrer le chemin d'autres pièces. Voyez-vous, ma belle amie, nulle des actions de madame d'Authon n'est… innocente, contrairement à ce qu'elle pense sans doute.

– Innocente ?

– Toutes lui sont dictées par un plan qui la dépasse largement et dont elle n'a pas le moindre soupçon.

– Penseriez-vous qu'elle n'ait pas choisi Artus d'Authon par seul élan du cœur mais parce qu'il lui était, en quelque sorte, destiné ? Cette future enfante dont vous tentez d'éviter la conception, et surtout la naissance, devait-elle naître également de lui ?

Il accueillit sa clairvoyance d'un petit hochement de tête :

– Il s'agit là d'un des doutes qui m'effleurent de plus en plus souvent. Soyons clairs : Artus d'Authon n'existe pas sans Agnès de Souarcy, du moins en ce qui concerne notre lutte millénaire. En revanche, je finis par redouter qu'il soit davantage qu'un géniteur remplaçable. Que sais-je… le procréateur essentiel sans lequel son épouse ne pourrait concevoir l'enfante à venir qui perpétuera la lignée, en plus d'un protecteur…

Le camerlingue rattrapa la goutte de sueur qui dévalait de son crâne vers son sourcil d'un coin de son mouchoir. Il laissa échapper un pesant soupir :

– Aude, je le sens, le temps s'accélère et nous est chaque jour davantage compté. Ils doivent disparaître, tous. Madame d'Authon, puisque « la lignée vient par les femmes », est-il écrit et qu'elle est, à l'évidence, l'une d'entre elles. Ce petit Clément, dont j'ignore l'implication exacte et qui a disparu en même temps que les manuscrits. Mes espions m'ont renseigné : Clair Gresson le recherche avec fébrilité, tout comme la comtesse d'Authon. Pour quelle raison ? Quelle importance peut revêtir un petit valet de ferme, si ce n'est qu'il détient le traité de Vallombrosa ? Authon, puisque je ne parviens pas à identifier son rôle exact auprès de son épouse. Je ne vous surprendrai pas, mon amie, vous me connaissez comme un autre vous-même. Je déplore mon impuissance à trouver d'autres solutions que celle de leur trépas. Je n'ai nul autre moyen de m'assurer que ce fol, ce désastreux espoir d'une Seconde Venue ne se répandra pas.

Honorius Benedetti se laissa aller contre le dossier richement sculpté de sa chaire et murmura d'une voix douce, paupières closes :

– « Et vous verrez le Fils de l'homme siéger à la droite de la Puissance et venir avec les nuées du ciel. »

– Il s'agit de l'Évangile de Marc[1], n'est-ce pas ?

– En effet, il fait écho au livre de Daniel : « Son empire est empire à jamais, qui ne passera point, et son royaume ne sera point détruit[2]. » On retrouve des allusions similaires chez Matthieu : « Quand le Fils de l'homme viendra dans sa gloire, escorté de tous les anges, alors il prendra place sur son trône de gloire[3]. » Luc décrit la Seconde Venue avec plus de détails : « Et il y aura des signes dans le soleil, la lune et les étoiles… Lorsque cela commencera d'arriver, redressez-vous et relevez la tête car votre délivrance est proche[4]. »

– Le Second Avènement… Christ renaîtra afin de nous sauver de nouveau. Il n'en existera pas de troisième, ainsi que le précise le saint Livre.

– C'est pourquoi je lutterai jusqu'à ma mort pour empêcher celui-ci.

– En vous opposant à la volonté divine ?

Honorius enfouit son visage entre ses mains et rectifia :

---

1. 14 : 62. L'Évangile de Marc comprend plusieurs évocations de cet ordre, qui ont concouru à convaincre les chrétiens des siècles passés du retour « en personne » du Christ sur terre à une date qui n'est pas précisée. D'anciens calculs avaient fixé cette date à 1666, encourageant Oliver Cromwell (1599-1658) à autoriser et à protéger le retour des juifs en Angleterre puisque le Christ devait renaître d'une femme juive.

2. 7 : 14.

3. 25 : 31.

4. 22 : 25.

– En Le servant jusqu'à la damnation s'il le faut. En protégeant Ses créatures d'elles-mêmes. En défendant jusqu'à mon dernier souffle l'ordre que nous avons établi depuis des siècles afin de museler les pires instincts de l'homme, sans lequel l'humanité retournerait au chaos dont nous l'avons tirée.

La gaîté avait déserté madame de Neyrat. Elle chuchota à son tour :

– Si Christ renaît…

– Quoi ? s'emporta le camerlingue en abattant ses mains sur le bureau. L'homme deviendra miraculeusement meilleur ? Il en sera aujourd'hui comme il en fut jadis. Une poignée de visionnaires et de purs Le suivront. Les autres n'auront de cesse de Le détruire parce qu'il menace leurs vils mais profitables arrangements, et ils y parviendront.

Un silence s'installa. Madame de Neyrat sentit l'infinie tristesse du prélat. Honorius luttait contre son plus absolu, son unique amour : Dieu.

– C'est donc à ce monde imparfait que vous nous condamnez ?

– Je n'en ai pas de rechange. Je me dis parfois… (Il réprima un petit rire ironique.) Vous allez me trouver bien mièvre, ma chère… Parfois me vient un fol espoir. Si je parviens à empêcher la Seconde Venue annoncée, si elle est retardée… peut-être interviendra-t-elle lorsque l'homme aura grandi, lorsqu'il aura fait taire sa férocité, sa cupidité, sa veulerie et sa bêtise pour ne conserver que sa lumière ?

Un sourire désolé étira la jolie bouche en cœur. Aude soupira :

– Honorius, mon cher Honorius… Croiriez-vous à la possibilité d'un changement radical et faste des créatures humaines ?

Le regard noyé de larmes, il la détailla et avoua, atterré :

– Pas plus que vous, ma chère, mais j'ai parfois besoin de me mentir afin de respirer un peu plus à mon aise.

Château d'Authon-du-Perche,
Perche, septembre 1306

Monge de Brineux se mordit la lèvre et hocha la tête avec lenteur. Son regard fuyait celui du comte Artus. Il murmura d'un ton défait :

– C'est un piège, monseigneur. Les renseignements que j'ai glanés l'attestent.

– Enfin, Brineux, s'énerva Artus, pourquoi le roi me tendrait-il un piège ? Et surtout, quel bénéfice pourrait-il en tirer ?

– Je l'ignore, admit le grand bailli. En revanche, ce que je sais de source sûre c'est que l'évêque d'Alençon a nommé à la hâte un seigneur inquisiteur d'Évreux pour conduire le procès. Pourquoi Evreux, si ce n'est parce que Louis[1], comte de cette ville, se charge de presque toutes les missions diplomatiques délicates de Philippe le Bel, son demi-frère, notamment les missions romaines.

– Selon vous, je serais donc une monnaie d'échange entre le roi et le Vatican ?

– C'est ma conviction, qui explique l'autorité presque offensante de la missive que vous reçûtes du premier.

1. 1276-1319, fils de Philippe III et de Marie de Brabant.

– Je devrais me sentir flatté de l'importance que je prends soudain aux yeux de tous, ironisa sombrement le comte Artus. (Il soupira et déclara avec brusquerie :) Le fond de votre pensée, Brineux. Je sais toujours lorsque vous me taisez une exécrable nouvelle. Votre visage s'allonge comme un jour sans pain et votre regard fuit le mien avec une belle insistance.

– Je… peut-être m'abusé-je… Une idée m'a traversé l'esprit et pour tout vous dire elle m'est détestable. Et si… Et si l'on cherchait à vous éloigner de la comtesse ?

– Dans quel but ? s'enquit Artus.

Pourtant, Monge de Brineux eut la conviction qu'il n'était pas surpris.

– Elle fait proie bien plus aisée sans votre protection. L'acharnement dont elle fut récemment victime de la part de l'Inquisition, ces nervis qui l'auraient égorgée dans la forêt, n'eût été son courage et la vigueur de sa jument, mais également l'intervention de ce chevalier hospitalier, intervention trop… providentielle pour être parfaitement innocente… Tout porte à croire qu'elle revêt une importance capitale pour des gens puissants et résolus. Leur détermination, leur but – et bien qu'ils me demeurent totalement mystérieux – se seraient-ils volatilisés dès après vos épousailles ? J'en doute.

– Je vous rejoins dans ce doute, Brineux. Vous êtes donc parvenu à la même conclusion que moi-même.

– En d'autres termes… (Monge de Brineux raffermit sa voix afin d'en dissimuler l'alarme) me vient la crainte que cette comparution soit bien davantage, bien plus préoccupante, qu'une benoîte envie d'éclaircissements de la part de Rome.

Artus le considéra avant de répondre :

– C'est pour cette excellente raison que messire Joseph m'a transformé en élève assidu depuis une semaine.

– Votre pardon ?

– J'apprends, décortique les *Consultations à l'usage des inquisiteurs* rédigées par feu Clément IV, un petit traité de pratiques inquisitoriales également. Nous le devons à un seigneur inquisiteur anonyme. Une lecture édifiante. C'est à se demander comment un seul inculpé est parvenu à s'extraire de leurs griffes !

Le soulagement se lut sur le visage de Monge de Brineux.

– Quel insupportable sot je fais, monseigneur ! Je me rongeais les sangs d'inquiétude à votre sujet. Je vous imaginais vous jetant sans préparation dans la gueule du loup. Quel sot, vraiment !

– Certes pas, rétorqua Artus d'Authon d'une voix radoucie. Vous faites un valeureux ami et c'est ma propre bêtise qui me navre. Car, voyez-vous, il aura fallu ces heures périlleuses pour que je m'en rende enfin compte.

Cette déclaration, inattendue de la part d'un homme le plus souvent impénétrable, distant sans dédain, fit monter le fard aux joues de Brineux qui se contenta de murmurer :

– C'est mon honneur et mon contentement, monseigneur.

– Pour en revenir à ce procès que l'on tente de me faire prendre pour une simple explication, je ne puis l'éviter. Même si je le pouvais, je m'y présenterais. Biaiser reviendrait à leur donner raison sans effort. De simplement questionné, le jugement de Dieu qui sauva ma tendre épouse deviendrait suspect, pour ne pas dire frauduleux, donc caduc. Qui dit qu'ils ne tenteraient pas alors un vil coup de leur façon : un nouveau procès, alourdi d'un meurtre d'inquisiteur et d'un irréparable sacrilège. C'est ce que je veux à toute force éviter. (Artus d'Authon marqua une courte pause avant de reprendre d'un ton si plat qu'il inquiéta le grand bailli :) Brineux, maintenant que vous voilà un peu rassuré sur ma pugnacité, j'ai… Il ne s'agit pas d'un commandement mais bien d'un service que je demande à l'ami que vous êtes. Dans l'éventualité où les choses ne se dérouleraient pas telles que je les souhaite, je vous supplie de conduire au plus vite la comtesse d'Authon et le petit Philippe chez mon cousin Jacques de Cagliari, en Sardaigne. En dépit de ses manières… rustiques, il a noble cœur et véritable courage. En homme avisé, il se mêle aussi peu que possible des affaires du monde. Nul ne pourra les atteindre. Je l'ai averti dès après avoir reçu la missive royale.

– Ainsi, vous aviez tout prévu ?

– Même le pire, Dieu nous en préserve. Mon bon ami, les rois possèdent en commun avec les papes une magnifique justification qui les décharge de se sentir coupables de leurs manquements ou de leurs tromperies : la raison d'État. Il faudrait être privé d'esprit pour la mésestimer.

– La comtesse sait-elle que vous vous rendez demain à l'aube à Alençon ?

– Non, et j'insiste pour que vous vous en teniez à la fable du déplacement d'affaires que je lui ai conté. Si… deux ou trois journées se révélaient insuffisantes à éclaircir mes juges, vous reviendriez ici afin de la réconforter, de l'assurer que je rentre sous peu. S'ils en venaient à un emprisonnement, nous saurions à quoi nous en tenir. Il vous faudrait alors renseigner la comtesse, sans omettre aucun des détails de notre présente discussion et prendre au plus vite la route pour la Sardaigne.

– Il en sera fait à vos ordres… et en amitié, monseigneur.

– Du fond du cœur, merci, Brineux.

Agnès se releva de son prie-Dieu. En dépit de la tiédeur de l'après-midi, elle frissonnait. Elle repoussa la porte de la petite chapelle attenante à sa chambre et se dirigea vers le coffre-banc qui jouxtait son lit. Elle s'y laissa choir, agacée contre elle-même. Cette langueur contre laquelle elle ne parvenait pas à lutter l'exaspérait. Les remèdes que lui avait préparés messire Joseph semblaient incapables de combattre la fatigue qui l'assommait depuis des jours. Elle s'admonesta, en vain. L'envie de faire, de sortir, de monter à cheval ou de se promener dans le parc, autour de l'étang l'avait fuie. Elle regarda autour d'elle. Où donc était passé son beau recueil des *Lais* de Marie de France ? Un coup discret frappé contre la haute porte de ses appartements la fit sursauter. Guillette parut, tenant avec précaution un fin gobelet de Beauvais[1].

– Votre lait de poule, madame. Aucun remède de ma connaissance ne requinque aussi vite et c'est savoureux au palais.

– Tu es gentille. Pose-le à mon côté.

La jeune femme s'exécuta et demanda d'un ton où perçait l'inquiétude :

– Comment vous sentez-vous aujourd'hui ?

– Mieux, mentit Agnès.

1. Les poteries émaillées de Beauvais furent très prisées dès le XIIe siècle.

– Je ne m'en étonne pas. Messire Joseph passe pour un des meilleurs médecins du royaume.

– Réputation justifiée, j'en suis certaine. Guillette, je cherche mon recueil de lais et ne le retrouve point. L'aurais-tu vu ?

– Non pas, madame. Je vous ai vu hier rejoindre la bibliothèque alors que vous l'aviez en main. Peut-être l'y aurez-vous abandonné.

– Il m'est si précieux. Je t'en prie, trouve-le-moi. Ah, tu me rapporteras une carafe d'eau. J'ai si soif… La journée n'est pourtant pas étouffante.

La servante se plia en révérence et sortit sur un sourire en promettant :

– Je n'y manquerai pas. Je vais le découvrir bien vite ce mignon chenapan de livre qui vous joue des tours.

Agnès balaya du regard les tables et les guéridons qui parsemaient la pièce. L'énervement qu'elle ressentait contre elle amplifia. Était-elle une buse de semer cet ouvrage qui lui tenait tant au cœur ? Elle dégusta à petites gorgées le lait de poule, sucré à sa convenance et relevé d'une pointe de cannelle et de gingembre, réfléchissant, tentant de se remémorer ses allées et venues de la veille et du matin. Elle avait encore le livre à la nuit puisqu'elle avait parcouru un des lais une fois allongée. S'était-elle endormie, avait-il glissé dans la ruelle[1] ? Elle se leva en prenant appui sur ses mains et examina l'espace délimité par le mur et le côté de son lit. Sans résultat. Elle s'agenouilla, releva la courtepointe pour inspecter le dessous sans rien y découvrir qui ressemble à son gracieux rassemblement de textes. Elle allait se redresser lorsqu'une excroissance étrange attira son regard. Elle tenta de l'attraper mais dut s'allonger sur

1. Espace situé entre le lit et le mur.

le plancher, glisser le torse sous le lit avant d'y parvenir. Elle arracha la sorte de boule molle clouée au bois et rampa. Assise à même le plancher, elle considéra le petit sachet de toile noire. Elle desserra le lien qui le fermait et vida son contenu dans sa paume. Qu'était ceci ? Qu'était ce petit amas carbonisé, malodorant, et ces plumes de duvet noir ? La panique la releva et une sueur glacée trempa son front. De la magie. De la sorcellerie. Sa fatigue, ses étourdissements. Quelqu'un cherchait à la tuer grâce à un sort. Elle se rua dans son antichambre et sans même réfléchir se précipita dans la salle d'études de messire Joseph. Elle courut vers le vieil homme plongé dans une lecture. Il leva la tête du lutrin et demeura bouche entrouverte en constatant le ravage qui marquait le visage parfait de la comtesse. Elle ouvrit la main sans mot dire.

– Madame…

– Voici ce que je viens de découvrir cloué sous mon lit, annonça-t-elle d'une voix si détachée qu'elle ne la reconnut pas. Pas un mot à mon époux. Pas encore.

Il poussa les plumes du bout de l'index, se pencha afin de renifler l'agrégat noirâtre et déclara en transvasant le petit amas dans sa paume ;

– Une carbonisation de matières organiques. Probablement des viscères. C'est fréquemment le cas. Un bel étalage de sorcellerie, à ne pas s'y méprendre.

– Ainsi s'explique cette incompréhensible fatigue, mon peu d'appétit… je suis victime d'un sort.

– Car vous ajoutez foi au pouvoir des sorciers ?

La pâleur cadavérique d'Agnès le renseigna. Le vieux savant reprit d'un ton apaisant :

– Madame, je suis un vieillard qui a vu tant de choses, qui les a toujours évaluées à l'aune de la science. Je vous le certifie : la puissance des sorciers réside dans la foi, dans la terreur qu'ils inspirent à leurs clients ou à leurs victimes, selon les cas.

– Il me suffirait donc de nier leur pouvoir pour être débarrassée de ce malaise qui va croissant ?

– Peut-être pas. Toutefois, ne l'oubliez pas, je suis à vos côtés.

Elle le quitta sur un sourire dépourvu de gaîté.

Mâchoires crispées, Joseph demeura un long moment paume ouverte, examinant le résidu noirâtre. Plusieurs hypothèses se succédèrent dans son esprit. Une seule persista, si ahurissante, si grave qu'il décida de patienter encore. Une erreur de sa part serait fatale à la comtesse.

Alençon et maison de l'Inquisition,
Perche, septembre 1306

Artus d'Authon et Monge de Brineux avaient mené leurs montures à train d'enfer depuis l'aube naissante pour rejoindre Alençon peu avant none. Ils avaient démonté en chemin pour quelques minutes de repos et afin d'abreuver leurs chevaux, en profitant pour chasser d'un gobelet de cidre ou de vin la poussière des chemins qui leur irritait la gorge. L'épuisement de la course, tout autant que la nervosité de son cavalier, qu'il percevait à la pression de ses mollets, avait rendu Ogier, l'étalon noir du comte, irascible. Lorsque, parvenus devant l'auberge de la Taure-Attelée où ils comptaient nuiter, Artus mit pied à terre, le destrier renâcla, soufflant d'exaspération.

– Tout doux mon beau, le rassura son cavalier en lui flattant le col. Nous sommes enfin rendus et tu vas jouir d'un repos mérité. Là… apaise-toi.

L'aubergiste, un maître Taure aussi large que haut, se précipita vers eux, plié de respect – autant que le lui permettait la graisse qui lui ceinturait l'abdomen – et gonflé d'orgueil. Ce n'était pas tous les jours qu'il recevait deux si prestigieux personnages. Maîtresse Taure avait eu grand raison de le convaincre de lâcher quelques deniers afin d'améliorer l'intérieur de son établissement. Sans être luxueuses, les chambres en étaient maintenant assez coquettes pour accueillir des hôtes de qualité. Maîtresse Taure, qui l'aidait au service dans la grande salle commune, faisait montre de distinction, il devait l'avouer. Elle se réjouissait de côtoyer maintenant les notaires ou les mires qui avaient remplacé leur ancienne clientèle braillarde de saucissiers[1]. Au demeurant, elle ne s'adressait plus à ses clients qu'en termes choisis voire galants, bien que mélangeant parfois la signification des mots glanés des conversations d'un mercier[2] ou d'un échevin. Maître Taure avait d'abord émis quelques doutes quant au projet de son épouse de « relever leur condition », ainsi qu'elle le formulait. Certes, la considération des voisins importait, pas tant, toutefois, que les espèces sonnantes et trébuchantes qu'il comptait au soir, après la fermeture. Or, les saucissiers sont gens de belle ardeur et d'amusements bon enfant. Ils s'invitent volontiers après une ronde affaire, trinquent parfois plus que de raison, bref les gorgeons s'alignent au vif contentement du mastroquet. Maîtresse Taure avait argumenté avec finesse : les saucissiers vidaient en effet les boutilles[3] avec enthousiasme, en revanche, leurs offices et cuisines, sans oublier leurs éventaires, débordaient de victuailles et ils n'avaient donc pas nécessité de se restaurer ailleurs que chez eux. Au contraire, leurs nouveaux coutumiers, de par les fonctions plus délicates qu'ils remplissaient, s'approvisionnaient à l'extérieur,

1. Charcutiers. Ceux qui préparaient et vendaient tous les morceaux du porc.

2. Riche corporation de marchands qui vendaient tous les tissus, les vêtements, les objets et même l'orfèvrerie aux classes les plus riches de la société. Ils prirent rang parmi les métiers les mieux considérés et rejoignirent bien vite la bourgeoisie.

3. Bouteilles de terre, encore appelées « bouties ».

d'autant qu'ils avaient parfois besoin d'un lieu de tractations qui leur garantisse une propice confidentialité. C'est ce que se proposait de leur offrir maîtresse Taure. L'avenir devait prouver qu'elle avait eu raison.

– Messeigneurs, messeigneurs… vos chambres vous attendent. Vous y trouverez une cuvette d'eau parfumée afin de vous rafraîchir du voyage. Vous pourrez ensuite vous restaurer à votre souhait. Votre messager nous a indiqué que vous comptiez nuiter deux ou trois jours en notre établissement qui se réjouit de l'honneur de vous accueillir.

– Peut-être davantage dans mon cas, rectifia le comte d'Authon. Mon grand bailli, en revanche, repartira à l'après-demain, au plus tard. Veille à ce que son cheval soit prêt, aubergiste. Pour l'instant, que ton garçon de peine mène nos montures à l'écurie et qu'il les traite avec doigté et bienveillance. Elles sont fourbues et difficiles.

– À vos ordres, messire, obtempéra le cabaretier en s'inclinant encore davantage avant de se redresser pour hurler :

– Holà, paresseux de galopin[1] ! Où te caches-tu encore ?

Un garçonnet d'une dizaine d'années, maigre comme une sauterelle, les yeux cernés de mauve, apparut. Maître Taure y alla du couplet outré qu'il servait devant tous ses clients :

– Tu sommeillais à ton habitude ! Si ce n'est pas une pitié, vous dis-je ! Ça mange comme quatre à vous ôter le pain de la bouche et ça fainéante comme un lézard au soleil. Allons, vilain traînard… Faut-il que je te frotte

1. À l'origine, petit garçon que l'on employait à faire des courses.

les oreilles pour que tu me fasses la grâce de t'occuper des montures de nos seigneurs ?

Maître Taure fut un peu déçu par le visage impavide du plus prestigieux de ses deux clients. D'habitude, un sourire entendu accueillait sa sortie mille fois ressassée, parfois accompagné d'une repartie : « Des coups de bâton, voilà ce que ça mérite » ou « Au pain sec et à l'eau, ça lui fera l'échine ». Au lieu de cela, toute l'attention d'Artus s'était reportée sur le garçonnet comme il s'approchait d'Ogier. Le comte était prêt à intervenir si son fougueux étalon se montrait menaçant. Peu de gens pouvaient aborder l'animal sans craindre une réaction hostile. Agnès l'avait pu. Elle l'avait monté sans l'ombre d'une appréhension. Mais Agnès était autre. La pensée de son épouse apporta le miracle familier : il s'apaisa.

Le garçon de peine avança la main vers la bouche du destrier noir et frôla les narines duveteuses, blanches de l'écume de l'effort. Ogier souffla sans faire montre d'agressivité. Au lieu de cela, il tendit la tête vers la main de l'enfant qui caressa son front. Le petit garçon saisit les rênes et s'avança vers l'écurie, suivi du cheval qui lui emboîta le pas sans protester.

– Gamin…, l'arrêta Artus d'Authon en repêchant une pièce d'un denier d'argent dans la poche de sa jaque[1] d'épais cendal[2] gris. Voilà pour toi, de la part de mon valeureux compagnon à quatre jambes qui n'est pourtant pas accommodant. (Se tournant vers le tavernier et le fixant, il répéta :) J'ai bien dit *pour toi.* Ce serait gravement m'offenser que de ne pas l'entendre.

---

1. Sorte de veste longue arrivant aux cuisses.
2. Soie.

– Quelle munificence, s'exclama maître Taure, que la tentation de récupérer prestement l'argent sitôt le comte éloigné n'avait pas épargné. Il ne le mérite pourtant pas.

– J'en ai jugé autrement, rétorqua Artus d'Authon d'un ton sans appel.

Monge de Brineux avait à peine prononcé une phrase de tout leur repas dans la vaste salle de la taverne, badigeonnée de chaux fraîche afin de recouvrir les langues de suie noirâtre abandonnées par les torches. Au demeurant, il n'avait guère touché aux morceaux de civet de poule accompagnés d'une purée de févettes qu'on leur avait servis. En revanche, il avait avalé d'un trait quatre gobelets de vin, chose rare chez cet homme de sobriété. À mots couverts afin d'éviter les oreilles indiscrètes de la tenancière qui s'affairait autour d'eux, s'enquérant de leur satisfaction à grand renfort de courbettes, Artus d'Authon avait à nouveau tenté de tranquilliser son grand bailli sur l'issue de la confrontation qui l'attendait.

Lorsque la desserte, un crépiau[1] aux pommes et aux raisins secs, fut déposée devant eux, Artus résuma, une trace d'agacement dans la voix :

– Morbleu, Brineux ! Ne voilà-t-il pas que je m'acharne depuis une heure à vous dorloter tel un enfançon, à vous rassurer telle une vieille femme alors même que je suis la victime du piège que vous ne cessez d'évoquer.

1. Sorte de crêpe très épaisse. Le goût et la texture ressemblent à ceux du clafoutis.

– Je sais, acquiesça le grand bailli, et je me déteste d'ajouter à votre tracas. C'est que, je m'en veux tant de mon impuissance… Palsambleu[1] ! Je préférerais grandement pourfendre quelques vilains coquins !

– Il s'agit, pour la plupart, de vilains coquins sous leurs habits de justice et de pouvoir. Toutefois, une fine lame comme vous ne peut rien contre cette race-là.

– Êtes-vous bien certain, monseigneur, que je ne puis vous accompagner ? Ayant le privilège de vous servir depuis de longues années et l'honneur de vous côtoyer, je pourrais éclairer vos juges de mon témoignage.

– C'est exclu, Brineux. D'abord parce qu'ils auraient tôt fait de rejeter vos dires puisque, précisément, vous me servez. Ensuite, parce que je crains plus que le reste qu'ils s'intéressent à vous de trop près. S'il advenait que… Vous êtes le seul en qui j'ai assez d'estime pour lui confier le futur de mon épouse et de mon fils.

Le regard abaissé, Monge de Brineux hocha la tête, bouleversé. Artus d'Authon se leva, époussetant d'un revers de main son gipon[2] de riche brocart.

– À vous revoir sous peu, mon ami. Priez pour moi.

Brineux se contenta d'un nouveau hochement de tête, redoutant qu'une fêlure de sa voix ne trahisse l'émotion qui lui coinçait les mots dans la gorge.

Artus d'Authon franchit l'huis rébarbatif qui barricadait à la nuit l'enceinte de la maison de l'Inquisition. Il

1. Contraction de « par le sang de Dieu », dont la forme initiale était jugée blasphématoire.

2. Sorte de pourpoint lacé sur le côté.

traversa d'un pas ferme la cour carrée aux pavés irréguliers et gravit les quelques marches qui menaient à une lourde porte renforcée de traverses.

Un garde se porta vers lui lorsqu'il pénétra dans l'ouvroir, obscur en dépit de la lumière vacillante dispensée par les torches des murs. Il déclina ses noms et qualités, précisant qu'il était attendu par un seigneur inquisiteur d'Évreux. Le garde s'inclina et bougonna :

– M'en va faire mander le secrétaire. Installez-vous si ça vous chante, proposa-t-il en désignant la table de bois noir flanquée de ses bancs, seul meuble de la grande salle sinistre et basse qui faisait suite à l'ouvroir.

Artus se rapprocha de la table, sans toutefois s'asseoir, attendant, l'esprit vidé de toutes pensées. Il s'était efforcé durant les jours derniers d'effacer jusqu'à l'ombre de l'appréhension, sachant pertinemment qu'elle constituait l'arme la plus redoutable des inquisiteurs.

Un incompréhensible soulagement le détendit lorsque apparut le secrétaire, cet Agnan qu'il avait invité à dîner dans l'espoir d'obtenir des éclaircissements sur le rôle joué par Francesco de Leone dans le meurtre de Florin. Il s'avança de deux pas vers le très jeune homme. Sa laideur sans charme, ces petits yeux rapprochés, ce long nez en lame et ce menton fuyant inspiraient la défiance dès que le regard les frôlait. Pourtant, Artus savait qu'une belle âme vaillante se dissimulait sous ce masque de hideur. Étrangement, Agnan ne manifesta aucune cordialité en parvenant à sa hauteur. Il déclara avec indifférence :

– Monseigneur d'Authon, vos juges se consultent en ce moment même. J'ignore s'ils auront bientôt terminé les préparatoires. Puis-je vous prier de me suivre ?

L'attente sera moins longue dans la pièce attenante à la salle d'interrogatoire.

Un peu décontenancé par l'attitude du jeune homme, Artus obtempéra.

Ils traversèrent la grande pièce et obliquèrent à droite avant d'emprunter un escalier de bois sombre. Agnan précédait le comte en silence. Parvenus sur le palier, au lieu de le conduire vers la petite salle d'attente, il posa l'index sur ses lèvres afin d'intimer le silence à Artus d'Authon et indiqua de la main l'étroit couloir qui filait vers la gauche et butait sur une porte basse, celle de son bureau. Agnan se laissa aller contre le panneau dès qu'il en eut poussé le verrou. Essoufflé, il murmura :

– J'ai craint que vous m'interrogiez en bas sur mon attitude pour le moins déconcertante. Ils ne doivent pas apprendre que je vous connais d'autre que de votre unique visite en ce lieu, lorsque vous vîntes tenter de raisonner Nicolas Florin. Ils me contraindraient à témoigner après serment sur les quatre Évangiles et tordraient mon récit pour qu'il serve leur dessein.

Agnan rejoignit sa petite table de travail dont le bois médiocre disparaissait sous les rouleaux et les registres.

– J'ai recopié en cachette, pour servir madame d'Authon, l'essentiel des deux témoignages retenus contre vous. Prenez-en connaissance afin de vous préparer. Le plus incriminant est celui du petit coureur de rue. Ils ne feront pas comparaître les témoins à charge afin que vous ne puissiez les contredire. La procédure est habituelle.

Artus parcourut les copies. Les récits étaient habilement mensongers, tournés au point qu'on y voyait l'inspiration d'un clerc et qu'ils seraient aisément interprétés en défaveur du comte.

– L'interrogatoire que vous allez subir, puisqu'il faut bien le nommer ainsi, est entouré d'un inhabituel secret qui ne me dit rien qui vaille. Tout juste ai-je pu apercevoir les différents bijoux de doigts du monstre Florin récupérés dans le putel de la maison qu'il avait extorquée à l'une de ses victimes. En revanche, il se murmure qu'ils détiendraient une autre preuve à vous opposer, une preuve décisive dont j'ignore la nature.

– Comment l'auraient-ils obtenue puisque je n'ai jamais franchi le porche de chez Florin ?

– Je le sais bien. Le chevalier de grâce et de justice Leone m'a clairement renseigné sur son rôle. Il nous a débarrassé du monstre afin de sauver votre épouse, que Dieu veille toujours sur elle. Il m'est impossible de le dénoncer. De grâce, ne croyez pas que je redoute leur châtiment s'ils venaient à apprendre que j'ai dissimulé la confession que m'a faite un soir le chevalier. Ma seule terreur concerne madame d'Authon. Ils pourraient la rejuger s'ils parvenaient à prouver que le jugement de Dieu n'est pas intervenu en sa faveur. Or, je préférerais mourir que d'assister à nouveau à ses tourments. De surcroît, et même si j'ai commis un mensonge par omission, ma conscience est en grande paix. Madame devait vivre – de cela, je suis certain – et j'ai l'ardente conviction que Dieu est bien intervenu en envoyant cet hospitalier à son secours.

– Voilà résumée mon inquiétude. C'est la raison pour laquelle je ne mentionnerai pas même le nom de Leone. Outre l'indignité du procédé qui consisterait à le dénoncer et à lâcher les chiens sur lui, Agnès pourrait en pâtir d'intolérable manière.

– Il nous faut faire vite. Si leurs conciliabules parvenaient à leur terme et qu'ils vous découvrent ici… Monsieur… En dépit de l'horreur que me procure ce conseil, je vous en conjure : mentez. Mentez même après serment. Pour servir Dieu. Après tout, ne sont-ce pas eux qui bafouent les Évangiles en les utilisant afin de précipiter des innocents au fond de leurs geôles et de leurs salles de Question ?

– Pourquoi vous placer en si grave péril afin de m'aider, Agnan ?

– Pour madame de Souarcy, la comtesse, qui a illuminé ma vie de fourmi obstinée. Parce que je sens qu'elle est la plus précieuse des femmes. (Il baissa les yeux, son petit visage de fouine se fripant davantage, puis avoua d'une voix que la tristesse rendait presque inaudible :) Parce que, voyez-vous, je les ai crus, eux qui sont dans la salle d'interrogatoire et leurs semblables, avec toute ma naïveté, ma foi et mon imbécillité. J'ai cru à la pureté de leurs intentions, à la justesse de leurs condamnations. J'ai cru qu'ils ne cherchaient qu'à sauver l'âme des égarés, des pécheurs, jusqu'à ne plus pouvoir m'abuser moi-même. Certains des seigneurs inquisiteurs, comme Florin, ne sont que d'ignobles tortionnaires tout droit sortis de l'enfer. D'autres sont menés par la cupidité. Ils réquisitionnent les biens des accusés et se payent grassement dessus. Un acquittement se révélerait une exécrable affaire pour eux. Il n'y a donc pas d'acquittement. Et puis, il reste la foule de ceux qui sanglotent sur les souffrances du Sauveur mais n'éprouvent que mépris pour celles des faibles créatures de Dieu. Tordre les corps, les torturer jusqu'à la folie ou au trépas, est-ce là le seul moyen de sauver les âmes ? Je ne le crois plus et je me dégoûte d'y avoir un jour accordé foi.

Un pauvre sourire éclaira le visage aigu. Agnan conclut :

– Je terminerais à pourrir dans les cages de cave si l'on m'entendait. De grâce, mentez, défendez-vous, monsieur. Pour la comtesse, pour votre fils. Le chevalier de Leone m'a un jour assuré que l'on ne se battait dignement que contre des ennemis dignes. Le contraire serait déraison. Ceux-là sont indignes. Je vous conduis à la salle attenante. Ils ne tarderont plus à vous venir quérir.

Château d'Authon-du-Perche,
Perche, septembre 1306

Dos tourné à l'une des fenêtres de sa chambre, Agnès fixait messire Joseph. Il lui sembla qu'elle était encore plus pâle que la veille et le mauve de ses cernes avivait le beau regard gris-bleu. Malgré la hardiesse de son maintien, il percevait la peur qui la rongeait depuis qu'elle avait découvert le sachet de toile noire cloué sous son lit.

– Le vieil homme que je suis fut témoin de tant de choses surprenantes, madame. Soumises à l'analyse d'un esprit circonspect, nulle ne peut s'expliquer par l'intervention de pouvoirs maléfiques concédés à des créatures humaines. Il ne s'agit que d'un ramassis de superstitions. Elles se propagent à la vitesse d'un cheval au galop, aidées en cela par les mystères que la science n'a pas encore élucidés. Or, la science, comme le reste, est Dieu, quoi que tentent de faire accroire ceux qui la musellent parce qu'ils redoutent, à juste titre, qu'elle entame leur pouvoir. Un jour nous apprendrons ce qu'est l'orage, ce que sont au juste les éclipses. Un jour nous saurons lutter contre les maladies. Un jour, tant des impossibilités qui nous briment voleront en éclats grâce aux progrès de la science.

– Pourtant, d'effroyables histoires courent… On ne compte plus les témoignages de ceux qui ont eu à pâtir des pratiques malfaisantes des sorciers, du moins lorsqu'ils n'en sont pas passés. L'Eglise condamne ces suppôts sataniques au bûcher... Or l'Église ne peut se méprendre si gravement.

Joseph de Bologne la considéra un instant, retenant les paroles qui lui montaient aux lèvres : les sorciers, que tous redoutaient, rendaient un appréciable service à l'Église qui passait pour la seule capable de les défaire et de protéger ses ouailles. Joseph ne doutait ni de l'intelligence de la comtesse, ni de sa bienveillance à son égard. Pourtant, il était d'une autre foi, et la chasse aux juifs* n'avait que peu à envier à celle qui était faite aux sorciers et aux hérétiques. Grâce à l'hospitalité du comte, il avait cessé de craindre pour sa liberté et sa vie. Pour combien de temps, il l'ignorait. Il suffirait d'une ordonnance royale et la battue deviendrait cuirée[1]. Il se contenta d'un peu compromettant :

– Certains de ces charlatans sont si persuadés de leurs... facultés, si j'ose le terme, qu'ils montent au bûcher sans même rechigner. Leur légende se propage alors dans les chaumières et chacun la ressasse, en exagérant les noires prouesses imaginaires de ces jeteurs de sorts.

– N'ajoutez-vous donc nulle foi aux miracles, messire médecin ? demanda Agnès, ébranlée par le raisonnement du vieillard.

– Certes si, madame. Mais les miracles sont Dieu, même lorsqu'Il leur choisit un véhicule humain. Dieu est toute-puissance et lorsqu'Il châtie, la punition qu'Il nous envoie porte Sa marque divine. Pas celle des hommes.

1. De cuir, a donné « curée ».

– Vous me…

Une violente douleur abdominale la plia. Elle dut se retenir à la tenture qui occultait la fenêtre à la nuit afin de ne pas choir au sol.

– Madame…, s'affola messire Joseph en se précipitant vers elle. De grâce, je vous en conjure, permettez-moi de vous installer dans ce fauteuil.

À petits pas, accrochée à son bras, Agnès le suivit. Luttant contre la nausée, elle ferma les paupières. Messire Joseph essuya délicatement la sueur qui trempait le front de la jeune femme. Il patienta, attendant qu'elle reprenne ses esprits, avant de demander d'une voix douce :

– Pourriez-vous me décrire en précision la douleur que vous subîtes plus tôt, madame ?

– Si violente, si soudaine…, commença Agnès d'une voix altérée.

– Où naquit-elle, au juste ?

– Juste-là, à l'ombilic, expliqua Agnès en désignant l'endroit précis.

– Irradia-t-elle ensuite vers le bas du dos et les cuisses ?

– Tout à fait, acquiesça la comtesse d'Authon en le dévisageant.

– Comment se présentent vos selles récentes[1], madame ?

– À la vérité, un embarras m'affecte depuis quelque temps.

– À quand remonte cette difficulté d'évacuation ? Survint-elle concomitamment à votre fatigue, à vos écœurements, à ces vertiges ?

---

1. Elles sont à l'époque un « outil » majeur de diagnostic et il est donc tout à fait habituel de les mentionner.

– À la réflexion, en effet. Ou peu ensuite.

– Un goût métallique vous troublerait-il parfois le palais ?

– Seriez-vous devin ? plaisanta faiblement Agnès.

– Malheureusement, je ne suis que médecin, sourit Joseph.

Redevenant grave, il annonça :

– Il me va falloir vous désobéir et informer mon maître et son grand bailli de votre état, madame.

– De grâce…, implora la comtesse.

– Vous déplaire me brise le cœur. Je ne puis cependant obéir à votre ordre, l'affaire est trop grave et votre santé est ma plus constante préoccupation. J'ignore si quelque méfaisant vous a lancé un sort et, très sincèrement, je ne m'en inquiète pas. Quelques plumes de poule, même noires, n'ont jamais occis personne. En revanche, ce que je sais, c'est que vous êtes victime d'un lent enherbement dont j'ai enfin identifié le poison, même si j'ignore encore de quelle façon il vous est distribué.

– C'est impossible ! Pourquoi ? protesta Agnès que l'affolement gagnait.

– Le grand bailli se chargera de nous éclairer sur ce point, madame. M'autorisez-vous à prendre aussitôt congé ?

Agnès, incapable d'ordonner ses pensées depuis l'abominable diagnostic du vieux médecin, acquiesça d'un signe de tête. Un enherbement. Le crime le plus odieux, si sournois qu'il était aussitôt puni de mort sans absolution et que les toxicatores[1] étaient enterrés en terre non consacrée.

1. Empoisonneurs.

Le médecin parti, elle demeura là, sa peur se mêlant progressivement d'une douloureuse incompréhension. Qui pouvait la détester au point de souhaiter la faire passer de vie à trépas de cette ignoble manière ? Qu'avait-elle fait qui justifie cette haine implacable ? L'effarante bêtise de ses questions sans réponse la frappa enfin. Rien. Elle n'avait rien fait qui justifie une telle exécration. Le parchemin, l'un des plus précieux de l'humanité, était à l'origine de cet enherbement. Le sang différent*. Son sang. Celui qu'elle avait transmis à Clémence qui l'offrirait à son tour à sa fille. Toutefois, le donneur d'ordre, à n'en point douter le camerlingue Benedetti, ignorait que le jeune garçon de ferme qui s'était enfui de Souarcy n'était autre que la fille cadette d'Agnès. À ses yeux, seule cette dernière possédait ce sang et jamais une de ses filles ne devait en hériter. Elle devait donc mourir avant de procréer à nouveau. Étrangement, cette certitude l'apaisa. Tous ignoraient que Clémence était une fille. L'adolescente était donc sauve pour le moment.

Clémence, ma Clémence. J'ai tant besoin de ta présence à mon côté. Le manque de toi me torture. Chaque instant, chaque geste me ramène à toi. Je regarde ce petit Philippe que j'aime si fort que mon cœur se retourne lorsque je le serre contre moi. Il te ressemble si peu. Mon fils. Pourtant, ma Clémence, mon sang bat en toi. J'écoute ses pulsations qui me lient à toi plus sûrement qu'un pacte. Je te sens. Je te flaire. Tu es proche, j'en suis certaine. Tu es ma chair, mon âme. Je ne vis qu'à moitié depuis que tu as disparu de mes jours. Clémence, je t'ai donné la vie et tu as sauvé la mienne en me permettant de résister, de lutter contre les fauves qui veulent nous détruire. Vis ma Clémence. Vis pour moi.

Messire Joseph écouta, atterré, le récit de Ronan. Monseigneur d'Authon, avec pour seul entourage son grand bailli, avait quitté le château à la petite aube pour la maison de l'Inquisition d'Alençon et madame la comtesse n'en devait rien apprendre pour l'instant.

– Quelle catastrophe ! Je ne suis qu'un homme de science. Un vieil homme de surcroît. Comment vais-je lutter seul ?

Soudain inquiet, Ronan s'enquit :

– Lutter contre quoi, qui, messire ?

– Mon bon Ronan, j'hésite à vous le confier. Toutefois, puisque vous avez l'affection de notre maître, je puis bien m'ouvrir devant vous de mon extrême alarme. On enherbe notre dame. C'est une certitude.

Incapable de proférer une parole, le vieux serviteur ouvrit la bouche, le sang fuyant son visage. Il se reprit :

– Votre pardon ? Un enherbement ? Une dame qui est un ange envoyé pour adoucir notre vie à tous ? Dieu du ciel ! Qu'allons-nous faire ?

– C'est ce que je cherche depuis que j'ai enfin compris. Ronan, vous êtes le seul en qui je puisse placer ma confiance. Dorénavant, vous préparerez vous-même les repas de la comtesse, tous les mets qui lui sont présentés. Tous, m'entendez-vous ? Si l'on vous interroge, il vous suffira de rétorquer qu'à ordre de son médecin vous obéissez.

– Que se passe-t-il ? se lamenta le vieux serviteur.

– Rien qui ne sera éclairé sous peu, j'en fais le serment devant Dieu. Nous allons nous battre pied à pied, Ronan.

– Peut-on contrer les vilenies d'un enherbeur, messire médecin ?

– Certes, si notre vigilance ne connaît nulle faille. Même l'eau, Ronan. Même son eau devra être puisée par vos soins.

Maison de l'Inquisition d'Alençon,
Perche, septembre 1306

Un jeune graphiarius, son écritoire à corne d'encre passée en bandoulière, informa Artus d'Authon d'une voix indifférente que le jury le mandait par-devant lui. Le comte se leva sans hâte et le suivit. Le jeune homme se précipita pour pousser la haute porte devant laquelle ils s'étaient arrêtés. Ils pénétrèrent dans une immense pièce, glaciale en dépit de la tiédeur de l'après-midi.

Cinq hommes au visage grave étaient installés autour d'une longue table : un notaire et son clerc, comme l'exigeait la procédure, et deux frères dominicains en plus du seigneur inquisiteur d'Évreux qui avait pris place dans la haute chaire lourdement sculptée qui trônait à un bout de la table. Nuls « laïcs d'excellente réputation » : Artus songea que l'inquisiteur les avait écartés afin de se garantir l'appui et la complaisance de ses frères d'ordre.

– Veuillez décliner vos prénoms, nom et qualités, monsieur, je vous prie.

– Artus, Charles, Placide, comte d'Authon, seigneur de Masle, Béthonvilliers, Luigny, Thiron, Bonnetable et Souarcy.

Le notaire se leva alors et récita :

– *In nomine Domini, Amen.* En l'an 1306, le 18 du mois de septembre, en présence du soussigné

Gauthier Richer, notaire à Alençon, accompagné de l'un de ses clercs et des témoins nommés frère Robert et frère Foulque, dominicains, tous deux du diocèse d'Alençon, nés respectivement Ancelin et Chandars, comparait volontairement et personnellement Artus, Charles, Placide, comte d'Authon, seigneur de Masle, Béthonvilliers, Luigny, Thiron, Bonnetable et Souarcy devant le vénérable frère Jacques du Pilais, dominicain, docteur en théologie, seigneur inquisiteur pour le territoire d'Évreux nommé pour juger cette affaire en notre bonne ville d'Alençon.

Le notaire se rassit. Il s'agissait de celui qui avait contribué à la parodie qui devait envoyer son épouse au bûcher. Artus se défendit contre un sombre pressentiment. Sornettes que tout cela. Alençon ne devait pas compter tant de notaires qu'une telle coïncidence soit révélatrice.

Jacques du Pilais, son regard rivé vers les dalles sombres, s'avança vers le comte d'Authon, un grand livre relié de noir serré contre sa poitrine. C'était un homme de haute taille, si mince qu'il en paraissait maigre sous sa lourde robe de bure sombre. Il leva la tête et un regard bleu-blanc se riva à celui d'Artus. Une voix douce, presque chantante, s'éleva :

– Monsieur d'Authon, avant d'entrer dans le vif de nos questions, car il ne s'agit que de cela, permettez-moi de remarquer que votre venue volontaire céans est à l'image de votre réputation sans ternissure.

Après un soupir satisfait, l'inquisiteur reprit :

– Artus, comte d'Authon, voici les quatre Évangiles. Apposez votre main droite sur eux et jurez de dire toute la vérité, tant sur vous-même que sur les autres. Le jurez-vous sur Dieu et sur votre âme ?

– Je le jure. Que Dieu me vienne en aide si je tiens mon serment. Qu'il me condamne si je me parjure.

– Fort bien. Notaire, prenez acte du serment du comte d'Authon.

Jacques du Pilais serra sa cape blanche autour de lui comme s'il luttait contre le froid. Artus détailla les longues mains décharnées crispées sur les pans à la manière de serres. L'inquisiteur rejoignit la lourde table et se tourna à nouveau vers Artus.

– En l'an de grâce 1304, le 5 du mois de novembre, a comparu ici même, devant le seigneur inquisiteur Nicolas Florin, une Agnès, Philippine, Claire de Larnay, dame de Souarcy. Les soupçons formés à son égard étaient d'une extrême gravité : complicité d'hérésie, voire hérésie, aggravée d'un culte de latrie. Mes frères Robert et Foulque ont parcouru, en ma compagnie, les carnets de procès de notre frère Nicolas. Peut-être l'ignorez-vous, mais il est fait obligation aux seigneurs inquisiteurs de les tenir avec la plus grande application…

Artus en était informé depuis que messire Joseph l'avait conduit pas à pas dans le labyrinthe de la procédure inquisitoire. Ces carnets ne servaient en aucune manière à contrôler l'équité d'un inquisiteur. Ils n'avaient d'autre but que d'éviter qu'un détail, aussi minime soit-il, échappe à l'attention des juges. Ainsi pouvait-on espérer un jour rejuger un disculpé pour un autre motif.

– … Y sont relatées par le menu les étapes du procès de celle qui devait devenir peu après votre deuxième épouse, le parjure de sa fille, éventé par la vigilance de nos frères dominicains, et, bien sûr, le début de la Question… La procédure fut scrupuleusement respectée par Nicolas Florin. Notre infortuné frère tomba quelques jours plus tard sous la lame d'un inconnu. Une enquête vite expédiée conclut à une rencontre avec un soudard ramassé dans un bouge quelconque. Le trépas de Florin intervenant le lendemain du début de la Question, la conviction que Dieu avait jugé et protégé l'innocence, en la personne de madame de Souarcy, ne fit bientôt plus de doute pour personne. Sommes-nous en accord jusque-là ? s'interrompit l'inquisiteur en fixant Artus.

– Nous le sommes. À ceci près qu'à son décès se sont étalés tous les vices de Nicolas Florin, cruauté, péché de chair, perversité, goût du lucre, sans oublier les extorsions d'argent ou de biens dont il se rendit coupable. Je ne mentionne même pas les infamantes rumeurs de sorcellerie qui coururent à son sujet. Il n'en demeure pas moins que, en grande justice et sagesse, l'évêque décida qu'il serait enterré en terre non consacrée.

– Nous savons tout cela, acquiesça Jacques du Pilais d'un ton attristé. Toutefois, nous ne sommes pas réunis aujourd'hui à fin de juger un défunt. Ce serait usurper l'ineffable prérogative de Dieu. En revanche, il nous revient la redoutable tâche d'apprécier la véracité de Son jugement. S'est-on ignoblement servi de la gloire du Tout-Puissant afin de disculper madame de Souarcy ? A-t-on poussé l'inacceptable blasphème jusqu'à assassiner le seigneur inquisiteur ?

– Comment pourrais-je vous aider à résoudre cette épineuse question ? Je n'ai rencontré le seigneur inquisiteur Florin qu'à une occasion, ici même, alors que je venais plaider la cause de madame de Souarcy. Il m'a rapidement éconduit. Nous ne nous sommes jamais revus.

– En vérité ? Dois-je vous rappeler votre serment de tout à l'heure ?

– Je jure sur les quatre Évangiles que je n'ai jamais revu Nicolas Florin.

Une voix lente s'éleva, celle de Foulque de Chandars. Il lut le témoignage qu'Artus avait parcouru dans le bureau d'Agnan, quelques minutes auparavant :

Je jure devant Dieu que je n'agis sous aucune contrainte et ne suis guidé par nulle haine ou vengeance. Peu avant le meurtre du seigneur inquisiteur Florin, le seigneur d'Authon m'a offert de beaux deniers d'argent si je suivais ledit Florin qu'il me désignerait au moment où il sortirait de la maison de l'Inquisition. Afin de récupérer la deuxième moitié de la somme, je devais rejoindre le seigneur d'Authon en l'auberge de la Jument-Rouge et lui apprendre l'adresse personnelle du seigneur inquisiteur ; ce que j'ai fait.

– C'est mensonge, déclara platement Artus d'Authon. Je n'ai jamais revu ce galapiat. Je l'ai effectivement attendu à l'auberge, en vain.

– Ce n'est pas ce que déclare maître Rouge, propriétaire de l'établissement, contra l'inquisiteur. Notaire, veuillez, je vous prie, nous donner connaissance de la déclaration sous serment de ce témoin.

Je jure devant Dieu que je n'agis sous aucune contrainte et ne suis guidé par nulle haine ou vengeance. Le 12 du mois de novembre 1304, le seigneur d'Authon a rencontré dans mon auberge un petit coureur de rue. Ils se connaissaient et avaient de toute évidence déjà eu commerce ensemble. Le garnement lui a parlé en confidence, au point que je n'ai entendu qu'un nom de rue, la rue de l'Ange. Monseigneur d'Authon a ensuite tendu une pièce au gamin qui a aussitôt décampé.

– Je n'ai jamais appris l'adresse du seigneur inquisiteur. Ainsi que je l'ai affirmé, le galopin m'a fait défaut. Quant à maître Rouge, sa mémoire est étonnante. Il se souvient de la visite d'un client au jour près – lui qui en voit passer des dizaines chaque jour –, et cela à deux ans d'intervalle. Je l'envie, ironisa le comte.

– C'est fréquemment le cas des mastroquets, argumenta l'inquisiteur. Ils renseignent ainsi les prévôts et baillis et ont tout intérêt à se souvenir de mauvais payeurs ou de trublions. (Se tournant vers les deux dominicains, Jacques du Pilais demanda :) Ces témoignages vous semblent-ils sujets à caution, mes frères ?

Deux hochements de tête de dénégation lui répondirent.

– Notaire, consignez, je vous prie, que les témoignages ont été jugés véritables et recevables par moi-même et mes conseils dominicains. Pour quelle raison souhaitiez-vous connaître l'adresse personnelle du seigneur inquisiteur chargé du procès de votre future épouse, monseigneur d'Authon ?

Lui revint en mémoire le conseil de son bailli, d'Agnan et de messire Joseph. Il n'y avait nulle indignité à mentir à des juges qui forgeaient de mensongères preuves.

– J'avais eu vent de la conception très particulière qu'avait Florin de sa mission et de sa charge.

– Nulle calomnie au sujet d'un défunt ne sera admise par ce tribunal, messire d'Authon, l'interrompit le seigneur inquisiteur.

– Il ne s'agit ni de calomnie ni même de rumeurs, et vous le savez aussi bien que moi. Florin se faisait rémunérer certains procès par des héritiers impatients ou des ennemis décidés à la vengeance. Je ne doute pas qu'une enquête épiscopale rigoureuse sur ses… arrangements ait eu lieu dès après son trépas.

Le regard bleu-blanc l'épingla. Jacques du Pilais rétorqua :

– Nous ne sommes pas réunis céans pour juger des agissements de notre défunt frère mais pour apprécier la validité du jugement de Dieu invoqué afin de laver votre épouse de tous soupçons. Or donc, pourquoi souhaitiez-vous connaître l'adresse du seigneur inquisiteur ?

– Afin de l'acheter, ce qui, j'insiste, était dans ses pratiques habituelles.

– Quelle honte, messire ! Vous, soudoyer un inquisiteur ?

– La honte est de son côté, monsieur. On ne soudoie que ceux qui aspirent à être corrompus par l'argent, contre-attaqua Artus d'Authon d'une voix impérieuse. Malheureusement, ainsi que je l'ai expliqué, le petit vaurien chargé de me renseigner m'a fait faux bond. Je ne sais si je le déplore. Après tout, s'il avait accepté mon argent, Florin serait peut-être encore en vie.

– Attention, monsieur ! s'exclama Pilais, ulcéré.

– Mon attention vous est acquise. En revanche, nul ne me fera prétendre que le trépas de Florin était désolant.

Jacques du Pilais s'interrogeait depuis un moment. Il était accoutumé aux accusés affolés, qu'ils fussent innocents ou coupables. Certes, il s'était attendu à davantage de combativité, d'impertinence de la part du seigneur d'Authon. Toutefois, il se retrouvait face à un mur de calme obstination qu'il ne savait plus comment attaquer.

– Graphiarius, produisez les pièces retrouvées dans le putel de la maison de la rue de l'Ange.

Le jeune homme se leva d'un bond et récupéra le mince ballot posé devant lui. Il se rua vers l'inquisiteur qui commanda :

– Veuillez les montrer aux juges, ainsi qu'au notaire et enfin à monseigneur d'Authon.

Les dominicains prétendirent s'absorber dans la muette contemplation de bijoux qu'ils avaient sans doute examinés plus tôt. Le notaire retourna d'un index osseux les lourdes bagues serrées dans la touaille[1]. Artus d'Authon les frôla du regard. Une énorme topaze rectangulaire prisonnière de griffes d'or, une bague d'index à l'évidence, voisinait avec un large anneau semé de perles et de saphirs de belle taille. Un serpent aux yeux de rubis, de circonférence plus réduite, avait dû orner l'auriculaire de Florin.

– Connaissez-vous ces bijoux de doigt, messire d'Authon ? s'enquit l'inquisiteur de sa voix douce.

– Non pas.

– Vous assurez ne les avoir jamais vus ?

– Je l'assure, sur mon honneur.

– Monseigneur d'Authon… Que faites-vous de cette charade : un coquin, un soudard prétendument rencontré dans un bouge, suit le seigneur inquisiteur en sa demeure. Ils s'enivrent encore, comme le prouvent les verres brisés retrouvés sur les lieux. Peut-être une querelle éclate-t-elle alors. Toujours est-il que l'ivrogne en question égorge Nicolas Florin et lui arrache ses bagues… que les enquêteurs du souverain pontife, bénit soit-il, retrouvent près de deux ans après les faits dans le putel. N'est-ce pas ahurissant ?

– Rien de ce qui tisse l'homme ne m'étonne. Si vous me permettez cette remarque, je n'avais pas compris

1. Linge, torchon.

que mon conseil était requis afin d'expliquer les mobiles d'un vil meurtrier.

La désinvolture sans arrogance qu'il percevait dans le ton du comte achevait de troubler Jacques du Pilais.

– Vous êtes un gentilhomme de la plus belle réputation. Ne trouvez-vous pas que cet abandon de butin, incompréhensible venant d'une canaille, s'explique en revanche admirablement si le meurtre n'avait pas été motivé par la beuverie et le vol, mais perpétré de sang-froid par un homme de haut[1], désireux de protéger la femme qui lui avait ravi le cœur au point qu'il l'épouse. Dérober les bagues avait toute chance d'induire les enquêteurs en erreur. Ce qui se produisit. Toutefois, cet homme de haut en question n'aurait pas commis l'indignité de les conserver.

– Le raisonnement est habile, je vous le concède, seigneur inquisiteur. Il ne pêche que par un détail d'importance. Cet homme de haut aurait-il été assez imbécile pour jeter les bagues révélatrices dans le putel de la maison de Florin ? Le seul endroit où l'on risquait de les retrouver ?

Pilais s'était attendu à cette riposte

– L'émotion du moment, le remords d'avoir tué une créature de Dieu.

– Ne venez-vous pas de dire que cet homme de haut avait assassiné Florin de sang-froid ? Cessons ces galéjades, seigneur inquisiteur. Je doute d'avoir été le seul gentilhomme que la mort de Florin n'affligeait pas. Je gage que d'autres ont dû remercier le ciel à la nouvelle de son trépas. Si cette satisfaction est bien peu charitable, elle ne constitue pas un crime.

1. Abréviation de « de haut lignage ».

Jacques du Pilais avait conduit tant d'interrogatoires, traqué tant de coupables. Il avait démasqué les plus habiles supercheries, confondu des menteurs si plaisants qu'on leur aurait concédé le pardon sans hésitation. Il avait acculé d'astucieux félons déguisés en doux agneaux ou parfois sorti des geôles putrides de la maison de l'Inquisition des innocents malhabiles que leur manque d'esprit menait tout droit au bûcher. En bref, l'âme humaine et ses traquenards n'avaient plus grand secret pour lui. Une foi absolue, une ardeur sans fléchissement le tenait au cours de ces procès. Il sauvait l'âme d'égarés pour l'amour de Dieu[1]. Justement, sa passion pour Lui le brûlait, le dévorait si délicieusement que jamais Jacques du Pilais ne l'aurait ternie par une flagrante injustice, un jugement de honte ou de complaisance. Certes, il était parti d'Évreux convaincu de la culpabilité de monseigneur d'Authon, influencé par le portrait répréhensible que lui en avait brossé l'évêque. Pourtant, une incertitude le gagnait depuis quelques minutes.

Lui revint pour la dixième fois depuis le tôt matin la courte missive reçue de Rome une semaine auparavant, portant le sceau papal, signée de la main du camerlingue Honorius Benedetti.

Il nous est de la plus cruciale importance d'être éclairé au sujet de l'ineffable pureté du jugement de Dieu qui se serait manifestée dans l'affaire de madame Agnès de Souarcy, devenue comtesse d'Authon. Il nous est apparu que ledit jugement aurait été simulé,

---

1. Aussi inacceptable puisse-t-elle paraître aujourd'hui, il s'agissait de la justification première de l'Inquisition.

un impardonnable sacrilège. Nous exigeons de vous la plus grande sévérité et la plus entière vigilance à l'égard de l'impie qui aurait pu commettre telle profanation pour un bénéfice personnel.

En d'autres termes, il devait incriminer Artus d'Authon même si sa culpabilité ne le convainquait plus ou, à tout le moins, faire durer son procès. Jacques du Pilais serra les lèvres de déplaisir. Seule la dernière solution lui semblait acceptable. Pour le Sublime et Divin Agneau, il ne pousserait pas sur la table de Question un innocent. Toutefois, afin de satisfaire l'évêque et le camerlingue, la procédure pouvait traîner des mois, voire des années. Une vie parfois.

– Notaire, veuillez, je vous prie, produire la pièce que nous avons placée en votre garde afin qu'elle ne souffre de nulle intervention préjudiciable à notre enquête.

Maître Gauthier Richer se leva comme propulsé par un ressort et rejoignit l'inquisiteur d'un pas court et nerveux. Il tira de sa longue robe d'homme de loi une bourse, en vida le contenu dans sa main, l'examina longuement avant de déclarer :

– Nous, Gauthier Richer, notaire à Alençon, certifions que cette pièce est bien celle qui nous fut remise par le seigneur inquisiteur Jacques du Pilais avec pour mission de la préserver de toute tentative d'altération.

Il transvasa le contenu de sa paume dans celle de l'inquisiteur, tourna les talons et rejoignit sa place de sa curieuse démarche saccadée.

Jacques du Pilais s'avança à frôler Artus d'Authon et ouvrit la main, s'enquérant :

– Messire, reconnaissez-vous cet objet ?

Durant un fugace instant, Artus demeura dans l'ignorance. Quel était ce mince jonc de pierre blanche irisée, brisé en trois segments ? La fureur le disputa en lui à la tristesse lorsqu'il le reconnut enfin. L'anneau d'opale de son mariage à une damoiselle Madeleine d'Omoy, union de convenance, de négociants, qui scellait le marché qu'il venait de passer avec son père. Douce et transparente Madeleine que l'appétit de vivre avait désertée dès qu'elle avait été contrainte de quitter ses parents et le manoir familial. Tragique et frêle oiselle dont il ne conservait qu'un souvenir confus. Elle s'était donnée à la mort avec une indifférence navrée. La même que celle qu'elle avait manifestée en accueillant le premier cri de leur fils Gauzelin qui devait décéder, lui aussi, quelques années plus tard.

– Il s'agit de mon anneau de premières épousailles avec la damoiselle d'Omoy.

– Vous confirmez que ce bijou vous appartient.

– En effet.

Jacques du Pilais marqua une pause. Artus y vit un artifice destiné à frapper l'esprit des deux autres dominicains. Il se trompait. Pilais se détestait de participer à cette lamentable farce. Pourtant, il ne pouvait pas reculer. Un piètre réconfort allégeait son aigreur. Monsieur d'Authon aurait pu tomber sur un seigneur inquisiteur décidé à plaire au camerlingue, à n'importe quel prix, même à celui de la vie d'un immaculé.

– Comment nous expliquez-vous ce mystère, monseigneur d'Authon ? Il ressort de vos dires que vous n'avez jamais connu l'adresse personnelle de Nicolas Florin, jamais franchi le seuil de sa demeure.

– C'est la vérité.

– Vraiment ? Cette bague est donc venue chez lui par incantation ?

La tristesse s'effaça, ne laissant que la fureur.

– Quoi ? cria presque Artus. Vous prétendez avoir retrouvé mon bijou d'alliance chez le seigneur inquisiteur ?

– Comme vous y allez ! Je ne prétends rien. J'utilise les preuves qui me sont fournies par ces enquêteurs au-dessus de toute contestation.

La repartie cingla :

– De gentilhomme à gentilhomme, je vous l'affirme, monsieur : il s'agit d'une putasserie dont vous devriez rougir jusqu'au front !

Le camouflet porta, plus sûrement qu'une gifle. Jacques du Pilais cligna des paupières et déglutit. Authon dégageait une force étrange, inébranlable. Pilais en était certain, la haute silhouette presque lourde était trompeuse. Derrière les manières courtoises, l'urbanité sans faute, se dissimulait un homme de fougue et de passion, un homme pour qui l'honneur et la parole donnée ne souffraient aucun accommodement, aucune facilité. Il se reprit, songeant qu'Artus d'Authon ne saurait jamais les efforts qu'il avait fournis afin de le sauver du pire.

– La bague fut récemment retrouvée en éclats, éclats coincés entre les lattes du parquet, juste devant la cheminée, à l'endroit précis où trépassa le seigneur inquisiteur.

– Presque deux ans plus tard quand les premiers enquêteurs n'avaient rien vu ? La maison est-elle inoccupée depuis ce temps ?

– Graphiarius, que sait-on de l'occupation de la demeure ?

Le jeune secrétaire compulsa les notes entassées sur son écritoire.

– Euh… Elle fut vendue trois mois après le décès de notre regretté seigneur inquisiteur Florin à un saunier[1], Jean Chauvet, qui l'occupe depuis, ainsi que sa famille.

– Or donc, s'emporta le comte d'Authon, faudrait-il croire que la maîtresse des lieux et ses aides n'ont jamais découvert avant ces débris d'opale ? Elle devrait les punir sur-le-champ. La tenue de sa demeure est lamentable si l'on n'y décolle pas les saletés coincées entre les lattes de parquet !

– Ne feintez pas avec moi, messire d'Authon, risqua l'inquisiteur, à bout d'arguments.

– Feinter ? Vous raillez-vous, monsieur ! Quelle sotte comédie que cet interrogatoire ! Mon épouse a trépassé peu avant mon fils. Ce deuil, celui de mon hoir, a failli m'ôter la raison. Je ne prétendrai pas que celui de mon épouse m'avait désespéré. Avec tout mon infini respect pour elle, nous n'étions que des étrangers partageant les mêmes lieux. Cela pour claquer le bec de vos prétendus enquêteurs. J'ai tiré de mon annulaire ma bague de mariage sitôt mon épouse décédée, il y a de longues, longues années de cela. Trop de blessants souvenirs. Je ne l'ai plus jamais enfilée. (La rage rattrapa Artus, qui cracha entre ses mâchoires serrées :) En d'autres termes, celui ou celle qui a dérobé cette bague afin de complaire à je-ne-sais-qui me connaissait peu. Ce sbire a commis une erreur grossière car tout mon entourage attestera que je ne l'ai plus portée depuis des lustres.

– Nous apprécions la pirouette, se défendit sans grand enthousiasme Jacques du Pilais. Toutefois, vous conce-

1. Fabricant et/ou vendeur de sel. Certains, dans les terres, devinrent très riches.

vrez que des vérifications s'imposent. L'Inquisition est juste et charitable. Notre mission consiste à tenter par tous les moyens d'innocenter, de comprendre. Si vos dires sont avérés, la joie de pouvoir vous considérer comme une âme acquise au Seigneur sera nôtre. Cependant, et puisque je requiers un complément d'enquête, dans le seul but de vous disculper, il vous faudra accepter notre hospitalité. Certes, elle ne peut se comparer au confort auquel vous êtes habitué. Toutefois, le *murus strictus* n'est pas de mise dans votre cas, pas plus qu'un ordinaire se limitant à l'eau, à trois écuelles de soupe de lait aux racines[1] et à un quart de pain de famine[2], pénitence généralement infligée aux suspects véritables afin qu'ils sondent leur âme.

– Quelle libéralité ! ironisa Artus d'Authon. Cependant, je puis me contenter, pour vous plaire, de soupe au lait et de pain de famine. Mon épouse y a résisté et si je ne suis pas convaincu de posséder sa force d'âme, celle de mon obstination est égale à la sienne.

L'inquisiteur ne releva pas la pique. Au lieu de cela, il s'enquit sans laisser transparaître la moindre irritation :

– Ai-je votre parole, monsieur d'Authon, que vous vous laisserez mener avec complaisance ou dois-je me résoudre aux entraves ?

– Ma parole vous est acquise, monsieur.

– Notaire, veuillez consigner que l'interrogatoire est clos pour ce jour et qu'il reprendra au plus prompt.

1. Poussant sous la terre, les légumes-racines (carottes, navets, céleri-rave, etc.) étaient réservés aux paysans, la noblesse privilégiant les légumes aériens.

2. Mélange de paille, d'argile, d'écorces d arbres, de farine de gland et d'herbes pilées.

Sans un regard ni un salut pour les autres membres du jury, Artus d'Authon suivit le seigneur inquisiteur flanqué de son graphiarius, aussitôt rejoint par un Agnan au visage de marbre.

Parvenu dans l'ouvroir, Jacques du Pilais héla un des gens d'armes qui montaient la garde :

– Toi, précède-nous.

Récupérant un des flambeaux qui éclairaient avec parcimonie, l'homme traversa en diagonale la vaste salle. Il tira le battant d'une porte basse qui dévoilait un escalier tournant de pierre plongeant vers des caves ténébreuses. Le garde les précéda dans la descente afin d'éclairer les marches. D'acres relents de moisissure leur fouettèrent le visage à mesure qu'ils s'enfonçaient vers les profondeurs de la maison de l'Inquisition. D'autres exhalaisons s'y mêlèrent bien vite, celle des excréments, de la sanie. Celles de la déchéance physique. Humaine.

L'escalier débouchait sur un sol de terre battue, boueuse des montées de la Sarthe voisine. Tête baissée, ils progressèrent sous les voûtes trop basses pour qu'un homme puisse s'y tenir tout à fait debout, dépassant les cachots et les pauvres créatures martyrisées qui s'y tassaient. Un silence étrange régnait. Un silence de terreur, seulement troublé par le raclement des chaînes contre les murs, parfois un râle.

Artus le reconnaissait, ce silence. C'était celui des cachots les plus sinistres, quand tous se demandaient qui l'on venait quérir pour une interminable séance de torture ou une exécution. Il serra les poings. Agnès, son amie, son amante, son épouse, avait été jetée comme une bête dans ce cloaque, interminable cul-de-basse-fosse. Sa chair avait été lacérée tout autant que son âme. Pourtant, elle n'en conservait aucun stigmate, comme si une puissance supérieure avait décidé de lui épargner les cicatrices qu'abandonne la barbarie humaine sur ses victimes.

Une sorte de calme lui revint. Imiter la magnifique créature qui éclairait sa vie depuis qu'il l'avait aperçue, vêtue de braies[1], récoltant le miel de ses hostelleries à abeilles[2]. Ne pas permettre à la haine ou à la peur de s'infiltrer. Résister. Résister pour Agnès et pour son fils. Résister pour parvenir à conserver sa foi en la justice.

Les bottes d'Artus s'arrachaient maintenant dans un bruit de succion de la terre marécageuse. Sans doute se rapprochaient-ils du lit de la rivière. L'immense cave n'en finissait pas de se dévoiler sous la lueur tremblante de la torche brandie par le garde. Une question sans objet traversa l'esprit du comte : combien de pauvres hères attendaient ici leurs tourments ou leur mort ? Combien espéraient cette dernière ?

L'inquisiteur marqua l'arrêt et s'adressa à Artus pour la première fois depuis le début de leur répugnant périple souterrain :

– Monseigneur d'Authon, nous sommes rendus. Vous occuperez cette cellule le temps que nous parvenions aux éclaircissements qu'exige notre vénéré saint-père. Bien qu'austère et humide, elle est réservée aux témoins. À ce titre, vous y jouirez, pour vos ablutions, d'une cuvette d'eau renouvelée chaque jour ainsi que d'un seau d'aisance.

---

1. Sorte de pantalon large porté par les paysans depuis les Gaulois. Nous a laissé « débraillé ».

2. Nom donné aux ruches.

Artus d'Authon le remercia d'un hochement de tête. Il eut brusquement le sentiment que cet homme n'était pas un ennemi acharné à sa perte. À moins qu'il fût un madré de la pire espèce, se présentant sous un masque d'intégrité afin d'amollir la défiance de l'adversaire.

Rue Saint-Amour, Chartres, septembre 1306

Aude de Neyrat, éveillée depuis une heure, traînait au lit. Adossée à une profusion de coutes[1] douillets, recouverts de soie et de dentelles, elle luttait sans grand succès contre l'humeur sure qui ne la quittait plus depuis des jours. La peste était de cette fatigante donzelle qu'elle avait hébergée !

Mathilde passait son temps à changer de coiffure ou de toilette, hésitant des heures entre une robe de cendal ou une cotte de tiretaine[2] bordée de vair, manquant tomber en pâmoison lorsqu'elle passait sur ses manches justes[3] les coudières[4] de samit[5] brodées de fils d'or, dernier présent de madame de Neyrat à sa « chère mie ». Elle virevoltait alors au seul profit de sa bienfaitrice, minaudant :

– De grâce, madame, en vérité, jugez de mon allure.

– Admirable. Vous êtes ravissante à couper le souffle des plus difficiles, répondait invariablement Aude.

1. Oreillers ou coussins.
2. Épaisse étoffe de laine et plus tard de coton.
3. Ajustées.
4. Longues bandes de tissu qui traînaient jusqu'au sol et que l'on passait sur les manches, à hauteur du coude.
5. Étoffe de soie de qualité supérieure, réservée aux plus belles parures.

L'état de la dame de Souarcy se dégradait de jour en jour, ainsi que le lui avait promis la malfaise. Aude n'avait plus nul besoin d'utiliser sa fille contre elle. Une dernière prudence l'empêchait de s'en débarrasser sans atermoiements. Une prudence superstitieuse. Le plus sage consistait à attendre que le sort jeté fasse passer la belle comtesse d'Authon de vie à trépas. Amen[1].

Elle se leva à regret et appela au service grâce au cordon de passementerie qui pendait à proximité de la tête de lit.

Il allait falloir rejoindre sa protégée, supporter à nouveau ses commentaires de jolie écervelée.

Elles s'étaient attablées devant un large guéridon ovale, poussé devant une fenêtre, afin d'y déguster leur goûter du matin. Les atours n'étaient pas aujourd'hui la préoccupation majeure de Mathilde. Ces quelques semaines passées en compagnie de sa protectrice et mentor l'avaient, selon elle, métamorphosée. D'encore enfante, elle était devenue femme. Or les femmes se vengent.

– Quand souhaitez-vous que débute ma mission auprès de ma mère, pour vous plaire, madame ?

– J'attends encore quelques informations qui vous aideront grandement dans votre tâche de démolition, ma chère mie. Notre art de renardes, ne l'oubliez pas, consiste avant tout à repérer le terrain avec soin avant de s'y aventurer, mentit la ravissante créature.

Mathilde, le visage sérieux, hocha la tête avant d'insister :

1. Qu'il en soit ainsi.

– Et concernant cette vilaine canaille d'Eudes de Larnay ? Avez-vous songé au moyen grâce auquel je m'en pourrais venger avec éclat, madame ?

Le peu d'intérêt que revêtait maintenant Mathilde aux yeux d'Aude de Neyrat lui avait fait oublier cet engagement. Fichtre ! Comment allait-elle se dépêtrer de cette contrariété ? Elle avala avec lenteur une gorgée de sa tisane de lavande et de sauge au miel, afin de réfléchir.

Elle reposa l'élégant gobelet de Beauvais cerclé d'argent, et se lança avec une feinte incertitude :

– Je ne pense qu'à vous aider. Votre ire est juste et je la partage, tout comme votre impatience. Cela étant, mes gens n'ont pas chômé, pour vous satisfaire. Cet ignoble coquin de Larnay jouit encore d'appuis avec lesquels il nous faudra louvoyer, inventa-t-elle.

Mathilde était suspendue à ses lèvres au point qu'elle ne s'interrogea pas sur les soutiens d'un petit baron endetté, dont les mines de fer étaient épuisées, la réputation souillée depuis belle l'heurette, et dont les ennemis reprenaient du poil de la bête.

Madame de Neyrat aurait parfaitement pu lui offrir son aide experte de toxicatore. Toutefois, elle n'avait aucune confiance en la jeune fille qui avait amplement prouvé qu'elle était capable de dénoncer par simple goût du confort ou par caprice. Soudain une idée de soudard lui traversa la tête. Grasse à souhait, inconvenante, mais bien réjouissante. Elle n'hésita qu'une seconde. L'air pénétré, elle attaqua :

– J'ai retourné votre légitime désir de revanche des heures entières, ma chère belle. Il nous faut, ainsi que vous l'avez finement précisé, une éclatante et totale vengeance. Cependant, ses éclaboussures doivent vous épargner tout à fait. Si elles devaient vous atteindre, ternir votre réputation, le cœur m'en saignerait.

– Comme vous êtes bonne, ma chère dame, de prendre si beau soin de moi, remercia la bécasse, les larmes aux yeux puisqu'elle était le centre des pensées de sa bienfaitrice.

– Plusieurs stratagèmes me sont venus, certains trop hasardeux pour que je m'y attarde. Permettez-moi de vous expliquer le cheminement de ma réflexion. Je me suis posé la question suivante : quel dommage infamant, quel préjudice impardonnable un scélérat pourrait-il causer à une adorable mignonne de belle famille que le siècle réclame et qu'il s'apprête à encenser ? En d'autres termes, quelle ignoble vilenie aurait pu commettre Eudes de Larnay à votre égard qui lui vaille un implacable châtiment ? Certes pas de vous avoir poussée derrière les portes rébarbatives d'un couvent. Il s'agit là, au contraire, d'une perle supplémentaire à votre réputation. D'autant qu'il pourrait alors resservir à ses juges la grotesque fable de vos débordements de sens, justifiant une retraite du monde…

Bouche entrouverte d'admiration, environnée des effluves du parfum d'iris et de rose de madame de Neyrat, Mathilde s'émerveillait de la subtilité de cette femme si belle.

– L'inceste, ma chère belle. Un inceste brutal, abject auquel vous tentâtes vaillamment de résister. Mais que pouviez-vous, pauvre frêle pucelle ? Après tout, ne m'avez-vous pas conté les déclarations enflammées que vous fit votre oncle, dans vos appartements du château de Larnay ? La bête se préoccupait fort peu que cette chambre fut celle de son épouse récemment défunte. S'ajoutera en sa défaveur une épouvantable réputation de trousseur sans vergogne qui n'a pu que remonter aux oreilles de Monge de Brineux. Notre grand bailli ne doit, pas plus que le comte d'Authon son maître, ignorer le désir malsain de Larnay vis-à-vis de votre mère qu'il pourchassa de ses assiduités depuis l'enfance. (Un petit rire cristallin échappa à Aude.) S'il est condamné, comme je le crois, c'est l'émasculation suivie d'un écartèlement. À coup certain.

L'émasculation aurait amplement suffi au contentement de Mathilde. Bah, elle n'allait pas faire la fine bouche, d'autant qu'elle pourrait refuser d'assister au châtiment. Un doute lui traversa cependant l'esprit :

– Mon oncle exigera l'examen d'une matrone jurée[1]. Or, je suis vierge.

Les choses devinrent véritablement savoureuses pour Aude, qui prétendit s'offusquer :

– Ah ça ! Je ne l'ai jamais mis en doute. Une demoiselle de votre sorte, déflorée ? Quelle horrible perspective ! Deux possibilités s'offrent à nous, ma chère belle, afin de régler… cet encombrant détail. La première, que je préférerais, n'est pas sans risque. Je fais quérir une ventrière que je rémunère grassement afin qu'elle nous débarrasse en discrétion de votre hymen. Le danger, vous l'aurez pressenti, est que l'on ne peut se fier à ces gens de bas. Elle peut un jour clabauder contre espèces sonnantes ou à la faveur d'une beuverie.

– Et la deuxième, madame ? s'impatienta Mathilde que l'intervention d'une ventrière n'enchantait pas.

– Un homme, quoi d'autre ? Un homme qui doit être dans l'impossibilité de vous reconnaître un jour. Nous y veillerons si cette solution vous agrée. Prenez le temps d'y réfléchir en sérénité.

1. Sage-femme habilitée à témoigner devant une cour de la grossesse ou de la virginité d'une femme.

Un assez plaisant frisson parcouru la jeune fille. Enfin, elle allait savoir ce qui se murmurait en confidence.

– Puis-je vous poser une question follement déplacée, madame ?

– Faites, ma douce mie. Je n'ai point de secret pour vous.

– Quand fûtes-vous… dépucelée ? demanda la jeune fille en chuchotant presque.

Le long regard émeraude se voila. Si Mathilde avait été intéressée par autre chose qu'elle-même, elle aurait aperçu la crispation douloureuse de la jolie bouche en cœur. Pourtant, Aude de Neyrat répondit d'une voix légère :

– J'étais plus jeune que vous. Le dépuceleur, ou plus exactement le violeur brutal n'était autre que mon oncle. Un exécrable souvenir. J'aurais mille fois préféré un étranger qui fasse preuve d'un peu de douceur. Bah, le passé est le passé ! Toutefois, voyez comme nos ressemblances nous rapprochent.

En dépit de son peu d'esprit, Mathilde n'était pas dépourvue de finesse lorsqu'il s'agissait de son futur. Elle s'inquiéta :

– Cet hymen est si précieux pour les filles que je redoute que sa disparition ne gêne ensuite mes épousailles. Quel hoir bien né voudrait d'une donzelle déflorée, à moins qu'elle fût fort riche, et tel n'est pas mon état ?

– J'aime votre belle candeur, elle me rajeunit. Les hymens sont comme les chats. Ils ont plusieurs vies. Moi-même j'en ai offert plus de trois. De simples artifices de femme. Je vous les enseignerai. Les hommes sont si faciles à berner, surtout lorsque la fougue leur prend aux reins.

Mathilde frappa dans ses mains de soulagement et de contentement.

– Comment se peut-il que vous soyez tout à la fois ? Bonne, intelligente, savante et si belle.

L'adjectif « bonne » délassa madame de Neyrat. Mathilde aurait-elle oublié qu'elles complotaient afin de faire émasculer et écarteler un homme qui, en dépit de ses vices, était innocent d'inceste envers sa nièce de sang, nièce qui n'eût été que peu marrie de se faire trousser par son demi-oncle ?

Elle allait lui trouver un gaillard mal dégrossi dont elle se souviendrait longtemps, la pucelle. Il n'en manquait pas, habitués à ce genre d'office. Certaines dames de la société, mal mariées, mal honorées, aimaient les coups de reins rustiques et ne rechignaient pas à payer des inconnus pour des services d'alcôve non conjugaux, pour peu qu'on leur garantisse une parfaite discrétion.

Château d'Authon-du-Perche,
Perche, septembre 1306

Lorsque l'homme aux traits tirés de fatigue, aux vieux vêtements grisâtres de la poussière des chemins, menant par les rênes une haridelle de louage exténuée, pénétra dans l'immense cour du château qui donnait sur les jardins en pente douce, Ronan comprit qu'il ne s'agissait pas d'un pauvre voyageur requérant l'hospitalité et la générosité d'un verre d'eau et d'un quignon de pain. Quelque chose dans la démarche de l'homme qui avançait vers lui, dans son maintien, trahissait son rang.

L'homme le salua d'un hochement de tête. La poussière avait dessiné des rides noires autour de son regard bleu marine.

– Ronan, n'est-il pas ? s'enquit l'homme d'une voix plaisante.

Le vieux serviteur ne s'étonna qu'à moitié que le visiteur connût son prénom.

– Je souhaite rencontrer ton maître afin qu'il me permette de m'entretenir avec madame d'Authon. Veux-tu, je te prie, lui annoncer Francesco de Leone, chevalier de l'ordre de l'Hôpital.

Ronan s'inclina bas. Ainsi, c'était lui cet hospitalier qui avait sauvé Madame. Lui qui avait bravé le monstre Florin. Lui dont le comte s'était agacé, jaloux de son intervention auprès de la femme aimée. Le vieil homme ému murmura :

– Chevalier, grand merci de ma part, de notre part à tous, nous qui avons le privilège de côtoyer Madame.

Leone comprit immédiatement qu'il faisait allusion au jugement de Dieu.

– Grand merci à Dieu, mon bon Ronan. Peux-tu prévenir ton maître de mon arrivée ?

– Hélas... Il s'est rendu en la maison de l'Inquisition afin d'y comparaître volontairement... mais sur ordre royal. Messire Monge de Brineux, son grand bailli, l'escortait. Quant à madame, ah ! Dieu du ciel...

En dépit de l'épuisement de son interminable voyage depuis Chypre, Leone remarqua l'agitation grandissante de Ronan dont les yeux se remplissaient de larmes.

– ... Chevalier, c'est la providence qui vous envoie de nouveau. Je n'y comprends plus rien... À la vérité, j'en viendrais à croire qu'une force mauvaise s'acharne sur nous depuis l'assassinat par un détrousseur de cette pauvre Raimonde, une vieille servante... Comme je m'en suis voulu de ne pas avoir accédé à sa prière d'être accompagnée les jours de marché... Qu'elle repose en paix. Vite suivez-moi, de grâce. Messire Joseph de Bologne, le médecin du comte, vous contera mieux que moi notre effroyable situation, derrière laquelle je perçois une main malfaisante mais terriblement puissante, au point d'influencer le roi, qui a retiré d'un coup son amitié d'enfance à mon maître. J'arrête de vous étourdir de propos incohérents... Je ne fais que jeter la confusion dans votre esprit. Je ne sais que faire, s'affola le serviteur, je me sens démuni. Vieil imbécile impotent que je fais !

Une heure plus tard, Francesco de Leone, qui avait écouté sans l'interrompre jamais la narration de messire Joseph, termina le repas que Ronan lui avait servi. Il émietta avec soin son tranchoir imbibé de sucs de viande et l'avala jusqu'à la dernière bouchée. Un us de pauvre qu'il chérissait d'habitude. Les fortunés jetaient leurs tranchoirs à leurs chiens ou les offraient aux gueux accrochés aux huis de leur enceinte. Pourtant, aujourd'hui, ce geste de nécessiteux ne lui procurait aucune satisfaction. La fureur se mêlait à son inquiétude. Tête baissée vers le bas de sa robe qui balayait le plancher à chaque pas, bras croisés derrière son dos, messire Joseph acheva son récit sur un lugubre :

– Vous savez tout, chevalier. Je n'ai omis nul détail, du moins ceux qui ont été portés à ma connaissance, afin de vous éclairer. Je vous l'avoue… je ne dispose que de peu de moyens pour retarder les effets du poison que l'on administre à Madame. Des vomissements provoqués après ingestion de lait qui n'ont d'effet que si le poison est toujours dans l'estomac, force fromages[1] en plus de tous les mets que lui prépare personnellement Ronan afin que nul ne puisse s'en approcher. Si l'enherbeur n'est pas découvert au plus vite, elle trépassera.

La gorge desséchée d'appréhension, Leone s'enquit :

– De quel poison s'agit-il ?

– Sauf à me tromper gravement et j'en doute, de plomb*. Les toxicatores les plus expérimentés l'utilisent depuis la plus haute Antiquité. Toutefois, peu de

1. Les laits fermentés de type yaourts ou fromages diminueraient l'absorption intestinale du plomb, tout comme l'ingestion de pain intégral ou complet.

gens se doutent de son effroyable pouvoir, au point que nous sucrons nos vins les plus fins grâce à lui[1].

– Avez-vous conçu un soupçon, aussi mince soit-il, sur l'identité de l'assassin ?

– Je vous confesse que nous commencions de soupçonner sa servante, la jeune Guillette, en dépit de la véritable tendresse qu'elle semble porter à notre dame. Mais cela ne se peut. Elle a interdiction, comme tous, de lui porter mets ou breuvages, pas même de l'eau. Or, ce poison s'avale… Voyez-vous, chevalier, Madame est un être d'exception, c'est pourquoi j'ai tardé à comprendre l'inacceptable vérité. Qui pourrait en vouloir et s'en prendre à un éclat de lumière afin de le détruire quand ils sont si peu fréquents en ce monde ?

– Ceux à qui les ténèbres profitent. Puisqu'il s'agit d'un enherbement, pourquoi cette mystification avec le sachet de toile noire renfermant un débris carbonisé et des plumes ?

– Je me suis longuement interrogé à ce sujet. Une habile ruse à laquelle je vois plusieurs raisons.

– De grâce, asseyez-vous, messire médecin, proposa à nouveau Leone. Partageons un verre d'hypocras.

Joseph s'exécuta, un peu à regret. Il pensait mieux debout, à arpenter les pièces, son regard rivé sur un point qu'il ne voyait pas, plongé tout entier dans son esprit. Toutefois, le réconfort que lui apportait la présence de ce chevalier encore jeune, ce qu'il sentait de son implacable détermination, la réputation de vaillance et d'inté-

1. Cette habitude persistera jusqu'au XIXe siècle. Des recettes permettent de calculer que certains vins renfermaient jusqu'à 800 mg de plomb par litre. Rappelons que la dose maximale tolérée pour un homme adulte est de 3 mg par semaine ! Certains historiens y ont vu une des raisons du déclin de l'Empire romain, les aristocrates buvant des vins fortement édulcorés avec ce métal lourd.

grité des hospitaliers, valait bien une petite entorse à ses habitudes de réflexion. Il précisa néanmoins avant d'accepter le gobelet que lui tendait Leone :

– Nous ne sommes pas de la même foi et vous êtes soldat de votre Dieu.

– Je ne l'ignore pas, sourit Leone, et mon Dieu fut le vôtre, bien longtemps avant. De surcroît, j'ai tant appris au contact de votre peuple et des Sarrasins contre lesquels nous luttons âprement. Messire Joseph, seul le poids des âmes distingue les hommes. Nos deux âmes sont légères, à l'évidence. Trinquons aux hommes de bonne volonté et de belle foi.

Après une gorgée, Leone reposa son hypocras et reprit :

– Une ruse habile, dites-vous ?

– Certes. Je ne sais quelle opinion vous vous êtes forgée de tous ces sorciers, jeteurs de sort. La mienne est sans atténuation : ce ne sont que des charlatans qui vivent sur la crédulité des gens ou de pauvres fols grisés par l'espoir de pouvoirs surnaturels.

– J'en suis venu à la même appréciation que vous. Je n'ai jamais été témoin de la manifestation de leurs prétendues capacités. Pourtant, j'ai assisté à tant de choses surprenantes.

– Madame… n'est pas indemne de crainte à leur égard. Je fus surpris de la terreur que lui inspirait ce sachet en dépit de sa vive intelligence, que j'ai constatée à maintes reprises.

– Elle a vécu entourée jusque-là de valets de ferme superstitieux qui gobent n'importe quelle baliverne pour peu qu'on la leur serve entourée d'incantations.

– C'est exact. Toujours est-il que le seul véritable pouvoir de ces êtres de pacotille est la terreur qu'ils inspirent. La première raison que je vois est la suivante :

que l'enherbeur souhaitait amplifier les ravages du poison en affolant Madame. En effet, lorsqu'on y songe, le sachet était fort mal dissimulé. Il est même étonnant qu'une servante en balayant dessous le lit de notre maîtresse ne l'ait découvert plus tôt.

– Malfaisant et judicieux, commenta Leone.

– L'autre raison est encore plus perverse. Pourtant, je la trouve convaincante. Les sorts sont, supposément, jetés à distance. Celui qui a placé le sachet sorcier espérait peut-être qu'on le mettrait en concordance avec le délabrement de santé de la comtesse. Une enquête pour démasquer le coupable était donc, *a priori*, vouée à l'échec puisque, selon la légende, le sorcier peut se trouver à des lieues* de sa victime, contrairement à un toxicatore qui distribue chaque jour sa substance létale. Le monstre pouvait ainsi espérer opérer en tranquillité, même après que la dégradation physique de la comtesse aurait commencé d'alerter ses proches.

– Ne peut-on occire rapidement grâce au plomb ?

– Si fait. C'est dangereux, toutefois, car on sait alors que la victime fut enherbée. Le but du toxicatore était de nous faire accroire à une maladie de langueur ressemblant fort à celle dont périt la première dame d'Authon ainsi que Gauzelin, son fils. Plus de coupable. Il suffisait ensuite de faire courir la rumeur d'une malédiction familiale, ou peut-être même d'orienter les soupçons vers le comte d'Authon.

– Vous feriez un redoutable enquêteur, messire médecin.

Joseph de Bologne le considéra un moment.

– C'est que, à l'instar de vous, j'ai percé tant des mystères de l'âme humaine. Des plus merveilleux aux plus répugnants. Nous sommes capables de tout. Du pire comme du meilleur. Le saviez-vous ?

– Je l'ai appris.

– Les champs de bataille vous auront donc permis de me devancer de plusieurs décennies, murmura Joseph.

– L'homme s'y révèle dans la peur, la bravoure, la poltronnerie ou la traîtrise. Seul Dieu sait dans quelle direction nous inclinerons.

– Seul Dieu sait, approuva le vieux médecin. Une dernière hypothèse m'a traversé l'esprit au sujet de ce sachet. Certains sorciers ont pignon sur rue. Leur réputation s'étend au-delà d'une province. Ils la soignent à la manière d'un enfançon. Leurs succès se répandant, ils en entretiennent la légende. La peur qu'ils inspirent les protège et leur garantit un flot de clients. Et si nous avions affaire à l'un de ces méfaisants pour qui le trépas de Madame serait une sorte de… recommandation, pour peu que l'on croie que des puissances infernales domptées par lui sont à son origine ? Il ne faudrait alors pas que l'on puisse soupçonner un enherbement, un simple meurtre, finalement à la portée du plus grand nombre. Il faudrait, au contraire, que tout atteste qu'il s'agit de la puissance du sort qu'il a jeté.

– Vos trois explications me troublent. Elles sont aussi pertinentes les unes que les autres.

– Notez, chevalier, qu'elles ne s'excluent pas et que nous pouvons être confrontés à un être d'une sombre mais véritable intelligence.

– Que nous allons défaire, promit Leone en se levant. Permettez-moi de prendre congé, messire médecin. Je veux saluer et rassurer Madame.

Joseph l'imita. Incertain, le domaine des sentiments l'intimidant, il bafouilla :

– Ah, monsieur, c'est Dieu qui vous envoie, nul doute. En l'absence du comte et de son grand bailli, Ronan et moi nous trouvions telles deux vieilles femmes, impuissantes, désespérées. Vous êtes le miracle que nous avons appelé de nos vœux afin de sauver notre bien-aimée maîtresse.

– Nous en jugerons ensuite, lorsque le monstre assassin se balancera au bout d'une corde. Avez-vous constaté des améliorations de l'état de santé de Madame depuis vos soins et les repas que lui prépare Ronan ? Est-ce encore trop prématuré ?

– Les douleurs abdominales auraient dû s'espacer. Il n'en est rien, admit le médecin d'un ton catastrophé

– Or donc, le toxicatore est toujours actif d'une façon qu'il nous faut percer au plus rapide. Je m'y emploie aussitôt. Auriez-vous la bonté de faire installer une paillasse à la porte de la chambre de la comtesse ? Je n'en bougerai pas jusqu'à avoir élucidé cette démoniaque charade.

Le soulagement ferma les paupières du médecin et il lutta contre l'envie de serrer le chevalier dans ses bras, ainsi qu'il l'eût fait d'un fils. Cependant, une nouvelle inquiétude remplaça la première :

– Et monseigneur d'Authon ? Comment le tirer de cet interrogatoire inquisitoire qui s'apparente fort à un procès ?

Leone déclara d'une voix douce :

– Apaisez-vous tout à fait, messire Joseph. J'ai toute confiance en l'habileté et en la hardiesse de votre maître. Authon n'est pas un pleutre et sa magnifique réputation joue en sa faveur. De surcroît, je connais Jacques du Pilais : un pur, retors et redoutable. Mais un pur. Je sais le moyen infaillible de tirer monseigneur d'Authon de la maison de l'Inquisition. Si vous le voulez bien, je me tairai pour l'heure sur sa nature. Toutefois, sachez que je n'hésiterai pas à l'employer.

Les larmes montèrent aux yeux du vieil homme qui remercia Dieu de lui avoir permis d'être témoin de ce miracle. Ainsi les hommes pouvaient être droits, bons, valeureux sans espoir de rétribution, même lorsque la mort était leur seule récompense.

– Inutile de m'éclairer sur sa nature, je crois l'avoir élucidée par déduction. Car vous fûtes celui que Dieu choisit pour porter Son jugement, n'est-ce pas ? Vous vous dénonceriez pour le meurtre de Nicolas Florin.

– S'il en venait à cela, sans hésitation.

– Vous savez, bien sûr, le sort qu'ils vous réserveraient.

– Dans le plus macabre détail, pouffa Leone. En rejoignant Dieu en tout amour et en toute obéissance, j'ai accepté l'éventualité de la pire mort. Je ne l'ai jamais regretté. Allons, sage et perspicace médecin, plaisanta Leone, je ne suis rien, pourtant, je suis tout tant qu'Il m'en donne les moyens. Otons-nous pour l'instant ces vilaines histoires de la tête. Notre seul impératif, notre unique urgence est madame d'Authon.

Elle se leva avec difficulté à son entrée. Il l'avait déjà vue aussi affaiblie, aussi défaite et pourtant aussi sublime. Dans cette cave putride de la maison de l'Inquisition. La même émotion le bouleversa. Elle était celle pour qui il donnerait sa vie avec bonheur.

Elle se précipita vers lui, mains tendues :

– Chevalier, tendre Jésus, mes vœux sont exaucés. Vous revoir. Mon époux devrait rentrer sous peu et vous accueillir tel un frère, lui qui regrette tant de n'en avoir jamais eu d'autre que le roi.

Il ne la détrompa pas. Artus d'Authon ne rentrerait pas de sitôt. Il avait cru sage de tenir son épouse dans l'ignorance afin de la protéger. Il s'était lourdement trompé. On l'avait écarté à seule fin d'occire sa bien-aimée. Mais Dieu, dont elle était la fille chérie, en avait décidé autre, et Leone avait été dépêché à son secours. De cela, il ne doutait pas.

– Madame, messire Joseph m'a relaté par le menu les événements récents. On attente à vos jours. Je compte m'installer tel un chien, au-devant de votre porte, jusqu'au retour de votre époux.

– De tout autre que lui, j'aurais rejeté ce diagnostic telle une sornette.

– Vous savez, bien sûr, pour quelle raison.

– Certes, chevalier, celle-là même que vous découvrîtes dans la bibliothèque secrète des Clairets. Les femmes au sang vert, au sang différent*. Ils veulent m'occire afin d'empêcher la transmission de ce sang à l'une de mes filles et la Seconde Venue.

Leone acquiesça d'un signe de tête.

– N'oubliez jamais, madame. Ils sont redoutables et prêts à tout. Benedetti est derrière tout cela, je ne vous apprends rien. Il est même parvenu à museler Clément V, sans doute en agitant sous son nez la menace d'une divulgation des aides royales qui ont conduit à son élection. Il sera impossible de le prouver, évidemment. Méfiez-vous de tous, n'abaissez jamais votre garde. Jusqu'au retour de votre époux et de son grand bailli, vous ne comptez en ces lieux que trois alliés dévoués à qui vous fier : votre médecin, le vieux Ronan et moi-même.

– Vous en chien de garde, chevalier, tenta-t-elle de plaisanter.

– Je promets de ne pas aboyer à la nuit.

Auberge de la Taure-Attelée,
Chartres, septembre 1306

Monge de Brineux s'interrompit, attendant que maîtresse Taure ait terminé de remplir leurs gobelets d'œnomel[1], qu'Agnan avait préféré à du vin.

Il s'étonna à nouveau de la hideur sans charme du jeune homme, que pourtant le comte lui avait décrit afin qu'il puisse le reconnaître. Artus d'Authon avait précisé que le clerc était de belle âme et probablement la seule bienveillance sur laquelle il pourrait compter en la maison de l'Inquisition. Monge de Brineux l'avait donc guetté à la sortie de la sinistre bâtisse, afin d'obtenir de lui des informations. Il l'avait suivi quelques toises avant de l'aborder, de se présenter et de l'inviter dans cette auberge assez éloignée de la maison de l'Inquisition pour qu'ils puissent s'y entretenir en tranquillité. Le visage d'Agnan s'était éclairé à la mention de son nom et de sa qualité. Le jeune clerc avait chuchoté :

– J'espérais tant qu'un familier du comte se rapprocherait de moi, monseigneur bailli. Il se passe des choses… des choses que je ne comprends guère mais qui m'inquiètent à m'en gâcher les heures.

1. Ou « hydromel vineux », fermentation de miel et d'eau, à laquelle on ajoutait des aromates, du vin blanc ou de l'eau-de-vie afin de la conserver. Connue depuis l'Antiquité.

La tavernière écartée, Monge attaqua à voix basse :

– Quelles sont ces choses auxquelles vous faisiez allusion plus tôt, monsieur ?

– Je n'y vois goutte. Leur fameuse preuve irréfutable était un anneau de mariage et c'est un nouveau signe que Dieu est de notre côté. Le voleur a dérobé la bague nuptiale symbolisant la première union de monseigneur d'Authon. Or, ce dernier affirme l'avoir ôtée de son doigt dès après le décès de son épouse et ne l'avoir jamais portée à nouveau. Je le crois.

– Et vous avez grand raison. J'en attesterai devant le tribunal, ainsi que tous les proches du comte, affirma le grand bailli.

Agnan dégusta une lente gorgée de son breuvage, hésitant :

– Voyez-vous, monsieur, j'ai véritablement eu le sentiment qu'un trouble agitait le seigneur inquisiteur Jacques du Pilais lorsqu'il m'est venu rejoindre dans mon bureau afin de me confier les actes. J'en jurerais : il ignorait que cette bague avait été dérobée afin d'incriminer le comte. Lui aussi a cru en sa sincérité.

– Alors notre affaire se présente plutôt bien, se réjouit Monge de Brineux. Artus d'Authon sera lavé de tout soupçon sous peu et le jugement de Dieu entériné.

– Vous allez trop vite en besogne, j'en ai peur…

Le débit d'Agnan se précipita et Monge de Brineux lui signifia d'un geste de baisser le ton de peur d'oreilles indiscrètes.

– Le seigneur inquisiteur a requis un complément d'enquête au sujet de cette bague, prétendument découverte deux ans après le meurtre de Florin. Étant entendue la qualité de monseigneur d'Authon et sa réputation d'honneur, il pouvait parfaitement l'autoriser à rejoindre ses terres à la parole de n'en point bouger.

Pourquoi donc Jacques du Pilais a-t-il ordonné le maintien du comte en la maison de l'Inquisition ? Certes, il y sera traité tel un témoin et non un suspect, mais je ne m'explique cette décision que d'une façon qui me terrifie : on veut atteindre la comtesse. Le comte gêne, on l'écarte donc. Agissez au plus vite, je vous en conjure. Madame est gravement menacée.

Une onde glacée noya le cerveau du grand bailli. Il se leva avec brutalité et héla :

– Maîtresse Taure… Votre mari, au plus vite. Qu'on me prépare le compte de ce que je vous dois. Que l'on selle à l'instant mon cheval. Celui de monseigneur Artus reste en votre écurie. Son bon soin vous sera payé.

Maître Taure, arrivé en trombe, risqua :

– Seigneur, la nuit est proche. Vous ne pouvez…

La main à plat sur l'épée qui battait contre son mollet, le grand bailli rétorqua :

– Qu'un malandrin tente donc de me barrer le chemin ! Je suis d'humeur à lui trancher les oreilles.

Château d'Authon-du-Perche,
Perche, septembre 1306

Installé comme un soldat en campagne sur la paillasse que Ronan avait fait pousser contre le mur jouxtant la porte des appartements de Madame, Francesco de Leone lisait un psautier. Tant de nuits passées dans des tentes de fortune ou à la belle étoile. Il s'en souvenait à peine.

Une jeune servante s'avança à pas de loup vers lui. Il leva le regard vers elle. Elle se plia en révérence, le visage grave.

– Je suis Guillette, au service de Madame. Euh… messire, de grâce, ne me tenez pas rigueur de mon indiscrétion. Que mon inquiétude pour ma bonne maîtresse soit mon excuse. Est-elle en danger que vous soyez devant son huis ?

Le chevalier répondit d'un ton doux :

– Nul danger puisque je suis là.

– Puis-je rester à son côté afin de la réconforter ? Je pourrais dormir en bas de son lit. Elle est si généreuse, si bienveillante avec tous.

– Acquittez-vous de votre service habituel puis laissez-la reposer et tranquillisez-vous. Elle ne risque rien.

D'un regard discret, Leone vérifia que la fille ne tenait rien, ni confiserie, ni boisson.

Elle ressortit moins d'une heure plus tard, l'air préoccupé, et déclara :

– Madame est en vêtements de nuit et ne tardera pas à se coucher. De grâce, ne la dérangez pas. Elle a grand besoin de repos. Dieu du ciel, elle a si petite mine. Que se passe-t-il à la fin ? Vous devant cette porte, les faiblesses de notre dame, Ronan fermé comme une prison, qui ne dit mot sauf pour interdire qu'on lui porte quelques douceurs… Je sens qu'elle est menacée et mon cœur se serre d'appréhension.

– Tout va bien maintenant. Vous pouvez disposer en paix, Guillette.

– Vous n'allez pas souper devant cette porte, monseigneur ?

– Si fait. Ronan me portera sous peu mon repas.

– En ce cas, je vous souhaite paisible nuit.

La fille tourna les talons. Elle se retourna brièvement vers lui avant de disparaître au bout d'un couloir.

Leone récupéra le psautier qu'il avait abandonné sur la paillasse. Soudain, sans même qu'une concentration autre que celle de sa lecture n'ait occupé son esprit, sans même qu'il ait eu le sentiment qu'un soupçon l'avait traversé, il se leva d'un bond et asséna avec violence le poing sur l'un des panneaux de la porte d'Agnès.

– Qui va là ?

– Leone, madame, permettez-moi d'entrer à l'instant, je vous en conjure.

– C'est que… je suis en vêtements de nuit…

– De grâce, madame. Je suis moine avant d'être homme. Vite !

L'affolement lui nouait le ventre, et il faillit pousser le battant sans attendre de permission.

– Eh bien… entrez donc.

Il se contraignit au calme afin de ne pas communiquer son effroi à la comtesse.

– Votre souper vous arrivera sous peu.

– Je n'ai guère d'appétit, chevalier. Ces continuelles nausées m'ôtent le goût de manger. Je fais une détestable hôtesse. J'ai tant de bonheur à vous revoir et je boude vos repas. Quelle affreuse impression allez-vous conserver de moi ! Mais cette fatigue… cette fatigue qui me fait tituber.

– Madame, l'impression que j'ai de vous ne se peut ternir tant elle est étincelante. Guillette vous a longtemps tenu compagnie, n'est-ce pas ?

– Elle est charmante et s'occupe de moi avec tant d'attentions. Elle se doute de quelque chose au sujet de mon état. Ainsi que vous l'aviez souhaité, je ne l'ai pas éclairée.

– Vous a-t-elle fait un peu de lecture ?

– La pauvre fille ne lit pas et c'est bien dommage car elle est fine.

– N'y voyez nulle invasion de votre intimité, je vous en implore. Qu'avez-vous fait au juste ? Je connais fort peu le dévêtement de dame. Toutefois, une heure me paraît bien longue.

L'étonnant regard pers le dévisagea. Agnès s'enquit :

– Où voulez-vous en venir, chevalier ?

– À ce que vous me contiez ce que vous fîtes toutes deux durant cette heure passée ensemble. Par le menu.

– Quelle étrange insistance. Ma foi, Guillette m'a aidée à me dévêtir, elle m'a raconté les petites histoires du château à son habitude. Elle n'est jamais médisante mais si observatrice qu'elle me fait souvent rire. Peu de choses en vérité.

– Est-ce bien tout, madame ?

– Je ne vois… Ah si, un détail si anodin que je doute qu'il vous passionne. Elle a réchauffé le reste de mon lait de poule que je bois chaque après-midi et que me prépare et me porte Ronan, comme le reste de mes mets, depuis quelques jours… Moins bien que Guillette. Toutefois, ne le lui dites pas. Il était trop sucré de miel.

– Réchauffé à cette cheminée ? insista Leone en s'efforçant de contrôler sa voix et en montrant l'âtre situé en diagonale qui réchauffait la chambre de la comtesse.

– Non, au-dessus de la torchère[1] qui éclaire ma chapelle, précisa Agnès en désignant la porte qui y conduisait.

Un endroit qu'Agnès ne pouvait surveiller et où Guillette était libre de ses mouvements.

– Avez-vous terminé votre lait de poule, madame ?

Leone repoussa la pensée qui lui coupait les jambes depuis quelques secondes : elle va mourir. Mon Dieu, non, jamais !

– Pas entièrement. Il était sucré à l'écœurement.

Paniqué, il jeta d'un ton brusque :

– J'appelle votre médecin aussitôt. Ne sortez pas, ne dites rien à personne. N'ouvrez à quiconque.

– Que… À la fin… monsieur ! l'appela-t-elle.

Leone s'était rué à l'extérieur de la pièce.

Il ne s'écoula que quelques secondes avant que Joseph de Bologne, blême jusqu'aux lèvres, ne pénètre sans même s'annoncer, suivi du chevalier dont le visage défait trahissait la peur. Leone tenait un cruchon plaqué contre lui et Joseph déposa sur le coffre la cuvette et les

1. Vase en fer ajouré, planté sur un manche, dans lequel on enflammait des matières combustibles pour éclairer.

linges qu'il portait. Joseph récupéra la cruche et versa un plein gobelet de lait avant de le tendre à Agnès.

– Buvez, madame.

Elle avala ainsi trois gobelets.

– Souhaitez-vous vous isoler afin de dégorger ?

– Encore ? gémit la comtesse.

– De grâce, madame, il faut faire vite avant que le poison ne soit digéré. Nous répéterons ce lavage bien déplaisant à trois reprises.

Agnès récupéra la cuvette et se dirigea vers la chapelle attenante à sa chambre en murmurant d'une voix désespérée :

– C'est impossible ! Pas Guillette. Pas elle.

Des hoquets leur parvinrent bientôt.

Joseph cria en direction de la chapelle.

– Forcez bien tout en dehors, c'est notre unique secours, madame.

Agnès était livide, les yeux rougis par l'effort lorsqu'elle ressortit. Le lavage recommença.

Les hoquets reprirent. Joseph s'enquit à voix basse

– Et la monstresse ?

– Je me charge d'elle, répondit le chevalier d'un ton si plat que l'on devinait la rage qu'il recouvrait.

– Allez-vous l'occire ?

– Certes pas, en dépit du bonheur que l'exterminer me procurerait. Elle doit parler et elle parlera. Ensuite, elle regrettera que je ne l'aie pas pourfendue sur-le-champ. Les hommes du grand bailli feront leur office.

Guillette sortait du restrait[1] des serviteurs. L'étonnement se lut sur son visage lorsqu'elle demanda :

1. Lieu d'aisance, en général situé derrière les cuisines.

– Le château est si vaste. Êtes-vous perdu, messire ?

– Non, c'est toi qui l'es, rétorqua Francesco de Leone.

Une main sans aménité saisit Guillette au bras, faisant remonter sa manche jusqu'à découvrir une large tache de vin qui s'étalait dans le pli de son coude.

– Que faites-vous… ? Vous me faites mal, protesta la fille.

Leone luttait contre la fureur qui ne le quittait pas depuis qu'il avait deviné l'identité de l'enherbeuse. Une fureur meurtrière. Il fouilla les plis de la cotte de la fille de sa main libre jusqu'à sentir la bosse d'une petite bourse dissimulée sous sa ceinture.

Guillette comprit. Elle rua, tentant de le griffer, de percuter l'entrejambe de Leone de son genou. Il la propulsa devant lui d'un mouvement sec et lui tordit le bras derrière le dos, jusqu'à lui arracher un cri de vraie douleur.

– Sache-le. Frapper une femme me serait une honte cuisante. Cela étant, tu n'es pas une femme mais une vipère de la pire espèce. Je n'hésiterai donc pas. Avance sans plus de résistance ou je te roue de coups, quitte à te traîner ensuite. Ne me tente pas. Je lutte en ce moment contre le dégoût et la haine que tu m'inspires.

La peur lui faisait maintenant claquer des dents. Elle obtempéra. Leone la poussa dans l'escalier en colimaçon qui menait aux cachots et aux caves. Une torche à la main, Ronan les attendait.

– Je vous en supplie, sanglota Guillette. C'est une horrible méprise. Je ne sais même pas de quoi vous m'accusez. Je n'ai rien commis de vil. Rien volé.

– Ronan, ôtez-lui la bourse qu'elle porte cachée sous sa ceinture. N'ayez crainte, je la maintiens. Le serpent est mauvais et sait se défendre.

Le vieux serviteur récupéra un petit sachet de toile. Une poudre fine d'un gris bleuté s'écoula au creux de sa main.

– Fichtre, qu'est ceci ? ironisa Leone, dangereux. Veux-tu l'avaler devant nous ? Le goût en est plaisant, sucré.

Les yeux de l'assassine s'agrandirent. Elle secoua la tête en signe de dénégation.

Leone la poussa dans le cachot que Ronan verrouilla aussitôt. Elle trébucha et s'affala, pour se redresser bien vite. La peur l'avait abandonnée. Défigurée par la mauvaiseté, elle hurla, tentant de les atteindre de coups de pied au travers des barreaux auxquels elle se cramponnait :

– Crevez, crevez tous ! Je ne vous crains pas. Elle vous crèvera. Elle me sauvera. Elle sait. Elle connaît les secrets.

Leone n'eut nul doute qu'elle désignait celle qui avait préparé le sachet noir retrouvé sous le lit de la comtesse et ordonné son enherbement. Il leur fallait lui mettre la main dessus. Elle était la seule qui puisse leur permettre de remonter jusqu'à Honorius ou à son sbire en royaume de France. Parce que la colère l'étouffait, il lança à la fille :

– Crois-tu ? À ta place, je me rongerais les sangs. Si sa science malfaisante est si puissante, quel besoin avait-elle de s'adjoindre l'aide d'une vulgaire enherbeuse ?

Les yeux de Guillette s'étrécirent et elle lui cracha au visage, lui lançant une bordée d'injures.

Peu avant laudes*, Monge de Brineux, abruti d'épuisement, démonta dans la cour du château, hélant au service afin que l'on s'occupe de sa monture excédée par la fatigue de la course forcée. Ronan se précipita à sa rencontre, tenta de lui rapporter la situation, s'embrouillant dans ses explications au point que Brineux ne retint que deux choses. Madame avait failli périr enherbée et le chevalier Francesco de Leone l'avait sauvée de justesse.

Mis au fait par le chevalier de grâce et de justice ainsi que par messire Joseph de Bologne, Brineux, le visage fermé, s'enquit :

– Comment se porte notre dame ?

– Elle repose. Elle n'a échappé ce soir au trépas que d'un souffle. Je gage que l'enherbeuse, sachant que les mets de madame étaient surveillés, avait décidé d'en terminer au plus vite. Sans l'intervention du chevalier, sans ces lavements précoces... Ah, je refuse d'y songer.

– L'affaire étant extraordinaire, je puis me substituer au comte en son absence et rendre justice. L'interrogatoire de la fille commence aussitôt. Je vais faire mander le bourreau. Elle a une heure pour répondre volontiers. Ensuite… ensuite, elle répondra quand même. Souhaitez-vous assister au questionnement, chevalier ?

– Non. À la vérité, peu me chaut ce qui l'attend. Toutefois, seule m'importe l'identité de celle qu'elle invoque telle une puissante malfaise.

– Vous l'obtiendrez. Sous peu.

Leone se leva et s'apprêtait à saluer Brineux lorsque celui-ci le retint, lui tendant la main.

– Monsieur, je suis votre obligé pour toujours. De grâce, faites-moi l'honneur de ne l'oublier jamais.

– L'honneur est mien, monsieur.

– Quant à vous, messire Joseph, c'est Dieu Lui-même qui vous a mené jusqu'à cette demeure.

Un sourire creusa les rides profondes du vieil homme qui murmura :

– J'en viens à le croire, monseigneur.

Secouant les barreaux de sa geôle telle une forcenée, effrénée, Guillette les agonit durant une heure d'injures, d'obscénités, de menaces. Elle proféra de si monstrueuses imprécations que le secrétaire requis par Brineux afin de noter ses confessions se signa à plusieurs reprises. Les deux gardes, adossés aux grilles d'une geôle située non loin, se poussaient de l'épaule, savourant en connaisseurs.

La répugnance viscérale que le grand bailli ressentait pour elle l'apaisait. La faiblesse de Brineux pour la douce gent – que n'avait pas arrangé un parfait mariage –, le plaisir qu'il éprouvait de leur compagnie, de leur gaîté, de leurs mignonnes mines lui aurait rendu la tâche détestable. Torturer une femme lui paraissait une abomination. Pas celle-ci. Il l'abhorrait d'avoir attenté à la vie de la comtesse, en la cajolant, l'entourant de ses soins tout le temps qu'elle œuvrait pour la pousser vers la tombe en sournoiserie. Il lâcha d'un ton égal :

– L'heure s'écoule, monstresse. Il ne reste que bien peu de sable, précisa-t-il en désignant le sablier posé à même le sol de terre battue.

– Charogne, je te chie dessus ! Tu vas crever comme le porc que tu es ! Tes rejetons et ta bonne femme aussi !

Un pas lourd leur fit tourner la tête. Une énorme carcasse sanglée d'un tablier de cuir, tenant une esconce[1] de métal à la main, avança à leur rencontre.

– Bourreau, préparez la salle, ordonna Brineux. Nulle des… délicatesses[2] réservées aux femmes. Elle n'en mérite aucune.

– À vos ordres, marmonna l'autre en inclinant son crâne chauve coiffé d'un bonnet de cuir.

– Pauvre abruti, éructa Guillette, la bave aux lèvres. Je ne sentirai rien. Je n'aurai pas mal. Je suis protégée.

– C'est ce que nous allons vérifier sous peu, rétorqua Brineux, impavide.

Nue, sanglée sur la table de questionnement, la surprise écarquilla ses yeux durant un infime moment lorsque le fer blanchi aux braises rencontra la peau fragile de son abdomen en produisant un grésillement. Une répugnante odeur de chair grillée s'éleva aussitôt. Elle hurla.

– Cessez, bourreau, ordonna le grand bailli.

La brute au visage impassible suspendit son geste et fourra les deux lames de métal au centre des braises rougeoyantes.

– Parle, reprit Brineux, le visage en sueur de la touffeur qui régnait dans la salle. N'étant pas l'Inquisition, je ne cherche que des aveux. Je veux le nom de cette

1. Sorte de petite lanterne en bois ou en métal qui permettait de protéger les flammes des courants d'air et de transporter l'éclairage.

2. La flagellation était le plus souvent réservée aux femmes. Les hommes subissaient le supplice de l'estrapade (qui consistait à faire tomber le condamné de tout son poids au bout d'une corde, à plusieurs reprises), le supplice de l'eau ou du feu.

malfaise que tu protèges bien à tort. Je veux savoir où la trouver. Je me moque de ton repentir. Dieu te jugera et Sa sentence sera terrible.

– Va te faire foutre par tous les démons de l'enfer ! rugit Guillette que les sanglots rattrapaient.

– Bourreau, reprenez votre office.

Elle hurla longtemps, chaque fois que s'abaissaient les lames de métal, ses cris se répercutant contre les voûtes basses de la cave. Brineux contemplait les plaies boursouflées et rouges qui zébraient son ventre, s'interdisant de penser qu'il s'agissait d'une chair de femme. Il s'agissait de la viande d'une malfaisante enherbeuse qui avait tenté d'occire, et failli y réussir, la parfaite, la tendre madame d'Authon. Le hurlement cessa net. Guillette bascula dans l'inconscience. Peu de temps. Le baquet d'eau que son tortionnaire lui balança au visage la ramena à ses sens. Lorsqu'elle ouvrit les yeux, Monge de Brineux sut que la haine et l'espoir d'être sauvée venaient de l'abandonner. Elle n'était plus que souffrance et terreur.

– Parle. Ne comprends-tu pas qu'elle t'a menti, s'est jouée de toi afin de te faire réaliser ses basses besognes sans rien risquer elle-même ? Elle n'a aucun pouvoir. Le constates-tu enfin ?

S'étouffant dans ses sanglots, suppliant, Guillette avoua :

– Elle n'a pas de nom… La Malfaise, c'est tout. C'est elle qui m'a ordonné de poignarder… la vieille Raimonde afin de me faire engager à sa place au château. Je le jure ! Une masure… dans la forêt de Trahant, non loin de Ceton… De grâce… pour l'amour de notre Sauveur, je vous en supplie…

– Bourreau, laissez mourir le brasier. Pansez ses plaies. Que les gardes la reconduisent ensuite dans sa cellule et qu'elle y soit traitée avec charité, nourrie et abreuvée.

Se penchant vers le corps martyrisé, il poursuivit d'une voix presque amie :

– Tu as bien fait. Lorsque j'aurai vérifié tes informations, tu seras pendue. La corde sera courte et tu seras poussée de haut afin que ton col se brise et que ton agonie soit très brève. Je t'en donne parole. En revanche, si tu m'as menti…

– Je n'ai pas menti, je vous le jure, bafouilla-t-elle, au comble de l'effroi.

– J'espère que le comte sera de retour d'ici là. Ne serait-ce que pour confirmer ma sentence.

Château de Larnay, Perche, septembre 1306

Étalé en travers de son lit, Eudes n'avait pas dessaoulé d'une semaine. Un étau lui serrait les tempes et sa langue lui collait au palais. L'odeur de ses vêtements souillés de crasse, de sueur et de vomissures de vin l'écœurait. Pourtant, l'idée d'en changer l'épuisait d'avance. Il avait hélé au service peu avant de s'écrouler, inconscient d'alcool. Du moins croyait-il s'en souvenir. Nul n'était venu. Le petit peuple du château rasait les murs et se faisait aussi rare que possible, la fureur du maître explosant sans motif autre que de frapper, de gifler dans le vain espoir de s'apaiser un peu.

Il roula sur le flanc et parvint à se lever à grand-peine, toujours ivre de sa beuverie de la veille. Quelle heure pouvait-il être ? Il n'en avait nulle idée. Le jour s'était levé. Sur une grisaille brumeuse. Il tituba vers le miroir biseauté et constata les marques de sa débâcle. Une trogne d'ivrogne de taverne. Un mince filet de veinules rougeâtres sillonnait sa cornée jaunie. Ses joues violacées semblaient s'être encore fripées depuis la veille. Il tendit la main devant lui. Elle tremblait au point qu'il la crispa.

Une vague d'apitoiement sur lui-même se mêla à la rage qui le brûlait depuis des mois, des années. Seul, il était seul. Ruiné, déconsidéré. Il ne lui vint pas à l'esprit qu'il avait tissé cette déchéance. Même les serviteurs se moquaient de lui derrière son dos. Il en était certain. Des gueux sans honneur ni reconnaissance. Il avait oublié les privations et les mauvais traitements qu'il leur avait infligés depuis son enfance. Il avait oublié qu'il allongeait les filles selon son bon plaisir, n'hésitant pas à les convaincre de quelques gifles lorsqu'elles se montraient rétives.

Même le ventre des filles ne le tentait plus. Il avait perdu le goût de tout, sauf du vin qui lui brûlait le gosier et noyait peu à peu son souvenir. Le vin était la seule arme capable de lutter contre le souvenir d'Agnès qui le taraudait sans trêve.

Elle ne lui avait jamais quitté l'esprit. D'aussi loin qu'il se souvenait. Enfant, déjà, il avait surveillé ses allées et venues, s'arrangeant pour la surprendre lorsqu'elle s'y attendait le moins et se pensait hors d'atteinte. L'appréhension qu'il lisait alors dans le beau regard gris-bleu le grisait. L'envie de la faire plier à sa volonté, de la forcer à l'aimer s'était empoisonnée d'un désir malsain, si étouffant que pas une nuit il n'avait rêvé de poser la main sur son ventre offert. Au lieu de cela, il avait troussé tant de gueuses ou de catins qu'il en avait perdu le nombre. Il s'était acquitté d'un devoir conjugal, dans le seul but d'avoir un fils, avec une Apolline dont la chair molle le dégoûtait et qui ne semblait capable de produire que des pucelles. La vision du joli visage désespéré de sa défunte épouse s'imposa à lui. Il la chassa. Qu'avait-il à faire d'un remords. Quoi ? Il ne l'avait jamais aimée, supportant à peine sa présence, la rudoyant, la cocufiant jusque dans sa chambre ? La belle affaire ! Elle rejoignait la légion des femmes dont seul le fruit mâle importait.

La puissante crispation des longues cuisses d'Agnès vêtue de braies lorsqu'il lui enseignait à monter à cru. Il les avait imaginées mille fois enserrant ses reins.

Il s'était d'abord convaincu qu'elle ne comprenait pas, ne sentait pas. Il s'était convaincu que leurs liens de sang justifiaient à eux seuls l'entêtement avec lequel elle s'appliquait à lui rappeler toujours leur consanguinité. Il l'avait alors entourée de prévenances, la couvrant de présents précieux qui le ruinaient davantage. Et puis, quelques années après le trépas d'Hugues de Souarcy, force lui avait été d'admettre qu'elle le menait quand il avait cru diriger la danse. Elle feignait l'aveuglement afin de le maintenir à distance. Une sorte de détestation s'était mêlée à la convoitise qui ne le lâchait pas. L'envie de détruire, de saccager cette perfection qui se refusait puisqu'il ne lui restait que son pouvoir sur elle. Croyait-il. Même la vengeance s'était refusée à lui. Le plan habilement tramé afin de la terroriser, de ne lui laisser qu'une alternative de salut – lui – avait failli coûter la vie d'Agnès. Des forces qu'Eudes de Larnay n'était jamais parvenu à découvrir l'avaient poussée vers la Question et la mort. Or, si elle mourait, nulle raison ne demeurerait à Eudes de survivre. Pour ce qui était de vivre, il en avait perdu l'appétit depuis longtemps.

Une bourrasque de fureur chassa l'espèce de geignardise dans laquelle il se complaisait. D'un coup de pied meurtrier, il envoya le guéridon de sa chambre à l'autre bout de la pièce. Le plateau du meuble n'y résista pas et céda dans un claquement sec. Dieu s'était-Il acharné contre lui depuis le début ? Par son mariage, Agnès était devenue sa suzeraine. Il ne pouvait plus l'atteindre. Elle avait offert un fils à Artus d'Authon.

Quant à la mine de la Haute-Gravière qu'il faisait parfois surveiller par ses gens, elle dégorgeait de fer.

Pourquoi ? Lui venait parfois l'insidieuse angoisse que Dieu ait veillé tout exprès sur Agnès afin de le punir d'être né, afin de le prévenir que la suite serait à la hauteur du pire cauchemar.

Dans le haut miroir biseauté, une hure d'ivrogne soutenait son regard. Et dans ce regard jumeau, il détecta la peur.

Son poing partit et se fracassa contre la glace. Une ride épaisse fila dans le verre, le fendant dans toute sa largeur. Eudes ne la vit pas. Il détaillait, un sourire aux lèvres, le sang qui gouttait paresseusement de ses articulations.

Maison de l'Inquisition d'Alençon,
Perche, septembre 1306

Agnan se leva précipitamment à l'entrée du seigneur inquisiteur Jacques du Pilais. Il baissa les yeux vers son carnet d'enquête tant le regard bleu-blanc le mettait mal à l'aise. On avait le sentiment qu'il vous forait le crâne et déchiffrait vos pensées les plus secrètes.

– Avez-vous terminé la rédaction des notes, Agnan ?

– Si fait, seigneur. Euh… Concernant le complément d'enquête demandé au sujet de l'anneau de mariage de monseigneur d'Authon. Sept témoignages ont été apportés par messager. Tous concordent et certifient que, en effet, le comte ne le porta plus dès après le décès de sa première épouse. L'un émane de l'évêque d'Authon. Faut-il convoquer à nouveau maître Richer ainsi que nos frères Robert Ancelin et Foulque de Chandars pour une deuxième confrontation ?

Jacques du Pilais le considéra un instant, un étrange sourire flottant sur ses lèvres. Il répondit d'un ton suave :

– Elle serait prématurée.

– Attendons-nous de nouveaux témoignages ? insista Agnan tout en songeant qu'il faisait preuve d'une dangereuse témérité.

– Pas véritablement. Disons que je sonde mon âme afin de rendre un jugement aussi irréprochable que possible.

– Ah…

Jacques du Pilais se dirigea vers la porte et marqua un arrêt avant de sortir. Sans même se tourner vers le clerc, il lança du même ton calme et doux :

– Vous êtes une belle démonstration de la charité et de l'ouverture d'âme de notre Inquisition. Quelle peine vous prenez pour le sort du seigneur d'Authon !

Une sueur glacée trempa le dos d'Agnan. Il avait manqué de prudence. Si le moindre soupçon de collusion entre lui et Artus d'Authon germait dans l'esprit du seigneur inquisiteur... il préférait ne pas imaginer ce qui l'attendait.

Pourtant, là n'était pas le tracas de Jacques du Pilais lorsqu'il referma la porte du petit bureau du secrétaire. Combien de temps devait encore durer cette mascarade afin de satisfaire Rome ?

Pour l'instant, il allait devoir descendre dans les souterrains de la maison de l'Inquisition, ainsi qu'il l'avait déjà fait à plusieurs reprises. Le jeu, méprisable, consistait à convaincre monseigneur d'Authon que ses juges attendaient toujours les compléments d'enquête.

Une sorte de honte gagna Jacques du Pilais. En dépit de son acharnement à traquer les hérétiques, les impies et les sorciers, malgré la sévérité sans faille dont il avait toujours fait preuve, le seigneur inquisiteur ne s'était résolu au châtiment ultime qu'en de rares occasions[1]. Son impérieuse missiorn consistait à ramener les âmes dans le sein du Seigneur, à convaincre les inculpés de

1. À l'instar de Bernard Gui (vers 1261-1331), un des plus célèbres inquisiteurs, qui passera pourtant dans l'Histoire accompagné de la réputation d'être sadique et sanguinaire.

leurs erreurs, à les déciller au sujet de leurs égarements. S'il avait dispensé d'innombrables pénitences, imposé des pèlerinages pieds nus, voire des flagellations publiques, la mort lui semblait d'essence trop divine pour devenir un recours humain.

Rome, palais du Vatican, septembre 1306

Honorius Benedetti essuya de deux doigts la sueur qui perlait à son front. Il contempla ensuite la trace humide, un air de dégoût sur le visage.

Bartolomeo patientait, attendant le verdict du prélat. Celui-ci verrait-il une défaite dans l'absence de renseignements qu'il venait d'avouer? Étrangement, alors même que le jeune dominicain était certain du redoutable pouvoir détenu par l'archevêque, il n'éprouvait nulle crainte en sa présence. Une certitude lui était venue à le côtoyer depuis des mois : aucune malignité ne guidait les actes, aussi féroces fussent-ils, du camerlingue.

Honorius Benedetti déclara enfin d'un ton de dépit :

– Décidément. Des centaines d'espions recherchent en vain un jeune valet de ferme, ce petit Clément qui ne cesse de nous filer entre les doigts, pire, dont nous ne flairons pas même une piste. Et Sulpice de Brabeuf, tout moinillon sans le sou qu'il était, s'est volatilisé lui aussi. La peste soit de cette malchance qui colle à nos semelles! Or nous devons impérativement remettre la main sur ce traité de Vallombrosa ou, à tout le moins, sur son brouillon.

– C'est-à-dire, Éminence, que frère Sulpice n'a de toute évidence pas trouvé refuge dans un autre monastère, même sous un pseudonyme, après sa disparition de Vallombrosa, pas plus qu'il n'a quêté l'aide de ses familiers, du moins ceux dont nos enquêteurs se sont rapprochés. Ils n'ont plus jamais entendu parler de lui, au grand désespoir de sa mère.

– Ainsi, il aurait rejoint le siècle, conclut le camerlingue. Autant chercher une aiguille dans une meule de foin.

– Pas nécessairement, et si je puis me permettre cette contradiction. À votre imitation, je pense que Brabeuf a, en effet, rejoint le siècle. Étant démuni, il ne pouvait survivre sans aide qu'en exerçant un métier. Or, il m'est revenu un détail de ma conversation avec le supérieur du monastère de Vallombrosa. Père Eligius m'a en effet conté que le frère Sulpice de Brabeuf était joliment musicien, en plus de son habileté pour la science mathématique. Ainsi, le luth[1] et la chifonie[2] n'avaient nul secret pour lui et il en jouait fort plaisamment.

– Serait-il devenu ménestrel ? Ces gens-là vont par les chemins, de château en manoir, et on ne sait jamais où les trouver.

– Peut-être, toutefois j'en doute, Éminence. La description que l'on m'a faite de Brabeuf n'incite pas à le croire intrépide ou de commerce aisé, qualités requises pour un trouvère. Il s'agissait d'un très jeune homme, timide et effacé. Je le verrais bien mieux luthier d'une grande ville. Quoi de mieux qu'une grande cité pour se fondre dans l'anonymat ?

Honorius Benedetti se redressa et appuya ses coudes sur son imposant bureau, dévisageant d'un regard intense le jeune dominicain.

1. Instrument portatif à cordes pincées, en général à cinq cordes à cette époque.

2. Probablement l'ancêtre de la vielle.

– Bartolomeo, n'avais-je pas raison de croire que j'étais le mieux fondé à juger de votre efficacité ? Un instinct me souffle que vous voyez juste. Il n'y a pas de temps à perdre. Que nos enquêteurs se rapprochent au plus vite de tous les fabricants ou réparateurs d'instruments de musique des grandes villes. Commencez par les villes dans lesquelles se trouve une maison de l'Inquisition. Ils nous aideront, votre tâche en sera allégée. Je vais rédiger un billet de mission dans ce sens. Grâce à la description de ce Brabeuf, qui n'a pas dû tant changer en quelques années, nos limiers le découvriront, si votre perspicacité se confirme.

Forêt de Trahant, Perche, septembre 1306

En dépit du mantel fourré de zibeline[1] qui l'enveloppait et dont elle avait rabattu l'aumusse[2], madame de Neyrat frissonnait. Une sorte de mélopée s'élevait dans le lointain, vers cette lueur qu'elle apercevait au travers des haies de châtaigniers, parfois interrompue par le cri strident d'une femme.

Elle jugula l'espèce d'appréhension qui tentait de s'immiscer dans son esprit en songeant que bientôt elle aurait accompli sa tâche, tenu sa promesse, obtenu ce qu'elle souhaitait. Elle partirait alors vers le sud, vers son fief. Quelle délectation de revoir enfin les grosses pierres rosées du manoir qu'elle avait récupéré au trépas de monsieur de Neyrat, le défendant avec une allègre férocité contre la cupidité des héritiers de sang de son défunt mari ! Tous étaient morts, plus ou moins rapidement en fonction de l'intérêt qu'elle éprouvait

---

1. Toutes les fourrures sont prisées au Moyen Âge. Les plus dispendieuses, qui proviennent principalement de Russie et de Scandinavie, sont réservées aux classes les plus fortunées (zibeline, martre, vair). Les classes les plus pauvres se contentent de lapin, de chèvre, de mouton blanc. Les classes intermédiaires, quant à elles, utilisent l'agneau, la loutre, le castor et le renard. La fourrure sert d'indicateur social. Aussi, dès le XIIIe siècle, des ordonnances limitent le droit des bourgeois à porter les peaux les plus luxueuses, symbole d'aristocratie.

2. Capuche doublée de fourrure.

pour eux. De l'inclination aussi, car l'on peut tuer afin de se protéger tout en éprouvant une certaine tendresse pour ses victimes. Du moins était-ce l'absolue certitude de madame de Neyrat. Seuls les plus avisés avaient survécu, sentant confusément que toute obstination héritière de leur part risquait d'encourager leur « mauvais heur », en la personne de la jolie Aude, fermement décidée à les pousser au plus preste vers leurs aïeux. La profusion d'iris d'eau qui nimbait au matin d'un voile jaune et mauve l'étang qu'elle avait fait creuser. L'incessant chant des cigales qui accompagnait ses heures. On les découvrait parfois, rarement, plaquées contre un tronc d'arbre, et l'on s'émerveillait alors de ce qu'elles aient été si proches de vous tout ce temps. Les paons[1] qui avançaient vers elle à grandes enjambées insolentes, la tête inclinée afin de distinguer quelle gourmandise elle serrait entre ses mains. Un jeu qui ne la lassait pas. Les paons sont des animaux souvent irascibles et leurs coups de bec sont redoutables. Aude, un bout de biscuit ou de pain de lait[2] entre les doigts, avançait la main à les frôler, le regard rivé sur l'animal. Jusque-là, elle ne s'était jamais fait pincer. Elle s'arracha à l'espèce de torpeur bienheureuse dans laquelle elle se laissait glisser. Plus tard.

Elle ferma les yeux un instant, inspirant bouche ouverte l'air sec et frais de ce plein de nuit.

Vingt-cinq ans déjà. Vingt-cinq ans seulement. Une éternité de moments sans suite, un océan de visages

---

1. Symbole de l'immortalité dans l'Antiquité. le paon devient au XIe siècle le motif favori des mosaïques et des peintures. Au XIVe siècle, il est l'emblème des vertus chevaleresques, ce qui n'empêche pas qu'on le déguste volontiers, sa chair étant alors réputée non putrescible.

2. Équivalent de la brioche.

dont elle ne conservait nul souvenir. Des mots oubliés à peine prononcés, des soupirs regrettés sitôt exhalés. Au fond, sa vie n'avait été qu'une interminable préparation. Elle avait amassé les moyens de se défendre, l'argent, les relations qui avaient à cœur de la contenter tant elle connaissait d'hideux petits secrets à leur sujet. Elle avait fait commerce de boue humaine, certaine qu'il s'agissait là du moyen le plus infaillible de s'en extraire à jamais. Le moment tant attendu était enfin venu. Il allait requérir du courage. Elle n'en manquait pas. De la cruauté aussi. Quelle importance si c'était pour retrouver la douceur ? Un autre moment, un autre visage, nul souvenir.

Cet homme rencontré à Ceton avait été formel dès que l'ivresse, qu'elle lui offrait avec libéralité, avait commencé de produire son effet. D'une voix que l'alcool alourdissait, il avait affirmé :

– C'te que'c'uns qui s'acoquinent pour du pas chrétien, j'vas vous dire ! Ça s'accointe à la pleine lune. Vaut mieux raculer, c'te pas sain. Paraît qu'y font plein de saloperies, qu'y'se frottent les parties honteuses les uns aux aut' et même avec des boucs noirs[1].

Elle était parvenue à extorquer l'endroit précis de ce sabbat infernal à l'homme avant qu'il ne glisse vers le sol, ivre mort. La pleine lune était prévue deux jours plus tard.

Escortée d'un de ses gens d'armes, consciente que la nuit brouille les pistes, dilue les repères, Aude avait exploré les lieux la veille, dès qu'elle avait appris le supplice de Guillette.

---

1. Accusation fréquemment portée au Moyen Âge contre les sorciers.

La solitude qu'elle s'était imposée pour cette ultime nuit ne lui pesait pas. Elle redoutait, en effet, une probable indiscrétion d'un homme de garde et avait décidé qu'elle mènerait seule son plan à terme. La peur diffuse qu'elle avait ressentie en s'installant sur la selle de sa jument s'était évanouie. Elle avait assez instillé la crainte chez les autres afin de les faire plier pour la connaître comme une sœur. La pesante compagnie de la peur n'avait plus aucune prise sur elle. Pourquoi aurait-elle redouté la nuit, une complice de longtemps ? Quant à la forêt qui l'environnait, si dense, si noire, elle s'y sentait en attente, une attente presque sereine.

Sa jument louvet[1], bride retenue à une branche basse, patientait le regard rivé vers ses sabots emmaillotés de toile de jute afin de ne produire aucun son.

La lune était pleine. Une nuit idéale. La première nuit d'une vie, la dernière d'une autre.

Au loin, la mélopée venait de s'éteindre. Un silence presque irréel régnait. Une grande voile argentée frôla le visage de madame de Neyrat, sans un son, puis disparut. Elle sursauta, se morigénant de l'idiotie qui lui avait traversé la tête. Non, il ne s'agissait pas d'une sorcière en mission de reconnaissance. Un sifflement hargneux la renseigna : une dame blanche[2], elles portaient chance. Crédules qui croyaient qu'une âme se peut vendre contre de prétendus pouvoirs et un ramassis d'improbables recettes ! Les âmes ne sont jamais à vendre puisqu'elles n'ont d'autre prix que celui que Dieu leur accorde. Elle se souvint de ce volume acheté à prix d'or lorsqu'elle croyait encore à la puissance de l'innommable. Elle l'avait étudié avec grande attention

1. Mélange de poils rouges ou jaune et noir. Robe assez rare.
2. Chouette effraie.

jusqu'à ce qu'un passage la fasse pouffer : « Pour ôter l'entendement et le faire revenir : mangez de la racine de fève en poudre et, pour le faire revenir, pressez du suc d'oignons et en mettez dans les oreilles[1]. »

Elle avait refermé l'ouvrage et ne le consultait plus qu'afin de rire de ces grotesques conseils.

S'aidant d'une souche et prenant appui sur l'unique étrier, madame de Neyrat remonta en selle d'un mouvement leste, regrettant comme à l'accoutumée la sotte contrainte des selles de dames, inadaptées au trot ou au galop, sauf peut-être pour les cavalières les plus émérites. Le harnachement réservé aujourd'hui aux chevaux de femmes[2] n'était guère plus approprié que l'ancienne sambue du siècle dernier, confortable fauteuil posé sur l'arrière-main du cheval et ne permettant pas à la cavalière de diriger l'animal. Un domestique le menait au pas.

Elle repoussa les pans de sa cape, frissonnant à nouveau. D'un mouvement de talon, elle mit la jument au pas. Ses sabots enveloppés de toile ne produisaient aucun son. Elle se dirigea dans la direction qu'elle avait repérée la veille. Parvenue dans la clairière, elle immobilisa l'animal d'une tension de rênes.

L'écho d'un pas, de feuilles foulées Un rire ivrogne. Une exclamation :

---

1. *Recueil de secrets concernant les arts et les maladies*, anonyme.

2. Il s'agissait d'un siège à pommeau surélevé possédant un unique étrier qui contraignait donc l'écuyère à mener sa monture grâce à sa seule jambe gauche. Les cornes, ou fourches, que nous connaissons maintenant et qui permettent à la cavalière d'affirmer son équilibre ne furent inventées qu'au XVIe siècle par Catherine de Médicis, amazone émérite.

– Je vais me retrouver tête par-dessus cul, j'avance plus droit ! Mais aide-moi donc, empotée que tu fais. Montre un peu la reconnaissance du ventre à défaut du reste. Et on n'y voit goutte. Le trou du cul de l'enfer ! Aide-moi, te dis-je, ou tu te souviendras de la raclée que tu recevras dès que j'aurai cuvé ce mauvais vin.

Aude serra les lèvres de déplaisir. Elle avait envisagé cette éventualité tout en souhaitant ne pas y être confrontée. Tant pis. Au bon plaisir de Dieu !

Les sons se rapprochaient d'elle. Aude tira le couire[1] suspendu à son étrivière et engagea une courte flèche de deux pieds*, empennée et pourvue d'une pointe de fer, dans l'arc français[2]. L'arme pouvait envoyer un projectile à plus de cent mètres et l'on prétendait que les meilleurs archers pouvaient en décocher douze par minute. Amplement satisfaisant.

La malfaise déboucha de derrière un buisson d'aubépine, vautrée sur l'épaule d'Angélique qui chancelait sous la charge. Ivre, elle ne s'aperçut pas aussitôt de la présence de la cavalière à dix toises d'elle. En revanche, Angélique la reconnut sur-le-champ et un sourire radieux illumina son visage crispé par l'effort.

Grave et calme, la voix de madame de Neyrat résonna :

– Écarte-toi, ma chérie, et ferme les yeux. À l'instant.

Un bond sur le côté, la fillette était hors de portée de l'arme. Aude banda l'arc.

En dépit de sa griserie, la femme comprit enfin qu'elle était la cible. Elle éructa :

---

1. Carquois.
2. Le plus généralement en if, bois dur, l'arc français est plus court et plus léger que l'arc anglais.

– Vous périrez dans d'affreuses souffrances et serez maudite à jamais… Celui ou celle qui attente à ma vie connaîtra des tourments pires que ceux que réserve l'enfer ! Ils l'ont promis et ils tiennent toujours leur parole. Ceux d'en bas !

Aude gloussa avant de rétorquer d'une voix amusée :

– Que d'enfantillages, ma bonne.

Elle visa la femme. Celle-ci s'écroula à genoux, se tassant en boule sur le tapis de feuilles, protégeant sa tête de ses bras repliés, hurlant :

– C'est la gamine que vous voulez ? Prenez-la, mais prenez-la donc. Je vous l'offre. Pour ce qu'elle me vaut !

– Voilà qui est plus raisonnable. Eh bien, topons-la, j'emmène Angélique. Viens, mignonne.

Le regard de l'enfante, malgré l'ordre de madame de Neyrat, passait de l'une à l'autre.

La malfaise se releva, avança de trois pas vers la cavalière. La flèche partit dans un sifflement rageur et se ficha dans sa gorge. Elle tituba, cramponnant le fût à deux mains, tentant de contenir le flot de sang qui dévalait de sa plaie, et s'écroula.

Aude soupira et fit avancer sa jument. Elle considéra la femme qui râlait et avoua avec un sourire désolé :

– J'ai menti. Mais bah, à menteuse, menteuse et demie. Le temps des marchés était dépassé. Tu m'as trompée. Je déteste que l'on me mystifie. Tes sorts, tes philtres et tes puantes poules égorgées n'ont d'autre effet que de lever le cœur à dégorger puisqu'il te fallait engager une enherbeuse afin de te seconder. Une bien piètre enherbeuse, avec cela. Morte, tu ne risques plus de révéler nos petites tractations. (D'un ton déçu, elle ajouta :) Décidément, je n'ai pas de chance. Je m'en accommoderai.

Les jambes de la malfaise se détendirent pour un ultime spasme. Aude se tourna vers Angélique qui considérait la scène, un sourire de contentement entrouvrant ses lèvres.

– Viens, ma chérie. Tu monteras en croupe. Nous rentrons. Malheureusement, je vais devoir t'imposer une présence dont j'espère que tu la jugeras aussi ennuyeuse que moi, ce qui prouverait que nous nous ressemblons bien plus que de simple allure. L'ennui est que la jolie bécasse reprend du service, puisque sa mère a échappé à la mort. La peste soit des incompétents ! J'ai bien fait de la conserver à mon côté. En vérité, on ne peut compter sur personne que soi-même, ma chérie. Pour l'instant, cessons aussitôt avec ce vilain tutoiement de gueux et de valetaille.

Aude tendit une main gantée de fin cuir violet vers la fillette afin de l'aider à s'installer en croupe.

– Venez, jolie damoiselle ma fille. Avez-vous quelque ballot à aller quérir ? De grâce, rejetez toutes vos vilaines hardes. Elles vous sont insulte.

– Juste un coffret dans lequel je serre[1] de menues baboles[2], répondit Angélique d'une voix douce. Si peu de choses en vérité. De bien ridicules porte-bonheur ramassés ici ou là. Je les frôlais en cachette de la malfaise qui me les aurait confisqués, espérant, priant pour qu'un jour une magnifique princesse me vienne sauver. Elle est enfin arrivée. Vous êtes venue, madame ma mère. Il n'en est point d'autre dans mon cœur.

1. Signifie à l'époque « ranger ».
2. Deviendra « babioles ».

Une émotion qu'elle ignorait être capable de ressentir suffoquait madame de Neyrat. Elle savourait ce titre soudain et précieux : « madame ma mère ».

Sa vie changeait enfin. L'univers s'adoucissait. Angélique allait repousser les ombres qui l'obscurcissaient depuis trop longtemps.

Elle mit la jument au pas, silencieusement, de peur que sa voix ne trahisse son émoi.

Lorsqu'elles parvinrent devant la masure, Aude aida l'enfante à glisser de selle.

– Faites prestement, ma tendre mie. Quittons bien vite et à jamais le passé.

Une seule ombre tempérait sa joie, une ombre dense. Comment annoncer au camerlingue que la femme de Souarcy venait d'échapper une troisième fois à la mort ? Mathilde se révélait à nouveau indispensable. Elle seule pourrait approcher sa mère d'assez près, feignant la résipiscence, afin d'achever ce que ces maladroites idiotes avaient laissé en plan. Ce que suggérait cette stratégie ne séduisait qu'à moitié madame de Neyrat. Elle avait songé utiliser Mathilde pour saper le futur de sa mère à coups d'espionnage, de preuves plus ou moins fabriquées que l'on pourrait utiliser contre la belle Agnès si besoin s'en faisait sentir. Il n'était plus temps. Agnès était encore jeune et de belle constitution. Elle pouvait produire d'autres enfants. Elle devait donc trépasser au plus vite. En d'autres termes, madame de Neyrat devrait enseigner à cette bécasse de Mathilde un peu de la science des toxicatores et fournir le poison. Or, Aude n'avait nulle confiance en la peste de jeune fille. Si elle se faisait surprendre, accuser, elle n'hésiterait pas à tout révéler, dont le nom de sa bienfaitrice et donneuse d'ordre. Quel embarras ! À moins, bien sûr, que Mathilde ne rejoigne bien vite sa mère auprès de son

Créateur. Trop vite pour que des juges puissent l'interroger. Quelle excellente idée.

Angélique sortit de la masure, tenant un petit coffret pincé sous son bras. Son rire acheva de dérider madame de Neyrat.

Le lendemain, lorsque Monge de Brineux, escorté par trois gens d'armes, parvint à hauteur de la masure, un pingre soleil de début d'automne éclairait les alentours. Ils découvrirent bien vite le corps transpercé d'une flèche en pleine gorge.

– Belle main d'archer, commenta le grand bailli.

Il ne s'étonna qu'à moitié de cette mort. Les commanditaires de la malfaise devaient avoir pris son échec avec aigreur. De surcroît, elle devenait un embarrassant témoin.

Sur son ordre, un des hommes jeta le cadavre en croupe de son roncin[1] bai, sans cacher sa répulsion. Monge le tranquillisa :

– Une fois que quelques quidams de Ceton l'auront identifiée, nous nous en débarrasserons. Ne t'alarme : elle n'avait nul pouvoir de son vivant et la mort n'y a rien changé.

1. Cheval ordinaire utilisé à la guerre. Plus rapide que le cheval de trait, il n'a pas la nervosité du destrier.

Rue Saint-Amour, Chartres, septembre 1306

Mathilde de Souarcy, nouvellement d'Ongeval, fournissait de méritoires efforts afin de conserver bonne figure à cette enfante blonde. Son arrivée, une semaine auparavant, en l'hôtel particulier dont elle se sentait maintenant deuxième maîtresse, l'avait fort ulcérée. Tout d'Angélique l'exaspérait : sa jeunesse, sa joliesse, la rapidité de son esprit. Cela et l'évidente tendresse avec laquelle madame de Neyrat la traitait. La peste était de cette gamine, de ses beaux cheveux, de son regard d'un bleu d'eau froide, de ses charmantes mines. Il ne s'agissait pas véritablement de jalousie de sentiments, Mathilde ne se sentant pas d'affection véritable pour son mentor. Toutefois, elle avait besoin de cette dernière, de ses conseils et de son argent afin de parfaire une éducation dont elle pressentait tout l'intérêt pour son futur. Angélique devenait une rivale. Madame de Neyrat l'avait fait habiller comme une petite princesse et Mathilde avait détaillé les atours avec minutie afin de s'assurer qu'ils n'étaient pas plus luxueux que ceux qu'on lui avait offerts. Un détail avait apaisé sa surveillance envieuse ; nul bijou n'avait été acheté pour parer le dernier caprice de sa protectrice, Angélique étant encore enfante.

La fillette semblait inconsciente de l'animosité larvée de Mathilde, s'efforçant de lui plaire, la complimentant sur son maintien, le timbre parfait de sa voix, la chaleur séduisante de son regard noisette, la pâleur délicate de sa peau. Elle la suivait partout tel un petit chien, l'accompagnant en promenade, s'installant sagement à ses côtés lorsque l'autre feignait de lire pour s'en débarrasser.

Mathilde leva le nez du poème dont elle parcourait les lignes sans même les lire et encore moins les comprendre.

Le sourire lumineux d'Angélique, qui patientait depuis une demi-heure, assise bien droite ainsi que l'exigeait madame de Neyrat, accueillit son regard. La petite fille proposa d'une voix pleine d'espoir :

– Je puis, afin de vous aider, changer l'eau parfumée de la bassine de votre cabinet de toilette, damoiselle.

– Vous n'y pensez pas, mademoiselle, la rabroua Mathilde d'un ton sec. C'est là service de valet. N'allez pas déchoir aux yeux de tous par de si viles occupations.

– Ah…, murmura Angélique dépitée. Que faire, donc, afin de vous satisfaire ? J'enrage d'être si jeunette et si mal dégrossie que mes conversations n'intéressent guère une damoiselle aussi accomplie que vous.

Mathilde faillit lui répondre : disparaître à l'instant et pour jamais. Au lieu de cela, elle temporisa afin de ne pas encourir la réprobation de sa bienfaitrice. Tentant, sans grand résultat, d'atténuer l'agacement qui perçait dans sa voix, elle expliqua :

– Angélique, vous êtes un ange et ne devriez pas avoir si piètre impression de vous. Toutefois, en effet, vous êtes encore enfante, à l'âge des amusements, quand je suis déjà une femme. Aussi, je vous l'avoue en franchise, tout en vous suppliant de me pardonner : il est de fait que les échanges que je partage avec madame de Neyrat sont plus… comment le formuler ? Plus…

– Captivants, distrayants ? proposa la fillette, l'air triste et grave.

– Non pas… Disons plus appropriés.

– Certes, je comprends, admit Angélique dans un grand soupir. Avec votre permission, je vais prendre congé, damoiselle. Vous pourrez ainsi reprendre votre lecture en tranquillité. Un jour, sous peu, je saurai aussi bien lire que vous. Quel délice ce doit être.

– Si fait, approuva Mathilde, que les charmes de la lecture laissaient indifférente.

Cependant, ainsi que le répétait madame de Neyrat : « Peu importe, un livre ou un ouvrage d'aiguille donne une contenance à une dame et prouve qu'elle n'est pas qu'une sotte oisive. »

Château d'Authon-du-Perche, Perche, octobre 1306

Un angoissant pressentiment ne quittait plus Agnès. Grâce aux soins constants que lui prodiguait messire Joseph de Bologne et surtout à l'arrestation de l'enherbeuse, les malaises dont elle avait souffert s'atténuaient. Certes, son médecin l'avait mise en garde : l'intoxication par le plomb, en plus d'être sournoise, est tenace. Toutefois, la vie lui revenait peu à peu, mais l'humeur sombre qui l'habitait et qu'elle avait mise au compte de son délabrement physique quelques jours plus tôt persistait, profitant de la moindre inaction pour l'assaillir.

Son bien-aimé époux n'était pas rentré de cinq jours. Ce voyage d'affaires s'éternisait bien au-delà des autres. Nul messager n'était venu lui porter de ses nouvelles, message aimant qu'il n'omettait jamais de lui faire parvenir dès que son absence le retenait hors de son domaine plus de deux jours. Monge de Brineux l'évitait avec un soin qui aurait confiné à la discourtoisie si elle n'avait senti que cette discrétion dissimulait quelques déplaisants secrets. Tout juste lui avait-il narré les aveux de Guillette. Agnès n'avait pas cherché à en apprendre davantage. Elle savait. Au fond, la nouvelle offensive de ses ennemis ne l'étonnait guère, même si elle avait prié Dieu chaque soir afin qu'Il les protège tous de la malveillance de leurs adversaires. Quant à Francesco de Leone, il disparaissait parfois, ne rentrant fourbu qu'à la nuit, rejoignant, sans même dîner, la chambrette qu'il avait choisie dans les communs afin de ne pas prêter aux clabaudages en l'absence du comte. Lorsqu'elle le croisait parfois, elle l'interrogeait sans insistance sur ses longues promenades. Il éludait d'un de ses étranges sourires qui étiraient ses yeux bleu profond vers les tempes, lui fournissant alors un bien médiocre prétexte.

Se rendant compte qu'elle arpentait sa chambre depuis plusieurs minutes à la manière d'un lion en cage, elle s'immobilisa devant le haut guéridon italien. Son cœur s'emballa soudain. Le sang cogna contre ses tempes. Une chape glacée lui enserra le crâne. Étrangement, elle sut qu'il ne s'agissait pas d'une manifestation du poison. Son cerveau se vida et elle dut s'appuyer des paumes sur le guéridon pour ne pas chanceler. Pourtant, elle n'éprouva nulle peur. L'impression d'un puissant souffle dans son cerveau. Madame Clémence de Larnay, qui l'avait élevée et dont elle avait offert le prénom à sa fille aimée. Madame Clémence qui par-delà la tombe l'avait aidée à résister au seigneur inquisiteur Florin.

– Mon ange, est-ce bien vous, mon bel ange ? s'entendit-elle murmurer, paupières closes.

Ses souliers s'enfonçaient dans une vase épaisse. Sans doute s'approchaient-ils de la rivière. Un froid humide et malsain la faisait grelotter et l'idée qu'elle allait bientôt se trouver seule, enfermée dans cette pestilence, entamait sa volonté de ne rien laisser trans-

paraître de sa peur. Quelque chose de gluant enserrait soudain sa cheville et elle hurlait. Un garde se ruait vers elle, la tirant sans ménagement, puis assénait sa grosse chaussure à semelle de bois sur une main... Une main ensanglantée qui pendait entre les barreaux d'une des cages. Un gémissement s'élevait. Un murmure se terminait en sanglot :

– Madame... il n'est nul salut en ce lieu. Mourez, madame, mourez vite.

Haletante, elle ouvrit les yeux. La maison de l'Inquisition. Elle se souvint de cette scène, de cette main, de cette voix d'homme. Florin venait de la pousser vers sa geôle. Deux ans plus tôt. La panique lui dessécha la gorge. Que lui cachait-on ? Ses paumes abandonnèrent une empreinte humide sur le bois de rose. Elle se précipita hors de sa chambre.

Monge de Brineux avait quitté le château pour son domaine. D'un ton coupant, Agnès somma messire Joseph de lui avouer la vérité :

– À l'instant, monsieur. Votre silence est coupable et je vous en tiendrais grief s'il persistait. Où se trouve mon époux ? Je sais, je sens que tous ici me cachent de bien vilaines nouvelles.

Joseph de Bologne baissa la tête et admit :

– Certes, madame. Cependant, je ne puis vous les narrer. J'ai reçu ordre du seigneur d'Authon de me taire, tout comme Ronan.

– Ainsi, voilà bien l'explication de la rareté de monsieur de Brineux auprès de moi !

– Il a été fort occupé avec votre assassine, tenta le médecin d'une voix si peu convaincue que la comtesse s'emporta.

– Je vous en prie, messire, cessez ces grotesques balivernes ! Me prendriez-vous pour une sotte ? J'exige la vérité et je l'obtiendrai !

Elle le planta là et rejoignit les communs.

Ne rien redouter encore. La crainte dissipe la force. Savoir. Ensuite, elle agirait.

Francesco de Leone avait aménagé son repaire dans la chambrette située au-dessus des écuries. Y logeait habituellement le vétérinaire lorsqu'il veillait sur la délivrance d'une jument. Agnès tambourina à la porte. Elle n'hésita qu'une seconde puis pénétra. On lui mentait avec obstination, lui dissimulant une sinistre situation : les manières de dame n'étaient plus de mise. Francesco de Leone avait encore dû partir pour l'une de ses longues courses. Les rares vêtements de siècle du chevalier de Leone étaient pliés avec soin sur une escame. Si peu de choses : un chainse de lin élimé, des braies de paysan, une cotte de laine bouillie d'une couleur indéfinissable. Sur une petite table de travail en peuplier étaient posés un psautier ainsi que des rouleaux de papier couverts de la haute écriture nerveuse de l'hospitalier et une corne à encre. Nulle bassine, nul broc d'eau. Sans doute procédait-il à ses ablutions dans l'alveus de la cour. Le seau d'aisance était poussé dans un coin. En dépit de l'affolement qui avait gagné Agnès, une étrange tendresse l'envahit. Une tendresse pour la passion qui avait poussé Leone à abandonner une fortune qui faisait de sa famille l'une des plus riches d'Italie, un avenir de facilité et de fêtes afin de vivre pleinement sa foi.

Elle s'approcha de la table, soulevant les rouleaux afin de découvrir une bande de papier vierge, récupéré d'un court message, qui lui éviterait de gâcher une belle feuille. Elle se fit à nouveau la réflexion qu'elle n'oublierait jamais l'habitude de la pénurie. Tant mieux puisqu'elle ne le désirait pas. Savoir traiter les choses les plus usuelles, ne jamais oublier leur valeur, se souvenir comme elles font défaut lorsqu'elles viennent à manquer. Elle s'installa sur la petite chaise et rapprocha la corne à encre. Sa longue coudière bouscula quelques rouleaux dont l'un chut sur le parquet.

Elle se pencha afin de le récupérer et ses yeux tombèrent sans même qu'elle le souhaite sur les premières lignes d'une lettre datée du matin.

Mon bien-aimé cousin,

J'ai eu tant à faire depuis mon arrivée à Angers que je n'ai point trouvé le temps de vous informer de mes recherches. J'espère de tout cœur que vous ne m'en tiendrez pas rigueur. En dépit de mes efforts afin de retrouver le diptyque que monsieur votre père avait cédé, je n'ai toujours pas de piste. Soyez assuré que je cherche sans relâche et ai compris toute l'urgence de la mission que vous m'avez confiée.

Votre humble et dévoué Guillaume.

Que signifiait cela ? L'écriture était indiscutablement celle du chevalier. Pourquoi parlait-il d'Angers, d'un diptyque ? Pourquoi signait-il d'un prénom qui n'était pas le sien ? Un doute l'effleura : il s'agissait d'un message d'entente. Son destinataire comprendrait son sens exact ; en revanche, son contenu n'évoquerait rien s'il venait à tomber en de mauvaises mains. Une certitude s'imposa soudain : Leone cherchait Clémence, qu'il croyait toujours garçon, pour le compte de son prétendu cousin. Celui-ci connaissait-il la prophétie ? Était-il au courant du second thème qui désignait la fille d'Agnès ? Savait-il qu'un manuscrit représentant des femmes au sang vert avait été découvert en la bibliothèque secrète des Clairets ? Elle n'en avait nulle idée.

Elle empêcherait Leone de retrouver Clémence. Elle lutterait jusqu'à son dernier souffle afin qu'il n'impose pas à sa fille le futur glorieux et meurtrier que les astres avaient révélé.

D'une main qu'elle s'efforça de raffermir, elle traça quelques mots sur une bande de papier :

Monsieur,

Il semble que nos chemins divergent encore davantage depuis que vous êtes rentré de Chypre. Faites-moi, je vous prie, la grâce de partager ce soir mon souper afin que nous puissions un peu deviser en amitié.

Votre dévouée Agnès d'Authon.

Elle déposa la courte missive bien en évidence sur l'étroit lit bas et sortit de la pièce.

Elle avait ordonné qu'on la prévînt sitôt le retour du chevalier de Leone et que l'on dresse la table pour deux. Ensuite, elle avait attendu, assise sur la chaire de sa chambre, un livre entrouvert sur les genoux. Complies* n'était pas loin. Où donc s'étaient envolées ses pensées durant tout ce temps ? Elle aurait été incapable de le préciser. Même l'impatience semblait s'être évanouie.

Elle attendait, rien d'autre. Elle attendait un pas lourd et urgent qui lui dise qu'Artus allait pénétrer dans sa chambre. Elle attendait un rire de gorge qui signifie que Clémence allait se précipiter dans ses bras. Elle attendait le soulagement, luttant vaillamment contre la peur qui la prenait d'assaut. La peur, son ennemie jurée. « La peur n'épargne pas les morsures, ma chérie », avait jadis affirmé la baronne de Larnay. Relever les oreilles et la queue. Faire face. Tenir la peur en laisse. La museler.

Un discret choc contre sa porte. Une petite servante qu'elle ne se souvenait pas d'avoir déjà vue passa la tête par le mince entrebâillement des battants :

– Not'dame…, murmura-t-elle d'une voix intimidée. C'te Ronan qui m'envoie. Messire chevalier est d'retour. Y s'ôte la crasse du jour d'le visage qu'il a dit et y vous r'joint à vot'invitation.

La toute jeune fille disparut avant qu'Agnès ait eu le temps de la congédier. Une aide de cuisine, sans doute. Un petit peuple très affairé qu'elle rencontrait peu.

Elle lutta contre l'inertie qui l'encourageait à demeurer là, assise, et se rendit dans la salle à dîner de taille modeste, réservée aux réunions ne rassemblant qu'un petit nombre de commensaux intimes.

Elle se laissa tomber sur sa chaise. L'esprit tendu vers une seule urgence : soumettre la peur, quoi qu'elle apprenne ensuite. Elle attendit encore.

S'écoula-t-il une heure ou quelques minutes avant que Leone ne la rejoigne, elle n'aurait su le préciser. Sous la gaîté forcée du chevalier, l'épuisement, l'inquiétude. Elle le rejoignit dans sa feinte légèreté :

– Chevalier, merci de l'honneur que vous me faites de partager mon repas.

– L'honneur est mien, madame, s'inclina-t-il. S'y ajoute le plaisir de ce moment avec vous.

Il sourit. Ce bel et lent étirement de lèvres qu'elle aimait.

– D'autant que c'est un chien affamé qui s'installe à votre côté, précisa-t-il.

Elle se souvenait. Même au pire des instants de doute ou d'angoisse, la présence de Leone l'avait toujours apaisée. Étrange, elle ne se sentait aucune attirance de femme pour lui. Pourtant, il semblait à Agnès que Leone sécrétait une sorte d'ombre bienfaisante, reposante, qui l'enveloppait. Elle aurait pu s'endormir au creux de cette ombre, telle une enfante enfin consolée. Était-ce parce qu'ils partageaient tous deux de pesants et blessants secrets qu'Artus ignorait ? Celui de ses enfants, conçus hors la couche conjugale. Celui de la prophétie ? Peut-être.

Benoîte, une servante entre deux âges, déposa devant eux le premier service, un potage de pois à la sauge et au romarin, ainsi qu'une carafe de vin d'Épernon[1]. À voix basse, Leone remercia Dieu de ses bienfaits.

Une déconcertante sensation habitait Agnès : l'impression d'avoir été séparée de son corps. Ils avalèrent leur soupe en silence, se souriant parfois afin de meubler leur désert de mots.

Agnès bagarra pour revenir en elle-même. Benoîte réapparut, portant le deuxième service, un haricot de mouton rehaussé d'une pointe d'hysope[2] et accompagné d'une vinagrete[3] dont la subtilité consistait à être

---

1. Beauce, Eure-et-Loir. S'y trouvaient à l'époque de grands pressoirs.

2. Très utilisée à l'époque pour les viandes. Son goût évoque celui de la menthe.

3. Vinaigrette.

dépourvue de vin aigre, ainsi que l'expliqua Agnès au chevalier. Celui-ci, ravi d'un aimable sujet de conversation, lança :

– Fichtre, c'est une merveille. Comment se débrouille votre cuisinier ?

– Oh, il est si jaloux de ses secrets que nous ne les connaissons qu'imparfaitement. Tout juste sommes-nous parvenus à lui tirer quelques détails. Il convient de mélanger de la cannelle, du poivre, un peu de gingembre et du bon vin rouge allongé de bouillon de bœuf puis de hacher menu dans cette mixture des oignons, du foie de porc, sans oublier du pain rassis.

Sans même qu'elle le veuille, elle s'entendit prononcer :

– J'attends, chevalier.

Leone leva un insondable regard vers elle. Il aurait pu feindre l'incompréhension. Pas avec elle. Cette créature inouïe méritait tout son honneur.

– Ma mission consiste à chercher et à trouver Clément, madame. Jusque-là, toutes mes tentatives se sont soldées par un échec.

– Les miennes aussi. Pourquoi cette mission ? Qui vous l'a confiée ?

Elle avait peine à reconnaître sa voix, douce, presque détachée. La voix d'une étrangère.

– Le prieur de Limassol. D'autres cherchent Clément. Activement. Nos ennemis, madame, même si Arnaud de Viancourt pense qu'ils ne sont que ceux de l'ordre hospitalier. Clément souhaitait cacher les manuscrits que je lui ai confiés, n'est-ce pas ?

– À l'évidence, mentit-elle.

– S'ils mettaient la main sur votre fils avant moi… Dieu le préserve. J'avoue, j'ai d'abord cru que vous le dissimuliez. Je sais maintenant qu'il n'en est rien.

Un océan gris-bleu épia son visage.

Dieu grand merci. J'ai tant souffert de ton absence ma chérie, mais Il veille sur nous. Il a interdit que je te retrouve afin que tu demeures protégée des sbires du camerlingue. Cache-toi, mon ange. Cache-toi bien. Ne sont-ils pas presque parvenus à m'occire ? Qu'aurais-je pu tenter pour te protéger quand je ne suis pas capable de flairer l'approche d'une vipère ?

– Mon époux, où se trouve-t-il ? La vérité que l'on me tait depuis des jours, je l'exige.

Leone crispa les mâchoires et baissa les yeux. Une longue ride fine barrait son haut front.

– Monsieur ? insista-t-elle.

– Je ne le puis, madame, murmura-t-il le visage penché vers son tranchoir.

Le ton de la comtesse d'Authon se fit péremptoire :

– La vérité à l'instant, ainsi que votre regard, monsieur. Ils me sont dus.

Leone leva enfin les yeux et elle y lut un chagrin si violent qu'un frisson la parcourut. Elle se figea, s'attendant au pire. Il ne tarda pas à déferler sur elle.

– Il s'est rendu en la maison de l'Inquisition sur ordre royal et a exigé le silence de tous afin de ne pas vous alarmer.

Une interminable expiration, bouche entrouverte. Le songe éveillé qu'elle avait fait plus tôt. Ses souliers s'enfonçant dans la vase des cachots. Cette bouillie de chair qui enserrait sa cheville. Artus.

– Madame, s'affola Leone. Défaillez-vous ? Vous êtes d'une pâleur de spectre.

Le chevalier se leva, prêt à foncer quérir l'aide d'un serviteur. Elle l'arrêta d'un geste de la main.

– Demeurez. Je fais partie de ces femmes à qui le recours d'une pâmoison, d'un éphémère soulagement d'inconscience, est refusé. Je le déplore. Chevalier, contez-moi une belle histoire de votre passé. Montrez-moi que l'honneur et le courage prévalent. De grâce.

– À l'instant?

– À l'instant.

– C'est que... je n'ai conservé que si peu de belles histoires contre tant d'intenables souvenirs. Une belle histoire, juste pour vous, madame. C'était à Chypre, il y a de longues années. J'étais de semaine de malades. Ma tâche consistait à faire le tour des fermes, des masures de la côte, à dispenser les soins les plus simples à ceux qu'une maladie usuelle alitait, à charger les autres dans le fardier que je menais afin de les ramener en notre hôpital. Voyez-vous, beaucoup ne viennent pas d'eux-mêmes. Ils sont si pauvres et craignent que nous réclamions de l'argent à leur famille qui crève déjà de manque. Malgré le battage que nous avons fait afin de les rassurer pleinement. Lorsque je suis arrivé dans la courette de cette chaumière délabrée, j'ai su aussitôt que quelque chose de terrible s'y était déroulé peu avant. Tout était saccagé. Un immense feu achevait de se consumer non loin des bâtiments. Je distinguai deux cadavres humains à son sommet, carbonisés. Je mis pied à terre...

– Vous étiez seul. Les détrousseurs pouvaient se cacher, car il s'agissait de vils pillards, n'est-ce pas? Ignorez-vous donc la peur? l'interrompit-elle.

Il renversa la tête vers l'arrière et rit sans gaîté :

– La peur, madame? Je ne connais qu'elle. Il s'agit de ma compagne la plus fidèle. Elle colle à mes talons depuis une éternité, me semble-t-il. Je sais toutes ses ruses pour réduire un homme d'honneur et de foi à la plus infamante couardise. Toutefois, voyez-vous, la peur possède une faiblesse. Une fois qu'on l'a découverte, elle s'efface.

– Quelle faiblesse ?

– Le don. Le don de soi. Accepter l'idée de mourir, c'est étouffer la peur. Elle se rétracte alors, penaude. Oh, certes, elle revient à la moindre faille de vos défenses. Il vous suffit alors de la narguer, de lui faire savoir que vous êtes prêt au sacrifice. Dès qu'elle perçoit votre sincérité, elle bat en retraite.

– Quelle jolie recette. Poursuivez votre histoire pour mon plaisir, monsieur.

– Épée au clair, j'inspectai chaque bâtiment, chaque pièce, chaque dépendance. Tout était misérable, pourtant de vilains coquins avaient tout renversé, espérant découvrir quelques sous, quelques bijoux. Sans doute avaient-ils torturé les habitants et, de guerre lasse, les avaient-ils achevés et brûlés tels des carcasses de bêtes. Ces immondes chauffeurs[1] se rencontrent dans tous les pays. Il n'y avait là plus rien pour moi. J'allais remonter dans mon fardier lorsqu'un hurlement de chien attira mon attention vers la droite. Je me dirigeai dans sa direction jusqu'à tomber sur une sorte de grande niche. Une gueule de fureur, de sang et de feu en interdisait l'entrée. Babines retroussées, crocs bleutés. Un grognement féroce me prévint. Les chiens possèdent une dignité que nous pourrions leur envier. Au lieu de cela, nous l'utilisons afin de les martyriser. Ils n'attaquent jamais sans mise en garde. Derrière le grondement menaçant, des pleurs de petit enfant. Je m'assis à côté de la niche, vidant mon esprit de toute

1. Il s'agissait de voyous, parfois des soldats sans solde, qui torturaient par le feu dans l'espoir d'arracher à leurs victimes la cachette où elles dissimulaient leurs valeurs.

hâte, de toute inquiétude et parlai au fauve. Rien n'y fit. Il protégeait l'enfant. Ne me restait qu'une alternative : abattre le chien ou risquer sa rage. Il aurait été facile de le pourfendre d'un coup d'épée. Il ne savait pas les ravages que peut causer une lame au plus valeureux des défenseurs. Les chiens ne se méfient jamais assez des humains. Je plongeai le bras par l'ouverture de la niche afin d'attraper l'animal à la gorge. Je comptais l'étrangler un peu pour le maîtriser. Il ne fit pas de quartier. Je porte au bras gauche les marques de ses morsures. Un beau souvenir, un valeureux ennemi. Il s'agit des seules blessures absolument désintéressées que l'on m'infligea…

Leone releva la manche de son chainse. Elle vit. De longs bourrelets blancs, les cicatrices qui rayaient son avant-bras.

– … Je parvins à tirer l'animal en tordant la peau de son cou à le suffoquer. Il s'agissait d'une chienne de belle taille, une bâtarde de ferme, une de ces bouvières qui ne reculent pas devant deux ou trois loups. Je l'assommai d'un coup de poing contre la tempe. Je rampai à l'intérieur. Une toute petite fille, de quatre ou cinq ans, pleurait en silence, une main plaquée sur la bouche afin de ne pas signaler sa présence. Sans doute sa mère l'avait-elle jetée dans la niche, la confiant à la chienne, dès qu'elle avait compris qu'elle allait mourir.

Les larmes montèrent aux yeux d'Agnès alors qu'elle était parvenue à résister à toutes les calamiteuses révélations qu'elle venait d'entendre au sujet d'Artus et de Clémence.

– Que sont-elles devenues ?

– L'enfante est une jeune fille qui sait lire et compter. La chienne a gardé durant des années nos troupeaux, avant de s'éteindre.

– C'est donc une histoire de valeur et d'honneur canins que vous me révélez.

– En effet. Les chiens, à l'instar des autres animaux, sont créatures de Dieu et partagent certaines de nos caractéristiques. En revanche, ils sont indemnes de nombre de nos vices.

– Est-ce à dire que vous ne vous souvenez d'aucune belle histoire « de valeur et d'honneur » d'une créature humaine ?

– Si fait, mais il me faudrait chercher davantage.

Il découpa son tranchoir et le dégusta jusqu'à la dernière bouchée. Ce beau geste d'humble qui connaît la morsure de la vraie faim acheva d'attrister Agnès.

– Guillette sera pendue haut et court dès l'aube. Le grand bailli respectera sa promesse, son agonie sera brève. Elle… vous supplie de lui pardonner.

Une moue d'incertitude crispa les lèvres de la comtesse. Elle s'interrogea quelques instants puis expliqua :

– En mon âme et conscience, pourquoi le ferais-je ? Dieu seul pourra l'absoudre, s'Il le souhaite. Comprenez : si un inconnu avait tenté de me navrer[1], je lui accorderais mon pardon sans hésitation pour l'amour du Sauveur. Mais Guillette m'a entourée de prévenances à seule fin de m'occire lentement, sournoisement, de la façon la plus abjecte[2] qui soit.

– Si je m'adressais à toute autre femme, je n'oserais la suite, hésita Leone. Ils ne s'arrêteront pas là, madame. D'autres nervis se rapprocheront sous peu de

1. Transpercer gravement.

2. L'empoisonnement était considéré comme le crime de sang le plus impardonnable en raison de sa sournoiserie et sans doute parce qu'il était presque impossible de s'en protéger.

vous. La terreur m'envahit alors que je prononce ces paroles.

– Je ne l'ignore pas, monsieur, répondit-elle d'un ton détaché.

– En plus de Clément, il me faut découvrir qui organise les vilenies de Benedetti à votre endroit. Le camerlingue ne peut agir depuis Rome. Il a fallu qu'il s'associe les services d'un acolyte, voire d'un complice roué, extrêmement intelligent et redoutable. Cette personne anéantie, Benedetti aurait bien du mal à surmonter sa défaite, nous laissant du temps pour agir et le contrer, directement cette fois.

– Il s'agit d'une vile bête qui rôde autour de nous depuis des années sans même que nous parvenions à apercevoir son ombre. Comment vous y prendrez-vous ?

– Je ne manque pas d'alliés, biaisa Leone en songeant à Clair Gresson et à ses espions.

Il s'interrompit à l'entrée de Benoîte qui servit la suite, des écrevisses en gelée.

– Je me suis sustenté à satiété, madame. Grand merci pour vos bontés. Offrez le reste de mon repas à vos pauvres, pour l'amour du Christ.

– L'appétit m'a fuie, moi aussi. Je pars demain pour Alençon, lâcha-t-elle d'un ton sans appel.

– Certes pas. Vous leur rendriez la partie aisée et plaisante, répliqua Leone d'un ton sec.

– Je vais rejoindre mon époux. Je le ferai sortir de geôle.

– Madame, ne connaissez-vous pas assez leurs ruses et leurs menteries ? Il a fallu… assassiner Florin pour vous tirer de leurs griffes. Artus d'Authon s'est décidé en toute connaissance de cause. Ne pas accepter cette confrontation revenait à vous livrer. Il le savait. Il a agi en homme d'honneur et d'amour.

– S'ils me veulent tant, ils libéreront mon époux.

– Ils veulent vous tuer, madame.

– N'avez-vous pas affirmé qu'accepter l'idée de mourir, c'était étouffer la peur ? Qu'elle se rétractait alors, penaude. Je pars demain à l'aube.

– Non.

– Votre pardon ?

– Non. (Leone ferma les paupières et balaya ses cheveux blond moyen vers l'arrière.) Madame, l'œuvre de ma vie, sa signification, sa seule justification est de veiller sur vous. Je mourrai pour vous, madame. Je ne vous laisserai pas disposer de votre existence sur un coup de tête, aussi brave et amoureux soit-il…

Soudain glacial, il ajouta :

– Levez-vous, madame. Je vous reconduis dans votre chambre.

– Que…

– Je me déteste de ce que j'entends faire. Implorer votre pardon ne servirait de rien. Aussi vous l'épargnerai-je. Levez-vous, madame. Vous demeurerez confinée en vos appartements dont la porte sera surveillée par moi. Vous ne vous rendrez pas à Alençon pour vous jeter dans la gueule des fauves. J'en fais le serment devant Dieu. Monseigneur d'Authon s'est sacrifié. Il savait exactement ce qu'il faisait.

– Allons, monsieur ! protesta Agnès. Entendez-vous me traiter comme une prisonnière en ma demeure ?

– Si fait, et je vous supplie de m'entendre à défaut de me pardonner. Vous êtes infiniment trop précieuse pour que je tolère votre projet. Suivez-moi jusqu'à votre chambre, madame. De grâce, ne résistez pas. Je serais forcé de vous contraindre, pour ma plus grande honte. J'avertirai au plus vite votre grand bailli. Nul doute qu'il me donnera raison. Vos gens recevront interdiction de seller votre cheval ou d'atteler votre fardier de voyage.

Elle se redressa et se tint très droite devant lui.

– Vous n'y songez pas, monsieur ! M'interdire de secourir mon époux !

– Non pas. Vous interdire de vous jeter dans la gueule du loup qui n'attend que cela. Nul ne s'appartient, madame. Vous appartenez à votre époux, à vos deux fils, un peu à moi aussi et à tous ceux qui vous aiment et sont prêts à périr pour que vous viviez. Surtout, vous appartenez à un futur qui fut décidé par les plus hautes Puissances. Suivez-moi, je vous en conjure.

– Pourquoi ne vous hais-je point ? s'étonna Agnès.

– Peut-être parce qu'une part de vous sait que j'ai raison. Venez, madame.

Agnès lui emboîta le pas avec une docilité qui la surprit. Leone avait vu juste. Une part d'elle se serait précipitée au secours de son amour, une autre calculait, évaluait. Elle devait rester céans afin de défendre Clémence et le petit Philippe. Si elle se présentait en la maison de l'Inquisition, ils ne l'en laisseraient pas ressortir, sans pour autant libérer Artus. Clémence n'aurait alors plus personne vers qui se précipiter si le danger se rapprochait d'elle. Or il était tout proche. Les confidences de Leone au cours du souper n'avaient fait que confirmer l'intuition d'Agnès. L'encore fillette n'avait pas tout à fait douze ans, bien que majeure[1] dans quelques semaines.

1. La majorité des filles était fixée à douze ans, celle des garçons à quatorze.

Leone poussa le battant de la porte et s'effaça afin de lui livrer passage.

– Madame, il me désespérerait de devoir verrouiller cette porte. Ai-je votre parole devant Dieu que vous ne tenterez pas de quitter le château ?

– Vous l'avez, chevalier. Que je sois maudite si je m'en dédis.

– Bien. Que la nuit vous soit bonne.

Elle ne le fut pas. Agnès erra jusqu'à l'aube dans ses sinistres pensées. Ils avaient tenté de la tuer à trois reprises afin de s'assurer qu'elle ne concevrait plus. Sans doute récidiveraient-ils. Ils ne traquaient Clémence que dans l'espoir de récupérer les manuscrits. S'ils venaient à apprendre qu'elle était une fille, sa fille, ils l'abattraient comme une bête. Une question la hantait depuis des mois. Comment une fillette parvenait-elle à survivre seule, sans appui, sans argent, quand les sbires du camerlingue la traquaient sans relâche ?

Maison de l'Inquisition, Alençon,
Perche, octobre 1306

Ce tôt matin là, il régnait un froid de gueux dans le bureau d'Agnan. Le jeune clerc avait fourré les mains dans les manches de sa robe de vilaine bure dans le très vain espoir de les réchauffer. Attentif, il écoutait le frère Vieuvie qui se tenait assis en face de lui. Son visage poupin et jovial inspirait la confiance. Son grand regard myope semblait se poser sur toutes choses avec bienveillance. Le dominicain Henri Vieuvie était venu requérir l'aide de la maison de l'Inquisition, ainsi que l'y autorisait le billet de mission que lui avait remis le camerlingue Honorius Benedetti. Le moine s'empêtrait depuis un quart d'heure dans des explications si évasives qu'Agnan s'appliquait à le suivre entre les mots. De toute évidence, frère Vieuvie n'avait nulle envie de révéler la nature exacte de son emploi, tout en essayant de glaner des informations.

– Mon frère en Jésus-Christ, si je vous entends bien, vous recherchez un luthier, sans pouvoir le rechercher vraiment, résuma Agnan.

L'autre poussa un soupir dont Agnan ne sut s'il était de soulagement ou d'agacement.

– En quelque sorte, hésita l'autre. Certes, je suis aidé de trois laïcs dans ma tâche… la robe et la tonsure étant trop révélatrices… toutefois, comment dire… nous devons faire preuve de la plus extrême discrétion.

– S'il s'agit d'un hérétique, pour quelle raison ? lança Agnan, que l'embarras palpable de l'autre intriguait mais qui avançait à pas comptés.

Frère Vieuvie éluda avec maladresse :

– Votre connaissance de la ville, où vous naquîtes m'a-t-on confié, et de sa population me rend votre collaboration précieuse. Nous cherchons donc un luthier qui pourrait avoir votre âge, quelques ans de plus à peine, et que l'on nous a décrit comme malingre et… (Il hésita, détournant son regard du secrétaire, puis acheva :) fort laid, caractéristiques qui devraient vous orienter.

Agnan réfléchissait à toute vitesse. Pourquoi Henri Vieuvie et ces laïcs ne rendaient-ils pas visite aux luthiers de la ville ? La puissance de l'Église, que le dominicain installé en face de lui représentait, l'y autorisait. Afin d'éviter que le mot se donne, que la personne qu'ils recherchaient ne soit avertie et ne prenne la poudre d'escampette. En d'autres termes, l'histoire que lui avait servie son frère ne tenait pas debout. Nul n'aurait prêté secours à un hérétique, à moins d'accepter d'en devenir complice et de risquer un châtiment à peine plus clément. Simulant la réflexion, les sourcils froncés de concentration, il biaisa :

– Eh bien, il existe trois luthiers dans notre bonne ville. Le premier est si vieux qu'il ne saurait être celui que vous cherchez. Le second, dans la maturité, est une grande carcasse d'homme au point que l'on se demande comment ses doigts de charretier réalisent les merveilles de délicatesse qui ont fait sa réputation. L'âge du dernier pourrait correspondre. En revanche, il est plutôt avenant de figure. Je pense, mon frère, qu'Alençon n'est probablement pas la ville où s'est réfugié ce suppôt de Satan, à moins qu'il n'ait changé de métier.

Dieu lui pardonnerait ce mensonge, Agnan n'en avait nul doute. Les manigances, les menteries, les pièges de l'Inquisition l'écœuraient depuis le procès de madame de Souarcy. Il était juste et bon de ne pas y participer, voire de les contrer pour la gloire du Divin Agneau.

Une déception mêlée de colère sourde se peignit sur le visage de son vis-à-vis, le rendant soudain beaucoup moins engageant.

Agnan savourait sa petite victoire. Lui, la laborieuse fourmi, contribuait à l'éternel combat vers la Lumière. La Lumière est grisante. Agnan l'avait appris au contact de madame de Souarcy, qui la dispensait sans même en être consciente. Avoir approché la Lumière, s'en être abreuvé, aussi fugacement fût-il, s'accompagnait d'une irréversible transformation : un tenace dégoût pour les ténèbres vous envahissait. Il luttait pied à pied, de toutes ses maigres forces, contre l'avancée des Ténèbres. Et puis, bah, si on lui reprochait un jour d'avoir décrit le luthier Denis Laforge comme « avenant », il pourrait rétorquer que tout était relatif. Pour une fois, sa hideur le servirait. En effet, comparé à Agnan, Laforge pouvait revendiquer un physique quelconque, sans laideur particulière.

Vieuvie prit congé peu après, sans même un remerciement. Agnan exultait. Elle serait fière de lui. Agnès. Il décida d'aller au bout de sa rébellion.

Il patienta jusqu'après sexte, incapable de se concentrer sur son travail, une interminable copie d'actes des récents procès. Agnan sortit alors de la maison de l'Inquisition, adoptant la démarche paisible d'un obscur secrétaire. Il se dirigea vers la rue de la Poêle-Percée et pénétra dans l'auberge du Chat-Borgne où il avait ses habitudes de midi. Le pot-en-bouille[1] qu'on y servait en guise de repas manquait certes de délicatesse, mais il était mangeable et peu onéreux. De surcroît, maître Borgne lui servait de généreuses portions de nature à le rassasier pour la journée et à lui permettre d'économiser un souper. Sans doute le bonhomme cherchait-il à se faire pardonner une longue vie de veniales[2], ce que laissaient supposer sa belle trogne d'ivrogne et sa panse triomphante. Le Chat-Borgne pouvait s'enorgueillir de deux autres particularités qu'ignorait l'ombre qui avait emboîté le pas à Agnan dès sa sortie de la maison de l'Inquisition et que celui-ci, sur ses gardes, avait aussitôt repérée.

Maître Borgne se précipita vers lui.

– Aujourd'hui, c'est une merveille, lança-t-il. Une marmite de poisson à l'aigre-douce dont vous me direz des nouvelles. Et les poissons étaient frais, l'œil bien vif.

– Seigneur Borgne, approchez-vous que je vous confie un secret ecclésiastique.

Flatté, songeant qu'il se rapprochait encore d'un pas du paradis, le tenancier s'installa carrement à la table et se pencha vers Agnan.

– Il s'agit d'un secret, m'entendez-vous ?

– Une tombe, jura l'autre en levant la main droite.

– Un seigneur inquisiteur m'a confié une tâche de la plus haute importance. Je suis suivi… par des ennemis de notre foi, ajouta-t-il pour faire bonne mesure.

---

1. Donnera « tambouille ».
2. De « *venia* » : grâce, faveur. Péchés véniels.

Bouche entrouverte, l'autre l'encourageait de petits mouvements de tête.

– Il me faut utiliser votre trou d'aisance et… ne revenir que lorsque votre merveille sera servie fumante sur la table.

– Entendu.

– Si dans l'intervalle les vils coquins qui tentent de m'empêcher de remplir ma mission vous interrogeaient, répondez que la nature m'a appelé et qu'à l'habitude elle me cause de durables embarras.

– Euh…

– Une constipation rebelle et coutumière, en d'autres termes.

La compréhension puis l'hilarité éclairèrent le gros visage violacé par des décennies de fonds de cruchons.

– Ben, tiens, ça arrive à tout le monde de pas pouvoir en pousser une ! Vous inquiétez pas. Je mens si bien que même moi j'ai du mal à retrouver la vérité. Allez, je prépare votre poisson à l'aigre-douce. Répondez donc à l'appel pressant de la nature, mon frère, lança-t-il sur un gros rire.

Agnan sortit par l'arrière de la taverne et se dirigea rapidement vers la cabane de bois qui abritait le restrait, sorte de trou creusé à même la terre. Il escalada le muret et se retrouva dans la rue parallèle à celle de la Poêle-Percée. Remontant à deux mains sa robe au-dessus de ses chevilles, il fonça.

Le deuxième avantage du Chat-Borgne était sa situation géographique : à cent toises de l'échoppe du luthier Denis Laforge. Sans même reprendre son souffle, il poussa la porte.

Laforge était penché au-dessus d'une lyre dont le large chevillier avait été brisé. Il leva la tête et sourit machinalement. Agnan ne s'embarrassa pas d'entrée en matière. Le temps pressait :

– Ils vous recherchent. Un dominicain de l'Inquisition et des laïcs. Je vous ai aussitôt reconnu à leur description.

Le sang se retira du visage du luthier, preuve que cette annonce ne le surprenait guère.

– Dieu tout-puissant, murmura-t-il. Cela n'aura donc jamais de fin, murmura Sulpice de Brabeuf d'un ton doux.

– Ils tentent de faire accroire que vous êtes un dangereux hérétique. S'ils vous arrêtent, vous serez placé au secret et nul ne pourra vous secourir. Quant aux témoignages contre vous, ils les forgeront. Ils en ont grande pratique. J'ignore pour quelle raison ils vous cherchent si ardemment et nous n'avons guère le temps de nous y attarder. Mon conseil : fuyez au plus vite. Je pense les avoir retardés en leur mentant.

L'ancien moine du monastère de Vallombrosa dévisagea Agnan :

– Pourquoi m'aider ? Vous êtes dominicain et s'ils venaient à apprendre votre trahison…

– Pour l'amour de Dieu, mon frère. Pour que vive la Lumière.

Il disparut à ces mots, courant vers le Chat-Borgne. Les semelles de bois de ses socques glissaient sur les pavés irréguliers. Il n'en avait cure. Il lui semblait avoir des ailes, être porté par une force incommensurable. Il était à peine essoufflé, lui le maigrelet, le chétif, lorsqu'il s'installa devant son poisson à l'aigre-douce fumant. Maître Borgne le rassura. Nul ne s'était enquis de lui durant sa courte absence.

Contrairement aux affirmations optimistes du cabaretier, lesquelles frisaient l'escroquerie, la pitance sentait le poisson fatigué de fin de marché. Malgré l'abondance de gingembre, de cardamome et la généreuse ration de vin aigre grâce auxquels maître Borgne avait espéré en atténuer le fumet, une odeur suspecte s'en dégageait. Peu importait. La victoire avait aiguisé l'appétit d'Agnan.

Lorsque le jeune clerc ressortit une heure plus tard, l'ombre le suivit de loin jusqu'à la maison de l'Inquisition.

Un sourire espiègle aux lèvres, il se réinstalla derrière sa table de travail. Il leur réservait un autre tour de sa façon ce soir.

Rue Saint-Amour, Chartres, octobre 1306

Madame de Neyrat fit mander Mathilde dans sa chambre, ce tôt matin. Adossée à ses douillets coutes, en fin vêtement de nuit, le nuage de ses cheveux blonds la faisait ressembler à une fée bienveillante. Avant même d'aborder ce qui l'occupait, elle précisa :

– Ma chambre me semblait un lieu de discrétion, ma chère mie. Angélique ne doit, sous aucun prétexte, connaître la nature de notre alliance.

– Ma parole, madame, murmura Mathilde, grisée par ce pacte qui ne liait qu'elles deux.

– Installez-vous à mon côté.

Mathilde la rejoignit et s'assit sur le lit, émerveillée par la finesse de la peau laiteuse de ses bras.

– J'ai reçu hier les informations qui me manquaient encore. Ma belle mie, votre revanche est proche, enfin. Vous la méritez. Je dois m'absenter deux jours afin de mener mes affaires. Dès mon retour, je vous expliquerai par le menu ce que j'attends de vous, en grande amitié. Songez, Mathilde… Songez que le monde vous appartiendra sous peu.

Certes, tu devras avant enherber ta mère, compléta madame de Neyrat en son for intérieur. Ne me fais pas faux bond, petite sotte !

Il s'agissait d'un changement radical du plan qu'elle avait fait miroiter à Mathilde, à savoir se contenter de gâcher à jamais le futur de sa mère. Il y a un tel gouffre entre un meurtre et un acharnement à la perte de quelqu'un. Elle allait devoir jouer finement pour faire admettre à Mathilde que ledit gouffre n'était en réalité qu'une broutille. Toutefois, elle faisait confiance à la nature propice de la jeune fille, dont l'unique véritable engouement était elle-même. Seul le premier meurtre commis de sang-froid compte, pour celui qui transgresse la loi de Dieu et celle, moins impérieuse et surtout plus floue, des hommes. Une alternative est alors possible, nulle autre. Un remords sans trêve, qui corrode les jours et les nuits. Celui que subissait Honorius Benedetti depuis des lustres. Ou une sorte de jubilation de rebelle. Avoir enfreint ce qui retenait tous les autres. Les meurtres suivants deviennent alors de simples copies, de la roupie.

– Vous allez sous peu rejoindre votre mère en fille aimante et repentante. Je gage qu'elle désespère tant de vous retrouver qu'elle gobera toutes vos menteries. De la belle ouvrage en perspective. Comme vous allez me manquer, ma chère mie, se plaignit madame de Neyrat en plaquant une belle main fine sur son cœur. Cependant, réjouissons-nous : il ne s'agit que d'une brève séparation. Nous nous rejoindrons ensuite bien vite.

Lorsque, une petite demi-heure plus tard, Mathilde sortit de la chambre de sa bienfaitrice, elle était si heureuse et agitée qu'elle ne vit pas l'ombre légère se plier vivement derrière un haut coffre. Accroupie, lèvres serrées, Angélique attendit pour se relever que l'écho de son pas disparaisse en bas de l'escalier.

– Regardez, damoiselle, ce que je vous ai préparé. Des nougats noirs aux éclats de noisette et d'amande et à la cannelle afin d'accompagner votre malvoisie de soirée.

Quelle cruche faisait cette enfante. Combien de fois faudrait-il lui seriner qu'une demoiselle ne s'abaissait pas à retourner pots et marmites en cuisine ! Certes, elle n'était qu'une gueuse qui avait eu l'insigne privilège d'être distinguée, malgré sa crasse, par madame de Neyrat. Tout de même !

L'irritation de Mathilde n'avait fait que croître et embellir depuis le départ de sa protectrice au matin. Cette Angélique et le miel de ses attentions lui tapaient sur les nerfs à pleurer. La fillette la saoulait de prévenances. Toutefois, depuis leur récente explication, celle-ci s'efforçait de ne pas agacer Mathilde et se collait moins dans son sillage. Sans grand résultat puisque c'était son existence même qui exaspérait la jeune fille.

Enfin, dans quelques petits jours, elle en serait débarrassée, aussi se contraignit-elle à l'affabilité :

– Comme c'est serviable de votre part. Des nougats. Un de mes péchés mignons.

Angélique rosit de bonheur et se plia en révérence. Elle déposa la palette de bois à cuilleron sur le guéridon, à côté du verre de malvoisie.

– Je vous laisse déguster votre en-cas en quiétude, damoiselle.

Mathilde soupira de soulagement à la perspective de reprendre la rêverie éveillée qui ne la lassait jamais : elle, ce qu'elle deviendrait, ce qu'elle ferait ensuite.

Une intenable douleur réveilla Mathilde à la nuit. Elle tenta de se lever afin d'appeler à l'aide et s'écroula sur son lit en gémissant. Elle glissa vers le plancher, tentant de se retenir aux draps trempés de sueur et d'humeurs rosâtres. Elle voulut hurler, mais la souffrance la suffoqua. Elle se traîna vers la porte, en nage, sanglotant de terreur. Une nausée violente la secoua. Un flot de sang s'écoula de sa bouche. Luttant contre l'asphyxie, elle parvint à émettre un faible cri. Des pas légers s'approchèrent de sa porte.

– De grâce, à l'aide… une convulsion.

La porte s'entrouvrit et le minois d'Angélique s'encadra dans l'embrasure.

La fillette se rua vers son aînée. L'affolement la gagna lorsqu'elle découvrit la mare de sang qui fonçait les lattes claires du plancher.

– Ah mon Dieu… mon Dieu ! Je cours quérir les secours, le mire…

Elle se précipita hors de la chambre, abandonnant Mathilde qui se tordait de douleur, affalée sur le flanc.

Deux valets parvinrent à l'installer sur son lit. Une servante s'obstina à lui humidifier le front avant que le mire, tiré du sommeil, n'arrive enfin. Mathilde était d'une pâleur de cire. À moitié inconsciente, elle ne se plaignait presque plus, râlant par intermittences, cherchant son souffle à grandes inspirations. Le mire lui tâta le ventre, la gorge, et préconisa une saignée afin d'éclaircir ses humeurs.

Mathilde de Souarcy expira au petit matin sans avoir repris connaissance, juste après l'onction du front dispensée en urgence par le chapelain de madame de Neyrat.

Blême de fatigue, Angélique rejoignit sa chambre. Elle s'adossa contre le battant dont elle venait de tirer le verrou et plaqua la main sur sa mignonne bouche pour étouffer le pouffement qui chahutait dans sa gorge depuis une heure. Le mire l'avait bien secondée, en pratiquant une saignée quand cette garce prétentieuse se vidait déjà de son sang grâce au verre pilé que la fillette avait ajouté aux nougats, songeant que les éclats de noisette justifieraient les duretés sous la dent qui risquaient de surprendre Mathilde. Deux protégées, c'était une de trop. Angélique n'avait nulle envie de partager les libéralités de sa mère de substitution avec une bécasse péremptoire. Elle avait été bonne élève et avait profité de la science infecte dispensée par la malfaise. Elle tira du fond de son almaire le coffret qu'elle avait emporté en laissant derrière elle la masure. Elle s'y était morfondue toutes ces années en attendant une chance d'en sortir pour toujours. Qu'avaient-elles donc toutes à la vouloir comme enfante ? Bah, elle n'allait pas s'en plaindre. Elle contempla le mince réceptaire noirci des effarantes recettes de la malfaise, des recettes bien de ce monde destinées à faire passer de vie à trépas plus ou moins lentement, ainsi que les petites fioles. Quel poison réserverait-elle à la Neyrat lorsqu'elle n'en aurait plus besoin ? Dans quelques années... Elle l'ignorait encore. Il lui fallait tant apprendre jusque-là, se faire aimer afin de récupérer le nom et l'héritage de celle qu'elle allait s'employer à charmer au point de lui ôter le bon sens et la plus élémentaire prudence.

Lorsque Aude de Neyrat rentra le lendemain, la fureur le disputa en elle à l'incompréhension. Réjouie par le spectacle de la crise nerveuse de sa « mère », Angélique, tassée dans un fauteuil du petit salon de lecture, prétendit pleurnicher en se tordant les mains de chagrin.

– Enfin, c'est à y perdre son latin ! rugit à l'adresse de son mire madame de Neyrat que son élégant flegme abandonnait. À peine quatorze ans et une crise de convulsion l'emporte, dites-vous ?

– Certes, madame, répondit l'autre d'un ton docte, Savez-vous si elle y était sujette dans la jeune enfance ?

– Je l'ignore et m'en moque !

– Les violents spasmes qui ont agité mademoiselle d'Ongeval ont déclenché des saignements de viscères.

– Et pourquoi, diantre, avoir alors pratiqué une longue saignée, à ce que m'ont rapporté mademoiselle ma fille et les serviteurs présents ?

– Madame, s'offusqua l'autre. C'est ainsi que l'on procède en semblables circonstances.

Se voulant pédagogue, le mire expliqua :

– Il existe différents types de sang. Un sang noir et néfaste que l'on doit chasser par saignée et un sang pur et dynamique que l'on doit préserver. Les saignées permettent de se débarrasser de l'un au profit du second.

– Laissez-moi, monsieur. Je dois réfléchir.

– Et pour l'inhumation ? Nous vous attendions afin de recueillir vos ordres.

– Au plus rapide et au plus simple, j'ai déjà mon compte de tracas en tête, s'énerva Aude de Neyrat.

– Il faudrait avertir la proche parentèle de feu votre protégée et…

– Je vous sais gré de votre sollicitude, cependant, elle est superflue. Mathilde d'Ongeval était… orpheline, ce qui explique que je l'ai accueillie sous ma protection. Veillez aux préparatifs. Je dois réfléchir, vous dis-je.

Le mire sorti, elle laissa libre cours à son humeur dangereuse et explosa :

– Il aura fallu qu'elle me gâche la bile jusqu'au bout, celle-là !

À la vérité, l'affolement commençait de gagner madame de Neyrat. Mathilde trépassée, comment allait-elle s'acquitter de sa promesse d'honneur envers le camerlingue ? Un doute déplaisant mais insistant s'insinuait dans son esprit. Les coïncidences devenaient si implacables qu'une sorte de crainte superstitieuse l'envahissait. Cette Agnès de Souarcy bénéficiait-elle d'une protection divine, pour que toutes les entreprises contre elle échouent ? Étrangement, elle ne parvenait pas à la détester et encore moins à la maudire. Il est vrai que l'exécration est un sentiment d'une rare puissance, tout comme l'amour, et madame de Neyrat, s'en méfiant, les avait exclus de sa vie. Elle venait tout juste de recouvrer la tendresse, grâce à Angélique. L'amour, le véritable amour viendrait sous peu, elle le sentait. Qu'imaginer afin de se défaire, une fois pour toutes, de cette Authon ? Pas Angélique, qu'elle aurait pu dresser pour en faire une redoutable enherbeuse grâce à son âge et à son allure de pureté. Jamais. Angélique serait protégée de toutes les malignités, Aude y veillerait. Une idée se fraya un chemin dans son cerveau en confusion. Pourquoi pas elle ? Ni Agnès d'Authon, ni son entourage ne la connaissaient. Il suffirait d'éviter à tout prix une rencontre avec les moniales des Clairets. Après tout, on n'est jamais si bien servi que par soi-même, surtout en matière de crime.

– La peste soit de cette idiote de donzelle ! Si elle était encore de ce monde, je la giflerais avec bonheur afin de m'apaiser l'aigreur, éructa-t-elle en tapant du pied.

Un reniflement plaintif lui répondit.

– Oh, ma douce… Je vous inflige de stupides histoires. (Forçant une jovialité qu'elle était loin de ressentir, madame de Neyrat proposa :) Venez ma tendre, que je vous lise un conte. Une histoire de belle princesse, comme vous. Les belles princesses ne doivent jamais se préoccuper de vilaines choses.

Rue de la Poêle-Percée, Chartres, octobre 1306

Son tablier de cuir toujours noué autour de la taille, le batteur[1] patientait, buvant son verre de vin à petites gorgées. Il avait plié avec soin sa houppelande de grosse laine doublée de lapin sur le siège en face de lui. Un signe clair pour les habitués de l'auberge du Chat-Borgne : il ne souhaitait nulle compagnie, surtout pas celle d'un bavard esseulé qu'une envie de causette aurait poussé à s'asseoir à sa table, pour lui demander ensuite si sa présence ne le gênait point.

Enfin, celui qu'il attendait poussa la porte de la taverne et il l'accueillit d'un sourire discret.

Agnan se défit de sa cape trempée par l'averse et soupira d'aise avant de murmurer :

– Cheval…

– Chut… Ici, je suis François. Asseyez-vous, mon bon Agnan. Je remercie Dieu de la joie que me procure le plaisir de vous revoir.

– Quant à moi, les missives que nous échangeâmes après votre départ pour Chypre et dans lesquelles je vous contais les nouvelles de la comtesse que j'avais pu glaner me furent d'un constant soutien. Savez-vous, che… François, qu'il a fallu que je me trouve en cette

1. Affineur de métal qui transforme les barres en feuilles avant de les livrer aux fabricants d'objets.

maison de l'Inquisition bruissante de présences pour découvrir le désert de la solitude ? N'est-il pas déroutant que je me sois soudain rendu compte que je n'avais nul ami, personne à qui me confier, hormis vous que je ne connaissais que de quelques heures et qui étiez si loin ?

– Déroutant ? Je ne le crois pas. On a les amis que l'on mérite. Vous viviez, au fond, une existence réglée, déterminée par les lois et ordres des autres. Vos amis vous ressemblaient. Vous m'avez, au mépris de votre sécurité, rejoint dans un incessant combat contre les Ténèbres. Peu d'êtres souhaitent s'y associer. Ils sentent confusément que nous ne sommes pas des leurs et s'écartent de nous qui apportons le trouble en leur esprit. Je ne les en blâme pas. Toutefois, nous ne sommes pas seuls, Agnan. Nous sommes une multitude. Levons notre verre à la grandeur des hommes.

Deux ans plus tôt, lors de ce manger que Leone avait offert un soir au jeune clerc à l'auberge de la Jument-Rouge, Agnan, un peu ivre, s'était ouvert de sa déception, du remords qui commençait de le ronger d'avoir participé, même de loin, à ce qu'il avait nommé une infamie. Bafouillant d'appréhension et d'hypocras, les larmes aux yeux, il avait confessé sa volontaire cécité. Au fond, il savait, sans l'admettre, que nombre des procédures inquisitoires n'étaient que de sinistres et sanglantes bouffonneries. L'Inquisition servait à terroriser, à étouffer dans l'œuf toute idée de désobéissance. Elle s'en acquittait admirablement. Lorsqu'il s'était acharné sur la preuse Agnès de Souarcy, Nicolas Florin, le démoniaque, n'avait fait que déciller Agnan, le contraindre à voir. Rien de plus. Leone avait alors détaillé le petit visage de fouine. Une passion dévorante faisait luire ses prunelles. Étrangement, il n'avait eu nul doute de la foi brûlante et de la force immense qui habitaient le clerc. Étrangement, alors que sa route venait tout juste de croiser celle du jeune homme, la coutumière méfiance du chevalier l'avait abandonné. Baissant la voix en murmure à peine audible, il avait raconté la Quête. La fabuleuse importance d'Agnès de Souarcy et de sa fille à venir, le sang différent* qu'elles transmettraient jusqu'à la Seconde Venue. Bouleversé, le jeune secrétaire l'avait fixé un long moment sans pouvoir parler. Enfin, il avait chuchoté à son tour :

– Ainsi, j'avais raison. Madame de Souarcy est un ange qui a métamorphosé ma vie de pathétique fourmi. Si vous voulez de mes faibles possibles mais de toute mon obstination… Ma vie, chevalier. Elle vous est acquise. Elle leur est acquise, à elle et à sa fille à naître.

Agnan avait ainsi rejoint la cohorte des ombres de lumière qui se terraient depuis des siècles afin de préserver le Deuxième Avènement. Au cours de ce souper, il avait été décidé que le jeune homme demeurerait en la maison de l'Inquisition afin de surveiller leurs ennemis les plus proches. Quant à Agnès de Souarcy, à l'affût du moindre détail la concernant, il renseignait Leone qui devait repartir au plus tôt vers la citadelle chypriote de Limassol.

Agnan narra rapidement la visite de ce dominicain, Henri Vieuvie, expliquant qu'il avait prévenu le luthier Denis Laforge.

– Pourquoi le cherche-t-il au point d'exiger l'assistance de la maison de l'Inquisition, s'il n'est pas hérétique – et vous semblez sûr de votre fait ? questionna Leone.

– Oui-da. Toutefois, le billet de mission étant signé de la main du camerlingue, on peut imaginer que Laforge n'est pas sans lien avec ce qui nous inquiète depuis des années. Je ne pouvais différer jusqu'à votre arrivée à Alençon. Ils risquaient de l'arrêter. Aussi lui ai-je conseillé de fuir au plus rapide, sans le presser de questions.

– Vous avez fait justement, le rassura Leone. Et monseigneur d'Authon ?

– Il se morfond dans sa cellule. Cependant, il est traité avec égards. Jacques du Pilais, le seigneur inquisiteur chargé de son interrogatoire, me semble homme d'honneur et paraît fort embarrassé. Il a incontestablement voulu connaître la vérité au sujet de cette bague d'alliance retrouvée fort à propos sur les lieux du crime, deux ans après les faits. Pourtant, il fait durer cette mystification. La procédure l'y autorise. S'il lui plaisait, monseigneur d'Authon pourrait demeurer sa vie entière dans ce cul-de-basse-fosse.

– Il obéit aux ordres reçus, commenta Leone. Je m'étonne toutefois qu'ils n'aient pas choisi un autre Florin pour mener à bien leurs odieux desseins. Un inquisiteur que ne gêne pas la manipulation des preuves et des témoignages.

– Pilais n'est pas de cette race-là, j'en jurerais. C'est un homme de sévérité et d'austérité, pas d'iniquité.

– Ils se seront donc trompés dans leur choix, une nouvelle preuve que Dieu veille sur nous.

– Je n'en doute pas. Selon moi, Pilais fut choisi parce qu'il est cousin de monseigneur d'Évreux, le demi-frère du roi, ajouta Agnan. L'ordre de présentation que reçut monseigneur d'Authon émanait de la main du souverain désireux de se concilier les bonnes grâces de Clément V. L'évêque d'Évreux pouvait espérer que Jacques du Pilais, placé directement sous son autorité, rendrait service à son bon cousin d'Évreux en faisant preuve d'une extrême rigueur à l'endroit du comte d'Authon, quitte à falsifier les pièces à charge.

– Je crois que vous voyez clair, admit le chevalier. Agnan, je redoute toujours pour la vie de madame d'Authon. Benedetti ne pouvait confier son enherbement qu'à un complice fiable et très proche de lui. Il me faut remonter jusqu'à lui et l'anéantir. Ce ne sera certes pas la fin de la guerre, car je gage que Benedetti le remplacera tôt ou tard, mais cela nous ménagera une trêve.

– Pensez-vous que ce complice soit à Alençon ?

– Je l'ignore, mais il n'est pas tant de grandes cités proches où se fondre dans la masse, recruter des nervis et ourdir des stratagèmes.

– Alençon et Chartres. Authon-du-Perche serait d'une rare imprudence. Quant à Mortagne, la ville est de taille modeste. Un étranger y est bien vite repéré. Je me charge d'Alençon, François.

– Et je m'occupe de Chartres. À vous revoir très vite, mon ami.

– À Dieu plaise.

Château d'Authon-du-Perche,
Perche, octobre 1306

Un silence accablant. La clarté parcimonieuse d'un glacial après-midi d'hiver. L'odeur lourde et acre des cierges. L'usure glissante des dalles noires. L'écho d'un pas.

Francesco de Leone avançait, frôlant le déambulatoire de l'église. Son manteau noir orné d'une large croix blanche à huit branches soudées deux à deux effleurait ses bottes de cuir.

Il suivait la silhouette qui se déplaçait, à peine trahie par le bruissement d'une étoffe, l'épais cendal d'une robe. Une silhouette de femme, une femme qui se dérobait, presque aussi grande que lui. La lumière des cierges se reflétait par intermittences sur la vague ondulée de sa chevelure. De longs cheveux qui dissimulaient sa taille, tombant jusqu'aux mollets, se confondant avec la soie de sa robe. D'un blond cuivré, évoquant le miel. Un essoufflement pénible faisait haleter Leone. Pourtant, le froid givrait ses lèvres.

Il tentait d'essuyer la sueur qui lui trempait le front, s'éraflant aux mailles de son gantelet. Pourquoi le portait-il ? S'apprêtait-il à livrer combat ?

Ses yeux s'étaient accoutumés à la demi-pénombre. Profitant de la faible lumière qui filtrait du dôme, et de celle, incertaine, des cierges, il fouillait l'ombre qui estompait les contours des piliers, absorbait les murs. De quelle église s'agissait-il ? Quelle importance ? Elle était de taille modeste. Pourtant, il suivait sa circonférence depuis ce qui lui semblait une éternité.

Il avait pris la femme en chasse. Pourquoi ? Elle ne fuyait pas, se contentant de maintenir la distance qui les séparait. Elle le précédait de quelques pas, semblant anticiper ses mouvements, longeant le déambulatoire extérieur pendant qu'il suivait l'intérieur.

Il s'immobilisait. Un pas, un seul, elle s'arrêtait à son tour. Le souffle serein de la femme lui parvenait. Il repartait. L'écho jumeau reprenait aussitôt.

La main de Francesco de Leone descendait doucement vers le pommeau de son épée, pourtant une infinie tendresse lui noyait le cœur. Il regardait, incrédule, sa main enserrer la boule de métal. De puissantes veines saillaient sous une peau qui s'était affinée et que des rides cisaillaient. Il avait tant vieilli.

Soudain, la certitude d'une autre présence, tapie dans l'obscurité. Une présence de sang et de meurtre. Une présence impitoyable. Non, repliées dans les ténèbres qui avalaient les absidioles, plusieurs présences malfaisantes. La femme s'était immobilisée. Avait-elle perçu les ombres féroces ? Un murmure : « À ma garde, chevalier, pour l'amour de Dieu tout-puissant. » Une main féminine, pâle, frôlait la manche de son bliaud[1] long, le faisant frissonner d'un ravissement presque insoutenable. L'autre disparaissait dans les plis de sa robe pour réapparaître aussitôt, enserrant l'éclat d'argent d'une courte épée. Ainsi, elle était armée. Il chuchotait : « Ma vie pour vous, madame. Ma vie avec joie » et se retournait avec lenteur vers elle. La soie jaune safran de sa

1. Tunique.

robe tendue sur son ventre. Elle était enceinte. Prête au combat afin de protéger l'enfant qu'elle portait. C'était l'enfant à naître que les spectres maléfiques voulaient détruire. Le regard de Leone remontait jusqu'au fin visage triangulaire, jusqu'au regard pers qui scrutait l'obscurité menaçante. Il connaissait ce visage. Il le connaissait si bien. Pourtant, il était incapable de préciser où il l'avait rencontré.

La courte épée se levait, pointant à l'est, vers l'une des absidioles qui parsemaient la circonférence de l'église. Un murmure sans hargne :

– C'est la femme qu'il faut abattre. C'est elle leur donneuse d'ordres. Pourtant, elle a presque oublié qu'elle était du côté du mal.

Leone fronçait les sourcils, incertain. Il se dirigeait à pas lents vers la petite chapelle. Une profusion de cierges dissipait un peu les ténèbres. À genoux en prière devant une statue de Vierge sereine, présentant à l'univers l'Enfant divin, une femme. Une femme si belle, si paisible qu'elle semblait un autre réceptacle de l'amour sans fin. Elle se levait sans hâte, tendait la main vers lui, souriante. Elle ouvrait la bouche, s'apprêtant à lui souhaiter la bienvenue en ce lieu. Un flot de sang rouge sombre dévalait vers son menton, gouttant paresseusement sur le devant de sa robe blanche.

Leone ouvrit brusquement les yeux, reconnaissant avec difficulté la chambrette située au-dessus des écuries qu'il occupait. Il se redressa avec peine dans son lit. Étrange. D'habitude ce rêve persistant le bouleversait au point qu'il s'éveillait trempé de sueur, le cœur affolé, le sang cognant dans les veines de son cou. Pas aujourd'hui. Une sorte d'inexorable calme l'habitait.

Le calme qui précède les combats, lorsque toute chose est dite, lorsque plus rien ne peut infléchir le cours du présent.

Une femme blonde, aux yeux d'émeraude. Une femme qui évoquait un ange. Un ange déchu. Les traits de son visage étaient gravés dans le souvenir de Leone, indélébiles.

D'obsédante prémonition, le rêve s'était fait message guerrier.

Torse nu, il s'inonda le visage et baigna ses bras dans l'eau froide de l'alveus. Les frissons qui le parcoururent estompèrent tout à fait la brume de rêve qui s'accrochait encore à son esprit. Il héla un valet de ferme, commanda que l'on selle son cheval et qu'on lui prépare un ballot de nourriture pour deux jours.

Agnès lisait dans la bibliothèque. Fidèle à sa parole, les seules promenades qu'elle s'était autorisées l'avaient menée d'un bout à l'autre du grand parc.

– Madame, une affaire urgente requiert mon attention. Je pars pour Chartres. J'y demeurerai sans doute plusieurs jours.

Elle acquiesça d'un signe de tête.

– Monge de Brineux, si vous le permettez, s'installera au château durant mon absence.

Amusée, elle rétorqua :

– Je ne suis plus une enfante que l'on doit mener par la main, chevalier.

– Eux non plus ne sont pas des enfants, madame.

– Certes. Je me dois rendre à Souarcy afin de visiter mes gens, monsieur. Ma parole me contraignant à ne pas franchir l'enceinte du château, je requiers de vous une extension de permission.

– Elle vous est acquise, madame. Toutefois, votre promesse que votre voyage se limitera à un simple aller et rentrer entre votre manoir et ici et que vous serez accompagnée par au moins deux gens d'armes du comte.

– Vous l'avez, monsieur. Sur mon honneur.

Il avala en cuisines un bout de fromage et une tranche de pain tartinée de suif puis sauta en selle.

L'ange déchu se trouvait à Chartres. Il l'avait senti avant même d'apprendre qu'il s'agissait d'une femme. Il en était maintenant certain. Ne pas penser à elle comme à une femme puisqu'il devait la tuer.

Une angoisse sourde tenait Leone pendant qu'il chevauchait. Il avait eu grand tort de permettre à Agnès de rejoindre Souarcy. Les routes étaient peu sûres, même escortée. Certes, la dame se défendrait avec fougue, mais que pourrait-elle faire contre cinq ou six malandrins ou hommes de main ? Elle serait cependant protégée par ses deux gens d'armes et, de plus, nul ne savait qu'elle comptait se rendre en son manoir.

L'envie de revoir les Clairets, de revivre, même fugacement, ce moment d'absolue félicité qui avait accompagné la découverte du manuscrit incompréhensible s'empara de Leone. Il galopait à proximité de la gigantesque abbaye de femmes. N'y résistant plus, il tourna bride.

Abbaye de femmes des Clairets,
Perche, octobre 1306

Leone mit pied à terre devant la porterie Majeure des Clairets après none. Le souvenir du beau sourire de sa tante et mère d'adoption, Éleusie de Beaufort, ancienne mère abbesse enherbée entre ces murs, l'étreignit.

Élégante Éleusie qui s'esclaffait telle une jeune fille lorsque sa robe s'enroulait autour de ses chevilles, la faisant broncher[1], alors qu'elle lui enseignait le jeu de soule[2]. Parfois, aux soirs d'été, elle désignait d'un doigt fin une étoile, la plus lumineuse, et déclarait en fermant les yeux de chagrin et d'affection :

– Donnez le bonsoir à votre mère, mon doux chéri.

– Est-ce bien madame ma mère que cette étoile ?

– Certes, c'est ma sœur, ma Claire, la plus étincelante d'entre toutes.

Éleusie avait trouvé une mort affreuse entre ces murs quand elle ne souhaitait qu'y découvrir la paix.

Leone bagarra contre la haine qu'il sentait monter en lui. Éleusie de Beaufort ne l'eût pas toléré.

---

1. Trébucher.
2. Ancêtre du football, du rugby et du hockey. Le jeu se pratiquait en tapant du pied, du poing voire du bâton dans un ballon d'étoupe recouvert de cuir.

Il dut s'expliquer longuement, le front contre le judas de l'huis, convaincre une portière laïque obtuse de la pureté de ses intentions et de son appartenance à l'ordre de l'Hôpital.

– Et où c'te donc qu'il est vot'surcot à la croix à huit pointes[1] ? demanda l'autre méfiante.

– Je voyage incognito, désigné par mon ordre. Pourrais-je, je vous prie, m'entretenir quelques instants avec votre nouvelle abbesse ? répéta le chevalier pour la vingtième fois.

La portière baissa le regard et le détailla par le grillage.

– Sauf vot'langage et vos bottes de voyage, m'avez plutôt l'air d'un gueux !

Jugulant son exaspération, Francesco de Leone insista d'une voix courtoise :

– Pourriez-vous faire quérir votre sœur apothicaire, Annelette Beaupré. Elle me connaît fort bien et vous rassurera tout à fait.

– Not'mère ?

– Annelette ?

– Ben, voui. C'est not'mère au jour d'aujourd'hui. Dieu soit loué. En v'là une à qui fait pas bon souffler dans les narines ! À part ça, c't'un ange de douceur et de compassion avec nous autres ! Un ange, j'vous dis.

À ce portrait séraphique – et n'eût été l'agacement qu'il réprimait avec peine – Leone aurait douté qu'ils évoquaient bien la même Annelette Beaupré.

1. La croix de l'ordre hospitalier de Saint-Jean de Jérusalem évolua entre le XIIe et le XIVe siècle. Le blason « d'argent à la croix potencée de gueules, cantonnée de quatre croisettes du même », c'est-à-dire d'une large croix hébergeant à chaque angle droit des branches une autre petite croix, devint « de gueules à la croix à huit pointes d'argent » après 1259.

– Voulez-vous donc bien la faire prévenir, je vous prie ?

Les yeux de la portière laïque s'étrécirent et sa bouche adopta la forme d'un cul de poule.

– Hum… j'm'en débrouille.

Le judas fut rabattu avec fermeté, indiquant au visiteur que l'échange était terminé.

Il ne s'écoula pas trois minutes avant qu'un ouragan ne surgisse par l'huis rébarbatif. La grande femme se rua telle une trombe à sa rencontre, bras ouverts :

– Doux Jésus, Sainte Mère de Dieu… Ah… quelle joie, mais quel contentement… Chevalier… Ah, chevalier…

Une telle fougue bienheureuse arracha un sourire à Leone :

– Ma mère, je suis si fortuné, soulagé également de vous revoir enfin. À la vérité j'ai bien souvent songé à vous et vous m'avez manqué. Je ne pouvais espérer mieux que votre élection pour les Clairets.

– Oh…, se rengorgea l'ancienne apothicaire, tant de louanges que je ne mérite guère ! Mais venez, venez… Que faisons-nous plantés tels deux balais devant la porterie ! Notre bonne Elisaba vous fera porter sous peu dans le bureau une collation et une revigorante infusion.

Il la suivit le long des interminables couloirs. Les voûtes, si hautes qu'elles se perdaient dans l'ombre, leur renvoyaient l'écho de leurs pas et la buée de leur souffle se mêlait. Francesco de Leone marqua un involontaire arrêt avant de pénétrer dans la vaste salle de travail où il avait souvent rendu visite à sa tante. Annelette lui adressa un petit sourire attristé.

– Je sais ce que vous ressentez. Moi-même… je me sens si bien dans ce bureau, il me calme, me porte. J'y passe mes jours et une bonne partie de mes nuits en amicale compagnie. Pourtant, je m'y sens également importune.

– Nulle autre que vous n'y aurait été plus à sa place, ma chère mère. Je vous le dis en vérité. La merveilleuse Éleusie vous aimait, certes comme l'une de ses filles, mais également comme une amie.

Annelette contourna la lourde table de travail et fixa un point situé au loin avant d'admettre :

– J'ai toujours eu la sotte vanité de me croire plus forte que les autres. Toutefois, je l'avoue, votre tante me manque terriblement.

Cherchant un prétexte, n'importe lequel pour dissiper ce moment d'émotion qui la rendait vulnérable, elle souleva une liasse de papiers en soufflant et s'emporta :

– Et ces papiers, ces listes, ces cartulaires[1], ces registres… Ça n'en finit jamais ! C'est à vous rendre chèvre la plus méticuleuse des femmes ! Et puis, ma vue baisse… Je dois écrire, tenant ma plume bras tendu, torse reculé. Certes, notre évêque m'a fait promesse de me ramener des béricles[2] de son prochain voyage en Italie. Je vais ressembler à une pauvre infirme[3] !

– Vous en parlez avec une telle aisance, quand tous les autres le dissimulent, que vous vous accommoderez

1. Recueils de copies de chartes au sens large. Ils apparaissent en France dès le IXe siècle. Il peut s'agir de dossiers renfermant les droits et titres d'un seigneur ou d'une abbaye, des actes de vente ou d'échange et des contrats, ou encore des actes d'administration d'un patrimoine et des inventaires. Il existe également des cartulaires de chroniques qui entremêlent chartes et récits historiques, etc.

2. De « béryl », qui donnera « besicles ». Lunettes. On en porte en France depuis le XIIIe siècle.

3. Les lunettes sont perçues comme la démonstration d'une grave invalidité et on les cache avec soin.

fort bien de cet attirail auquel peu de nous échapperont, la consola Leone.

– En effet, la vue de tous les vieillissants faiblit. Que cherchent-ils à faire accroire en prétendant qu'ils y voient aussi bien qu'un enfançon ? Qu'ils sont encore verts ?

Un étonnant sourire, que Leone ne lui avait jamais vu, rajeunit le visage austère qu'il avait jadis trouvé revêche. Elle répéta dans un murmure :

– Je suis si contente de votre venue. C'est un cadeau du ciel. Cependant, je me doute que votre devoir vous appelle et que, malheureusement, vous ne resterez pas longtemps.

– Lorsque notre Quête aura abouti, ma mère, je reviendrai plus longuement.

– Aboutira-t-elle jamais ? répliqua Annelette sans l'ombre d'une aigreur.

– Peut-être pas de notre vivant. Dieu seul le sait et je m'en remets à Lui.

– Amen.

Une petite semainière[1] de cuisine frappa à la porte :

– Pénétrez ! hurla Annelette d'une voix de stentor.

Avec un peu d'appréhension, la jeune sœur déposa un plateau au sol, à côté du fauteuil où s'était installé le chevalier en précisant :

– Ma mère, notre bonne pitancière Elisaba Ferron vous supplie de lui indiquer si elle a été trop chiche pour rassasier votre invité. Un second en-cas lui sera porté.

Leone baissa le regard. Cette Elisaba devait avoir eu coutume de nourrir des hommes affamés dans son

1. Moniale sans affectation fixe qui remplissait des tâches différentes chaque semaine.

passé laïc. Cinq épaisses tranches de pain tartinées de suif étaient recouvertes de filets de truite fumée au point qu'on les apercevait à peine. Un énorme morceau de fromage de brebis constituait le deuxième service. Une coupelle de fruits secs trempés dans du vin faisait office d'issue.

– Fichtre ! s'exclama Leone. Il y a là de quoi remplir l'estomac de deux hommes affamés.

La semainière disparut. Leone, en soldat qui connut la faim, demanda :

– Pourrai-je emporter le reste de ce festin afin d'aider à mon voyage ?

– Avec bonheur. Dieu nous l'a offert. C'est merveille de le partager avec vous. Contez-moi l'objet de votre visite.

– Le plaisir de vous revoir…

Elle l'interrompit, certaine toutefois qu'il ne s'agissait pas là d'un compliment de simple courtoisie :

– Les autres manuscrits de la bibliothèque secrète, ceux que vous n'avez pas emportés avec vous ? Rassurez-vous, ils sont sous ma garde et il ne fait pas bon tenter de me jouer un vilain tour !

Il pouffa. L'énergie de cette femme d'intelligence, capable de soulever des montagnes en dépit de son âge, le revigorait :

– Bien fol celui qui s'y risquerait, approuva-t-il. (Redevenant grave, il chercha ses mots :) Ma mère… Je fais un rêve, le même, depuis des années. Les détails importent peu mais sachez cependant qu'il gagne en précision, en cruauté aussi…

Les coudes appuyés sur son bureau, elle pencha le torse vers lui, ne perdant pas une de ses paroles.

– La nuit dernière, un autre personnage est apparu, sortant de l'ombre d'une absidiole d'église. Le rêve ne me l'avait jamais révélé jusqu'alors... Vous allez croire que je perds le sens mais... Je me suis mis en tête que vous étiez la seule à pouvoir me permettre de résoudre cette charade. Votre intelligence, votre science...

Annelette aurait ronronné de plaisir à tout autre moment. L'intelligence était pour elle le don suprême de Dieu. Cependant, la pesanteur de Leone, son sérieux douloureux lui fit oublier le contentement que lui procurait habituellement ce genre de compliment.

– Chevalier... pardon, mon fils – je ne m'y habitue pas –, les rêves ne sont pas nécessairement prémonitoires. Certains ne sont que de vulgaires embrouillements d'idées et de souvenirs que notre esprit nous restitue de façon si corrompue que nous n'y comprenons goutte. La tentation est alors grande d'y voir une divination.

Il aima sa façon sèche de scientifique de balayer le fatras de superstitions auxquelles s'accrochaient la plupart des gens.

– Toutefois, certains le sont, n'est-ce pas ?

– Si je me fie aux témoignages sérieux, émanant de gens qui ont la tête sur les épaules et les pieds plantés en terre, il semble bien que certains rêves, rares, puissent être prémonitoires. Faut-il y voir une mise en garde de Dieu qui choisit de nous guider ou une sorte d'intuition qui se libère à la nuit des contraintes que lui impose l'esprit ? Les deux, sans doute, car l'intuition nous vient du Seigneur.

– Celui-là l'est, j'en suis certain.

– Venant de vous, je le crois sans réserve.

– Or donc, la nuit dernière, cette femme, une abomination, m'est apparue dans le songe.

– La connaissez-vous ? Je veux dire, l'avez-vous déjà rencontrée un jour ?

– Non pas. Je m'en souviendrais. Elle est d'une beauté à couper le souffle. Haute de taille, élancée, de magnifiques cheveux blonds, ondulés, cascadant sur ses épaules. Des yeux comme des lacs de montagne, étirés vers les tempes, vert émeraude. Elle a surgi de l'absidiole et lorsqu'elle a voulu s'adresser à moi, un flot de sang rouge sombre…

– Madame de Neyrat ! cria Annelette.

Elle se redressa d'un bond et abattit son poing sur la lourde plaque de chêne avant d'éructer :

– La monstresse… Un démon tout droit sorti de l'enfer avec un visage d'ange. Votre rêve est prémonitoire, je vous l'assure ! (La panique la rattrapa et elle s'effondra dans son fauteuil, enfouit son front entre ses mains en balbutiant :) Ah doux Jésus… Ah mon Dieu… Veillez sur nous, tendre Vierge.

Leone fonça vers le bureau. D'un ton d'affolement, il pria :

– Ma mère, ma mère… De grâce, je vous en conjure, expliquez-vous.

Elle lui indiqua de faire silence d'un geste. Il s'écoula quelques instants qui semblèrent peuplés de présences malveillantes et invisibles.

Puis les mains tombèrent, les paupières s'entrouvrirent et le regard bleu pâle se riva à celui de Leone. D'une voix étonnamment détachée, Annelette Beaupré expliqua :

– Peu après le décès de votre tante, de votre bien-aimée mère de substitution, notre douce Éleusie, une abbesse fut nommée. Quel charme, quelle débauche d'amitié. Elle fit montre d'une telle tendresse à notre égard. Je n'étais pas dupe. Aussi ne consentit-elle à aucun effort à mon endroit. C'est l'acolyte, que dis-je, la complice du camerlingue. C'est elle qui avait recruté

Jeanne d'Amblin, notre ancienne tourière, afin d'exécuter ses basses besognes. Elle encore qui a enherbé cette dernière lorsqu'elle ne lui a plus été d'aucune utilité. Savez-vous qu'elle m'a menacée afin de récupérer les manuscrits ? Ils avaient déjà quitté les Clairets grâce à la valeureuse Esquive d'Estouville. J'avoue que madame Aude de Neyrat fut belle perdante. Elle quitta au plus vite l'abbaye afin d'éviter les hommes du bailli, sans même songer à se venger de moi. Je manque de termes afin de la qualifier. Lorsque j'ai parlé plus tôt d'un « démon tout droit sorti de l'enfer », n'y voyez qu'une formule toute faite et aisée d'utilisation. Il s'agit de bien plus que de cela. Elle n'est pas possédée et encore moins satanique. Étrangement, et au contraire de Jeanne d'Amblin et de Blanche de Blinot, je n'ai pas perçu de haine rongeante chez elle, mais plutôt une... l'accolement de ces trois mots dans le cas d'une assassine vous sidérera, mais c'est le seul qui me vienne à l'esprit : une allègre et inflexible détermination.

Une sourde angoisse étreignait Leone lorsqu'il quitta l'enceinte de l'abbaye. Le mal se rapprochait. Agnès d'Authon avait décidé de se rendre à Souarcy. Ce n'était pas les deux gens d'armes, lourds et obtus, qu'elle avait promis de réquisitionner qui pourraient lutter contre le fléau aux yeux émeraude. Cette femme agissait dans l'ombre, de derrière la tenture, depuis des années. Elle avait été à l'origine du trépas de nombre de moniales et de sa bien-aimée tante Éleusie. Elle était parvenue à se faire nommer abbesse, mascarade qui devait lui permettre de récupérer les manuscrits pour le compte du camerlingue. Elle n'avait pas hésité à recruter une prétendue malfaise afin d'enherber madame d'Authon sans même avoir à l'approcher. En bref, il s'agissait d'un des ennemis les plus sournois et les plus efficaces que Leone ait eu à affronter. Pourtant, seule une coïncidence, son amitié pour Annelette, avait permis à Leone de la flairer. Cela et son rêve. Dieu les assistait.

Protéger Agnès. Durant un fugace instant, il eut presque envie de remettre son voyage pour Chartres. Il ne le pouvait. Il lui fallait détruire le mal à la racine, au plus vite, l'éradiquer de telle sorte qu'il mettrait un temps fou pour renaître. Car le mal renaît toujours. Gagner du temps. Gagner du temps afin de sauver Agnès. Détruire la vipère.

Manoir de Souarcy-en-Perche, octobre 1306

Lorsque Francesco de Leone parvint devant les grosses tours carrées, la nuit tombait. Une fraîcheur humide régnait. Seul indice de vie, la lueur des flambeaux de la grande salle commune qui tremblotait derrière les peaux huilées grâce auxquelles on avait occulté les étroites fenêtres.

Leone démonta et attacha les rênes de son cheval à l'un des anneaux scellés dans le mur d'une dépendance.

– Mon tout bon, murmura-t-il à l'oreille de l'animal, nous allons passer la nuit ici. Il serait déraisonnable de poursuivre. Tu seras convenablement pansé et nourri.

Il dut abattre son poing contre la porte à plusieurs reprises avant qu'une voix méfiante ne lance de derrière l'épais panneau de bois :

– C'te qui va là, à c't'heure pas chrétienne ?

– Chevalier hospitalier Francesco de Leone, Adeline. J'ai été l'hôte de votre maîtresse et requiers hospitalité pour la nuit. Pour moi et mon cheval.

Le raclement de la lourde barre de fer qui défendait la porte.

Adeline apparut, plongeant en révérence, tenant le battant d'une main ferme, tout en tentant de rajuster son bonnet, au point qu'elle faillit choir sur le côté.

– Ah ben… Mais c'te ben vrai que c'te vous, chevalier. Mignon Jésus, mais j'avions point été prévenue par not'bonne dame… Ah ben ! Ben qu'est-c'j'vas trouver afin de vous calmer la panse ?

– Une soupe épaisse et un bout de pain seront un festin, ma bonne Adeline. J'ai été nourri il y a peu. Gilbert peut-il s'occuper de ma monture ? Ensuite, je souhaite lui parler.

– J'avions un reste de potage de pois, ave'qu'ec saindoux et, ma foi, des restes d'un peu tout d'dans. C'tient au corps. L'Simple y doit ronfler à c't'heure. Y dort comme un loir, çui-là ! J'm'a'le pot dans l'âtre et m'en vas l'réveiller.

Adeline condescendit enfin à ouvrir grand la porte et à le laisser pénétrer. Elle disparut dans les cuisines, le laissant seul dans la grande salle sinistre aux murs noircis par les longues langues de suie des torches. Un flot de souvenirs envahit l'hospitalier. Ici, elle s'était emportée, le sommant de répondre à ses questions. Ici, elle l'avait presque menacé si malheur arrivait à Clément, son fils de ventre. Ici, elle lui avait avoué, le regard vide, immense, que ses enfants étaient d'autres que de son époux, stérile. Elle s'était insultée, se traitant de catin commune quand elle était la femme la plus éblouissante, la plus magique qu'il eût rencontrée.

Poussant d'une hanche la porte des cuisines, Adeline revint, les bras chargés de bûches et de petit bois.

– Laissez, je m'occupe du feu, Adeline. Éveillez Gilbert, je vous prie. Mon cheval est fourbu, les muscles chauds d'effort, et je crains le froid dessus.

La lourde adolescente s'exécuta.

Leone s'affaira autour du feu puis se laissa tomber sur le coffre vaisselier qui flanquait l'immense cheminée.

Tant d'années, tant de pas, tant de nuits d'inquiétude, tant de déceptions mais il était enfin arrivé. De cela, il était certain. Ne demeurait plus qu'une porte récalcitrante à pousser. Derrière éclatait la Lumière.

– Not'chevalier, l'ami de not'bonne fée ! tonna Gilbert le Simple, son bonnet de feutre à la main.

Jovial, en dépit de son air ensommeillé et de ses cheveux en broussaille, il se dandinait d'un pied sur l'autre à l'entrée de la grande salle. Leone se leva et fit quelques pas dans sa direction.

– Entre, gentil Gilbert, et ferme l'huis. Il fait bien frais cette nuit.

L'autre ne se fit pas prier. Il poussa le battant comme s'il s'était agi d'un simple rideau de toile.

– L'ch'val est d'vant un sceau d'bonne eau et un aut'd'avoine. Va passer une ben gentille nuit.

– Merci, Gilbert. Je repars demain à l'aube, et tu voudras bien le seller. Approche. Il me faut t'expliquer quelque chose de très grave, commença Leone de la voix douce et lente que réservait Agnès au Simple.

– Voui, voui-voui…

Gilbert s'exécuta, la concentration plissant son front court.

– Il s'agit de ta bonne fée, de notre dame à tous.

L'alarme remplaça aussitôt l'attention sur le visage de la tendre brute.

– Quoi'qu'y'a ? s'enquit-il d'un ton sec et menaçant.

Leone se fit la réflexion que le titan percevait les émotions des autres avant même qu'ils ne les manifestent S'efforçant de ne pas ajouter à son inquiétude, certain qu'il pouvait devenir dangereux, meurtrier, s'il pensait sa fée en danger, le chevalier poursuivit :

– Certaines viles personnes n'aiment pas les bonnes fées, ainsi va le monde…

– Coquins de grabugiaux. Leur rentre l'tête dans l'cul, charognes ! cracha l'autre en ouvrant des mains capables de broyer le cou d'un cheval.

– Apaise-toi Gilbert, pour notre dame, pour son bien.

La formule eut un effet magique. Le rouge de la fureur abandonna les joues du géant. Un sourire extatique entrouvrit sa bouche. Il bafouilla :

– Voui-voui. M'a v'nu sauver. Ma fée. J'étions tout petiot. Y voulaient m'balancer dans c'te fosse qui puait, avec l'cadavres qui pourrissaient. Y z'ont pas pu. Elle leur a frotté les oreilles, vilainement. Y f'sait si froid. M'a rempli le ventre. Ma fée. M'a défendu.

Leone comprit que les villageois avaient sans doute tenté d'envoyer une bouche superflue, celle d'un demeuré, vers un monde meilleur, et que la dame de Souarcy s'y était opposée avec fermeté. Elle devait être si jeune à l'époque. Il soupira longuement afin d'évacuer la houle de tendresse qui le suffoquait.

– Elle est magnifique, en vérité.

– Voui, approuva Gilbert dans un grand mouvement de tête.

– Écoute-moi avec attention, gentil Gilbert. Je dois partir quelque temps. Je ne serai pas à ses côtés afin de la protéger des coquins de grabugiaux, ainsi que tu les nommes. Comprends-tu ?

– Voui.

– Ta fée sera à Souarcy sous peu. Elle y passera quelques jours.

– Ah… mignon Jésus, se réjouit le Simple en tapant de délice dans ses épaisses mains.

– Elle sera escortée de deux gens d'armes, mais je n'ai pas confiance. Les démons envoyés contre notre fée sont puissants.

– A pas peur des démons ! Mignon Jésus veille sur la fée et Gilbert, rugit le géant.

– Ils sont très madrés. Je veux que tu protèges notre fée, que tu surveilles sans relâche. Me comprends-tu ? Si tu soupçonnais qu'une vilaine affaire se trame, envoie aussitôt un valet prévenir le grand bailli, à Authon-du-Perche.

– Voui-voui. J'y selle un ch'val et y fonce prévenir à cul l'vé et après, l'grand bailli tranche la panne des grabugiaux.

– C'est cela. Il se peut qu'il y ait une femme parmi eux. Une femme très belle, blonde, aux yeux verts. Elle se fait passer pour une bonne fée mais c'est un démon. Le pire de tous.

Mâchoires crispées, Gilbert tordit ses mains jointes :

– M'en va l'écraser comme c'te vipère qu'l'est. A f'ra pas d'mal à ma fée.

– Tu ne le peux, Gilbert. C'est une noble. Tu ne peux porter la main sur elle. Ils auraient alors le droit de te martyriser jusqu'au trépas et notre bonne fée serait très triste. Terriblement triste. Tu ne veux pas la faire pleurer, n'est-ce pas ?

Gilbert oublia aussitôt les tortures qu'il subirait si jamais il ne faisait que malmener le « vil démon ». Il ne retint que l'essentiel à ses yeux, et l'essentiel se résumait à sa dame. Le chagrin rida son gros visage à la perspective de la peine qu'il pourrait lui causer. Il geignit :

– Oooohhh non… Pas triste, ma fée.

Leone ne voulut pas imaginer le sort que la justice réserverait à ce géant qui abritait l'esprit d'un enfançon s'il en venait à brutaliser la complice d'Honorius Benedetti.

– Jure devant Dieu que tu ne tenteras rien d'autre que de protéger ta fée, sans atteindre directement ce joli monstre. Tu sais ce qui t'arriverait si tu trahissais ta promesse à Dieu.

– Oooh, voui. Ma fée m'a expliqué.

S'énervant soudain, battant des bras tel une oie vindicative, il bafouilla, la salive coulant de la commissure de ses lèvres :

– Les flammes… rôti pour l'éternité. Mal, très mal ! Et, j'verrions plus jamais ma fée à cause que s'ra en paradis.

Leone ne se saisit que de l'essentiel aux yeux du Simple : sa fée. Il fallait convaincre Gilbert. Le terroriser grâce à ce qu'il chérissait au-delà de sa vie ou même de la perspective de l'enfer.

– En effet, c'est exactement cela. Tu ne la reverrais plus jamais, de toute l'éternité. Si donc tu aperçois cette femme, contente-toi de l'empêcher d'aborder notre fée. Empêche-la de s'approcher à moins d'une toise. C'est une enherbeuse et elle connaît d'effrayants secrets. Fais prévenir aussitôt le grand bailli. As-tu bien compris ?

Un hochement de tête lui répondit. Le Simple, son faible esprit envahi de pensées de désespoir, sortit sans un mot. Il n'en avait pas qui explique le gouffre qu'il ressentait au-dedans de lui. Pas de mot pour expliquer sa terreur et la haine qu'il ressentait soudain. Une haine violente, sans limites. Pour la première fois depuis la disparition de Clément, il regretta l'absence du jeune garçon. Clément aurait compris bien mieux que lui, il aurait trouvé une solution. Cette nuit, Gilbert dormirait entre les jambes de ses chevaux afin de se réconforter de leur odeur. Cette nuit, un ange viendrait le visiter durant son sommeil. Il lui indiquerait comment défendre sa fée. Gilbert n'en doutait pas. Sa bonne fée ne lui avait-elle pas dit un jour, un sourire aux yeux, alors qu'elle lui ébouriffait les cheveux : « Les anges aiment les simples. Ils leur permettent de se reposer un peu. »

Gilbert alterna d'un état de demi-veille à des cauchemars confus, inquiétants, trop compliqués pour qu'il leur trouve une signification autre que celle qui ne lui quittait pas l'esprit : il devait trouver un moyen de protéger sa bonne fée de la vipère, sans toutefois se rendre coupable d'un péché qui lui ferme le paradis. Gilbert était prêt à tout, sauf à être séparé de sa dame, ici, ou au-delà. La perspective était si inacceptable, si affolante qu'il fondit en larmes, se détestant de ce cerveau trop lourd, trop incomplet. Fou de rage contre lui-même, il s'asséna des coups de poing de fureur dans les cuisses et les bras. Abruti qu'il était, une vraie bête. Il méritait bien la correction qu'il s'infligeait. Davantage encore. Il sanglota longtemps, la morve lui dégoulinant au menton sans même qu'il songe à l'essuyer. Hébété de fatigue, de panique, il s'endormit enfin au petit matin, environné du souffle puissant des chevaux de Perche.

Et l'ange le visita.

Hameau des Loges, proximité d'Authon-du-Perche, Perche, octobre 1306

Joseph de Bologne laissa tomber sa besace à herbes médicinales sur le sol de terre battue de la chaumière. Il appela doucement :

– Pauline ?

Aussitôt une cavalcade à l'étage. Un pas léger dévala l'échelle de meunier qui menait à la chambre. Une toute jeune femme, blonde comme les blés, se jeta entre ses bras, s'esclaffant :

– Je suis si heureuse de vous revoir ! Cependant, je devrais me montrer un peu jalouse. Vous ne me veniez pas visiter si souvent avant son arrivée.

Il sourit en hochant la tête puis désigna son sac :

– J'ai là quelques victuailles qui ont bien goûteuse allure.

– Vous ne devriez pas, le gronda-t-elle comme chaque fois. Car vous les dérobez au comte et à la comtesse qui sont bons maîtres, n'est-ce pas ?

– Certes pas, se défendit messire Joseph. Il s'agit des restes des repas que distribue chaque matin Ronan aux pauvres. Après tout, vous n'êtes pas riches. Il s'agit de teréfah[1]… Toutefois, nous n'avons pas d'autre choix.

1. Aliments non kasher.

S'il nous faut respecter la cacherout[1] afin de nous rappeler à quel point nous sommes des créatures faillibles, qui mélangent ce qui ne devrait pas l'être, nous faire mener sur le bûcher à cause d'une stricte observance déplairait à Dieu.

Pauline baissa les yeux. Elle hésita.

– Je me demande parfois pour quelle raison Il nous éprouve de la sorte, depuis si longtemps. Ne me répondez pas que je commets un odieux blasphème. L'intelligence est un don de Y'[2], ne pas l'utiliser serait pécher.

– Je l'ignore ma douce Sarah. . Pauline, rectifia-t-il.

La jeune femme le fixa de son troublant regard mouvant.

Les brimades et les discriminations n'avaient pas cessé depuis le VIe siècle, sauf peut-être lorsque Louis le Pieux avait pris les juifs sous sa protection. L'accalmie avait persisté quelque temps, avec des hauts et des bas, pour voler en éclats, lorsque Philippe Auguste, profitant de l'animosité du peuple, les avait expulsés, confisquant leurs biens et annulant les créances de leurs emprunteurs, au nombre desquels le royaume. Une ronde affaire. Philippe le Bel devait suivre les traces de son illustre aïeul en ordonnant, quelques mois auparavant[3], l'expulsion de tous les juifs du royaume, malgré l'opposition de certains de ses seigneurs peu désireux de perdre la manne commerciale qui affluait grâce à ces sujets redevenus indésirables. Certains, tel monseigneur d'Authon, s'offusquaient d'une chasse aux

1. Dans le judaïsme, ensemble des lois portant sur l'alimentation.

2. On ne nomme ni ne représente Dieu (Yahvé) dans la tradition juive.

3. Juillet 1306.

sorcières qui renaissait périodiquement, notamment lorsque le royaume était lourdement endetté auprès des banquiers juifs.

– Vont-ils nous traquer telles des bêtes ?

– À l'évidence, s'ils apprennent que nous sommes juifs.

– Elle le sait.

– Elle ne dira rien, même s'ils la tourmentaient. Ne t'inquiète. Mon maître m'a promis de m'aider à partir pour la Provence ou le royaume de Naples où Charles II d'Anjou, cousin de Philippe le Bel, a compris quel profit il pouvait tirer de notre labeur. Si les fauves se rapprochaient trop de nous, je ne t'abandonnerais jamais, Sarah. Tu me suivrais. Artus d'Authon fait partie de ces hommes de véritable honneur qui ne renieront jamais une parole offerte, même s'ils doivent en pâtir. Pour l'instant, notre meilleure défense est de demeurer sous sa protection et de cacher notre foi. Où se trouve ta jeune sœur Adèle ?

– Elle s'occupe du poulailler.

– Je la rejoins.

Elle suivit du regard le dos que les ans n'étaient pas parvenus à voûter. Elle se souvenait. Elle détestait se souvenir. Pourtant, malgré ses efforts, la terreur de ce début de soirée et l'agonie de ces mois resteraient à jamais gravées dans son esprit et dans sa chair.

Elle rentrait chez elle, dans cette rue aux Juifs où on les avait parqués afin de les surveiller plus aisément. Au fond, Sarah ne s'offusquait pas de cette mesure. Ainsi se retrouvaient-ils tous ensemble, se rassuraient-ils de la présence des autres. Pas ce soir-là. Elle avançait d'un pas vif, inquiète de l'obscurité qui s'installait déjà. Ils étaient sortis d'une taverne à cet instant et s'étaient gaussés en apercevant son voile. Ils lui avaient emboîté le pas, s'esclaffant. Elle avait pressé l'allure. L'ivresse aidant, leur jovialité s'était vite métamorphosée en hargne obscène. L'un avait arraché son voile, l'autre l'avait poussée avec violence, au point qu'elle avait failli choir à plat ventre dans le caniveau. Ne pas se mettre à courir. Ils la prendraient aussitôt en chasse. Rejoindre la rue aux Juifs. Quelques rares passants avaient observé la scène, se gardant d'intervenir.

– Alors la belle gueuse. Paraît que vous autres n'aimez pas les mamours chrétiens? Vous avez tort. On sait traiter les dames! lança une voix avinée derrière son dos.

– Sauf que c'est pas une dame, c'est une juive.

– Paraît qu'elles sont girondes et chaudes, compléta la troisième voix égrillarde.

Sous les commentaires concupiscents d'ivrognes, la haine. Sarah la percevait aussi distinctement qu'un mur, massif.

La suite, un cauchemar. Ils l'avaient traînée sous une porte cochère, vers un petit immeuble, dans une arrière-cour. Elle avait hurlé et hurlé encore. Les gifles et les coups de poing avaient plu. Ils l'avaient violée à tour de rôle, au milieu de leurs fous rires. Une peau huilée s'était rabattue sur une des fenêtres du petit immeuble. Un habitant lassé du spectacle. Elle avait cessé de hurler. Une éternité de minutes après leur départ, assise sur les pavés de la cour, Sarah avait enfin pu sangloter. Une femme âgée était sortie de l'immeuble. Elle avait soupiré :

– Ça sert à rien de pleurer, ma fille. Crois-moi. Ils t'ont pas découpée, c'est toujours ça. Relève-toi. Suis-moi. Je te prépare une cuvette pour que tu puisses te laver. Va bien au fond. Peut-être que t'éviteras le marmot.

Elle ne l'avait pas évité. Elle était rentrée tête nue rue aux Juifs. Les marques de coup avaient enflé sur ses joues. Sarah avait admis qu'elle avait été malmenée, injuriée. Rien d'autre. Lorsqu'elle avait compris qu'elle était enceinte, elle avait eu le sentiment d'un second viol. Porter l'enfant d'un des soudards qui l'avaient déshonorée la révulsait au point qu'elle avait considéré le suicide comme une alternative plus douce. Le ressentiment qu'elle éprouvait pour cet enfant à venir la terrorisait. La réputation tenace dans leur communauté de Joseph de Bologne, l'inégalable médecin, l'humaniste, le philosophe, était devenue son seul espoir de salut. Lui pourrait la sauver, même si seules les femmes s'occupaient du ventre des femmes. Apprenant qu'il consultait souvent les ouvrages de la prestigieuse bibliothèque de la Sorbonne[1], elle s'y était ruée, dissimulant son voile dans sa bougette[2] dès qu'elle avait été assez éloignée de la rue aux Juifs. Elle avait attendu messire Joseph, dehors, durant plus d'une heure, sous une pluie battante. Se fiant aux descriptions que lui avaient faites ceux qui l'avaient connu, elle s'était précipitée vers lui dès qu'il avait paru en haut des marches.

Il l'avait écoutée en silence, ne l'interrompant jamais, levant juste un sourcil lorsque la rage qui l'étouffait sortait en insultes, en mots de violence de sa bouche. Enfin, il avait déclaré d'un ton doux mais sans appel :

---

1. Fondée en 1257 par Robert de Sorbon, confesseur de Louis IX. Il s'agissait à l'origine d'un établissement où l'on enseignait la théologie à des étudiants peu fortunés.

2. Petit sac, le plus souvent en cuir, que l'on portait en bandoulière et emmenait en courses ou en voyage.

– Je ne puis faire ce que tu me demandes, jeune fille. Même s'il s'agit d'un viol. Je ne mettrai terme à une grossesse que si je sais que la mère risque de périr. Tel n'est pas le cas. Tu es jeune, en florissante santé.

– J'exècre cet enfant, je n'en veux pas ! Ils m'ont déshonorée à tout jamais, messire. Si on venait à l'apprendre, et dans quelques semaines je ne pourrai plus le cacher…

– La faute ne te revient pas. Tu étais seule, ils étaient trois, ivres. Tu t'es débattue. Et puis, si tu as cet enfant, c'est que tu peux en concevoir d'autres. Rien n'est plus terrible dans un couple que la stérilité.

Nulle larme. La vieille femme qui lui avait permis de se laver, d'arranger un peu le désordre de ses vêtements avait eu raison. Pleurer ne servait à rien. Elle l'avait fixé et déclaré, mâchoires serrées :

– Je vous hais, vous aussi. Vous me condamnez à accoucher d'un enfant souillé, à le supporter à mes côtés alors que je l'abhorre déjà.

– Tu apprendras à l'aimer.

– Jamais. Je vais quitter Paris… Je trouverai quelqu'un… Il est des femmes qui…

– Ce sont des tripières. Elles t'abîmeront les intérieurs au point que tu ne pourras plus jamais concevoir, si du moins tu ne trépasses pas d'une fièvre quelques jours plus tard.

– Tant pis. Dans les deux cas, je vous le devrai. Je préfère cela au déshonneur, à la flétrissure. Je ne survivrai pas à la honte de ce ventre odieux.

Il avait détaillé le ravissant visage, les grands yeux bleus d'enfante, la petite bouche serrée de détermination. Redoutant une folie dont elle ne mesurait pas les conséquences, il s'était décidé.

– Alors suis-moi. Je veillerai sur ta grossesse et si tu veux toujours te défaire de l'enfant ensuite, je m'en débrouillerai.

Sarah, devenue Pauline, s'était donc installée en Perche, dans le hameau des Loges, où elle vivait depuis trois ans. L'enfant, une petite fille, n'avait vécu qu'une heure minuscule après la délivrance. Joseph veillait depuis sur Pauline qui, sentant le sort qui leur était réservé, n'avait pas souhaité retrouver la rue aux Juifs. Lorsque messire Joseph lui avait demandé d'accueillir Adèle en la faisant passer pour sa jeune sœur, ce que leur physique semblable permettait, elle n'avait pas hésité, sans même poser de questions.

Adèle ramassait les œufs lorsqu'il la rejoignit. Il toussota. Elle se redressa et se tourna vers lui, un sourire heureux illuminant son visage.

– Mon maître, quel constant bonheur de vous voir. Qu'apprenons-nous aujourd'hui ? L'astronomie, l'art mathématique ou la philosophie grecque ?

Il détailla l'adolescente, ses cheveux de miel qui lui tombaient maintenant aux épaules, son regard pers, sa silhouette élancée, déjà haute pour une si jeune fille. Dieu qu'elle lui ressemblait. À Agnès de Souarcy. Clémence.

Pour la centième fois, messire Joseph tenta d'argumenter :

– Elle souffre de ton absence, terriblement. L'inquiétude la ronge. Pourquoi refuses-tu que je l'informe que sa fille chérie se cache à deux pas d'elle, qu'elle est sauve ?

Le ravissant visage se ferma.

– Elle sait que je suis sauve. Elle le sent, comme je la sens. Nous sommes si étroitement liées. (Clémence baissa le regard et reprit d'une voix douce :) Messire Joseph, il est encore trop tôt, pour notre sécurité à toutes deux. Quant au comte d'Authon, il ne doit pas apprendre encore que je suis la fille de ventre de son aimée.

– Il ne le saura jamais par moi, je t'ai donné ma parole.

– Des hommes sont passés au village il y a un mois, s'informant au sujet d'un jeune garçon. Amis ou ennemis, je l'ignore. S'il arrivait quelque malheur à ma mère bien-aimée, ce serait la fin de moi. Comprenez, messire Joseph. Je ne rêve que d'une chose, me jeter vers elle, me blottir entre ses bras, lui parler, la saouler de mots des heures durant… Cependant, la simple intelligence commandant à nos ennemis de surveiller ma mère, ils peuvent remonter jusqu'aux Loges, sans même qu'elle s'en aperçoive. Les manuscrits sont en lieu sûr, un lieu auquel nul ne songera jamais. Toutefois, je redoute les sbires du camerlingue. Leurs moyens sont si vils, si puissants et si cruels. Qui dit qu'ils ne parviendront pas à me faire avouer leur cachette ?

Le sourire revint sur le visage juvénile :

– Comment se porte-t-elle ?

Joseph détourna à son tour le regard, certain qu'elle y lirait tout ce qu'il lui avait tu, afin de lui épargner d'interminables heures de terreur. La tentative d'enherbement de madame, l'incarcération du comte.

– À part le cruel manque de toi qui lui dévore les heures, elle est en admirable santé et illumine cet immense château au point qu'il semble soupirer d'aise. Quand pourrai-je lui annoncer la faste nouvelle ? Ah, j'imagine son allégresse…

– J'en doute, messire Joseph, rectifia derrière eux une voix hachée d'émotion.

Ils se tournèrent d'un bloc. Agnès, dame de Souarcy, comtesse d'Authon, se tenait devant eux, livide jusqu'aux lèvres. Elle plaqua une main sur sa bouche comme pour étouffer un cri, un gémissement peut-être. Le bonheur se mêlait à une peine plus aiguë qu'une lame. Elle haussa les sourcils, cherchant son souffle, cherchant ses mots :

– Je vous ai suivi, messire médecin. Vos fréquentes promenades sylvestres qui vous ramènent la besace vide m'ont intriguée.

Agnès fixa le regard presque jumeau de sa fille. Incapable d'un geste, d'un pas, elle murmura :

– Saoule-moi de mots, ma chérie. Saoule-moi jusqu'au soir. Ensuite, tu as raison, je ne reviendrai plus jusqu'à ce que nos ennemis soient défaits. Ils sont trop sournois et redoutables. Encore plus que je ne l'imaginais. Mais ainsi, je pourrai te porter en moi, me souvenir de chacune de tes phrases, les répéter jusqu'au sommeil.

Clémence se précipita vers sa mère et l'enlaça presque brutalement. Elle pleura longuement contre cette femme adorée, qui lui avait manqué jusqu'au vertige, jusqu'à la douleur.

Joseph de Bologne, bouleversé, soulagé, s'en retourna vers la chaumière de Pauline.

Forêt des Clairets, manoir de Souarcy-en-Perche, Perche, octobre 1306

Gilbert jubilait. Une lourde odeur d'humus s'échappait de sa musette renflée. Sa fée serait heureuse, si fière de lui lorsqu'elle découvrirait les magnifiques cèpes[1] qu'il avait ramassés, certains au chapeau large comme sa main. Adeline en ferait sécher une provision au-dessus de la cheminée des cuisines. On en farcirait le cochon qu'on égorgerait en décembre prochain.

Satisfait de sa récolte, il balança le lourd sac de toile sur son épaule et prit le chemin du retour. Un instinct le prévint et il se rencogna de justesse derrière un chêne. Deux cavaliers longeaient l'orée de la forêt, ou plutôt une cavalière et son escorte. Ils passèrent à deux toises du Simple sans se douter de sa présence. Affolé, Gilbert demeura figé une longue minute, des bribes d'idées s'entrechoquant dans son esprit sans qu'il ne parvienne à en saisir une seule.

Sa bonne fée. Sa bonne fée rentrerait sous peu de la Haute-Gravière où elle s'était rendue afin de surveiller l'avancée des extractions de minerai. Il fonça vers le

1. On trouve au Moyen Âge relativement peu de recettes à base de champignons, En effet, on s'en méfie alors et on ne consomme que les plus connus.

manoir, courant sans reprendre haleine, comme si le diable s'était lancé à ses trousses.

La terreur faisait trembler Gilbert le Simple et lui asséchait la gorge. Elle était là, il l'avait vue, l'ignoble sorcière aux cheveux de nuage et aux yeux de pierre verte. Elle rôdait alentour de Souarcy, escortée d'une brute à la mine patibulaire, un de ces mercenaires qui, en temps de paix, remplaçaient leur maigre solde en se louant afin d'effectuer de basses besognes et d'épargner ainsi le remords à leurs commanditaires.

Une gigantesque frustration se mêlait à la peur du Simple. Il aurait pu tuer la vipère, écraser son haut cou mince entre ses mains. L'affaire de quelques secondes. Après tout, il ne s'agissait pas d'une vraie créature de Dieu, mais d'une vilaine sorcière. Toutefois, le chevalier avait été formel : il perdrait alors sa place au paradis à côté de sa bonne fée. Or, cet homme au regard de lac savait de quoi il parlait puisque Agnès de Souarcy avait précisé deux ans auparavant qu'il s'agissait d'un chevalier du Christ. Gilbert avait alors trouvé cette réunion de mots si belle qu'il en avait eu le cœur renversé au point de ne pas l'oublier, contrairement à tant d'autres choses. L'ange, celui qui l'avait visité alors qu'il dormait d'un sommeil de brute entre les jambes d'Églantine, avait été très clair. Ses mains ne devaient pas être souillées de sang. Il ne devait pas tuer cette monstresse. S'agissait-il vraiment d'un séraphin ? Gilbert n'en était pas certain. À quoi ressemblent les anges ? D'autant qu'il ne conservait aucun souvenir de ses traits. En revanche, au matin, lorsqu'il s'était éveillé, il tenait la solution. Son pauvre esprit demeuré l'avait-il trouvée seul ? Sans doute pas. Selon lui, seul un ange pouvait la lui avoir soufflée. Or donc, la créature céleste, dans son infinie bienveillance, lui avait offert le moyen de protéger sa fée ainsi que la place qui lui était réservée à son côté, plus tard, au paradis.

La peur disparut. Gilbert pouffa, sa main épaisse plaquée sur la bouche. Il se dirigea vers le bûcher et étala une grande touaille sur le sol afin d'y entasser du petit bois et des rondins de faible diamètre. Il y ajouta quelques brassées de paille humide et chargea le ballot sur son épaule en sifflotant de contentement. Ça, il savait bien le faire, il en avait l'habitude.

– Holà, l'homme ! s'exclama madame de Neyrat en pénétrant dans la grande cour du manoir, sa main en visière protégeant ses yeux du soleil couchant.

L'appréhension noua Gilbert qui faisait mine de s'affairer en examinant les sabots d'Églantine. Une appréhension mêlée d'une joie féroce, meurtrière. Il se retint d'éclater de rire en songeant à la surprise qu'il leur réservait. Le garde du corps de madame de Neyrat le dévisagea d'un air peu amène lorsqu'il s'approcha de la jument louvet de sa patronne. Il éructa :

– Tiens-toi à respectueuse distance, bonhomme, à moins de désirer tâter de ma lame !

– Ah ben… Qu'ec tu m'racontes, l'homme ? Faut ben m'approchions pour entendre c'te belle dame ! Qué buse que tu fais, mon gars !

– Un demeuré, madame, commenta l'homme.

Pour une fois, une seule, Gilbert loua son faciès d'idiot et sa langue difficile. Toutefois, il n'était pas aussi crétin que les deux autres le pensaient. Sa bonne fée avait veillé à ce que son intelligence d'enfançon s'éveille un peu, même si elle n'était jamais devenue adulte.

Fine, Aude opta pour le charme.

– Je cherche madame d'Authon, Agnès de Souarcy, une de mes miennes amies perdues de vue, il y a fort longtemps. Peux-tu nous renseigner ? Ce serait aimable à toi.

– Voui-voui.

– Où se trouve-t-elle ? insista Aude de Neyrat avec une suavité qu'elle jugea digne d'éloges.

– Par là-bas, répondit Gilbert en désignant d'un grand geste de bras les champs qui faisaient suite du manoir.

– Peux-tu nous y conduire afin que je serre mon amie entre mes bras ?

L'épingle de touret, enduite d'ako[1], qu'elle avait préparée et protégée dans l'aumônière pendue à sa ceinture ferait le reste. Les indigènes d'Afrique et d'Asie y trempaient la pointe de leurs flèches depuis la nuit des temps afin d'abattre le gros gibier. Une seule flèche suffisait pour occire un buffle. Une éraflure profonde, et la belle Agnès s'effondrerait rapidement. Après une quinzaine de minutes d'agonie, son cœur cesserait de battre. Un poison redoutable et bien plaisant, car ils ne sont pas si fréquents, ceux qui ne tuent que par blessure.

– Pour sûr… Ma, c'que not'dame s'occupe des mouches à miel en ct'e moment même. Les enfume afin d'récolter leur miel. C'te l'dernier de l'an.

Dieu du ciel, quelle horreur, pensa madame de Neyrat. Ne perdrait-elle jamais ses habitudes de manante ? Enfin, la dame était comtesse d'Authon, par la sambleu ! Comment pouvait-elle s'abaisser à si vile besogne ?

1. Latex tiré de l'alto ou faux iroko *(Antiaris toxicaria)* à la redoutable toxicité cardiaque. Ses effets ne sont pas sans évoquer ceux de la digitaline. On utilise actuellement son bois en placage. L'écorce d'ako fut également utilisée par les indigènes pour confectionner des vêtements.

– Eh bien, nous l'y aiderons, proposa Aude de Neyrat en réprimant une moue dégoûtée. Mène-moi, je te prie. Vous, lança-t-elle en s'adressant à son homme de main, attendez-nous ici.

L'homme eut l'air surpris mais ne discuta pas. Il était grassement payé pour obéir. Quant à Aude, elle ne tenait pour rien au monde à ce qu'un témoin de ce qui allait suivre puisse un jour lui porter tort. Ils ne seraient que trois, Agnès, ce valet à la cervelle attardée et elle. Deux en sortiraient vivants. Et qui ajouterait foi au délire d'un idiot de naissance, s'il en venait à cela ? D'autant qu'il ne comprendrait pas ce qui avait provoqué le trépas de sa maîtresse.

Une délicieuse tension la redressa sur sa selle lorsqu'elle mit la jument au pas afin de suivre le Simple qui marmonnait sans qu'elle comprît un seul mot de son soliloque. Au demeurant, ce qu'il avait à dire ne l'intéressait pas le moins du monde. Il allait lui falloir agir aussi rapidement que l'éclair. Se laisser glisser de selle, se composer un air de ravissement, se ruer vers Agnès, la serrer contre elle, et planter l'aiguille de touret dans son épaule. Agnès ne devait pas avoir le temps de se rendre compte qu'elle ne la connaissait pas, au risque de se reculer. Son hésitation de quelques secondes signerait sa perte.

Un rideau d'épaisse fumée diluait le contour des bosquets situés à une quinzaine de toises d'eux. Aude distingua une silhouette. Agnès.

Le Simple avança encore. Aude chassa d'un geste énervé et apeuré quelques abeilles importunes qui tournaient autour d'elle. Le valet pila et annonça :

– C'te pas prudent d'aller plus d'avant. A s'énervent à cause qu'on leur prend l'miel. J'vas prévenir not'dame. Vaut mieux démonter. J'vas raculer l'ch'val pour pas qui s'affole.

Joignant le geste à la parole, il saisit madame de Neyrat à la taille avant qu'elle n'ait eu le temps de protester et la déposa à terre. Il épousseta sa robe d'épais cendal violine avec application afin d'en faire tomber le blanc des chemins.

– Mais laisse, à la fin ! Va donc chercher ta maîtresse, mon amie.

– Voui-voui.

Gilbert s'avança sans appréhension vers l'épais rideau de fumée qui sembla l'absorber. Il adressa un salut complice à l'épouvantail qu'il avait traîné plus tôt. Soudain, il démarra en flèche et balança un coup de son gros sabot contre le flanc de la ruche qui chut. Il s'enfuit aussi vite qu'il le put vers les bois, vers l'étang, prêt à y plonger le cas échéant. Un essaim affolé surgit de la ruche renversée dans un bourdonnement de tonnerre. D'abord indécises, les abeilles perçurent enfin l'odeur essentielle, celle de leur roi[1], plus loin. Une immense nuée obscurcit le ciel, fonçant vers le souverain afin de l'entourer, de le protéger. Aude la vit fondre sur elle. Elle tenta de s'enfuir, repoussant les dizaines de milliers d'insectes[2] de grands gestes des bras, hurlant comme une possédée. Désorientées, ne comprenant pas la réaction de leur roi, les abeilles attaquèrent. Affalée dans l'herbe, madame de Neyrat décéda d'asphyxie moins d'un quart d'heure plus tard, son angélique visage défiguré d'œdèmes et de piqûres. Durant cette infinité de temps, avant qu'elle ne perde conscience, lui revinrent tant d'odieux souvenirs,

---

1. On a pensé, jusqu'aux observations de Jan Swammerdam, médecin néerlandais, à la fin du XVIIe siècle, que les colonies d'abeilles entouraient un roi.

2. Une ruche à pleine maturité peut renfermer jusqu'à 80 000 abeilles. Mises côte à côte, elles couvriraient la surface d'un terrain de football.

rythmés par la menace de la malfaise : *Vous périrez dans d'affreuses souffrances et serez maudite à jamais... Celui ou celle qui attente à ma vie connaîtra des tourments pires que ceux que réserve l'enfer ! Ils l'ont promis et ils tiennent toujours leur parole. Ceux d'en bas !* Étrangement, son seul réconfort d'agonisante, le seul apaisement à sa terreur de n'avoir pu équilibrer les plateaux de sa bilance d'âme, ne fut pas Angélique, mais Honorius. Alors que la mort commençait de noyer son cerveau, que l'air se refusait à elle, son unique prière fut pour lui.

Gilbert s'était longuement lavé les mains, les frottant de terre. Il s'en voulait du vilain tour qu'il avait joué à ses amies ailées. Mais elles comprendraient ses raisons et le pardonneraient. Hier, il avait enfumé les ruches afin de récupérer un roi qu'il avait écrasé entre deux cailloux. Il avait recueilli avec soin le jus du petit cadavre[1] et en avait enduit la robe de la mauvaise sorcière en prétendant l'épousseter. Un délicieux soulagement le fit pouffer. Il n'avait pas trahi sa promesse au chevalier, il n'avait pas souillé ses mains de sang. Il ne l'avait pas tuée. Les abeilles s'en étaient chargées. Après tout, si la vilaine fée n'avait pas gesticulé, braillant tel un porc qu'on égorge, les mignonnes mouches à miel ne l'auraient pas piquée. Il s'inquiéta cependant : les avait-il privées de paradis ? Vite, il lui fallait rentrer au manoir, sa bonne dame ne tarderait plus. Tout à sa joie de la revoir bien vite, son alarme au sujet de l'âme des abeilles s'évanouit.

---

1. Les abeilles peuvent « flairer » les phéromones de leur reine à plusieurs kilomètres. Cela explique également qu'elles puissent revenir aux mêmes endroits plusieurs années de suite, l'odeur de la reine pouvant persister deux à trois ans.

Château d'Authon-du-Perche,
Perche, octobre 1306

Dans sa chambre située au-dessus des écuries, Leone hésitait. Depuis des heures, il soupesait le pour et le contre. Pour une exceptionnelle fois dans son existence, sa solitude l'insupportait et Agnès, en dépit de sa sagesse et de la vivacité de son esprit, ne pouvait le conseiller dans un domaine qui lui tenait trop à cœur. En d'autres circonstances, se dénoncer à l'Inquisition pour le meurtre de Nicolas Florin afin que monseigneur d'Authon soit lavé de tous soupçons lui aurait semblé la seule attitude adéquate. Cependant, il devait veiller sur Agnès et retrouver Clément avant les hommes du camerlingue. On ne se bat dignement que contre des ennemis dignes. L'inverse serait stupide folie.

Installé dans le petit bureau en rotonde du comte, Monge de Brineux expédiait, la mine sombre, les affaires courantes. Les confidences qu'il avait recueillies ici ou là convergeaient. Une sorte d'alarmante inertie semblait avoir figé la maison de l'Inquisition d'Alençon. Jacques du Pilais prétendait attendre encore des compléments d'enquête. Monseigneur d'Authon n'avait pas reparu devant ses juges et se morfondait dans la cellule réservée aux témoins, c'est-à-dire à ceux que l'on n'était pas encore parvenu à inculper. L'incertitude faisait enrager le grand bailli. Tout était prêt afin qu'il honore sa promesse au comte, le départ de madame et de son fils pour la Sardaigne afin de garantir leur sécurité, sauf peut-être elle qu'il tenait dans l'ignorance de la décision de son époux. La lui révéler équivaudrait à l'informer d'une sentence de mort. Pourtant, Monge de Brineux espérait encore.

Il se leva afin d'accueillir le chevalier de Leone, qui déclina d'un signe de tête son invitation à s'asseoir.

– Monsieur, vous êtes homme d'honneur et avez la confiance du comte.

– Je la chéris.

– Connaissant bien mal la région, j'ai besoin de votre aide. Le temps nous presse, aussi n'irai-je pas par quatre chemins, au risque de vous paraître brutal.

Monge de Brineux demeura silencieux, attendant la suite.

– Organiser un faux témoignage. Y verriez-vous une infamie ?

– Afin de libérer monseigneur d'Authon ? Certes pas. L'infamie consistait à mettre sa parole en doute et à tenter de l'accuser d'un crime qu'il n'a pas commis. À votre service, monsieur. De tout mon cœur. Indiquez-moi comment je puis vous être d'aide.

Abbaye de femmes des Clairets,
Perche, octobre 1306

La nervosité extrême de Thibaude de Gartempe, sœur hôtelière, depuis qu'elle avait pénétré quelques secondes plus tôt hors de souffle dans son bureau, crispait Annelette Beaupré qui retenait avec peine la pesterie qui lui montait aux lèvres. L'autre tournait sur elle-même, agitait les bras telle une oie affolée, ouvrait et fermait spasmodiquement la bouche à la manière d'une carpe sautée hors le vivier. Au lieu de cela, Annelette s'entendit conseiller avec mesure :

– Calmez-vous, ma chère fille, et m'expliquez la raison de votre émoi.

« Oooh… » fut la seule réponse qu'elle obtint d'abord. Connaissant les débordements de nerfs de Thibaude, Annelette refusa de s'alarmer plus que de raisonnable. Elle parvint à maintenir un sourire angélique pendant que l'autre reprenait son sens.

– Ma mère… votre frère…

– Mon frère ? Lequel ?

– De sang.

– Grégoire ?

– Oui-da… Il patiente… au parloir et a requis l'honneur d'une conversation avec vous.

Annelette Beaupré se redressa d'un élan. Un flot de souvenirs amers l'envahit et elle inspira avec peine.

Que venait faire Grégoire aux Clairets, trente ans après le départ de sa sœur unique de la maison familiale ? Ni lui ni leur père n'avaient jamais daigné lui faire parvenir de nouvelles de la mesnie, et encore moins s'enquérir de sa santé. Annelette avait appris le trépas de sa mère avec plusieurs années de retard. Son père et son frère s'étaient partagé l'héritage de la petite femme grise qui attendait en soupirant de rejoindre les jardins d'anges qu'elle imaginait à longueur de journée. Certes, Annelette, ayant renoncé à toutes possessions terrestres, aurait offert sa part à l'abbaye devenue, au fil des ans, sa seule famille, son unique univers. Toutefois, elle aurait aimé conserver le psautier dont sa mère avait brodé la couverture d'une multitude de créatures souriantes et ailées.

Grégoire se leva à son entrée dans le parloir et demeura planté là, de toute évidence mal à l'aise. Il était devenu gras, le mire. D'une vilaine graisse molle et blanche. Quant à son fils âgé d'une quinzaine d'années qui l'accompagnait, il ressemblait de consternante manière à son père.

Annelette attendit, peu désireuse de lui faciliter la tâche, omettant de l'inviter à s'asseoir, ne serait-ce que pour lui signifier que l'entrevue serait brève.

– Ma sœur bien-aimée… euh, ma mère…

– Mon fils, mon frère, l'imita-t-elle d'une voix plate.

– Quelle n'a pas été notre joie, que dis-je, notre exultation lorsque nous avons appris la nouvelle de votre élection par le chapitre.

– Vraiment ? Vous êtes donc bien mieux informé que moi puisque j'ignore si notre père est toujours bien vif.

Les lourdes bajoues s'avachirent un peu plus.

– Hélas, annonça Grégoire d'une voix altérée de chagrin, il a passé il y a près de dix ans maintenant. Une mauvaise fièvre pulmonaire qu'en dépit de ma science et de mes efforts je n'ai pu guérir.

Encore une bévue médicale, songea Annelette. Au moins, son père en aura été une des victimes à l'instar de tant de leurs patients à tous deux.

– Permettez, ma sœur… ma mère, que je vous présente votre neveu de sang, Thibaud, mon dernier-né d'une deuxième union. Hélas, le sort s'acharne décidément sur notre famille. Mon épouse est décédée en couches, tout comme la première.

Car tu auras insisté pour la délivrer en te passant des services d'une ventrière expérimentée qu'il aurait fallu rémunérer. Qu'attends-tu de moi, Grégoire, pour que ton échine se courbe si volontiers ? Fais vite. Je n'ai que peu de patience et elle ne t'est pas destinée.

– J'ai fort à faire, mon fils. Je me doute que votre trajet jusqu'aux Clairets fut épuisant et vous offre l'hospitalité pour la nuit et le souper en notre hostellerie.

– Oh… je m'en veux d'abuser de votre temps que je sais compté. L'objet de ma visite, outre le bonheur de vous voir en si belle santé… Eh bien, c'est un peu délicat. Tout coûte odieusement cher, vous le savez…

Et tu es aussi fesse-mathieu[1] que ton père.

– J'ai quatre fils à placer. Fort heureusement, nulle donzelle… Euh, avec tout le respect qui est le mien pour la douce gent. Qu'ils rejoignent l'armée, la robe ou la médecine, les installer me revient à une fortune.

---

1. Usurier, avaricieux. Littéralement : celui qui fesse saint Mathieu (patron des banquiers et changeurs) dans le but de lui soutirer de l'argent.

– Ne possédant rien, en quoi puis-je vous être de secours ?

Il sauta sur l'ouverture, soulagé :

– Eh bien… en raison de l'immense importance de votre fonction, de votre magnifique réputation, de l'illustre renom de l'abbaye que vous dirigez avec un remarquable talent… j'ai songé que peut-être…

Le regard bleu pâle qui le dévisageait lui faisait perdre ses moyens et les phrases destinées à émouvoir qu'il avait répétées tout le chemin.

– Songé que peut-être ?

– Euh… Peut-être accepteriez-vous d'intercéder en notre faveur… à Rome.

– À Rome ?

– Une place d'huissier pour mon cadet. Il est vif, travailleur et je suis bien certain qu'il donnerait grande satisfaction et en serait vite récompensé par une charge plus prestigieuse. Chambrier, peut-être.

Elle le considéra, imperturbable. Il baissa le visage au point que son menton s'enfonça dans la panne qui gonflait son cou.

– Ma sœur… ma mère, je m'en suis voulu, terriblement, de la dureté de notre père à votre égard. J'aurais dû m'élever contre son attitude. J'ai fait preuve de trop d'obéissance, et j'implore votre pardon.

Une étrange sensation se substitua à l'aigreur d'Annelette. Ainsi, il venait quémander une faveur de celle qu'il aurait volontiers poussée vers une arrière-cuisine afin de lui faire laver les linges souillés de ses malades. Elle aurait été fondée à en tirer une revanche ou, à tout le moins, une légitime satisfaction. Il n'en était rien. La présence de son frère aux Clairets l'irritait, quant à celle de son neveu, qui lui décochait des sourires à répétition, elle lui était indifférente. Pourtant, elle ne leur en voulait plus. Ni à Grégoire, ni à leur père. Ils avaient disparu de son monde. Enfin.

– Décidément, Grégoire ! Vous me preniez alors pour une idiote et vous persistez. Mon fils, nous ne nous aimons pas, cessons donc cette comédie d'attendrissement. Le seul contentement que je tirerai de votre visite sera cette nouvelle preuve que nous sommes d'essence bien différente. En effet, j'intercéderai. À Dieu, mon frère. De grâce, acceptez mon hospitalité pour la nuit. Vous repartirez au tôt matin.

– Ma tante…, bafouilla de gratitude le neveu.

Elle l'interrompit d'un glacial :

– Madame ma mère !

Elle tourna les talons et lança par-dessus son épaule :

– Ah, et Grégoire, inutile de me venir remercier lorsque vous aurez obtenu ce que vous vîntes chercher. Vous ne serez alors pas mon débiteur puisque vous venez, sans même le savoir, de me rendre un fier service.

Il sembla à Annelette qu'Éleusie de Beaufort déposait un baiser sur son front. Elle atteignait la paix des souvenirs après tant et tant d'années.

Maison de l'Inquisition, Alençon,
Perche, octobre 1306

Bernadette Carlin attendait, les mains jointes sur son ventre. De fine silhouette, elle avait dû être agréable à contempler, mais la vie s'était chargée d'abîmer le visage à l'ovale parfait, d'éteindre les jolis yeux gris.

Un silence pesant régnait dans la salle d'interrogatoire, seulement troublé par le froissement de la courte feuille que tournait et retournait le seigneur inquisiteur.

– Veuillez décliner vos prénoms, nom et qualités, madame.

– Bernadette, Jeanne, Marie, Carlin, née Bardeau. Veuve, orfraiseuse[1] louée.

Le notaire se leva et récita d'un ton pincé :

– *In nomine Domini, Amen.* En l'an 1306, le 24 du mois d'octobre, en présence du soussigné Gauthier Richer, notaire à Alençon, accompagné de l'un de ses clercs et des témoins nommés frère Robert et frère Foulque, dominicains, tous deux du diocèse d'Alençon, nés respectivement Ancelin et Chandars, comparait volontairement et personnellement Bernadette, Jeanne, Marie, Carlin, née Bardeau devant le vénérable frère Jacques du Pilais, dominicain, docteur en théologie,

1. Brodeuse spécialisée dans la réalisation d'orfrois, de passementeries, de broderies d'or qui ornaient les vêtements précieux.

seigneur inquisiteur pour le territoire d'Évreux, nommé pour juger cette affaire en notre bonne ville d'Alençon.

Jacques du Pilais s'avança vers la femme, la vrillant de son regard pâle.

– Bernadette Carlin, voici les quatre Évangiles. Apposez votre main droite sur eux et jurez de dire toute la vérité, tant sur vous-même que sur les autres. Le jurez-vous sur Dieu et sur votre âme ?

– Je le jure, affirma-t-elle d'une voix mal assurée.

– Vous savez, bien sûr, qu'un parjure, outre qu'il souillerait irrémédiablement votre âme, vous vaudrait les foudres de ce tribunal.

– Je le sais, seigneur. Mais mon âme est pure et Dieu peut la sonder.

– Or donc, vous nous fîtes parvenir il y a quelques jours une bien étrange confession. Tardive, quoique fort bien tournée.

– Je ne sais point lire et encore moins écrire, seigneur. J'en ai dicté le contenu à un graphiarius public.

– Hum… Ainsi s'explique cette jolie plume. Que nous y dîtes-vous ?

Jacques du Pilais entreprit de lire d'une voix douce :

Au seigneur inquisiteur
chargé d'élucider le meurtre
du dominicain Nicolas Florin.

Seigneur,

Le secret que je garde depuis bientôt deux ans devient trop lourd à porter puisque la rumeur court en ville qu'un homme, le comte d'Authon, serait accusé du meurtre du seigneur inquisiteur Nicolas Florin. Il en est innocent et je ne pouvais conserver le silence plus longtemps. Je me suis tue jusque-là afin de protéger le nom de mes enfants et de leur épargner une nouvelle flétrissure. L'épouvantable réputation de leur père pèse déjà lourd sur leurs jeunes épaules. Quant à moi, ce soudard, voleur, trousseur et menteur a gâché ma vie. Dieu l'a rappelé à Lui, il y a six mois, et je ne prétendrai pas que le chagrin nous étouffa. Il est mort ainsi qu'il avait vécu, en vaurien, poignardé à la sortie d'un bouge à la nuit par un compagnon de saoulerie auquel il refusait de payer sa dette de jeu. Je vous l'affirme devant Dieu et en terrible honte, c'est mon mari qui assassina le seigneur inquisiteur Florin, un bourgeois rencontré, m'affirma-t-il, dans une taverne, avec qui il s'enivra au point que l'autre commença de lui adresser des mines de fille. Mon voyou d'époux n'apprit la réelle identité de sa victime que quelques jours plus tard. Affolé, il décida alors de se débarrasser des bijoux qu'il avait dérobés et retourna à la nuit les lancer dans le putel de la demeure du seigneur Florin.

Je ne doute pas que vos enquêteurs vous confirmeront son odieuse réputation et qu'ils vous éclaireront sur la mienne.

Cela est l'exacte vérité. Je le jure devant Dieu.

Votre humble Bernadette Carlin.

– Revenez-vous sur cette déclaration, madame ?

– Non pas. Ainsi que je le certifie et le jure, il s'agit de la vérité, et un innocent ne doit pas pâtir des méfaits de mon scélérat de mari. Nous en avons suffisamment souffert.

La voix grêle et déplaisante du frère Robert Ancelin s'éleva :

– Qui vous a payé, et combien, afin de forger ce témoignage ?

Bernadette Carlin cligna des paupières comme si elle venait de recevoir une gifle. Elle le considéra et répondit d'une voix ferme :

— Monsieur, je ne suis certes qu'une pauvresse qui trime jour et nuit afin de nourrir ses trois enfants. Toutefois, je n'ai jamais volé. Quant à me parjurer après avoir posé la main sur les Évangiles, je préférerais mourir aussitôt.

Elle se signa et se tourna vers Jacques du Pilais qui ne l'avait pas lâchée du regard. Quelque chose dans son maintien étonnait le seigneur inquisiteur. En dépit de ses vêtements élimés mais d'une propreté maniaque, de son bonnet de gros lin, de ses doigts déformés par la tension coupante des fils d'or, cette femme se tenait avec une sorte d'élégance naturelle qui donnait envie de la croire. S'y ajoutaient les multiples témoignages en sa faveur recueillis lors de l'enquête préliminaire, témoignages qui, en revanche, n'avaient pas épargné sa brute avinée de mari. Bernadette Carlin menait une vie de presque recluse, quittant son travail pour rentrer s'occuper de ses enfants que l'on disait bien tenus et sages. Ses rares sorties se limitaient au marché et à la messe. Nul ne se souvenait de l'avoir jamais vue attablée dans une taverne ou cancanant avec d'autres commères. De surcroît, et puisqu'on lui confiait des bobines de fil d'or ou d'argent, c'est qu'on la savait probe. Pourtant, en redoutable liseur d'âmes, Jacques du Pilais était certain qu'elle mentait. Savait-elle qu'il pouvait lui extirper la vérité sous la torture ? Peut-être, elle était intelligente. Alors pourquoi prendre ce risque, si effrayant que nombre d'hommes s'en seraient vivement détournés ? Pour de l'argent, pour ses enfants, bien sûr. Dans le dense silence de la salle, il écoutait sa respiration qu'elle tentait de maintenir régulière. Étrange race que celle des femmes, décidément, songea-t-il. Elles s'effarouchent d'une souris mais bravent un tribunal inquisitoire afin d'améliorer l'ordinaire de leur progéniture. Pilais tergiversa encore quelques instants. Au fond, cette femme ne lui offrait-elle pas un magnifique remède au déplaisir croissant que lui procurait l'incarcération abusive de monseigneur d'Authon qu'il savait innocent ? En habile politique, il n'avait pu le libérer, même après avoir reçu les compléments d'enquête exigés. En revanche, ce témoignage livré devant des témoins ecclésiastiques était aussi providentiel que controuvé. Et Jacques du Pilais qui, durant sa longue existence, avait infatigablement traqué le mensonge, s'entendit déclarer d'un ton faussement dépité :

– Mes frères, en mon âme et conscience, je crois que nous pouvons ajouter foi aux dires de cette femme. Toutefois, elle devra faire trois neuvaines afin que Dieu lui pardonne d'avoir retenu si longtemps la vérité. Notaire, veuillez consigner ce jugement. Monseigneur d'Authon est donc libre. Agnan, vous l'en informerez dès aussitôt.

Le jeune clerc fonça vers la porte sans un regard pour Bernadette Carlin, qu'il avait approchée quelques jours auparavant afin de lui proposer un lucratif marché.

Demain, dès avant l'aube, il lui remettrait la bourse promise. Dans une petite année, afin d'écarter tout soupçon, Bernadette déménagerait à Chartres. Elle y vivrait enfin une existence qui ne soit plus que de terreur du lendemain.

Une réconfortante pensée vint au jeune homme : décidément, l'assassinat du monstre Florin se soldait par de beaux dédommagements.

Palais du Vatican, Rome, octobre 1306

– De qui provient cette missive ?

– Je l'ignore, Éminence, répondit l'huissier en s'inclinant encore davantage. Un des gardes de l'enceinte a précisé qu'un cavalier fourbu, un messager français, la lui avait remise. J'ai pensé qu'il ne s'agissait donc pas d'un des innombrables quémandeurs qui vous harcèlent chaque jour, et cela bien que son expéditeur n'ait pas jugé bon d'apposer son sceau sur le cachet de cire, ni de tracer son nom sur le rouleau.

Honorius Benedetti congédia l'homme d'un petit mouvement de tête et tourna la missive entre ses doigts avant de la dérouler. Son regard chercha en vain une signature. Le déplaisir crispa ses lèvres. Qu'était-ce ? Une lettre anonyme. Quelle outrecuidance ! Il en prit pourtant connaissance. Son cœur s'emballa à mesure qu'il déchiffrait la haute écriture nerveuse. Il lui sembla que son cerveau se déchirait avec violence et il dut relire les mots insensés, inacceptables, avant de les comprendre.

Éminence,

Il nous a semblé de courtoisie de vous informer du trépas de madame Aude de Neyrat que l'on nous a désignée comme l'une de vos amies. Un terrible accident en est l'origine. Il semble que madame de Neyrat ait involontairement dérangé une ruche, dont l'essaim s'est rué sur elle.

Madame de Neyrat a été enterrée à Chartres, où elle résidait, après un service religieux en la cathédrale.

Rien d'autre. Rien. Une infinité de rien. Le vide de son esprit, le gouffre au creux de sa poitrine. Une douleur en coup de lame le plia sur son bureau. Il haleta, bouche ouverte, luttant contre la suffocation. La horde de ses plus vils souvenirs déferla comme si seuls les yeux vert émeraude en amande avaient été capables de les repousser. Un gémissement ininterrompu l'assourdit et il mit un certain temps à comprendre qu'il sortait de sa gorge. Les larmes dévalèrent, trempant la main sur laquelle il avait posé sa joue, tel un enfant désespéré. Tout cela, tout ce pour quoi il luttait depuis si longtemps n'avait-il véritablement aucun sens ? S'était-il fourvoyé depuis le début ? Dieu lui envoyait-Il un ultime avertissement ?

Benoît, qu'il aimait plus qu'un frère, plus que son aîné de sang, dont il ordonnait l'enherbement et qui expirait entre ses bras. Aude, magnifique Aude, qu'il arrachait au bourreau d'Auxerre et dont il causait le trépas plus tard. Il s'interdit la vision du sublime visage boursouflé de venin. Les deux seuls êtres qu'il eût véritablement aimés. Les deux seuls capables d'alléger ses jours.

Seul. Sa vie était un cimetière sinistre où il divaguait seul. Aucun tendre fantôme n'escorterait ses errances au milieu des tombes sans nom, sans pardon. Le prix de sa malédiction. Il avait voulu sauver les hommes d'eux-mêmes par amour pour le Divin Agneau. Au lieu de cela, il avait détruit la seule chose qui demeurât pure chez lui, son infinie tendresse pour Benoît, son incommensurable besoin d'Aude. Étrange. Lui que l'intérêt n'avait jamais effleuré, que l'argent, la gloire, la puissance même n'avaient jamais grisé se retrouvait seul au centre d'un royaume de ténèbres dont il avait monté chaque pierre, dont il avait verrouillé chaque huis. Ce dédale de chausse-trapes, de faux-semblants, de masques hideux et grotesques l'écœurait aujourd'hui à l'asphyxie.

Un chagrin immense. Sans fin. Un chagrin de titan qui se rendrait soudain compte que son pouvoir l'a abandonné. Un chagrin de vieillard qui constate en se retournant l'étendue du désert qu'il laisse derrière lui. Le désert et rien d'autre.

Il redressa le torse et s'essuya le visage d'un revers de manche, tentant d'étouffer les sanglots qui s'obstinaient dans sa gorge.

Qu'avait murmuré Benoît XI dans son dernier souffle ? « La Lumière, je vois la Lumière, Elle me baigne… À Dieu, mon doux frère. » Et puis, les doigts du pape s'étaient refermés en étau sur ceux d'Honorius. Et puis, la pression s'était relâchée d'un coup, laissant le camerlingue seul au monde et glacé.

Qu'avait-elle dit la dernière fois qu'il s'était délassé en contemplant son sourire ? « C'est donc à ce monde imparfait que vous nous condamnez ? » Une tristesse étonnée avait alors éteint, durant un éphémère instant, le magnifique regard émeraude.

Ineffable Agneau, je ne puis plus m'abuser. J'avoue, mon aveuglement n'eut d'égale que mon obstination. C'est que je T'aime tant. Je Te demande humblement pardon de T'avoir déçu, de n'avoir pas compris les signes que Tu daignais m'envoyer dans ton infinie mansuétude. Étrangement, vois-Tu, je suis toujours certain d'avoir eu raison : seul l'ordre que nous avons imposé peut épargner aux hommes le chaos. Toutefois, je ne suis qu'un insecte. Je ne connais que le passé et le présent. Tu sais le futur. Tu es le futur. Le futur sera-t-il illuminé par Ta gloire ou se terminera-t-il dans un bain de sang ? Je l'ignore. Étrangement, cela n'a plus d'importance puisque Tu viens de m'indiquer que je n'étais pas celui qui installerait l'avenir. Pour le reste, mes crimes de sang, les ignominies dont je me suis rendu coupable, j'attends la sentence et la punition avec hâte. Payer enfin. Se décharger du remords. Dormir enfin.

Il l'avait expliqué un jour, une éternité auparavant lui semblait-il, à Bartolomeo. Il est d'exceptionnels moments dans nos vies de détails que l'on néglige à tort. La grotesque hâte humaine à vouloir conclure et notre présomptueux désir de nous penser étalon du temps en sont la cause. Ces moments-là sont les serrures de nos existences. Une fois poussées derrière nous, les portes sont définitivement closes. Sans espoir, sans volonté de retour.

Honorius Benedetti se laissa aller contre le haut dossier de son fauteuil et ferma les paupières, examinant avec soin l'instant présent. Nulle délectation, nulle appréhension. La simple certitude que le temps s'était suspendu.

Il récupéra le long stylet à décacheter et contempla avec admiration son manche en ivoire, ciselé aussi précisément qu'une dentelle. Il souleva sa robe, examinant la peau pâle et fripée de ses cuisses. Il effleura son aine jusqu'à percevoir sous ses doigts le battement redevenu lent de son sang. Il enfonça d'une pression calme la lame du stylet. Une douleur aiguë qui n'était déjà plus la sienne. Un flot tiède et carmin trempa sa cuisse et dévala paresseusement vers son mollet, un autre, encore un autre. Il songea à compter ces petites bourrasques qui le vidaient de son sang mais préféra revenir une dernière fois au sourire d'Aude, à la voix lente et parfois incertaine de Benoît, aux parties de pêche à l'écrevisse dans lesquelles l'entraînait son frère, au rire de gorge de sa mère.

Une impertinente pensée lui arracha un rire : comment allaient se débrouiller les huissiers et le chambrier afin d'effacer toutes traces de la marée rouge qui imbibait peu à peu le tapis ? Ils allaient devoir se démener afin de lui rendre belle figure. Clément V pourrait ainsi annoncer que son frère chéri avait trépassé d'une faiblesse de cœur, dans la paix de l'âme.

Château d'Authon-du-Perche, novembre 1306

Les jours qui s'étaient écoulés depuis le retour d'Artus avaient été tissés de longs silences, entrecoupés de conversations de convenance. Après l'incommensurable soulagement de le savoir libre et lavé de soupçons, après la joie fébrile qui l'avait fait trembler lorsqu'elle avait, enfin, aperçu sa silhouette amaigrie démontant dans la cour, après l'éclat des nuits de retrouvailles où elle avait sangloté d'un bonheur de femme et de reconnaissance pour Dieu, était venu le temps des questions muettes. Ces questions qui empoisonnent les heures tant on redoute leurs réponses. Agnès les sentait tourner sans trêve dans l'esprit de son mari. L'homme d'élégance et de générosité hésitait encore à les poser, à l'acculer. Elle se détestait de cette lâcheté qu'elle se découvrait, elle qui avait tant lutté. L'amour rend pleutre envers l'aimé, parce qu'on craint de le perdre. Elle avait beau se répéter que rien n'est plus dévastateur que le travail de sape de l'incertitude, son courage la fuyait. Parfois, elle fonçait vers le bureau de son époux, décidée à l'éclairer en tous points sur son passé, ses filles, Clémence, la prophétie, le véritable rôle de Leone, la Quête. Pourtant, elle s'arrêtait brutalement à quelques pieds de la porte et s'en retournait à pas défaits vers ses appartements. Cent fois, elle avait espéré qu'un mot, un soupir la mènent, sans même qu'elle y réfléchisse, vers les confidences. En vain.

Le dîner avait semblé d'une indécente longueur à Agnès. Elle qui ne se rassasiait jamais de la présence de son époux, de ses sourires, de ses regards d'amant, comptait les minutes qui s'écoulaient entre chaque service. Son incohérence la stupéfiait. Les aveux se pressaient, exigeant de sortir d'elle. Pourtant, la terreur de leurs conséquences les paralysait dans sa gorge. Elle ne se lassait pas de la présence d'Artus, du moindre de ses gestes. Pourtant, cette présence l'oppressait. Une servante déposa devant eux le troisième service, un chaudumé[1] de brochet au verjus et au vin blanc, rehaussé d'une pointe de safran et de gingembre. La saveur aigrelette de la sauce se mêlait à la perfection à la finesse de la chair.

– Je vous vois bien songeuse, mon aimée… Et fort peu diserte. Vous remettez-vous bien de la monstruosité qui a failli vous coûter la vie ? Ah, madame, lorsque j'y songe, mes jambes se transforment en étoupe. Je ne cesse de penser, avec effroi, à ce qu'il serait advenu de ma vie que vous remplissez si totalement. (L'humour atténua la peur rétrospective et il acheva dans un sourire :) Belle preuve de l'égoïsme des mâles, me rétorquerez-vous.

– Que nenni, mon ami. Belle preuve d'amour aux yeux d'une dame que la certitude d'avoir investi la vie

1. Poisson grillé accompagné d'une sauce au pain, au verjus et au vin blanc.

de son aimé. Quant à votre question, si fait. Je recouvre la santé chaque jour un peu plus, grâce à votre retour et aux soins continuels de messire Joseph. L'effroyable fatigue qui me coupait l'envie du plus minime effort s'est fort atténuée.

Un nouveau silence s'installa. Agnès se torturait l'esprit dans l'espoir de trouver quelques plaisantes anecdotes propices à relancer la conversation. Mais le besoin de dire, d'expliquer enfin l'étouffait.

– La compagnie du chevalier de Leone, que l'on voit bien peu auprès de nous, vous manquerait-elle, madame ?

– Non pas, répondit-elle dans un sourire forcé. Il est fort occupé. Une histoire de diptyque vendu par un sien cousin qui tient maintenant à le racheter, ai-je cru comprendre.

– C'est aussi ce qu'il m'a confié en offrant ses excuses et ses regrets pour ses fréquentes absences. (Il fronça les sourcils comme s'il éprouvait des difficultés à saisir un souvenir.) Pourtant, voyez-vous, madame, je n'y crois guère.

Un frisson parcourut Agnès, qui parvint à dissimuler l'alarme que ce commentaire faisait naître en elle.

– À ses excuses et regrets ?

– Non. À cette fable du diptyque. Allons, Leone serait revenu de Chypre, entreprenant un interminable et exténuant périple, à seule fin de récupérer une œuvre d'art ? Ce piètre prétexte serait distrayant si je ne percevais derrière une tout autre vérité, bien plus sombre et qui se dérobe. Du moins à ma compréhension.

– L'ordre hospitalier, à l'instar des autres, est connu pour ses secrets que nul profane ne peut approcher, biaisa Agnès.

Il lui destina un regard aigu, le regard qu'il réservait à l'accoutumée à ceux dont il mettait en doute la probité. Elle détesta ce regard.

– Il est vrai, acquiesça-t-il d'un ton trop léger pour la rassurer.

Un autre silence remplaça ce qui prenait des allures de joute courtoise, lorsque chaque adversaire évalue les failles et les forces de son opposant. Un vertige, qui ne devait rien à l'enherbement dont elle avait été victime, déséquilibra légèrement Agnès. Dieu du ciel ! Elle se maudissait de ce revirement de sentiments, de la défiance et du chagrin qu'elle percevait en lui. La faute lui en revenait. Qu'avait-elle espéré ? Fallait-il être bien sotte ou insensée pour croire que cet homme intelligent, subtil, se laisserait berner durablement par quelques malhabiles menteries ? Certes, son amour pour elle l'avait aveuglé un temps. La terreur qu'il lui en veuille d'avoir profité de sa faiblesse d'amoureux avait ensuite dissuadé Agnès de dévoiler toute l'histoire de son existence.

L'entrée de la servante, portant avec délicatesse l'entremets, des coupelles de mistembecs[1], meubla quelques instants leur mutisme, cette attente de plus en plus inconfortable des mots de l'autre. Au fond, Agnès était assez honnête pour admettre qu'elle n'espérait qu'une chose : qu'il ordonne et exige d'elle des éclaircissements. Ainsi, elle ne pourrait plus reculer. Ainsi, il lui ôterait les doutes qui la harcelaient. Que craignait-elle au juste ? Qu'il la déçoive par une étroitesse d'esprit soudaine. Qu'il la méjuge. Qu'il ne comprenne pas que ses actes de jeunesse, aussi répréhensibles fussent-ils, n'avaient été inspirés que par la terreur à l'idée de

1. Beignets.

retomber aux griffes d'Eudes, d'être livrée à sa lubricité. Il lui fallait un enfant pour y échapper. Hugues de Souarcy étant stérile, un inconnu croisé dont elle avait tout oublié l'avait sauvée d'un danger bien pire que la mort.

L'appétit l'avait fuie. Elle attaqua pourtant les mistembecs, ne serait-ce que pour se donner une contenance. Artus vida d'un trait le fond de son verre et soupira de lassitude.

– Vous ennuyez-vous, monsieur ?

– À vos côtés ? Jamais, madame. (Soudain tendu, il poursuivit :) Agnès… l'on prétend que l'amour s'effiloche, surtout après enfant. Le croyez-vous ?

– Non pas, répliqua-t-elle avec véhémence. En tout cas, le mien pour vous ne fait que croître au point qu'il en devient vertigineux. (Inquiète, elle s'enquit :) Est-ce de votre part une courtoise manière de me prévenir que le vôtre tiédit ?

Un rire bas échappa à Artus.

– Je ne puis croire qu'une dame aussi fine que vous accorde la moindre foi à une telle supposition. Chaque instant de ma vie est rempli de vous. Alors que mon incarcération m'avait épuisé, je ne rêvais que d'une chose : vous allonger à mon côté et vous priver de sommeil des nuits entières. Est-ce là la marque d'un homme en désamour ?

– Douteriez-vous de mon amour ? Ce serait si insensé…

– Ma mie, je n'en doute pas, répondit-il d'un ton si triste qu'elle se leva pour le rejoindre et attrapa ses mains afin de les baiser. C'est votre réticence à m'accorder votre pleine confiance qui me blesse. Vous ai-je jamais donné occasion de penser qu'elle serait bafouée ?

– Oh, mon doux époux, protesta-t-elle. Vous, l'homme le plus honorable, le plus fiable, dont je sais qu'il accepterait la pire mort plutôt que de faillir à sa parole… Que dites-vous !

– Et pourtant, madame.

– Et pourtant ? parvint-elle à articuler.

Le cœur d'Agnès s'emballa douloureusement. Ainsi, elle avait vu juste. Artus avait perçu ses dérobades et ses demi-confidences. Elle se prépara au pire.

– De grâce, rejoignez votre chaise, madame, il me faut vos yeux.

Elle s'exécuta, contourna la table dans la lueur mouvante des torchères et du feu qui crépitait dans la cheminée. Durant quelques secondes, sa silhouette se décomposa, s'évanouissant dans le vacillement des flammes, pour renaître aussitôt. Artus refusa d'y voir un sombre présage. L'idée qu'Agnès pourrait disparaître un jour. La certitude que les liens innombrables qui les tenaient l'un à l'autre ne laisseraient rien de lui qui vaille la peine de poursuivre si elle se détournait. Il hésita à nouveau. Devait-il la forcer aux révélations ? Lui en voudrait-elle de la contraindre à admettre le secret qu'elle protégeait si jalousement ? Il craignait tant de lui déplaire. Pourtant, la mascarade avait assez duré. Nulle inquiétude d'époux ne le menait. Ce qu'il supputait était bien plus effrayant. À la vérité, l'histoire qu'Agnès lui avait servie, près de deux ans plus tôt, afin d'expliquer son inquiétude au sujet de la disparition de ce petit valet de ferme, ce Clément, n'avait qu'à moitié convaincu Artus. L'envie de plaire en tous points à sa mie avait fait le reste. Toutefois, l'attitude d'Agnès dans les mois qui avaient suivi l'avait intrigué, puis alarmé. Elle était certes un ange de bonté et de générosité mais, de là à perdre le dormir et le manger parce qu'une petite bâtarde née d'une servante décédée demeurait introuvable, il y avait un pas immense. Il l'avait entendue arpenter sa chambre à la nuit. Il n'avait pas été dupé par son feint appétit lorsque Monge de Brineux lui rapportait toujours la même nouvelle : leurs recherches restaient infructueuses. Il avait surpris ses regards qui, brusquement, s'évadaient vers le parc afin qu'il n'y voie pas les larmes, lorsqu'il mentionnait Clémence. La voix de son aimée le tira de ses pensées :

– Me voilà installée, monsieur.

Il la détailla dans sa robe de coupe italienne. Le lourd velours mordoré mettait en valeur le miel de ses cheveux. Il la revit dans sa pauvre robe de messe grise. La plus jolie toilette de la dame de Souarcy. Il se souvint de son émoi lorsqu'elle avait enfourché Ogier, vêtue de braies de paysan, aussi élégante qu'une reine. Il repoussa l'émotion qui lui étreignait la gorge. Le temps des atermoiements, de la crainte de déplaire était passé. Il devait savoir. Il reprit d'une voix douce :

– Et pourtant, madame. Quel terrible secret me dissimulez-vous ?

Elle ferma les yeux et soupira bouche entrouverte, son visage se vidant de son sang. Décolorée jusqu'aux lèvres, elle l'avertit :

– Tout vous sera révélé, monsieur. Si, ensuite, vous me jugiez indigne de votre amour, de grâce, ne tergiversez pas afin de m'épargner. Dites-le-moi sans détour.

Étrangement, cette mise en garde n'inquiéta pas Artus. Rien de ce qui la tissait ne pouvait être mauvais. Rien d'elle ne pouvait le décevoir. Il aurait misé sa vie sur cette certitude. Elle s'humecta les lèvres d'une gorgée de vin et commença.

Une voix calme, étonnement monocorde au point qu'il la reconnut à peine, s'éleva :

– Clémence est ma fille de ventre. Tout comme Mathilde, il ne s'agit pas d'une Souarcy.

Elle remonta pour lui les méandres de cette mémoire qui l'avait tant blessée, n'en omettant rien, ne tentant même pas de souligner ses excuses. Tout défila dans une économie de mots, d'émotions. Le désir incestueux d'Eudes, madame de Larnay son ange, son mariage avec Hugues, l'effroyable agonie de cet homme de foi et d'honneur dont le trépas la livrait à nouveau à l'ignoble concupiscence de son demi-frère, l'arrivée de Leone, la découverte de ce papyrus sacré aux Clairets, le camerlingue Honorius Benedetti et ses sbires, les moniales enherbées, la Quête, le sang différent*. La vie semblait avoir fui d'elle pour ne revenir que lorsqu'elle se remémora leur rencontre non loin des ruches, son embarras d'amoureux, sa panique à elle.

Durant une heure il l'écouta sans jamais l'interrompre, osant à peine cligner des paupières ou porter son verre à ses lèvres de peur qu'elle ne s'interrompe. Il congédia d'un geste discret la servante qui leur portait l'issue. Plongée dans la plate narration de son cauchemar, Agnès ne l'aperçut pas. Il dut lutter à plusieurs reprises contre la folle envie de se précipiter vers elle, de la serrer contre lui à l'étouffer.

Elle s'interrompit, but une nouvelle gorgée de vin. Il tendit les mains vers elle. Elle les refusa d'un signe de tête. Elle inspira longuement et déclara :

– Ainsi que je l'ai dit au chevalier de Leone, qui ne doit jamais apprendre que Clémence est une fille, je dois passer maintenant à vos yeux pour une catin commune.

– Vous, madame…, murmura-t-il dans un souffle, luttant contre l'émotion qui lui faisait venir les larmes aux yeux. Vous êtes un éclat de lumière divine. Votre inflexible courage, votre détermination sans haine, votre force… étrange. Je pensais ne pas pouvoir vous aimer davantage, vous aimant déjà infiniment. Je me trompais. Vous venez de me conduire en votre âme et mon vœu le plus cher est d'y demeurer toujours. Il s'agit du seul endroit où je me sois jamais senti parfaitement contenté. Le voulez-vous bien ?

Le long regard pers se riva au sien. Elle n'eut pas besoin de mots. Au demeurant, en existait-il ? Il sut que rien, jamais, n'entamerait leur amour. Il se leva, très doucement, avança à pas comptés vers elle. Elle posa son front sur le ventre de l'homme aimé et fondit en larmes. Ils restèrent longtemps ainsi. Il la berça tout le temps de ses pleurs dont il ne savait s'ils étaient de chagrin ou de paix. Enfin, elle redressa la tête et il baisa ses lèvres. D'une voix soudain urgente, elle répéta :

– Leone ne doit jamais savoir que Clémence est une fille.

– Ne saurait-il la protéger ?

– Oh, il verserait jusqu'à la dernière goutte de son sang. Toutefois, je suis certaine que le chevalier est clairement identifié par nos ennemis. Où il ira, ils suivront. Et Leone est un homme de Dieu. Pire, c'est un homme qui ne voit que Dieu. S'il comprend que le sang différent* est passé en Clémence, il n'aura de cesse que la prophétie se réalise. (D'une voix mordante, elle acheva :) Je ne veux pas de cela pour ma fille. Je ne veux pas qu'elle devienne l'enjeu de puissances qui nous dépassent et nous broieraient pour parvenir à leurs fins, qu'elles soient ténébreuses ou de lumière.

– Savez-vous où se trouve Clémence ? demanda Artus d'une voix douce.

– Non loin d'ici, au hameau des Loges. Je l'ai appris il y a fort peu de temps. Les incessantes promenades sylvestres de messire de Bologne, promenades qui le ramenaient la musette vide, m'ont intriguée. Je l'ai suivi. Il a caché et protégé Clémence dès sa disparition. J'alterne entre une infinie reconnaissance à son égard et la rancune, je l'admets. Cela étant, Clémence avait exigé qu'il garde le secret, à l'excellente raison que je me précipiterais aussitôt vers sa cachette au risque que nos ennemis m'y suivent. Une charmante Pauline, la protégée de messire Joseph, l'a accueillie et fait passer pour sa jeune sœur. Elles élèvent des poules.

– Oh, madame, ma mie… Quelle folie vous êtes-vous mise en tête au point de me taire si longtemps la vérité. Fallait-il que vous me teniez en piètre estime !

– Êtes-vous bien déraisonnable ? cria presque Agnès. En piètre estime quand je vous sais l'être le plus digne de la recevoir ? J'avais peur. Peur que vous m'aimiez moins, que vous me méjugiez. Peur aussi que mes révélations vous mettent en péril.

– Mais c'est votre silence qui me met en péril puisqu'il vous expose davantage au danger ! Trêve de mes doux reproches… Il nous faut agir. Clémence ne peut plus rester là-bas. A-t-elle changé ? Physiquement, j'entends.

Le visage d'Agnès s'éclaira de ravissement :

– Elle est si belle, si… merveilleuse. Elle a beaucoup grandi, pris une silhouette de femme. Ses cheveux ont poussé. Vous seriez étonné de son érudition… encore messire Joseph qui lui apprend tant de mystères.

– Il nous faut trouver un lieu sûr afin de la protéger.

– Mais lequel ? Je me suis bercée de l'illusion que je pourrais la défendre, et voyez… ils sont presque parvenus à m'abattre sans même que je me doute qu'ils se trouvaient si proches de moi.

– Nul ne connaît Clément ou Clémence ici, à part vous, mon médecin, cette Pauline et Leone. Bref de nobles êtres. Clémence pourrait… rejoindre votre service, que sais-je ? Il suffirait que Leone ne la rencontre jamais et qu'elle ne s'approche plus de Souarcy ou des Clairets.

– Elle me ressemble tant qu'un seul regard suffit à comprendre que le sang nous lie, argumenta Agnès.

– Diantre ! jeta Artus en arpentant la pièce, bras croisés dans le dos.

Il s'immobilisa et lança :

– La Sardaigne, mon bon cousin Jacques de Cagliari, celui auquel je comptais vous confier, vous et Philippe, si je ne parvenais à me sortir du piège que l'on m'a tendu. Un ours, mais un ours qui se fera navrer plutôt que de céder. Il a toujours abhorré les ordres et les intimidations. Nul n'ira chercher Clémence dans ses collines arides et sauvages. Nous la ferons voyager sous escorte, déguisée en jeune bourgeoise qui rejoint son promis. Ils cherchent tous un garçon. Un valet de ferme.

Le regard agrandi de peine, Agnès murmura :

– La Sardaigne ? Doux Jésus, c'est à l'autre bout du monde. Pourtant, je sais que vous avez raison… La savoir si loin de moi…

– Hors d'atteinte, madame. Il ne s'agit que de quelques mois, au pire d'une ou deux années. Donnons le temps à Leone et à ses compagnons d'ombre de parachever leur œuvre en détruisant à tout jamais ceux qui souhaitent la perte de votre fille et la vôtre.

– Le pourront-ils un jour ?

– À Dieu plaise.

Agnès se leva. Elle s'approcha de son époux et posa la tête contre son épaule. Il caressa la masse précieuse de ses cheveux, les laissant glisser entre ses doigts comme un liquide soyeux.

– Mon aimé, avant son départ, je souhaiterais tant passer une journée entière avec elle, dîner avec elle, m'essouffler à lui conter tant de petites choses, la guider dans le parc… faire provision de souvenirs.

– Pauline viendra nous porter une corbeille de ses œufs, accompagnée de sa jeune sœur. Elle repartira seule. Un gens d'arme raccompagnera Clémence au tôt matin. (Il sourit et elle eut envie de baiser le lent étirement de lèvres.) M'inviterez-vous à partager votre souper ou serai-je de trop ? Il est plus que temps que je rencontre mademoiselle ma fille d'alliance, celle-là même qui menaça de me larder de coups de lame si je vous importunais en votre manoir. Vous souvenez-vous ? Fichtre, elle ne plaisantait pas. Bah, bon sang ne saurait mentir !

Le lendemain matin, peu avant prime, Artus d'Authon fit seller Ogier. Le comte mit pied à l'étrier, hésitant. Il flatta l'encolure du magnifique destrier que cette incertitude de la part de son maître troublait, murmurant à son oreille :

– Ogier, mon valeureux Ogier… Tu ne sais rien des histoires d'homme. Grand bien te fasse !

Il héla un valet d'écurie et lui tendit les rênes, précisant :

– Ma course est remise de quelques minutes. Attache-le.

Il avança à pas lents vers les écuries. Eh quoi ? Leone et lui partageaient maintenant le même secret. Rien de plus normal qu'ils en discutent d'homme à homme. Sa foulée s'allongea.

Artus trouva Leone installé devant la petite table de sa chambrette. Il lui conta en quelques mots les révélations de son épouse.

– Je suis soulagé que madame d'Authon se soit décidée à vous révéler la vérité. Elle vous permet de soupeser l'immense danger qui pèse sur elle. Je retardais mon départ, effrayé à l'idée de la laisser vulnérable. Tel n'est plus le cas. Vous êtes homme de vaillance et d'intelligence et ne reculerez devant nul ennemi afin de protéger votre épouse. Je puis donc repartir, le cœur plus léger, afin de poursuivre mes recherches.

– Retrouver Clément et les manuscrits, résuma Artus d'Authon.

– En effet.

– Monsieur, je suis votre obligé à jamais. Vous avez sauvé l'être qui m'est plus cher que la vie. Vous avez veillé sur elle lorsqu'on tentait de m'écarter afin de l'atteindre. Enfin, vous m'avez tiré des griffes de l'Inquisition. Il est bon de se sentir redevable. On y réapprend l'humilité. On y reprend la mesure de ses faiblesses. Je ne suis pas certain de parvenir un jour à m'acquitter d'une telle dette.

Leone lui destina un de ses étranges sourires qui semblaient naître de très loin, d'une profondeur à laquelle nul n'avait accès.

– Aucune dette, monsieur, je vous l'affirme en vérité. Le service à Dieu ne se comptabilise pas à la manière d'un billet d'usure.

Plus sec, le comte déclara :

– Il n'en demeure pas moins, monsieur, avec toute mon estime, que j'eusse préféré vous aider, voire vous seconder – nous sommes au-dessus des préséances –

plutôt que d'être maintenu dans cette ignorance qui faisait de moi un poids mort quand j'aurais pu joindre ma vigilance et mon épée aux vôtres.

– Votre pardon, monsieur, du fond de l'âme. Cela étant, vous voudrez comprendre que ce choix ne dépendait pas de moi. Il n'appartenait qu'à Madame. De surcroît, les êtres contre lesquels nous luttons depuis des siècles n'usent que rarement de l'épée. Leurs armes sont bien plus sournoises.

– Sans doute, approuva le comte dans un murmure. Quand aurons-nous le regret de vous voir partir, chevalier ?

– Demain. Avec votre permission, j'irai saluer la comtesse et lui souhaiter bonne chance. Quel soulagement de vous savoir près d'elle, dans toute la conscience de ce qui la menace, répéta Leone. Souvenez-vous, monsieur, n'oubliez pas un instant : ses ennemis sont redoutables et prêts à tout. Que le moindre indice vous alerte, que le plus infime détail vous alarme. Ils sont pour le moment désorganisés mais se reprendront vite.

Artus eut l'implacable conviction qu'il ne s'agissait pas de vains mots. Sa crainte pour son épouse se mêla d'une insistante question : pourquoi l'avait-elle choisi ? S'agissait-il d'un hasard de cœur, ou suivait-elle, sans même le savoir, un indéchiffrable plan ? Une insistante et grisante question puisqu'elle impliquait qu'ils étaient destinés l'un à l'autre, de toute éternité.

– Quand nous reviendrez-vous, chevalier ?

– Lorsque j'aurai enfin retrouvé Clément. Il se terre si habilement que les espions du camerlingue ne sont pas parvenus à flairer sa trace… Jusqu'à quand ? Il est encore si jeune et ils ne feront pas de quartier.

– À vous revoir avec bonheur, chevalier.

– Si Dieu le veut.

BRÈVE ANNEXE HISTORIQUE

Benoît XI, Nicolas Boccasini, 1240-1304, pape. On sait relativement peu de chose de lui. Issu d'une famille très pauvre, ce dominicain reste humble toute sa vie. Une des rares anecdotes qui nous soit parvenue le démontre : lorsque sa mère lui rend visite après son élection, elle se fait belle pour voir son fils. Il lui explique gentiment que sa mise est trop riche et qu'il la préfère en femme simple. Réputé pour son tempérament conciliant, cet ancien évêque d'Ostie tente d'apaiser les querelles qui opposent l'Église et Philippe le Bel*, tout en se montrant sévère vis-à-vis de Guillaume de Nogaret* et des frères Colonna. Il décède après huit mois de pontificat, le 7 juillet 1304, empoisonné par des figues ou des dattes.

Bingen (Hildegarde de), 1098-1179. Elle prononce ses vœux à quinze ans et devient abbesse en 1136. Poétesse et musicienne, elle correspondit avec les grands du monde durant la seconde moitié du XIIe siècle. Elle aurait réalisé des miracles, et ses visions auraient été vérifiées. D'un naturel fragile, elle s'intéressa très vite aux simples. Elle rédigea, entre autres, une œuvre médicinale qui nous la fait considérer à l'heure actuelle comme la première phytothérapeute

« moderne ». En dépit de sa piètre santé, elle vécut plus de quatre-vingts ans, un record à cette époque. Peut-être faut-il y voir une preuve de la pertinence de ces recettes thérapeutiques ! Bien qu'on lui attribue fréquemment le titre de sainte, elle ne fut jamais canonisée.

Boniface VIII, Benedetto Caetani, vers 1235-1303. Cardinal et légat en France, il devient pape sous le nom de Boniface VIII. Il est le virulent défenseur de la théocratie pontificale, laquelle s'oppose au droit moderne de l'État. L'hostilité ouverte qui l'opposera à Philippe le Bel commence dès 1296. L'escalade ne faiblira pas, même après sa mort, la France tentant de faire ouvrir un procès contre sa mémoire.

Clairets (abbaye de femmes des), Orne. Située en bordure de la forêt des Clairets, sur le territoire de la paroisse de Masle, sa construction, décidée par charte en juillet 1204 par Geoffroy III, comte du Perche, et son épouse Mathilde de Brunswick, sœur de l'empereur Othon IV, dure sept ans, pour se terminer en 1212. Sa dédicace est cosignée par un commandeur templier, Guillaume d'Arville, dont on ne sait pas grand-chose. L'abbaye est réservée aux moniales de l'ordre de Cîteaux, les bernardines, qui ont droit de haute, moyenne et basse justice.

Got (Bernard de), vers 1270-1314. Il est d'abord chanoine et conseiller du roi d'Angleterre. Ses réelles qualités de diplomate lui permettent de ne pas se fâcher avec Philippe le Bel durant la guerre franco-anglaise. Il devient archevêque de Bordeaux en 1299 puis succède à Benoît XI en 1305 en prenant le nom de Clément V. Redoutant d'être confronté à la situation italienne qu'il connaît mal tant que la paix ne sera pas revenue dans ce pays, il se fait couronner à Lyon et s'installe à Avignon en 1309 à titre « temporaire », pense-t-il. Il temporise avec Philippe le Bel dans les deux grandes affaires qui les opposent : le procès contre la mémoire de Boniface VIII et la suppression de l'ordre du Temple. Il parvient à apaiser la hargne du souverain dans le premier cas et se débrouille pour circonscrire le second en acceptant des procès contre les personnes, sans toutefois permettre que l'ordre soit jugé en tant que tel et en préférant le supprimer.

Inquisition médiévale. Il convient de distinguer l'inquisition médiévale de la Sainte Inquisition espagnole. Dans ce dernier cas, la répression et l'intolérance furent d'une violence qui n'a rien de comparable avec ce que connut la France. Ainsi, plus de deux mille morts sont recensés en Espagne durant le seul mandat de Tomâs de Torquemada.

L'Inquisition médiévale est d'abord exercée par l'évêque. Le pape Innocent III (1160-1216) pose les règles de la procédure inquisitoire par la bulle *Vergentis in senium* en 1199. Son projet n'est pas l'extermination d'individus. Pour preuve le concile de Latran IV, un an avant sa mort, soulignant l'interdiction que l'on applique l'ordalie[1] aux dissidents. Le souverain pontife vise l'éradication des hérésies

1. Épreuve physique (fer rouge, immersion dans l'eau glacée, duel judiciaire, etc.) destinée à démontrer l'innocence ou la culpabilité. Il s'agit d'un jugement de Dieu qui sortira d'usage au XIe siècle et sera condamné par le concile de Latran IV en 1215.

qui menacent les fondements de l'Église en brandissant, entre autres, la pauvreté du Christ comme modèle de vie – modèle peu prisé si l'on en juge par l'extrême richesse foncière de la plupart des monastères. Elle devient ensuite une Inquisition pontificale sous Grégoire IX, qui la confie en 1232 aux dominicains et, dans une moindre mesure, aux franciscains. Les mobiles de ce pape sont encore plus politiques lorsqu'il renforce les pouvoirs de l'institution pour la placer sous sa seule autorité. Il lui faut éviter à tout prix que l'empereur Frédéric II ne s'engage lui-même dans cette voie pour des motifs qui dépassent largement le cadre spirituel. C'est Innocent IV qui franchit l'étape ultime en autorisant le recours à la torture dans sa bulle *Ad extirpanda*, le 15 mai 1252. La sorcellerie sera ensuite assimilée à la chasse contre les hérétiques.

On a exagéré l'impact réel de l'Inquisition qui, étant entendu le faible nombre d'inquisiteurs sur le territoire du royaume de France, n'aurait eu que peu de poids si elle n'avait reçu l'aide des puissants laïcs et bénéficié de nombreuses délations. Cela étant, grâce à leur possibilité de se relever entre eux de leurs fautes, quelles qu'elles fussent, certains inquisiteurs se révélèrent coupables d'effarantes monstruosités qui provoquèrent parfois des émeutes populaires ou des réactions scandalisées de plusieurs prélats.

En mars 2000, soit environ huit siècles après les débuts de l'Inquisition, Jean-Paul II demande pardon à Dieu pour les crimes et les horreurs qu'elle a commis.

Juifs. Les brimades, discriminations et exécutions n'ont pas cessé depuis le VIe siècle, sauf lorsque Louis le

Pieux (814-840) prend les juifs sous sa protection, créant une charge de « maître des juifs », chargé de veiller au respect de son appui. Une paix relative s'installe, grâce, notamment, à l'ouverture de saint Bernard, effaré par l'animosité de certains croisés qui cherchent à ranimer la haine antisémite en brandissant la culpabilité des juifs dans la Passion du Christ. Elle ne durera pas. La haine est ensuite avivée par des rumeurs de meurtres rituels. Des communautés juives sont accusées, sans aucune preuve, ni même que l'on ait retrouvé de cadavre, de sacrifier des enfants chrétiens. Ces rumeurs sans fondement seront à l'origine de l'extermination de la communauté juive de Blois, poussée sur le bûcher (1171). Philippe Auguste, profitant de l'animosité du peuple, expulse ensuite les juifs en 1182, confisquant leurs biens et annulant les créances de leurs emprunteurs, au nombre desquels le royaume de France. Louis IX (Saint Louis) ne sera pas en reste alors que l'Inquisition commence d'assimiler le judaïsme à une hérésie. Il fait brûler à Paris vingt-quatre charrettes de manuscrits talmudiques au prétexte qu'ils détournent les fidèles du seul Livre, la Bible. Les conversions contraintes au christianisme se multiplient alors, sans compter celles inspirées par la peur. Le IVe concile de Latran marque une date décisive en statuant sur les juifs, qu'il s'agisse des pratiques d'usure, des vêtements distinctifs qu'ils devront porter afin d'être immédiatement repérés, des blasphèmes ou des conversions non sincères. La chasse aux juifs devient une des missions de choix de l'Inquisition et obligation est donc faite à tous les fidèles de porter la rouelle, ou le voile pour les femmes. Le regroupement des juifs dans certaines rues est rendu obligatoire en 1294 et cela dans tout le royaume. L'affaire du juif parisien Jonathas, en 1290, accusé d'avoir profané une hostie consacrée, et cela en dépit de témoignages pour le moins contradictoires, attise la haine antisémite. Elle fournira également un prétexte à Philippe le Bel, qui ordonne en juillet 1306 l'expulsion de tous les juifs du royaume, en dépit des réserves ouvertes de certains seigneurs, qu'ils soient peu désireux de perdre la manne commerciale qui afflue grâce à eux ou qu'ils soient convaincus que ces mesures discriminatoires sont à l'origine une façon radicale pour l'État d'annuler ses dettes.

Lais de Marie de France. Douze lais attribués le plus généralement à une certaine Marie, originaire de France mais vivant à la cour d'Angleterre. Certains historiens pensent qu'il s'agit de la fille de Louis VII ou de celle du comte de Meulan. Les *Lais* sont écrits avant 1167 et les *Fables* vers 1180. Marie de France est également l'auteur d'un roman, *Le Purgatoire Saint-Patrice.*

Nogaret (Guillaume de), vers 1270-1313. Docteur en droit civil, il enseigne à Montpellier puis rejoint le Conseil de Philippe le Bel en 1295. Ses responsabilités prennent vite en ampleur. Il participe, d'abord de façon plus ou moins occulte, aux grandes affaires religieuses qui agitent la France. Nogaret sort ensuite de l'ombre et joue un rôle déterminant dans l'affaire des templiers et dans la lutte du roi contre Boniface VIII*. Nogaret est un homme d'une vaste intelligence et d'une foi inébranlable. Son but est de sauver à la fois la France et l'Église. Il deviendra chancelier du roi pour être ensuite écarté au profit d'Enguerran de Marigny, avant de reprendre le sceau en 1311.

Philippe IV le Bel, 1268-1314. Fils de Philippe III le Hardi et d'Isabelle d'Aragon. Il a trois fils de Jeanne de Navarre, les futurs rois : Louis X le Hutin, Philippe V le Long et Charles IV le Bel, ainsi qu'une fille, Isabelle, mariée à Édouard II d'Angleterre. Courageux, excellent chef de guerre, il est également inflexible et dur. Il convient de tempérer ce portrait puisque des témoignages contemporains de Philippe le Bel le décrivent comme manipulé par ses conseillers qui « le flattaient et le chambraient ». L'histoire retiendra surtout de lui son rôle majeur dans l'affaire des templiers, mais Philippe le Bel est avant tout un roi réformateur dont l'un des objectifs est de se débarrasser de l'ingérence pontificale dans la politique du royaume.

Plomb. L'utilisation du plomb par l'homme est vieille de trois mille cinq cents ans. Il est indispensable à une bonne croissance mais à des doses infinitésimales. Il fut longtemps un des poisons préférés des empoisonneurs. On l'a utilisé à des fins multiples : alliages, étanchéité, canalisations, couvertures, ustensiles de cuisine, soudure des boîtes de conserve. Il fut également un des premiers édulcorants de l'Histoire puisque les Romains l'utilisaient pour sucrer leurs vins fins. L'intoxication au plomb, ou saturnienne, fut la première maladie professionnelle reconnue en France.
Le tableau de symptômes varie en fonction de la dose ingérée et de la durée de l'intoxication. L'intoxication chronique (faibles doses durant une longue

période) se manifeste par des difficultés d'apprentissage peu ou pas réversibles, neurotoxicité à laquelle le fœtus et l'enfant sont particulièrement sensibles. L'intoxication moyenne (doses plus importantes) se solde par un goût métallique dans la bouche, une anorexie, des violentes douleurs abdominales, des nausées, des vomissements, des diarrhées. L'intoxication aiguë (très fortes doses) se caractérise par une agitation ou au contraire une somnolence, l'hypotension, des convulsions, le coma.

Robert le Bougre, encore surnommé « le Petit », bulgare d'origine. Il embrasse le catharisme à sa source et accède au grade de parfait et de docteur de cette foi. Il se convertit ensuite au catholicisme et revêt la robe dominicaine. Grégoire IX (1227-1241) voit en lui un providentiel « révélateur » d'hérétiques. De fait, il semble capable de piéger les plus habiles d'entre eux. Les sévices, les tortures épouvantables dont il se rend coupable commencent à la Charité-sur-Loire, dès sa nomination en tant qu'inquisiteur général en 1233, après l'assassinat de son prédécesseur Conrad de Marbourg. Scandalisés par les narrations qui leur viennent aux oreilles, les archevêques de Sens et de Reims, ainsi que quelques autres, protestent. Le premier rapport révélant ses exactions vaut à Robert le Bougre une mise à l'écart et la suspension de ses pouvoirs en février 1234. Pourtant, il revient en grâce dès août de l'année suivante, pour reprendre aussitôt ses « amusements ». Il faudra encore attendre quelques années pour qu'il soit démis définitivement de ses fonctions puis emprisonné à vie en 1241.

Saint-Jean de Jérusalem (Ordre hospitalier de). Reconnu en 1113 par le pape Pascal II. Contrairement aux autres ordres soldats, la fonction initiale de l'ordre de l'Hôpital est charitable. Il n'assume que plus tard une fonction militaire. Après la chute d'Acre, l'Hôpital se replie sur Chypre puis sur Rhodes, et enfin Malte. L'ordre est gouverné par le grand maître, élu par le chapitre général constitué des dignitaires. Il est subdivisé en « langues » ou provinces gouvernées à leur tour par des grands prieurs. Contrairement au Temple et en dépit de sa grande richesse, l'Hôpital jouira toujours d'une réputation très favorable, sans doute en raison du rôle charitable qu'il n'abandonnera jamais et de l'humilité de ses membres.

Sang différent. On ne connaît pas le typage sanguin au XIVe siècle. Le sang provenant du suaire de Turin, qui aurait enveloppé le cadavre du Christ, de la tunique d'Argenteuil, qu'il aurait portée durant le chemin de croix, et du sudarium d'Oviedo, dont on aurait recouvert son visage lors de la descente de la croix, sont tous issus d'un homme de groupe AB. Un million et demi, seulement, de la population humaine appartient à ce groupe, rendant la probabilité d'un simple hasard assez déroutante. S'ajoute à cela que le groupe AB est né il y a environ deux mille ans au Moyen-Orient. Il semble qu'il ait émergé en France aux environs du deuxième millenaire.

Le groupe AB est un groupe récessif et on peut donc se poser des questions quant à sa persistance, surtout lorsque l'on prend en compte son faible effectif humain. En effet, deux parents de groupe AB (statistiquement peu probable) n'ont qu'une « chance » sur deux d'avoir des enfants du même groupe qu'eux, contrairement aux parents de groupe O, le plus fréquent, qui sont assurés de n'avoir que des enfants de groupe O. D'un strict point de vue statistique, le groupe AB aurait donc dû disparaître, d'autant qu'il semble qu'il rende plus vulnérable à certaines maladies. Pourtant, il persiste, bien qu'en très faible minorité.

Les datations au carbone 14 révèlent que le suaire de Turin remonterait à 1250-1340, la tunique d'Argenteuil à l'an 800, quant au sudarium, il daterait environ de l'an 500. Cela étant, les prélèvements autorisés par l'Église, du moins sur le suaire, auraient été effectués sur les bords du linge, plus sensibles aux dégâts en général et moins fiables en ce qui concerne la datation. La rumeur court que l'Église ne souhaitait pas véritablement que le suaire soit attribué au Christ. En effet, elle aurait redouté une sorte d'hystérie collective de fidèles. Vrai ou faux, rien ne permet de trancher. Enfin, une énigme étonne certains scientifiques : on aurait retrouvé sur la tunique d'Argenteuil des globules blancs intacts alors que ces cellules sont détruites peu après le décès (or ce linge remonte à au moins 1 200 ans). L'hypothèse formulée afin d'expliquer ce mystère est la suivante : les globules blancs auraient été préservés grâce à des agents conservateurs végétaux que l'on employait à l'époque du Christ. Quant au visage d'homme qui apparaît distinctement sur le suaire, différentes explications ont été proposées, d'un miracle saint jusqu'à une exposition du linge au soleil, derrière une vitre.

Temple (ordre du). Créé à Jérusalem, vers 1118, par le chevalier Hugues de Payns et quelques chevaliers de Champagne et de Bourgogne. Il est définitivement organisé par le concile de Troyes en 1128, sa règle étant inspirée – voire redigée – par saint Bernard. L'ordre est dirigé par le grand maître dont l'autorité est encadrée par les dignitaires. Les possessions de l'ordre sont considérables (3 450 châteaux, forteresses et maisons en 1257). Avec son système de transfert d'argent jusqu'en Terre sainte, l'ordre figure au XIIIe siècle comme l'un des principaux banquiers de la chrétienté. Après la chute d'Acre – qui, au fond, lui est fatale –, le Temple se replie majoritairement vers l'Occident. L'opinion publique finit par considérer ses membres comme des profiteurs et des paresseux. Diverses expressions de l'époque en témoignent. Ainsi, « on va au Temple », lorsqu'on va au bordel. Jacques de Molay, grand maître, ayant refusé la fusion de son ordre avec celui de l'Hôpital, les templiers sont arrêtés le 13 octobre 1307. Suivent des enquêtes, des aveux (dans le cas de Jacques de Molay, certains historiens pensent qu'ils n'ont pas été obtenus sous la torture), des rétractations. Clément V, qui redoute Philippe le Bel pour d'autres motifs, décrète la suppression de l'ordre le 22 mars 1312. Jacques de Molay revient à nouveau sur ses aveux et est envoyé au bûcher, avec d'autres, le 18 mars 1314. Il semble acquis que les enquêtes sur les templiers, la saisie de leurs biens et leur redistribution aux hospitaliers coûtèrent davantage d'argent à Philippe le Bel qu'elles ne lui en rapportèrent.

Vallombrosa (ou Vall'Ombrosa, ou Vallombreuse, ou Vallombroso, du latin Vallis Ombrosa*).* Abbaye de Toscane perchée à près de 1 000 m d'altitude. Elle fut fondée en 1036 par saint Jean Gualbert et devint le centre d'une congrégation de bénédictins. Fermée en 1808 puis restaurée par Ferdinand III, elle cessa définitivement ses activités en 1866. Au XIIe siècle, la congrégation regroupait vingt-trois monastères. Galilée y étudia.

Vaudois ou Pauvres de Lyon. L'une des « hérésies » les plus importantes de l'époque, par son ampleur mais aussi son impact sur la population. Le mouvement, qui prône le dénuement, la pureté évangélique et l'égalité de tous, est fondé vers 1170 par Pierre Valdo, riche marchand lyonnais qui fit don de tous ses biens. Comme pour le catharisme, le succès des vaudois tient beaucoup au malaise religieux ambiant. Il traduit d'abord l'appétit des couches aisées de la société pour un surcroît de pureté. Les femmes peuvent être ordonnées. Rejetant tout ce qui diverge d'une lecture stricte des Évangiles, les fidèles sont très vite persécutés par l'Inquisition. Certains rejoindront les Pauvres catholiques, d'autres essaimeront en Europe, expliquant le maintien jusqu'à nos jours de communautés.

GLOSSAIRE

Offices liturgiques

(Il s'agit d'indications approximatives puisque l'heure des offices variait en fonction des saisons.)

Outre la messe – et bien qu'elle n'en fasse pas partie au sens strict –, l'office divin, constitué au VIe siècle par la règle de saint Benoît, comprend plusieurs offices quotidiens. Ils réglaient le rythme de la journée. Ainsi, les moines et les moniales ne pouvaient-ils souper avant que la nuit ne soit tombée, c'est-à-dire après vêpres.

Si l'office divin est largement célébré jusqu'au XIe siècle, il sera ensuite réduit afin de permettre aux moines et aux moniales de consacrer davantage de temps à la lecture et au travail manuel.

Vigiles ou matines : vers 2 h 30 et 3 heures.

Laudes : avant l'aube, entre 5 et 6 heures.

Prime : vers 7 h 30, premier office de la journée, sitôt après le lever du soleil, juste avant la messe.

Tierce : vers 9 heures.

Sexte : vers midi.

None : entre 14 et 15 heures.

Vêpres : à la fin de l'après-midi, vers 16 h 30-17 heures, au couchant.

Complies : après vêpres, dernier office du soir, vers 18-20 heures.

S'y ajoute une prière de *Nocturnes* vers 22 heures.

Mesures de longueur

La traduction en mesures actuelles est un peu ardue puisqu'elles variaient souvent en fonction des régions.

Arpent : de 160 à 400 toises carrées, soit de 720 à 2 800 m^2.

Lieue : 4 kilomètres environ.

Toise : de 4,5 m à 7 mètres.

Aune : de 1,2 m à Paris à 0,7 m à Arras.

Pied : équivaut environ à 34-35 centimètres.

Pouce : environ 2,5-2,7 cm.

Mesures de poids

Calibrées d'abord pour évaluer le poids de l'or et de l'argent, donc celui des monnaies, elles varient également en fonction des époques, des régions mais également des denrées pesées. Ainsi une livre de poids de table est-elle différente d'une livre de poids de soie; une livre carnassière (de boucher) n'a pas non plus la même valeur qu'une livre d'apothicaire. La livre variait de 306 à 734 grammes. Nous avons pris comme référence le poids du marc de Troyes utilisé à Paris et au centre du royaume.

Minot : mesure de poids des denrées sèches, variable en fonction de la denrée, puisqu'elle représente surtout une capacité. Un minot égale 3 boisseaux de froment ou 5 d'avoine.

Livre, soit deux marcs : 489,5 g.

Marc : 244,75 g.

Once : 30,60 g.

Gros : 3,82 g.

Esterlin : 1,53 g.

Maille : 0,764 g.

Denier : 1,27 g.

Grain : 0,053 g.

Mesures de capacité

Pinte : un peu moins de 1 litre.

Pot : 2 pintes, un peu moins de 2 litres.

Setier : 8 pintes.

Feuillette : 18 setiers, environ 280 litres.

Monnaies

Il s'agit d'un véritable casse-tête puisqu'elles différaient souvent avec les règnes et les régions. Selon les époques, elles ont été – ou non – évaluées en fonction de leur poids réel en or ou en argent et surévaluées ou dévaluées.

Livre : unité de compte. Une livre valait 20 sous ou 240 deniers d'argent ou encore 2 petits royal d'or (monnaie royale sous Philippe le Bel).

Denier tournois (de Tours) : il remplace progressivement le denier parisis de la capitale. Douze deniers tournois représentaient un sou.

BIBLIOGRAPHIE

Ouvrages le plus souvent consultés

BLOND Georges et Germaine, *Histoire pittoresque de notre alimentation*, Paris, Fayard, 1960.

BRUNETON Jean, *Pharmacognosie, phytochimie et plantes médicinales*, Tex & Doc, Lavoisier, 1993.

BURGUIÈRE André, KLAPISCH-ZUBER Christiane, SEGALEN Martine, ZONABEND Françoise, *Histoire de la famille*, tome II, *Les Temps médiévaux, Orient et Occident*, Paris, Le Livre de Poche, 1994.

CAHEN Claude, *Orient et Occident au temps des croisades*, Paris, Aubier, 1983.

DELORT Robert, *La Vie au Moyen Âge*, Paris, Seuil, 1982.

DEMURGER Alain, *Vie et Mort de l'ordre du Temple*, Paris, Seuil, 1989.

–, *Chevaliers du Christ, les ordres religieux au Moyen Âge, XIe-XVIe siècle*, Paris, Seuil, 2002.

DUBY Georges, *Le Moyen Âge*, Paris, Hachette Littératures, 1998.

ECO Umberto, *Art et beauté dans l'esthétique médiévale*, Paris, Grasset, 1997.

Équipe de la commanderie d'Arville, *Le Jardin médiéval de la commanderie templière d'Arville.*

EYMERIC Nicolau, PEÑA Francisco, *Le Manuel des inquisiteurs* (introduction et traduction de Louis Sala-Molins), Paris, Albin Michel, 2001.

FALQUE de BEZAURE Rollande, *Cuisine et Potions des templiers*, Coudray-Macouard, Cheminements, 1997.

FAVIER Jean, *Dictionnaire de la France médiévale*, Paris, Fayard, 1993.

–, *Histoire de France*, tome II, *Le Temps des principautés*, Paris, Le Livre de Poche, 1992.

FERRIS Paul, *Les Remèdes de santé d'Hildegarde de Bingen*, Paris, Marabout, 2002.

FLORI Jean, *Les Croisades*, Paris, Jean-Paul Gisserot, 2001.

FOURNIER Sylvie, *Brève histoire du parchemin et de l'enluminure*, Gavaudin, Fragile, 1995.

GAUVARD Claude, *La France au Moyen Âge du Ve au XVe siècle*, Paris, PUF, 2004.

GAUVARD Claude, LIBÉRA Alain de, ZINK Michel (dir.), *Dictionnaire du Moyen Âge*, Paris, PUF, 2002.

JERPHAGNON Lucien, *Histoire de la pensée, Antiquité et Moyen Âge*, Paris, Le Livre de Poche, 1993.

LIBERA Alain de, *Penser au Moyen Âge*, Paris, Seuil, 1991.

MELOT Michel, *Fontevraud*, Patrimoine culturel, Paris, Jean-Paul Gisserot, 2005.

–, *L'Abbaye de Fontevraud*, Petites monographies des grands édifices de la France, CLT, 1978.

PERNOUD Régine, *La Femme au temps des cathédrales*, Paris, Stock, 2001.

–, *Pour en finir avec le Moyen Âge*, Paris, Seuil, 1979.

PERNOUD Régine, GIMPEL Jean, DELATOUCHE Raymond, *Le Moyen Âge pour quoi faire ?*, Paris, Stock, 1986.

REDON Odile, SABBAN Françoise, SERVENTI Silvano, *La Gastronomie au Moyen Âge*, Paris, Stock, 1991.

RICHARD Jean, *Histoire des croisades*, Paris, Fayard, 1996.

Saint-Evroult-Notre-Dame-du-Bois, une abbaye bénédictine en terre normande, Condé-sur-Noireau, NEA éditions, 2001.

SIGURET Philippe, *Histoire du Perche*, Ceton, Fédération des amis du Perche, 2000.

VERDON Jean, *La Femme au Moyen Âge*, Paris, Jean-Paul Gisserot, 2006.

VINCENT Catherine, *Introduction à l histoire de l'Occident médiéval*, Paris, Le Livre de Poche.

Andrea H. Japp dans Le Livre de Poche

LA DAME SANS TERRE

1. *Les Chemins de la bête* n° 35034

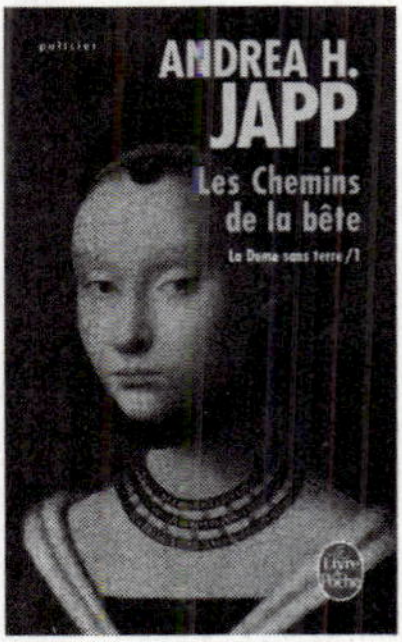

1304. La France est déchirée par la rivalité entre le roi Philippe le Bel, l'Église et le très puissant ordre des Templiers. La belle Agnès de Souarcy, jeune veuve au caractère bien trempé, va voir son destin basculer sans comprendre à quel point il est lié aux intérêts du royaume et de la chrétienté… Pourquoi son demi-frère, Eudes de Larnay, la fait-il traîner devant les tribunaux de l'Inquisition ? D'où viennent ces missives évoquant le « sang divin », qui portent le sceau papal et dont les messagers sont systématiquement assassinés ? Leurs cadavres sont retrouvés çà et là, carbonisés, sans pourtant qu'aucune trace de combustion apparaisse… Qu'a découvert le petit Clément, protégé d'Agnès, dans la bibliothèque secrète de l'abbaye de femmes des Clairets ? Et que cherche Nicolas Florin, ce grand inquisiteur dont les excès de cruauté font frémir ?

2. *Le Souffle de la rose* n° 35035

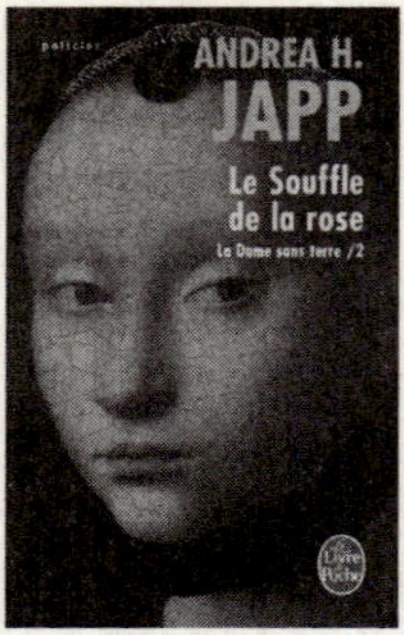

Accusée de commerce démoniaque, Agnès de Souarcy est traînée devant les tribunaux de l'Inquisition. Nicolas Florin, le grand inquisiteur, veut la voir sangloter, supplier, d'autant que la mystérieuse silhouette qui lui a rendu visite exige la mort de Mme de Souarcy. Pourtant la pire des surprises, pour Agnès, va venir de Mathilde, sa propre fille… Cependant, à l'abbaye des Clairets, des moniales meurent les unes après les autres, empoisonnées. La coupable est parmi elles… Pour Éleusie de Beaufort, la mère abbesse, une seule certitude : c'est aux manuscrits de la bibliothèque secrète de l'abbaye, dont elle seule connaît l'accès, que le meurtrier veut parvenir…

3. *Le Sang de grâce* n° 35036

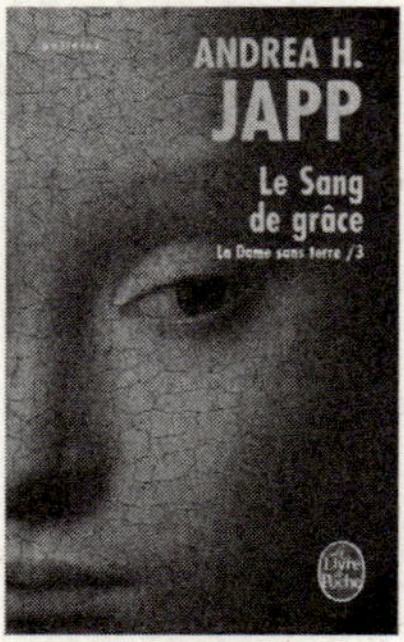

Dans ce troisième volume de *La Dame sans terre*, Andrea H. Japp nous donne enfin les clés des multiples intrigues nouées dans les deux précédents tomes… Le lecteur découvre qui est véritablement le jeune Clément et qui a commandé les meurtres de l'abbaye des Clairets. L'enquête nous entraîne à Rome, jusque dans l'entourage du souverain pontife. Quant à l'histoire d'amour entre Agnès et Artus, comte d'Authon, elle va connaître, elle aussi, une fin inattendue…

Du même auteur :

aux Éditions du Masque

La Femelle de l'espèce, 1996.
(Masque de l'année 1995).
La Parabole du tueur, 1996.
Le Sacrifice du papillon, 1997.
Dans l'œil de l'ange, 1998.
La Raison des femmes, 1999.
Entretien avec une tueuse, 1999.
Le Silence des survivants, 2000.
De l'autre, le chasseur, 2001.
Portrait de femmes avec tueur, 2001.
Contes d'amour et de rage, 2002.
Un violent désir de paix, 2003.

aux Éditions Flammarion

Le Septième Cercle, 1998.
La Voyageuse, 1999.
Et le désert…, 2000.
Le Ventre des lucioles, 2001.
Le Denier de chair, 2002.
La Saison barbare, 2003.
Enfin un long voyage paisible, 2005.
Les Mystères de Druon de Brévaux, 2010.

aux Éditions Calmann-Lévy

Sang premier, 2005
LA DAME SANS TERRE
1. *Les Chemins de la bête,* 2006.
2. *Le Souffle de la rose,* 2006.
3. *Le Sang de grâce,* 2006.
4. *Le Combat des ombres,* 2006.
Monestarium, 2007.
Un jour, je vous ai croisés, 2007.
La Croix de perdition, 2008.
Dans la tête, le venin, 2009.
Une ombre plus pâle, 2009.
La Mort, simplement, 2010.

Composition réalisée par Asiatype

Achevé d'imprimer en mai 2010, en France sur Presse Offset par
Maury-Imprimeur - 45330 Malesherbes
N° d'imprimeur : 153960
Dépôt légal 1re publication : janvier 2009
Édition 02 - mai 2010
LIBRAIRIE GÉNÉRALE FRANÇAISE - 31, rue de Fleurus - 75278 Paris Cedex 06

31/2692/7